BLT
Mit der Welt
auf Buchfühlung

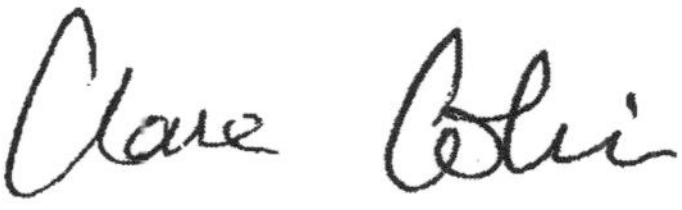

Clare Colvin wurde in London geboren und verbrachte viele Jahre in Südafrika, im Mittleren Osten und in Indien. Sie studierte Englische Literatur an der Amerikanischen Universität in Beirut, bevor sie erste Kurzgeschichten veröffentlichte. 1996 erschien ihr erster Roman. *Die Gilde der Spiegelmacher* ist ihr drittes Buch.

Clare Colvin

DIE GILDE DER SPIEGELMACHER

Aus dem Englischen von
Rainer Schumacher

BLT

BLT
Band 92175

1. Auflage: Februar 2005

BLT ist ein Imprint der Verlagsgruppe Lübbe

Titel der englischen Originalausgabe:
The Mirror Makers
erschienen bei Hutchinson, The Random House Group Limited

Umschlaggestaltung: Gisela Kullowatz
Titelbild: akg-images, Berlin
Autorenfoto: © by Jerry Bauer
Satz: hanseatenSatz-bremen, Bremen
Druck und Verarbeitung: GGP Media GmbH, Pößneck
Printed in Germany
ISBN 3-404-92175-5

Prolog

In dem schattigen Raum kauert eine Frau über einem Tisch. Sie ist so regungslos, dass sie in einem einzigen Augenblick gefangen zu sein scheint. Sie starrt in ein dunkles, ovales Glas, das wie ein glatt polierter Kiesel geformt ist und in dem sich der Schatten ihres Gesichts spiegelt. Sie versucht, die sich überschlagenden Gedanken aus ihrem Kopf zu vertreiben und sich auf die schimmernde Oberfläche zu konzentrieren. Das Starren tut ihren Augen weh, und sie reinigt ihren Geist auch vom Schmerz. Ein schwarzes Nichts ist in ihrem Geist, ist im Glas. Und dann kommt das Schaudern, als liefen ihr Insektenschwärme über die Haut. Während sie starrt, sehen ihre Augen, dass die Glasoberfläche sich wie Wasser zu bewegen beginnt. Sie sieht eine glatte, glitzernde Lagune. Wasser, seidig, schimmernd, und nun ist das Gefühl von Hitze auf ihrem Gesicht. Sie blickt in einen Schmelzofen, wildes Orange und Weiß. Dort ist eine dunkle Gestalt und streckt die Hand nach dem Herz des Weißen aus. Der Schmelzofen dehnt sich aus, und die Frau wird vom Licht geblendet. Sie muss die Augen schließen; es ist, als würde sie in die Sonne blicken. Als sie die Augen wieder öffnet, ist dort nichts außer dunklem Glas. Die Insekten haben sich zurückgezogen, und die Frau überkommt eine mächtige Welle der Müdigkeit. Sie will nur noch schlafen.

Unsicher steht sie auf und stützt sich dabei am Tisch ab. Es fällt ihr schwer, im Dämmerlicht des Raums zu sehen, denn sie hat die Vorhänge zugezogen. Der Schlankheit ihres Nackens und der Art nach zu urteilen, wie sie den Kopf hält, wirkt sie jung, nicht wie jemand, der die Last der Jahre trägt. Nachdem sie sich von der leichten Benommenheit erholt hat, sind ihre Bewegungen schnell und präzise. Sie lässt das dunkle Glas in einen Lederbeutel gleiten, öffnet dann eine Schublade im Sekretär, legt den Beutel hinein und dreht den Schlüssel im Schloss. Den Schlüssel wiederum versteckt sie unter Papieren in der Nachbarschublade. Sie murmelt etwas vor sich hin, vielleicht ein Gebet oder eine Beschwörung.

Anschließend geht sie zum Fenster und zieht die Vorhänge zurück, um das Licht der Nachmittagssonne hereinzulassen. Nun sind ihre Gesichtszüge und ihre Gestalt klar zu erkennen. Sie ist tatsächlich jung, kaum mehr als zwanzig, und sie trägt ein graues Kleid mit bauschigem Rock und das Korsett um die Taille eng gezogen. Der Kragen besteht aus feinstem Batist, und eine Musselinkappe sitzt gefährlich schief auf ihrem Haar. Als sie sich vom Fenster abwendet, fällt das Licht auf ihr Gesicht, das einen seltsamen Ausdruck zeigt, als wäre sie halb in einer anderen Welt. Im herkömmlichen Sinne kann man es nicht als hübsch bezeichnen; es ist oval, und das Kinn ist kantig. Der Mund zeigt einen unerschütterlichen Ausdruck des Schmollens, und die Haut ist viel zu blass. Die Augen erregen jedoch Aufmerksamkeit. Sie sind grün, katzenhaft, ihr Blick beunruhigend. Die Menschen werden nervös, wenn die junge Frau sie anschaut – bis die Leute sich daran erinnern, dass sie ja nur die Zofe der Madame Marquise ist.

Claudine scheint mit den Ergebnissen ihres Studiums unzufrieden zu sein. Sie hat die Stirn in Falten gelegt und ist in Gedanken versunken.

Das Glas hat mir nichts verraten. Wasser und Feuer wird Madame nicht beeindrucken. ›Eine simple Frage, nur eine einzige simple Frage habe ich gestellt‹, wird sie sagen, ›und ich verlange eine simple Antwort. Wird der König mich lieben? Dann werde ich nämlich mit all seiner Gunst überschüttet. Und wenn nicht jetzt, wann dann? Was also soll ich tun? Wie kann ich ihn bezaubern?‹ Ich sage, es reicht, wenn Madame schön und verführerisch ist; aber das ist ihr nicht genug. *Sie will eine verbindliche Antwort; sie will, dass das Glas es ihr sagt. Das Glas sagt mir aber nur, was es mir sagen will. Die Antwort liegt dort verborgen, doch ich vermag sie nicht zu finden.*

Claudine bekreuzigt sich, bevor sie den Raum verlässt. Es ist immer besser, sich zu schützen, nachdem man die Geister angerufen hat.

ERSTER TEIL

Das dunkle Glas

Paris und Saint-Cloud
1665–1666

1.

Der Spiegel steht in der Mitte des Raumes und vom Fenster abgewandt, sodass das Licht auf den Betrachter und nicht aufs Glas fällt. Der Mann vor dem Spiegel ist in Scharlachtuch gekleidet, mit Rüschen besetzt und golddurchwirkt. Sein dunkles Haar fällt ihm in üppigen Locken über die Schultern. Seine Nase ist schmal und lang, sein Mund wohlgeformt und seine Augen leicht geneigt, fast wie die eines Orientalen. Er strahlt eine Aura königlicher Macht aus, auch wenn er nur sich selbst betrachtet.

Hinter ihm steht ein Mann, der gut zwanzig Jahre älter ist. Er ist ganz in Schwarz gewandet; lediglich der Spitzenkragen seines Hemdes stellt ein Zugeständnis an die Mode dar. Sein Haar ist ebenfalls dunkel, sein Blick wachsam, und die Stirn hat er gewohnheitsmäßig in Falten gelegt, als würde er angestrengt nachdenken. Im Gegensatz dazu wirkt sein Mund gefühlvoll, beinahe feminin. Nächst dem König ist der Schwarzgewandete der zweitmächtigste Mann in Frankreich. Er ist der Generalkontrolleur der königlichen Finanzen. Die Pflicht dieses mächtigen Mannes besteht darin, dem König aufzuwarten und gleichzeitig das Land zu führen. Das Aufwarten kostet so viel Zeit, dass der Mann am liebsten gar nicht darüber nachdenken will, und dabei muss er nicht nur die Pläne des Königs begreifen, sondern auch dessen Stimmung erfassen. Es gibt Tage, da ist der König ausgesprochen reizbar, und dann lässt er es sogar den allmächtigen Colbert spüren.

Doch heute ist kein solcher Tag, denn Ludwig ist zufrieden mit dem, was er sieht. Er mustert sein edles Gesicht im Spiegel, blickt tief in das schimmernde Schwarz seiner Augen und streckt die Hand aus, um das Glas zu berühren. Deutlich kann er die frisch ausrasierten Vertiefungen in seiner Haut erkennen und jedes Haar seines feinen Schnurrbarts. Er lächelt das Spiegelbild Colberts an, der hinter ihm steht. »Das ist der beste Spiegel, den ich je gesehen habe. Stammt er aus Venedig?«

»Zwangsläufig. Von den Spiegelmachern aus Murano. Sie allein sind in der Lage, derartige Spiegel herzustellen.«

»Es ist, als würde man sich selbst von Angesicht zu Angesicht gegenübertreten.«

Der König fährt mit dem Finger um das Spiegelbild seines Mundes herum. *Stell dir eine ganze Wand mit diesen Spiegeln vor*, sagt er in Gedanken zu seinem Spiegelbild, *nein, einen Saal, einen Saal der Spiegel, welche die Schönheit um sie herum reflektieren. Stell dir fünfhundert Menschen vor, die zu Tausenden gespiegelt werden. Die Spiegel stehen einander gegenüber, sodass dein Bild auf allen Seiten zu sehen ist. Spiegel, die deinen Gesichtsausdruck wiedergeben, auch wenn du sie nicht anschaust. Du wirst in der Lage sein, sie zu überraschen und ihre Gedanken lesen können, wenn sie sich unbeobachtet glauben. Stell dir meinen Hofstaat von Spiegeln umgeben vor. Nicht einer von ihnen wird sich vor mir verbergen können; ihre Spiegelbilder werden sie verraten. Ich sehe, dass Colbert die Stirn in Falten legt. Er denkt über das Geld nach.*

»Wie viel hat er gekostet?«, erkundigt sich Ludwig.

»Viel zu viel. Euer Majestät wird sich ärgern, wenn Ihr den Preis hört. Die Spiegelmacher von Murano sind die Einzigen, die das Geheimnis der Herstellung klarer Spiegel kennen. Ihre Preise sind exorbitant. Dieser hier hat eintausend Livres gekostet.«

Ludwig blickt auf sein Spiegelbild und schnappt nach

Luft. »Diese venezianischen Räuber! Dennoch ... ich träume weiterhin von meinem Königreich der Spiegel. Nutzt Euren Einfallsreichtum, Colbert. Bringt sie hierher.«

»Das habe ich schon versucht. Die Republik Venedig kennt den Wert ihrer Spiegelmacher, und deshalb gestattet man ihnen nicht, die Stadt zu verlassen.«

»Ihr schafft das schon, Colbert. Ich verlasse mich auf Euch.«

In den dunklen Augen spiegelt sich eine bodenlose Schwärze, und tief im Innern des Königs schlummert der Zorn wie ein unterirdischer See. Schwillt er an und steigt bis zur Oberfläche, kann man nichts dagegen tun, außer sich dem königlichen Willen zu beugen.

Die beiden Männer wenden sich von dem Spiegel ab und gehen davon. Der Spiegel zeigt weiterhin den Raum, in dem sie eben noch gewesen sind; er spiegelt die Barockschnitzereien und die Gobelins mit den Jagdszenen. Ohne Geist ist er, und doch sieht er alles. Das Klacken hochhackiger Schuhe auf dem Marmorboden ist zu vernehmen, und ein neues Bild bietet sich dem verstandlosen Auge des Spiegels. Es ist das Bild einer Frau, die in reich bestickte blaue Seide gewandet ist, ein mit Silber abgesetztes Fichu um den Hals. In einiger Entfernung bleibt sie stehen und starrt den Spiegel an; dann, langsam, wie von einem Magneten, wird sie zu ihm hingezogen, bis sie unmittelbar davor steht und sich nicht mehr rührt, von ihrem eigenen Bild gefesselt. Sie betrachtet sich selbst: die makellose Haut, das kräftige Blau ihrer Augen und die haselnussbraunen Locken ihres kunstvoll frisierten Haars. Sie hat sich selbst noch nie in solcher Klarheit gesehen. »Ich bin wirklich wunderschön«, murmelt sie vor sich hin; dann huscht ihr ein Gedanke durch den Kopf: Wie Furcht erregend dieser Spiegel eines Tages sein wird!

Doch bis dahin ist das Bild perfekt, und Athénais blickt weiter lächelnd ins Glas.

2.

Jeden Tag laufen die Boote in den Hafen von Murano ein, bis zur Wasserlinie mit Holz aus dem Veneto beladen. Die Schmelzöfen der Glasmanufakturen verschlingen Bäume mit wildem Hunger. Die Menschen auf dem Festland verbringen ihre Tage damit, sie zu pflanzen, zu hegen und zu pflegen, und die Menschen von Murano fällen sie. Das ist der natürliche Kreislauf von Pflanzen – Wachsen, Fällen und Verbrennen.

Ein schwarz gestrichenes Boot, mit Baumstämmen voll beladen, gleitet sanft durchs Wasser, während die Ruderer es in gleichmäßigem Takt in Richtung Murano lenken. Am Bug, den Ruderern den Rücken zugekehrt und den Blick übers Wasser zur Insel gerichtet, steht ein Mann, der den Anschein erweckt, eins mit der See zu sein. In den dichter bevölkerten Gebieten der Lagune würden die Menschen ihn sich genauer ansehen, denn er ist schlicht gesagt wunderschön. Ein Michelangelo hätte sein Gesicht liebevoll in Stein gemeißelt. Das schräg einfallende Sonnenlicht umgibt seinen Kopf mit einer goldenen Aureole. Er gehört zu den »hellen« Venezianern: hellbraunes Haar und graue Augen, in denen sich das schimmernde Licht der Lagune spiegelt. Doch nicht nur seine Schönheit schmeichelt dem Auge des Betrachters; der Mann strahlt Jugend aus, Gesundheit und das Selbstbewusstsein eines Unsterblichen. Er ist ungefähr zwanzig Jahre alt.

Andrea hatte keinen besonderen Grund für diese Reise über die Lagune. Die Schiffsladung Holz hätte ihren Zielhafen auch dann erreicht, wäre er nicht an Bord gewesen. Doch in dem Körper, der im Einklang mit der See ist, lebt ein rastloser Geist. Eine Reise, selbst eine so kurze wie diese, lindert die quälende Rastlosigkeit ein wenig. Andrea verbringt seine Tage in der höllischen Gluthitze der Schmelzöfen und auf den engen Straßen und Plätzen der Insel. Nach Murano kommt niemand, es sei denn, er will Glas kaufen, und niemand verlässt die Insel ohne triftigen Grund. Andrea gehört zu den *specchiai* – den Spiegelmachern –, den respektiertesten und bestbewachten unter Muranos Glasbläsern. Über Generationen hinweg haben sie das Geheimnis der Spiegelherstellung weitergegeben. Andreas Vater hat diese Kunst von seinem Vater gelernt, und er erwartet von seinem Sohn, dieses Wissens eines Tages ebenfalls weiterzugeben. Einem Menschen sein eigenes Bild zeigen zu können ist eine Kunst, die auch andere erlernen wollen, doch nur den Söhnen der Söhne, Mitglieder einer erblichen Gilde, ist es gestattet, Alchemie und Magie von Glas, Quecksilber und Zinn zu lernen.

Für die Spiegelherstellung haben manche *specchiai* einen hohen Preis zahlen müssen. Andrea hat einige von ihnen – ältere Männer – auf der Piazza gesehen, wo sie herumgelümmelt, gelacht oder unverständliches Zeug vor sich hin gemurmelt haben. Es heißt, ihre Arbeit bringe diese Gefahr nun einmal mit sich: Du erschaffst den Menschen nach seinem eigenen Bild im Spiegel, als wärst du selbst ein Spiegelbild Gottes, heißt es, und dann wirst du zu stolz auf deine Schöpfung, bis dich schließlich der Teufel anstarrt, wann immer du selbst in den Spiegel blickst.

Andrea neigt jedoch dazu, dies für einen Mythos zu halten. Der Wahnsinn lässt sich vermutlich eher auf die vielen Jahre am Schmelzofen zurückführen, in dessen Hitze das Gehirn mit der Zeit zu Brei verkocht.

An diesem schönen Frühlingsmorgen hat Andrea es nicht sonderlich eilig, wieder in die Manufaktur zurückzukehren. Nachdem er die Holzmenge und den dafür gezahlten Preis ins Hauptbuch eingetragen hat, bleibt er kurz – nur einen Augenblick – an der Schwelle zur Werkshalle stehen, wo ihm bereits die Hitze der Öfen entgegenschlägt. Die Schmelzöfen sind aus Ziegeln gebaut und ähneln von der Form her einem riesigen Bienenstock: Zum Kamin hin werden sie immer schmaler, während die kleinen Türen sich an der breitesten Stelle befinden; von dort strömt auch die Hitze aus. Im Licht der Glut sieht Andrea Männer, die sich bis zur Hüfte entkleidet haben und auf Bänken neben offenen Ofentüren sitzen. Mehrere von ihnen sehen aus, als hätten sie nur noch ein halbes Gesicht, denn sie tragen Ledermasken über der dem Feuer zugewandten Seite.

Andreas Vater steht am Eingang und spricht mit einem der Vorarbeiter. Als Andrea sich davonschleichen will, dreht er sich um. »Wo willst du hin?«, ruft er ihm hinterher.

»Ich will nur noch einmal mit den Bootsleuten über die nächste Fuhre reden.«

»Das hättest du schon längst erledigen sollen. Komm sofort wieder zurück, sobald du fertig bist.«

»Es wird nicht lange dauern, Signor.«

Sein Vater schaut ihn auf jene Art an, wie er auch einen seiner Männer anschaut, wenn er diesen zurechtweisen will. Kurz erwidert Andrea diesen Blick, und die Feindseligkeit zwischen den beiden ist fast greifbar. Der ältere Mann betrachtet das Ungestüm der Jugend als Ärgernis, und der jüngere erregt sich über die Autokratie des Alters. Doch Signor Allegri hat im Augenblick andere Dinge im Kopf als seinen ungehorsamen Sohn. Er widmet sich wieder dem Gespräch mit dem Spiegelmacher und entlässt Andrea, indem er ihm den Rücken zukehrt.

Andrea weiß, worüber die beiden reden. Auch er hat die

zusätzlichen Wachen bemerkt, welche die Serenissima nach Murano geschickt hat und die nun zwischen den Manufakturen patrouillieren. Gerüchten zufolge ist vor kurzem ein Franzose hier gewesen, der den Männern ein Vermögen geboten hat, um nach Frankreich zu kommen und dort Spiegel zu machen. Jedenfalls erzählt man sich das auf dem *campo*. Es hat auch früher schon Spione gegeben; dieser ist jedoch anders, denn hinter ihm steht die Macht des Königs von Frankreich, und seine Börse scheint unerschöpflich zu sein. Es heißt, er habe mit einem der besten Spiegelmacher aus der Manufaktur der Colleone verhandelt, einem Mann namens La Motta, der sich daraufhin unter den anderen in seiner Manufaktur umgehört hat. Der alte Colleone hat La Motta erklärt, sollte er versuchen zu gehen, würde er ihn als Verräter an die Behörden ausliefern und ihn im Kerker an die Wand ketten lassen, bis zur Hüfte in mit Ratten verseuchtem Wasser.

Das ist kein angenehmes Schicksal, dachte Andrea, und das Thema verschwand aus seinen Gedanken, als eine Kinderbande sich um ihn scharte und nach Spiegelsplittern verlangte. Die Kinder spukten auf der Piazza nahe der Manufaktur herum und spielten dort mit den erbettelten Splittern, in denen sie das Sonnenlicht fingen und sich gegenseitig blendeten.

»Ciao, Signor Andrea!« Andrea spürte ein Ziehen am Ärmel und blickte auf ein kleines, dunkelhaariges Mädchen in schmuddeligem roten Kleid, das zu ihm hinauflächelte. »Gebt mir ein Stück Spiegel«, verlangte sie.

»Ich habe heute keins«, erwiderte Andrea. Er wusste, dass die Kinder der Piazza ihn als weichherzig betrachteten, seitdem er einmal gleich mehrere Splitter unter ihnen verteilt hatte.

»Und morgen?«, hakte das Mädchen nach. »Werdet Ihr morgen welche mitbringen?«

»Wir werden sehen«, antwortete Andrea. »Und jetzt lasst mich in Ruhe, *raggazi e raggaze*. Ich bin ein hart arbeitender Mann.«

»Hart arbeitend? Ha!«, rief das Mädchen. Die Kinder brachen in lautes Lachen aus und liefen davon. Andrea ging weiter; die Frechheit dieser Rangen ließ ihn lächeln. Er gelangte zum Kanal, an dem er entlangspazieren und in die Ausstellungsfenster der Manufakturen blicken konnte. Jede Manufaktur besaß ihre eigene Spezialität; in der einen wurden Weingläser graviert, in der anderen Kerzenleuchter gefärbt. Im Fenster der Familie Allegri stand ein perfekter Spiegel mit einem Rahmen aus geformtem Glas. Wie Andrea sich erinnerte, war er das Werk von Antonio del la Rivetta, eines der Meisterspiegelmacher. Eine Zeit lang blieb Andrea stehen und besah sich das Stück. Er betrachtete mehr die Perfektion der Arbeit als sein eigenes Bild, bis er von einem anderen Bild hinter sich abgelenkt wurde, dem eines kleinen Mannes in Schwarz mit hohem, schmalkrempigem Hut, der leicht nach vorn gezogen war und die Augen beschattete. Etwas an diesem Hut – wie auch am Rest der Kleidung – deutete darauf hin, dass der Mann nicht aus Venedig stammte.

»Er ist wunderschön, nicht wahr?«, sagte der Fremde.

»Das ist einer der unseren«, erwiderte Andrea. Als er sich zu dem Mann umdrehte, bemerkte er waches Interesse in dessen dunklen Augen.

»Sie gehören zur Manufaktur der Allegri?«, erkundigte sich der Fremde. »Es heißt, dass die Spiegelmacher der Allegri von allen Manufakturen die Besten seien.«

»Alle Spiegelmacher Muranos verstehen ihr Handwerk; wir machen uns nur mehr Gedanken über die Gestaltung der Spiegel als andere und bemühen uns ständig, unsere Arbeit zu verfeinern.«

Der Mann betrachtete Andrea und neigte dabei den Kopf zur Seite, um ihn eingehender mustern zu können. »Solch talentierte Männer sollte man mit Reichtümern überschütten«, sagte er, »anstatt hier weggesperrt zu werden. Solche Männer verdienen den größten Lohn.«

Plötzlich erkannte Andrea, dass der kleine Mann mit den dunklen Augen der Teufel in Menschengestalt war: Das war der französische Werber. »Entschuldigt mich, Signor«, sagte Andrea und wandte sich zum Gehen.

»Bitte, wartet einen Augenblick«, sagte der Mann und versperrte Andrea geschickt den Weg. »Der König von Frankreich, der über größere Reichtümer verfügt, als Ihr Euch in Euren kühnsten Träumen vorzustellen vermögt, wünscht, dass die besten Spiegelmacher sich in Paris versammeln. Unvorstellbare Belohnungen erwarten jene, die über genügend Mut und Weitsicht verfügen: Reisen, Festivitäten, ein Leben, wie man es sich auf dieser kleinen Insel nicht vorzustellen vermag. Ich kann verstehen, dass die älteren Handwerker der Aussicht auf neue Abenteuer mit Widerwillen begegnen, aber Ihr, ein junger Mann, der das ganze Leben noch vor sich hat ...? Wollt Ihr all diese Jahre hier eingesperrt verbringen, damit andere Leute sich an Eurer Kunst bereichern können? Wollt Ihr warten, bis Euer Horizont so eingeengt ist, dass kein Platz mehr für Streben nach Erfolg und Anerkennung bleibt? Denn wie ich sehe, habt Ihr noch Träume, und auch das Feuer des Ehrgeizes ist noch nicht erloschen.«

»Und all diese Träume kann ich auch hier verwirklichen«, erwiderte Andrea. Er sah das ungläubige Lächeln des Mannes, das ihn zutiefst irritierte. Außerdem war es gefährlich, wenn man ihn hier mit dem Fremden sprechen sah; deshalb schaute er sich nervös um, ob vielleicht Wachen in der Nähe waren.

»Aber jetzt müsst Ihr mich wirklich entschuldigen. Ich muss gehen.« Und er ging um den Mann herum, der ihn leicht am Ärmel berührte.

»Bitte merkt Euch, wo Ihr mich finden könnt: Le Sieur de Jouan. Ich wohne in Ca' Bellini an der Piazza San Sebastian.«

»Adio«, sagte Andrea mit fester Stimme.

»Au revoir, Signor Andrea.« Der Mann lächelte, als hätte er gerade einen prächtigen Scherz gemacht.

Rasch entfernte sich Andrea von ihm. Falls jemand ihn mit diesem Mann hatte reden sehen, lief er Gefahr, verhört zu werden. Und im Hinterkopf nagte ein beunruhigendes Gefühl an ihm. Der Fremde kannte seinen Namen, doch Andrea konnte sich nicht erinnern, ihn dem Mann genannt zu haben. Er kehrte in die Manufaktur zurück, erzählte seinem Vater jedoch nichts von der Begegnung. *Warum sollte ich mir auch die Mühe machen*, fragte er sich. *Ich habe den französischen Werber fortgeschickt*. Seltsam war nur, dass ihm die heimtückische Stimme des Mannes den Rest des Tages nicht mehr aus dem Kopf ging.

3.

Mit den aufgebauschten Seidenkleidern, die sich wie Leichen auf dem Bett stapelten, glich das Schlafzimmer der Marquise einem Schlachtfeld. Sie hatte alle anprobiert und an jedem etwas auszusetzen gehabt. Einige waren hoffnungslos aus der Mode; andere wiederum bedurften der Aufmerksamkeit eines Schneiders, sei es, um unter dem Arm eine Naht zu flicken oder um einen Rotweinfleck unter einer geschickt angebrachten Biese zu verbergen. Zudem waren die meisten Kleider inzwischen an der Taille ein wenig zu eng. Athénais war sich durchaus bewusst, was Perfektion bedeutete, und es schmerzte sie zu sehen, wie weit ihre Garderobe davon entfernt war. Ihr Schneider hatte sich alle möglichen Entschuldigungen ausgedacht, um ihrem Ruf nicht folgen zu müssen. Natürlich war auch ihr nicht entgangen, dass der Monsieur le Marquis schon seit Monaten keine Rechnungen mehr bezahlt hatte.

Athénais betrachtete sich im Spiegel und würdigte ihre Schönheit. Die Augen waren groß und von einem herzerweichenden Azurblau, die Lippen süß geschwungen. *Wenigstens hat mein Aussehen nicht gelitten*, sagte sich Athénais und rieb über einen Fleck auf dem Glas. Diese Flecken waren so verwirrend, dass sie manchmal glaubte, Flecken auf dem Gesicht zu haben, doch Gott sei Dank hatte sie keinerlei Probleme mit unreiner Haut. Sie schaute sich selbst an, wandte sich mit ihren Worten aber an die junge Frau in

Grau, die hinter ihr neben einem kleinen Tisch voller Balsamflaschen, Kämmen und Haarnadeln stand. »Als ich letztens bei Hofe war«, sagte Athénais, »habe ich einen der erstaunlichsten Spiegel aus Venedig gesehen. Ich habe ihn angestarrt und angestarrt, und es war, als hätte ich meinem vollkommenen Ebenbild in die Augen geschaut. Das Glas war perfekt, ohne den geringsten Makel. Es war, als würde man nicht sein Spiegelbild betrachten, sondern eine lebende, atmende Person. Ich streckte die Hand aus, und sie streckte mir die Hand entgegen, und es war geradezu eine Überraschung, als meine Finger das kalte Glas berührten. Sie hat den Mund geöffnet, und ich habe darauf gewartet, dass sie etwas sagt.«

»Ihr habt in Eure Seele geschaut, Madame. Passt auf, dass sie sie Euch nicht stehlen.« Mit geistesabwesendem Blick schaute Claudine über den Kopf ihrer Herrin hinweg in den Spiegel. Athénais wedelte mit der Hand vor dem Gesicht ihrer Zofe. »Fall mir jetzt nicht in Trance, wie du es so häufig tust, Claudine. Nicht bevor ich angekleidet bin. Ich werde wohl oder übel wieder das bestickte blaue Seidenkleid nehmen müssen. Ja, ich weiß, ich habe es diese Woche bereits getragen; aber was soll ich tun? Mein Schneider geht mir aus dem Weg. Es ist doch noch sauber, oder? Verhältnismäßig jedenfalls.«

Ein Schatten huschte über das Gesicht der Marquise, als sie sich daran erinnerte, wie der Schneider ihr zaghaft, doch unerbittlich die unbezahlten Rechnungen präsentiert hatte. Als hätte seine persönliche Gegenwart das Geld irgendwie heraufbeschwören können. Natürlich hätte Athénais ihm sagen können, dass es nur eine Möglichkeit gab, Geld aus dem Monsieur le Marquis herauszubekommen: ihm an einem seiner Spielhäuser auflauern, einen Schlag auf den Kopf verpassen, sobald er selbigen zur Tür rausstreckte, und anschließend so rasch wie möglich mit der Börse davonrennen.

Das war der einzige Zeitpunkt, wo er überhaupt Geld bei sich trug. Danach war es jedes Mal zu spät.

»Grundsätzlich habe ich nichts gegen Verschwendungssucht einzuwenden«, sagte sie zu ihrem Spiegelbild, »aber verschwendungssüchtig und arm zugleich zu sein, damit macht man sich nur zum Gespött der Leute. Und jetzt, Claudine ...«, sie blickte über die Schulter zu ihrer Zofe, »... hilf mir in das blaue Seidenkleid.«

Nachdem ihr Kleid verschnürt war und sie wieder am Toilettentisch saß, suchte sie in ihrem Schmuckkästchen, holte eine Perlenbrosche heraus und hielt sie vor den Spiegel. »Wenn ich sie genau hier in der Mitte anstecke, wird es meine Haut betonen. Eine perlenweiße Brosche zwischen perlenweißen Brüsten. Du magst ja darüber lächeln, Claudine, doch bei Hofe fallen selbst die kleinsten Veränderungen auf. Ich trage zwar wieder das blaue Seidenkleid, aber mit mehr Schmuck. Und wenn wir dann noch diese Brillanten und Perlenschellen dazu nehmen und die Ärmel an den Ellbogen mit Rüschen versehen, hm ...? Perlenohrringe ... Wo hast du meine Perlenohrringe hingelegt? Soll ich auch noch den Stirnreif anziehen, oder wäre das zu viel? Was meinst du?«

Claudine trat einen Schritt zurück und blickte in den Spiegel. »Keinen Stirnreif, Madame«, sagte sie, »stattdessen vielleicht ein paar Schleifen mit kleinen Kämmen.«

»Ist das jetzt ein freundlicher Rat, oder willst du nur das Bild verderben?«

»Nein, schaut her, Madame. Wenn wir Euer Haar so aufstecken ...«

Claudine wickelte das Haar um einen Kamm und flocht eine Schleife hinein.

»Mag ja sein, dass du Recht hast; aber in diesem vermaledeiten Spiegel kann ich nichts sehen.« Athénais rieb mit dem Taschentuch über das Glas.

»Man sagt, der König wolle ein Schloss aus Spiegeln errichten, sodass er jeden jederzeit im Auge behalten kann«, sagte Claudine.

»Man? Wer ist ›man‹? Wenn du schon Gerüchte verbreiten musst, drück dich bitte genauer aus. Ich will Namen hören. Namen und Daten, wenn es dir recht ist.«

Von draußen war das Geräusch der sich schließenden Eingangstür zu hören. Laute Stimmen erklangen in der Vorhalle, und schwere Schritte stapften die steinernen Stufen zum Gemach der Marquise hinauf.

»Der Monsieur le Marquis ist zurückgekehrt«, bemerkte Claudine.

Athénais seufzte, blickte in den Spiegel und sagte: »Ich bin gespannt, was er diesmal wieder für Ärger mitgebracht hat.«

Die Perlen schimmerten noch immer auf subtile Art, doch dieses Schimmern spiegelte sich nicht mehr auf der Haut der Marquise. Die beiden Frauen lauschten auf die Schritte, die sich dem Gemach näherten. Als die Türklinke hinuntergedrückt wurde, warteten sie schweigend, in welcher Laune sich der Marquis de Montespan heute wieder befand.

4.

Es hatte den Anschein, als wären sie mitten in einen Aufruhr geraten. Ein Fuhrmann schrie wild in Richtung eines Wagens, der ihm den Weg versperrte. Eine lange Peitsche knallte in der Luft. Die schmale Straße war voller schreiender und aufgeregt gestikulierender Menschen. Den Venezianern, die verwirrt dort standen, wo ihre Kutsche sie abgesetzt hatte, kam es so vor, als wäre am Stadttor der Krieg ausgebrochen. Wütende Menschen wirbelten um sie herum, ein wildes Funkeln in den Augen, während ein Strom von unverständlichem Französisch über ihre vorgeschobenen Lippen quoll und sie die Schultern in einer Geste der Abscheu bis zu den Ohren hochgezogen hatten.

»Was sagen sie, Andrea?«, fragte del la Rivetta. »Warum sind die Leute so aufgebracht?«

Das Französisch der Menschen auf dieser Straße war etwas vollkommen anderes, als der kultivierten, melodischen Stimme von Sieur de Jouan zuzuhören. Ihren Führer, der sie seit Lyon begleitet hatte, konnten sie nicht fragen, denn der war einfach vom Kutschbock gesprungen und ohne ein Wort der Erklärung in der Menge verschwunden. So konnte Andrea nur hilflos mit den Schultern zucken; lediglich ein paar Worte vermochte er in der Flut von Beleidigungen zu erkennen, die um sie herum verteilt wurden. Der Schock ob ihrer Ankunft in diesem aggressiven Milieu, der Gestank offener Kanäle, der ihnen in die Nase drang, der Schlamm, der ihnen an den Schuhen klebte, und ihre bleierne Müdigkeit nach den zwei Wochen, die sie in einer Kutsche auf zerfurchten Straßen zugebracht hatten, deren Fenstervorhänge man nun sicherheitshalber entfernt und durch Zelttuch ersetzt hatte aus Furcht, sie könnten im Gedränge zerrissen werden – dies alles bewirkte, dass die Venezianer sich nach den friedlichen Kanälen von Murano sehnten; sie wollten wieder frische Seeluft atmen, anstatt an diesem Gestank tierischer und menschlicher Exkremente zu ersticken.

Die sechs Venezianer standen dicht beisammen neben ihrem Gepäck und warteten auf Rettung, während sie sich im Geiste fragten, ob diese feindselige und verwirrende Stadt bereits die Strafe dafür war, dass sie die Serenissima verraten hatten.

Aber nun, just in dem Augenblick, da sich ihnen ein paar zerlumpte Gestalten näherten, die genauso gut Träger wie Diebe hätten sein können, tauchte ihr Führer wieder auf, begleitete von einem Mann mit sauber gestutztem Bart. Der Fremde trug dunkelgraues Gabardine und einen gefiederten Hut. Als er sich den Venezianern näherte, sprach er Italienisch, durchsetzt mit Französisch. Er stellte sich als Agent der Glasmanufaktur vor, welche extra für die Venezianer gebaut worden sei, wie er behauptete; dann machte er sich daran, das Verladen des Gepäcks auf die Kutsche zu organisieren, die er für die Italiener mitgebracht hatte. Er sei *désolé*, erklärte er, dass sie hatten warten müssen; die Straßen seien vollkommen überfüllt, doch nun könne er ihnen eine ruhige Kutschfahrt versprechen, eine angenehme Unterkunft und eine gute Mahlzeit. Anschließend würden sie den Direktor der neuen Manufaktur kennen lernen, einen gewissen Monsieur du Noyer. Sie alle freuten sich sehr, fuhr er fort, dass solch begabte Handwerker die lange, beschwerliche Reise auf sich genommen hätten. Dann drehte er sich um und fauchte in Richtung der zerlumpten Tagediebe und Träger, sie sollten mit dem Gepäck vorsichtig sein. Schließlich öffnete er den Venezianern höflich die Kutschentür.

Die Stimmung der Männer aus Murano besserte sich sichtlich, als sie aus den offenen Fenstern auf die vorbeiziehende Stadtszenerie blickten. Die Kutsche verließ die schmalen Straßen und rollte einen breiten, von Bäumen gesäumten Boulevard hinunter und an einem mit Liguster begrenzten Garten vorbei. Steinstatuen standen dort, und am Flussufer war die gewaltige Silhouette einer Kathedrale zu sehen. Schließlich ging es wieder durch schmale Straßen, die diesmal jedoch weit weniger bevölkert waren, und vorbei an einem großen Wald zur Faubourg, der Vorstadt Saint-Antoine, wo man die Manufaktur errichtet hatte.

Der Zweifel, der seit Beginn der Reise an Andrea genagt hatte – ein Zweifel, der unter ihnen allen so stark gewesen war, dass vier der ursprünglich zehn Reisenden an der französischen Grenze darauf bestanden hatten, nach Venedig zurückzukehren –, verflog allmählich. Doch im Geiste hörte Andrea noch immer die vor Zorn eiskalte Stimme seines Vaters. Dass einer seiner Söhne auch nur darüber nachdachte, die über Generationen hinweg gewahrten Geheimnisse der Spiegelmacher an eine fremde Macht weiterzugeben, war unerträglich.

»Wir werden nicht unsere Geheimnisse verraten, sondern Spiegel machen«, hatte Andrea erwidert.

»Du wirst keine Spiegel machen können, ohne dass andere dabei von dir lernen. Die Franzosen werden dir über die Schulter schauen und sich alles merken. Warum sollten sie sich auf eine Gruppe Venezianer verlassen, die sich eines Tages sagen werden, dass sie genug Geld verdient haben, und die dann Heimweh bekommen und nach Murano zurückkehren? Du bist ein Narr, Andrea, und noch dazu ein gieriger.«

Die Verachtung seines Vaters traf Andrea tief, und er wurde ebenfalls wütend. Sein Vater höre nie auf ihn, brüllte er, immer lehne er seine Ideen ab. Andrea hätte der Manufaktur noch weit mehr geben können, wäre sein Vater nur bereit gewesen, ihm zuzuhören.

»Was hätte ich mir denn anhören sollen?«, verlangte Signor Allegri zu wissen. »Du hast nichts im Kopf, was ich dir nicht beigebracht habe – dass du mir das ja nicht vergisst. Ich habe dich alles gelehrt, was du weißt. Warum sollte ich mir die wirren Ideen anhören, mit denen du um dich wirfst? Wenn du erst zehn, fünfzehn Jahre als Spiegelmacher gearbeitet und das meiste von dem gelernt hast, was es zu lernen gibt, dann – und erst dann – werde ich dir zuhören. Und dann wirst du sagen, dass ich Recht gehabt habe und dass nur die Erfahrung zählt. Du könntest einer der Besten sein; das Talent liegt dir im Blut. Und nun schlägst ausgerechnet du vor, dieses Talent an die Franzosen zu verraten.«

Andrea ballte wieder die Fäuste, als er sich an die Worte seines Vaters erinnerte. Inzwischen hatte er die väterliche Unterdrückung abgeschüttelt; er konnte sein Leben führen, wie er es wollte. *Ich bin nicht aus Gier hierher gekommen*, sagte er im Geiste zu seinem Vater. *Ich bin hierher gekommen, um Freiheit und Abenteuer zu finden. Es gibt eine Welt außerhalb von Murano, die es zu erkunden gilt. Während die Kutsche hier durch die Straßen rollt, lässt all das Neue um mich her, das Fremdartige und Faszinierende das Blut durch meine Adern rasen, und ein Glücksgefühl lässt mich erschaudern.*

Andrea steckte den Kopf aus dem Kutschenfenster. Seine Nase fing den Schwefelgestank des Schlamms von Paris auf, und in diesem Augenblick hob ein Mädchen, das Obst verkaufte, den Kopf, schaute Andrea in die Augen, lächelte und warf ihm einen Kuss zu.

»Ah, der junge Andrea, unser Glückspilz«, sagte del la Rivetta. »Mach das Beste daraus, und gib uns alten, verheirateten Männern etwas, worauf wir neidisch sein können.«

O ja, diese wunderbare, neue Stadt, so erschreckend und bezaubernd zugleich, wartet auf mich wie eine kapriziöse Frau. Vielleicht wird sie mich ins Gesicht schlagen, vielleicht schmilzt sie in meinen Armen dahin. Selbst ihre Hässlichkeit ist schön. Was ist noch unmöglich, nun, da ich mein schönes neues Leben begonnen habe?

5.

In Colberts Amtsstube sitzen zwei Sekretäre neben der Tür an Schreibtischen, auf denen sich die Papiere stapeln. Am Fenster, von wo aus man eine mit Kies ausgestreute Parterreanlage überblicken kann, steht Colberts Tisch. Das Amtszimmer befindet sich im ersten Stock, auf einer Höhe mit den Wipfeln der Linden. Manchmal kehrt Colbert dem Zimmer den Rücken zu und blickt zu den Bäumen und in den Himmel hinaus. Das sind die Augenblicke, in denen er Entscheidungen trifft. Lange schaut er jedoch nie nach draußen. Er dreht sich wieder zum Zimmer um und beginnt sofort damit, Sekretär Eins oder Zwei einen Brief zu diktieren. In einem angrenzenden Raum sitzen ein Dutzend Schreiber, die Anweisungen in fünf- oder sechsfacher Ausfertigung an jeden schicken, den es betreffen mag.

Colbert hat über die Jahre hinweg eine gewisse Kälte kultiviert. Sein Mund deutet auf große Sensibilität unter der Oberfläche hin, doch Sensibilität bedeutet Zeitverschwendung. *Sei schroff zu den Untergebenen, damit sie auf den Punkt kommen. Zeig, dass du gegen Schmeicheleien immun bist, und diese geschwätzigen Aristokraten werden irgendwann den Mund halten und ausspucken, was sie wirklich wollen. Dann kannst du schlicht »Ja« oder »Nein« sagen.* Colbert weiß, mit was für Namen sie ihn titulieren. Sie nennen ihn den »Nordmann«, wegen seines eisigen Auftretens, oder »Petit«, wie er aus einem abgefangenen Brief von Madame de Sévigné erfahren hat. Petit bourgeois. Der Sohn eines Ladenbesitzers aus Reims führt das große Frankreich. Sie, die *noblesse d'épée*, die vollkommen nutzlos ist, außer im Krieg, kann die Vorstellung nicht ertragen, dass ein Mann, der in der Hierarchie so weit unter ihnen steht, so mächtig geworden ist.

Diese Macht nutzt Colbert jedoch nicht für sich selbst, sondern für ein höheres Ziel, und einer seiner Pläne ist endlich Wirklichkeit geworden. Die Spiegelmacher sind in Paris eingetroffen, nach Monaten voller Verhandlungen und Schmeicheleien, erst durch den französischen Gesandten in Venedig und dann, als dieser nicht vorangekommen ist, durch den umherziehenden Diplomaten Sieur de Jouan. Colbert hat einen Bericht von Monsieur du Noyer erhalten, der die Männer in der Manufaktur aufgenommen hat. Mit den drei Venezianern, die schon vorher hierher gekommen sind, macht das insgesamt neun, doch sie brauchen noch mehr, um jene zu ersetzen, die wieder zurückgekehrt sind. Colbert weist Sekretär Eins an, einen Brief an den französischen Gesandten zu schicken und diesen anzuweisen, noch weitere sechs Spiegelmacher zu finden, und ... ach ja, bei der Werbung solle er nicht vergessen zu erwähnen, wie großartig sie hier belohnt würden. Colbert hat eine Nachricht des Königs bekommen, in der dieser ihm befiehlt, den Venezianern Kleider im französischen Stil anfertigen zu lassen, damit sie sich besser in das Leben der Hauptstadt einfügen können. Sekretär Zwei schickt entsprechende Instruktionen an den Hofschneider, ohne auch nur das winzigste Detail der königlichen Anweisungen auszulassen: eine bestickte Überjacke und eine weite Hose, die an den Knien hochgebunden ist; was die Farbwahl betrifft, sind die Wünsche der Venezianer zu respektieren, solange die Farben nicht zu grell sind.

Nachdem das erledigt ist, wendet Colbert sich dem Problem der Staatspächter zu. Sie müssen an die Kandare genommen werden, damit sie nicht länger ihre eigenen Taschen füllen, anstatt die des Staates. Colbert ist gerade dabei, einen entsprechenden Plan zu entwickeln, doch in der Zwischenzeit gilt es erst einmal, sich um die Unverschämtesten und Korruptesten zu kümmern. Ein Brief geht an die Justiz von Bourgogne. Und hier ist eine exorbitante Rechnung des Architekten Le Vau sowie eine persönliche Rechnung des Königs für ein Diner; Colbert kann die Summe, die unten auf dem Papier steht, kaum fassen. Der Mut verlässt ihn. Eine Zeit lang blickt er aus dem Fenster auf die Blätter der Lindenbäume, die in der sanften Brise zittern; dann setzt er in seiner präzisen, engen Schrift den schwierigsten Brief des Tages auf. »Ich möchte Eurer Majestät sagen, dass ich als Person schier unglaublichen Schmerz dabei empfinde, wenn ich eine Rechnung über eintausend Écus für nur eine einzige Mahlzeit sehe ...«

Und so nimmt der Tag seinen Lauf, während Angelegenheiten, die das Gesicht Frankreichs verändern, sich mit den kleinsten Kleinigkeiten des königlichen Haushalts mischen. Ein Diener bringt eine Schüssel mit Rinderbrühe, die Colbert an seinem Schreibtisch isst. Das ist das Einzige, worüber er und Madame Colbert sich immer wieder streiten: dass er nie zu Tisch kommt, um eine ordentliche Mahlzeit einzunehmen. Und wo er gerade an Madame Colbert denkt ... Wo ist ihr Bericht über die königlichen Bastarde, die ihrer Obhut anvertraut sind? Dem König muss jeden Tag eingehend darüber berichtet werden, wie sich die Kleinen machen. Schließlich trifft eine rasch dahingekritzelte Nachricht seiner Frau ein. Der älteste Bastard leidet unter einer Erkältung und hat Wickel verordnet bekommen. *Le petit* geht es gut, aber er ist beim Spielen gestürzt und hat sich das Knie aufgeschürft. Während er an seine Frau denkt, nimmt Colberts Gesicht einen weicheren Zug an und erinnert nicht mehr ganz so stark an nordischen Granit. Obwohl die gute Frau schon genug mit ihren eigenen Kindern zu tun hat, kümmert sie sich vorbildlich auch noch um andere – aber ihr bleibt keine andere Wahl.

Wenn Colbert sich dann und wann Louise de La Vallière anschaut, kann er Tränen in ihren Augen sehen. Louise sehnt sich danach, einfach nur die Frau eines Bürgers und Mutter zu sein, die Gattin an der Seite ihres geliebten Ludwig. Colbert ist schon seit geraumer Zeit klar, dass das arme Mädchen schlicht nicht aus dem richtigen Holz für eine königliche Mätresse geschnitzt ist, und er weiß, dass auch der König dies inzwischen erkannt hat. Zwar genießt er noch immer die Sanftheit ihres Wesens und die Weichheit ihres Leibes, doch zunehmend ist eine Rastlosigkeit in den königlichen Augen zu erkennen. Die Wahl einer Geliebten ist eine Staatsaffäre. Die Geliebte des Königs kann Colbert bei dem helfen, was er aufzubauen versucht, oder sie kann es zum Einsturz bringen. Aus diesem Grunde erhält er jede Woche einen Bericht darüber, wem der König offenbar gerade seine Gunst gewährt. Genau lässt sich das jedoch nicht feststellen, da Ludwig sich wirklich darauf versteht, sich zu verstellen, um die Eifersucht der Königin zu meiden. Niemand vermag vorauszusagen, wer die Geliebte des Königs werden wird, bis Ludwig alle vor vollendete Tatsachen stellt.

6.

Wenn Athénais' Zorn geweckt ist, steigt ihr das Blut ins Gesicht, und ihre Augen funkeln wie die eines Besessenen. Es kostet sie all ihre Willenskraft, jenem nicht einfach ins Gesicht zu schlagen, der ihre Wut erregt hat, doch in diesem Fall ärgert sie sich über sich selbst. Der Gedanke ist kaum zu ertragen, dass sie so viele Privilegien im Leben gehabt und diese einfach so weggeworfen hat. Ihre Schwestern und ihr Bruder betrachten sie allmählich als »die arme Verwandte«, sie, die Schönheit der Familie, und all das nur wegen der Würfel – der Würfel des Schicksals und der Würfel, nach denen ihr Gemahl süchtig ist. Ja, es läuft wieder auf Montespan hinaus, und in einem Strom von Erinnerungen rauscht Athénais' Leben an ihr vorbei, bis ihre Gedanken sich schließlich um die letzte Katastrophe drehen: den Verlust ihrer Ohrringe.

Gestern hat er mir meine Lieblingsohrringe genommen – die mit den drei Zweigen, jeder mit drei großen Brillanten und einer Traube kleinerer in der Mitte. Sie waren ein Hochzeitsgeschenk meiner Mutter, und Montespan hat sie mir einfach weggenommen. Er hatte es mit ein paar besonders unangenehmen Gläubigern zu tun, und jetzt liegen sie in den üblichen Pfandhäusern. Nur für ein paar Wochen, hat er gesagt, aber ich weiß, dass ich sie niemals wiedersehen werde.

Ich bin wütend, und ich fühle mich schier unglaublich

dumm. Ich kann niemandem die Schuld dafür geben, nur mir selbst. Immerhin habe ich aus Liebe geheiratet. Für meine Eltern war er nicht die erste Wahl, aber sie haben sich mir auch nicht in den Weg gestellt. Montespan war ein leidenschaftlicher Freier und bis über beide Ohren in mich verliebt. Er hat die ganze Nacht draußen vor meinem Fenster gestanden, als ich im Louvre gewohnt habe, und sich geweigert, sich von den Wachen wegführen zu lassen. Das waren die Tage der Unschuld, als ich noch Hofdame der Königin war, kurz nachdem ich mit großen Augen von den Wiesen von Charente in der Hauptstadt eingetroffen bin. Die kleine Mortemart haben sie mich genannt, und später dann die schöne Mortemart. Ich habe als Schäferin im Ballett getanzt, während der König den Sonnengott gespielt hat.

Das waren die Tage, als ich noch Francoise gewesen bin, bevor ich geheiratet und mich selbst in eine Précieuse verwandelt habe, ein Wesen, das ihren Verstand schärft, um mit Worten fechten zu können; damals habe ich dann auch den Namen Athénais angenommen. Aber das ist alles nur oberflächlich. Ich gleite auf Glas über einem Schuldensumpf und lebe mit meinem Gemahl, der nebenbei zu viel trinkt, in einem kärglichen Apartment in der Rue Tarenne. Mein Fluchtpunkt ist der königliche Hof. Seine Hoheit, des Königs Bruder, ist mir ein guter Freund. Montespan kommt nicht an den Hof; er unterhielt Beziehungen zur Fronde, und der König ist noch immer wie besessen von dieser Rebellion. Am Hof bin ich also die Glückliche mit scharfem Verstand und von allen bewundert, und kaum bin ich wieder daheim inmitten unserer verbliebenen Möbel, muss ich fragen: Louis Henry, wo sind unsere Silberleuchter? Pah, sagt er dann, ich konnte*

* Teils von heftigen Kämpfen begleitete Bewegung des Hochadels und der Parlamente (Gerichtshöfe) gegen den Absolutismus während der Minderjährigkeit Ludwig XIV. – Anm. des Übersetzers.

ihren Anblick nicht mehr ertragen und habe sie zum Silberschmied gebracht.

Ich würde meine Ehe niemals verraten, wie immer sie sein mag, doch manchmal kann ich nicht anders, als Louise de La Vallière darum zu beneiden, dass sie in Ludwigs überwältigender Liebe baden kann. Andererseits könnte ich jedoch nie den Klatsch ertragen, der damit einhergeht, ganz zu schweigen vom Tadel der Königin.

An diesem Punkt hält Athénais in ihren Gedanken inne. Sie, eine Tochter der Mortemart, soll sich von Gerüchten einschüchtern lassen? Sie dreht sich zu ihrer Zofe um, die darauf wartet, dass Madame ein Kleid für den heutigen Tag wählt.

»Schau in dein dunkles Glas, Claudine, und sag mir, ob mein Gemahl sich bessern wird. Wird er mit dem Spielen und all den anderen Lastern aufhören, für die er unser Geld ausgibt?«

»Pauvre Madame«, erwidert Claudine, »arme Madame, wir kennen die Antwort, auch ohne ins Glas zu sehen.«

»*Arm* ist ein Wort, das ich nicht mehr hören kann. Ich bin es leid, *arm* zu sein. Es muss etwas unternommen werden! Ich werde lernen, wie man Geschäfte macht.«

Claudine lächelte. Geschäfte waren nur eine andere Art für den Adel, Geld zu verlieren.

»Dass ich mir noch nicht einmal einen ordentlichen Spiegel leisten kann.« Athénais seufzte. »Der hier ist so trüb wie dein dunkles Glas, voller Flecken und Sprenkel. Eines Tages werde ich einen neuen, wunderbaren Spiegel besitzen wie den, den ich am Hof gesehen habe. Und jetzt Claudine ... Was soll ich anziehen, damit ich mich nicht mehr so sehr an den Verlust meiner Ohrringe erinnere?«

7.

An den Abenden ging das Bedauern wie ein Seufzen durch die Spiegelmanufaktur. Es galt dem Lebens, das sie zurückgelassen hatten, den verlassenen Frauen, den Liebsten und Familien. Ein paar Männer vergossen sogar Tränen wegen der abgerissenen Verbindungen zu ihren Familien.

Selbst Andrea, der sich immer über das Eingesperrtsein in Murano erregt hatte, empfand allmählich so etwas wie Nostalgie, was seinen Ausdruck in Kindheitserinnerungen fand, die plötzlich wieder zu ihm zurückkehrten. Es gab noch einen anderen Spiegelmacher seines Alters, Luca, mit dem er bis spät in die Nacht redete, wenn sie wieder einmal nicht schlafen konnten. »Erinnerst du dich noch an die Spiele, die wir mit Spiegeln gespielt haben?«, fragte Andrea. »Wir haben das Sonnenlicht in Splittern gefangen und es in die Augen eines anderen Jungen gelenkt, um zu sehen, wie lange er dem standhalten konnte, ohne zu blinzeln. Tagelang sind dunkle Flecken vor unseren Augen getanzt. Auch haben wir uns mit den Spiegeln Signale über die Piazza geschickt, Nachrichten aus Licht.«

In Andreas Erinnerung war sein Vater wieder zu dem gütigen Mann seiner Kindheit geworden, so wie er vor dem Tod seiner Mutter gewesen war. Er erinnerte sich daran, wie er Sonntags auf der Bank vor ihrem Haus gesessen und den Geschichten seines Vaters gelauscht hatte. Dieser hatte ihm die Legende von Archimedes erzählt, der mit einem Spiegel die römische Flotte in Brand gesteckt hatte, als diese zu weit entfernt gewesen war, um von Brandpfeilen getroffen zu werden. Das sei jedoch kein Glasspiegel wie die heutigen gewesen, hatte Andreas Vater gesagt, sondern ein glänzender, konkaver Metallspiegel von gewaltigen Ausmaßen, der so gut poliert gewesen war, dass man sein Gesicht darin sehen konnte.

Andrea hatte gefragt, ob das, was Archimedes getan hatte, auch mit heutigen Spiegeln funktionieren würde, und sein Vater hatte geantwortet: »Nein, aus Glas kann man keinen Spiegel herstellen, der groß genug dafür wäre.« Beim Anzünden der römischen Schiffe war es darum gegangen, einen Lichtstrahl mittels einer ungewöhnlich großen Oberfläche so weit zu bündeln, dass seine Kraft sich auf einen winzigen Bereich konzentrierte, kaum größer als eine Münze. Die Gelehrten der Antike hatten Geheimnisse gekannt, die im Zeitalter der Barbaren verloren gegangen waren; erst jetzt wurden sie allmählich wieder entdeckt, als wären es neue Erfindungen.

»Das habe ich besonders an meinem Vater bewundert«, sagte Andrea. »Für die meisten Menschen war er schlicht ein Geschäftsmann, der den Wert eines jeden Spiegels und eines jeden Mannes in seiner Manufaktur einzuschätzen wusste. Aber er suchte auch ständig nach Wissen, das er mir immer wieder in Brocken zugeworfen hat. Das machte es für ihn allerdings nur umso schmerzlicher, als ich ihm offenbart habe, dass ich gehen würde, denn es erfüllte ihn mit Verachtung, als er erkannte, dass mein eigenes Streben nach Wissen einer der Gründe dafür war. Das sei jedoch kein wirkliches Wissen, sagte er und warf mir vor, alles für eine Chimäre wegzuwerfen. ›Man hat dich das Spiegelmachen gelehrt‹, fuhr er fort, ›damit du und dein Bruder eines Tages die Manufaktur übernehmen könnt. Nun ... schade. Ich werde sie wohl Frederico alleine vererben.‹ Und dann hat er den Namen meiner Mutter angerufen, die gestorben ist, als ich zwölf Jahre alt war. Hätte sie gewusst, dass der Sohn, dem sie das Leben geschenkt hat, eines Tages Murano verraten würde ... Nichts auf dieser Reise hat mich tiefer getroffen als das letzte Gespräch mit meinem Vater.«

»Mein Vater war genauso wütend«, sagte Luca. »Er hatte die älteste Tochter der Colleoni für mich ins Auge gefasst, und die hätte eine gute Mitgift ins Haus gebracht. Der alte Colleoni war jedoch so angewidert, als er von meinen Absichten gehört hat, dass er sie dem Sohn von Francesco Salviati versprochen hat.«

Wie als Antwort auf dieses unterschwellige Heimweh der Arbeiter traf eine Nachricht aus dem Büro des Ministers ein, die allen einen großzügigen Bonus versprach, wenn sie die Produktionsquote erhöhten. Offensichtlich wollte ganz Paris Spiegel kaufen und drängte sich in der Schlange hinter dem König. Die harte Arbeit und das Geld minderten die Nostalgie, bis lediglich ein nagendes Gefühl im Hinterkopf blieb, das sich jedoch nur in den frühen Morgenstunden bemerkbar machte. Niemand hatte Zeit, sich diesem Gefühl hinzugeben, denn die erste Schicht nahm ihre Arbeit bereits um sechs Uhr morgens auf. Zu diesem Zeitpunkt liefen die Schmelzöfen schon auf vollen Touren, nachdem die französischen Arbeiter sie die Nacht über angefacht hatten. Außerhalb des Manufakturgeländes, in der Vorstadt Saint-Antoine, waren die typischen, frühmorgendlichen Geräusche zu hören: das Klappern von Eimern, das Rattern eisenbeschlagener Wagenräder auf den Pflastersteinen, Stimmen, die nach mehreren Stunden Schlaf zum ersten Mal wieder erhoben wurden, und das Husten und Räuspern von Menschen am Beginn eines neuen Tages.

Andrea ging zum Badehaus. Es stand auf einem Hof, umgeben von den Wohnquartieren der Spiegelmacher hinter dem Hauptgebäude der Manufaktur. Die Wohnquartiere waren aus roten Ziegeln gebaut, und Efeu kroch die Wände hinauf. Ein kleiner Fleck kultivierter Erde war mit Ringelblumen und Artischocken eingesät, und auf einem großen, freien Areal mit Steinmarkierungen an jedem Ende konnten die Arbeiter Calcio* spielen. Zu den Werkhallen führte ein gepflasterter Weg von der Straße. Der dortige Eingang wurde von schweren Eisentoren versperrt, die nachts verschlossen waren und tagsüber bewacht wurden. Diese Maßnahmen waren nicht nur dazu gedacht, die Männer drinnen zu halten – welche, wie Monsieur du Noyer aufgefallen war, dazu neigten, längere Pausen einzulegen, um diese neue Stadt zu erkunden –, sondern auch, um die Agenten der venezianischen Regierung draußen zu halten.

Bereits drei Wochen nach ihrer Ankunft war einer der Spiegelmacher bei der Rückkehr von einem abendlichen Spaziergang überfallen und mit einem Glassplitter in den rechten Arm gestochen worden. Alle in der Manufaktur waren sicher, dass dieser Angriff der Republik Venedig zuzuschreiben war. Hätte es sich bei dem Angreifer nämlich um einen gewöhnlichen Dieb gehandelt, hätte er seinem Opfer sicherlich die Börse abgenommen; das aber war nicht geschehen. Am nächsten Tag hatte der venezianische Gesandte dem Oberhaupt der Spiegelmacher, Antonio del la Rivetta, eine Nachricht zukommen lassen und ihn gebeten, sich mit ihm zu treffen. Rivetta hatte noch einen anderen Spiegelmeister zu diesem Treffen mitgenommen, Civrano, sowie zwei seiner jüngsten Mitarbeiter, Andrea und Luca, für den Fall, dass jemand beabsichtigen sollte, ihn zu entführen. Sie hatten sich mit dem Gesandten am Place Royal getroffen, wo

---

* Italienischer Vorläufer des Fußballs. Der Name hat sich noch heute in verschiedenen Clubnamen erhalten, z. B. AC Mailand (AC = Assoziazione Calcio) – Anm. des Übersetzers.

der venezianische Vertreter ihnen und ihren Familien auf rüde Art gedroht und ihnen ans Herz gelegt hatte, umgehend nach Venedig zurückzukehren. Del la Rivetta berichtete sofort du Noyer von diesem Treffen, der wiederum Colbert unterrichtete, welcher wiederum augenblicklich reagierte und die Bezüge der Spiegelmacher deutlich erhöhte. Die Venezianer konterten mit dem Versprechen auf noch höhere Summen, doch es war zu spät; Colbert hatte wieder einmal zuerst gehandelt.

Das war im August gewesen, und du Noyer hatte den Männern verboten, alleine auszugehen; nur zu zweit oder besser zu dritt sollten sie sich in die Stadt wagen. Während der Sommerhitze hatte Ruhe geherrscht, doch nun, im Herbst, schien sich die venezianische Regierung wieder zu rühren. Rivetta, der seine massige Gestalt im Badehaus abspritzte, rief Andrea zu: »Sie haben diesen Rohling von einem Gesandten abberufen. Gestern Abend habe ich davon erfahren. Der neue Gesandte ist ein gewisser Signor Giustiniani. Er will sich mit uns treffen.«

Der neue Gesandte schien einem versöhnlicheren Ansatz zu folgen. Er lud die Spiegelmacher zum Abendessen in seine Residenz ein und versprach feierlich, ihnen würde kein Leid geschehen und dass man die Gesetze der Gastfreundschaft beachtete.

»Das klingt in jedem Fall zivilisierter, als zum Place Royal bestellt und dort mit allen möglichen Todesarten bedroht zu werden«, bemerkte Andrea.

»Ich traue ihm trotzdem nicht. Wir werden uns entweder an einem öffentlichen Ort mit ihm treffen oder gar nicht. Und kein Wort zu du Noyer«, fügte Rivetta hinzu, »sonst sperrt der uns auf unbestimmte Zeit hier ein.«

Zwei Abende später, in die neuen Kleider gewandet, die der König für sie in Auftrag gegeben hatte, machten die Spiegelmacher sich per Kutsche auf den Weg zu dem Kompromiss, den der Gesandte vorgeschlagen hatte: ein Privatzimmer in einem Versammlungshaus an der Seine. Nieselregen fiel auf ihre Schultern, als sie aus der Kutsche stiegen, und legte sich wie ein Schleier über die Île la Cité und die Kathedrale von Notre-Dame. Aus der Tür des Gebäudes trat ein Mann in venezianischer Kleidung, um sie zu begrüßen. Er stellte sich als Sekretär des Gesandten vor und führte sie nach oben in die Privatzimmer.

Botschafter Giustiniani war von ganz anderem Schlag als sein Vorgänger. Überschwänglich schüttelte er den Spiegelmachern die Hände, als wären sie seine Lieblingssöhne, die nach langer Abwesenheit endlich wieder nach Hause zurückgekehrt waren, und er begleitete diese Geste mit einem: »Meine lieben venezianischen Landsleute!« Seine kleinen, listigen Augen funkelten freundlich, als er von einem zum anderen schaute und sie nacheinander mit Namen ansprach. »Signor Antonio del la Rivetta, Signor Mario Civrano, Signor Andrea Allegri. Ich fühle mich geehrt, euch heute Abend als meine Gäste begrüßen zu dürfen. Mein eigener Koch hat ein Festmahl für euch bereitet, das euch zumindest mit schönen Erinnerungen erfüllen wird, falls es nicht gar sofort den Wunsch in euch wecken sollte, nach Venedig zurückzukehren. *Risotto con funghi, e allora, pesce con burro, e fegato alla Veneziana, e poi ... e poi, tutte dolce della Serenissima!*«

Die Männer blickten einander besorgt an, als sie hörten, dass die Mahlzeit vom Koch des Gesandten zubereitet worden war.

»Und natürlich habe ich auch meinen höchsteigenen Vorkoster mitgebracht«, fuhr der Gesandte fort, »sodass wir sicher sein können, dass uns allen das Mahl auch bekommt.«

Er lächelte seine sichtlich erleichterten Gäste an. »So unglücklich eure bisherigen Erfahrungen auch sein mögen, Signori, lasst uns hoffen, dass es uns gelingt, das wieder gutzumachen.«

Der Raum, in dem sie sich befanden, war im Stil von Heinrich IV. gestaltet: Eine hohe Decke wurde von reich bemalten Holzpfeilern gestützt. Fresken mit Nymphen und Amoretten schmückten die Wände. Aus den großen Fenstern konnte man über die Seine schauen, und in dem Glas spiegelte sich das Licht vieler Kerzen. Der Gesandte hatte zu diesem Anlass nur Kerzen aus allerbestem Wachs gewählt, die mit sauberer Flamme brannten. Der Duft getrockneter Rosenblüten und der Speisegewürze erfüllte die Luft.

Andrea empfand die Atmosphäre als ausgesprochen angenehm. Das war genau die Art von Ort, wie er sich Paris in seinen Träumen immer vorgestellt hatte. Jenseits des Tisches verschwammen die Gesichter seiner Kollegen. Vor seinem geistigen Auge sah er durch den Kerzenschimmer hindurch einen elegant geschwungenen Hals, weiße Schultern, die aus einem Seidenkleid herausragten, und frivol gelocktes Haar, in das Schleifen geflochten waren. *Ich werde sie hierher holen, diese Frau, die am Rande meines Bewusstseins existiert. Ich habe sie noch nie gesehen, nicht bei den Mädchen, die in der Rue Saint-Antoine herumlungern, und auch nicht unter jenen, die im Jardin des Plantes frische Luft schnappen; doch irgendwo in dieser Stadt lebt die Frau, die ich lieben werde – das weiß ich.*

Der Gesandte schaute Andrea an, als würde er dessen Gedanken lesen. »Wir würden Euch niemals nahe legen, Paris zu verlassen, wo Euch so viel erwartet, jedenfalls nicht, bevor Ihr nicht alles genossen habt, was diese Stadt zu bieten hat.« Er lächelte. »Aber um was wir Euch von ganzem Herzen bitten, was wir von Euch erflehen, von Euch erbetteln, ist Folgendes: Gebt das wertvolle Geheimnis des Spiegelmachens niemals an die Franzosen weiter. Nehmt Geld, so viel Ihr wollt, aber bewahrt das Geheimnis der *specchiai*. Auf diese Art und Weise werdet Ihr Euch selbst als auch Eure Handwerksbrüder in Murano schützen. Denn Ihr könnt sicher sein, dass die Franzosen Euch wie alte Schuhe wegwerfen, sobald sie das Geheimnis erst erfahren haben.«

»Dem stimmen wir zu, Exzellenz«, sagte del la Rivetta. »Keiner von uns will Venedig irgendwelchen Schaden zufügen, solange Venedig auch uns unversehrt lässt.«

Sie tranken auf das Wohl von Venedig, auf sich selbst, auf Paris, auf die Zunft der Spiegelmacher von Murano, auf das Leben im Allgemeinen, auf ihre abwesenden Ehefrauen, auf die Liebe, auf die hervorragende Mahlzeit und auf all das Schöne, das Venedig repräsentierte. Schließlich verabschiedeten sich die leicht angetrunkenen Spiegelmacher von Botschafter Giustiniani, der sie nun sogar noch liebevoller anschaute als bei der Begrüßung. Ja, es schimmerten sogar Tränen in seinen Augen, als er ihnen eine gute Nacht wünschte. In der Kutsche auf dem Weg zurück in die Faubourg Saint-Antoine sagte del la Rivetta: »Er hat Recht, was die Franzosen betrifft. Sie wollen uns das Geheimnis entlocken und uns dann wieder loswerden.«

»Es gibt bereits französische Lehrlinge in der Manufaktur, die versuchen, etwas von uns zu lernen«, sagte Civrano. »Du Noyer wird außer sich sein vor Wut, sollten wir sie hinauswerfen.«

»Unsere Stärke beruht auf dem Geheimnis der Spiegel«, erklärte del la Rivetta, »und dieses Geheimnis müssen wir um jeden Preis bewahren. Du Noyer wird sich damit abfinden müssen, ob es ihm gefällt oder nicht.«

Du Noyer reagierte mit Schmeicheleien und Drohungen zugleich, und schließlich leitete er die Angelegenheit an den Minister weiter. Colbert schickte daraufhin eine Nachricht, in der er jenen eine erkleckliche Erhöhung ihrer Bezüge versprach, die sich bereit erklärten, die französischen Lehrlinge zu unterrichten. Die angespannte Atmosphäre in der Manufaktur war fast mit den Händen zu greifen. Männern, die sich bereit erklärten, mit den Lehrlingen zusammenzuarbeiten, zeigte man die kalte Schulter. Du Noyer berichtete über die zunehmend schlechte Stimmung unter den Männern, woraufhin Colbert ein Schreiben an den französischen Gesandten in Venedig schickte und ihn anwies, dafür zu sorgen, dass die Ehefrauen der Spiegelmacher nach Paris kommen könnten. Auf diese Art hoffte er, die Spannung abbauen und die Männer von dem Wunsch abbringen zu können, wieder in ihre Heimat zurückzukehren. In der Zwischenzeit stand ihm nur eine Waffe zur Verfügung, um sich der Treue der Männer zu Frankreich anstatt zu Venedig zu versichern, und diese Waffe war der König persönlich.

Der König würde die Spiegelmanufaktur besuchen. Diese Nachricht eilte wie ein Lauffeuer von einem Schmelzofen zum anderen; sie verbreitete sich überall, wo Männer zusammenkamen und miteinander sprachen. Du Noyer hatte entsprechende Anweisungen erteilt. Sie sollten weitermachen wie immer. Der König wollte sie bei der Arbeit sehen. Sie durften ihn auf keinen Fall anstarren – das mochte er ganz und gar nicht – und nicht versuchen, mit ihm zu sprechen, sich ihm nicht einmal nähern. Sollte er sich entschließen, eine bestimmte Person anzusprechen, so musste diese Person sich verneigen, den Blick nach unten gerichtet lassen und mit klarer Stimme antworten. Diejenigen, die kein Französisch sprachen, bräuchten sich keine Sorgen zu machen; der König verstand und sprach Italienisch. Tatsächlich wäre es vermutlich ohnehin das Beste, würden alle nur Italienisch reden. Der König mochte es nicht, wenn die französische Sprache falsch ausgesprochen wurde.

Du Noyers Anweisungen lösten eine neuerliche Gerüchtewelle in der Manufaktur aus. So hieß es zum Beispiel, der König wolle nicht angestarrt werden, weil er missgestalt sei. Er sei entsetzlich fett. Er hätte einen Buckel. Er hätte zwei

Köpfe. Die Gerüchte wurden immer weiter gesponnen, bis schließlich der Eindruck entstand, alsbald würde ein Monstrum die Manufaktur heimsuchen, eine derart groteske Kreatur, dass die Männer den Blick abwenden mussten, wollten sie nicht zu Stein erstarren.

Als dann jener Morgen im Frühjahr 1666 kam, da dieser Besuch stattfinden sollte, herrschte in der Manufaktur eine geradezu fiebrige, erwartungsvolle Atmosphäre. Jedwedes Geräusch eines Karrens, jeder Ruf von draußen unterbrach das Glasblasen. An diesem Morgen wurde mehr Glas ruiniert als je zuvor. Dann, wie die Kavallerie beim Sturmangriff, fuhr draußen der Sechsspänner des Königs mit einem Reitergefolge vor. Du Noyer erteilte letzte Anweisungen: »Verneigt Euch tief in Richtung des Königs, die Augen zu Boden gerichtet; dann arbeitet weiter, als wäre alles wie immer.«

Andrea saß an seiner Werkbank, neben sich seine Werkzeuge. Er rückte den Lederschild auf der einen Seite seines Gesichts zurecht, der ihn vor der Hitze des Schmelzofens schützte. Schweiß rann den Schild hinunter, als Andrea sich vorbeugte, um das geschmolzene Glas zu blasen, das an der Spitze des Stabes klebte. Zum Schutz vor dem grellen orange-weißen Licht aus der offenen Ofenluke schloss er die Augen. Als er sie wieder öffnete, waren alle Arbeiter aufgesprungen und verneigten sich tief in Richtung des Königs.

Zuerst hatte Andrea den Eindruck, mit einem Mal in ein anderes Feuer zu blicken. Der Mann vor ihm war vollkommen in Scharlachrot und Gold gewandet. Er trug einen feuerroten gefiederten Hut auf einem Kopf, der von extravagant langem, gelockten Haar geziert wurde, das ihm weit über die Schultern fiel. Den Hals schmückte ein Goldreif, und sein langärmeliges Wams war vollständig mit Gold- und Silberstickereien bedeckt. Unter dem Wams trug der König ein weiteres Kleidungsstück aus Goldbrokat, worunter sich wiederum ein bauschiges, blasses Hemd befand. Seine Kniehose war scharlachrot und mit Gold bestickt und wurde von einem Band aus feuerroten Schleifen gehalten. Die Strümpfe waren ebenfalls scharlachrot und die Schuhe aus weichem, bleichem Kalbsleder, die Absätze wieder scharlachrot, und die Schnallen mit Brillanten und scharlachroten Schleifen besetzt. Andrea starrte auf die Schuhe, die Augen wie befohlen nach unten gerichtet; dann wanderte sein Blick nach oben durch das feurige Rot und das funkelnde Gold zum Gesicht des Königs.

Dieses Gesicht brannte förmlich vor Leben, und Andrea gewann den Eindruck eines Mannes auf dem Höhepunkt seines Seins, nein, viel mehr noch – eines Gottes inmitten von Sterblichen. Die Haut des Monarchen strahlte Gesundheit aus, Selbstvertrauen und überwältigende Macht. Andrea starrte den König an, bis sich dessen adlerhaftes Gesicht in seine Richtung drehte. Der junge Venezianer war sich der dunklen, zusammengekniffenen Augen bewusst, die auf ihn gerichtet und so unergründlich waren, dass er gar nicht anders konnte, als den Blick zu senken. Die Gerüchte hatten also der Wahrheit entsprochen: Man konnte den König nicht ansehen, wollte man nicht zu Stein erstarren. Andrea wandte sich wieder seiner Arbeit und damit dem Schmelzofen zu; wenigstens war das eine Hitze, die er kannte.

Er hörte, wie das Gefolge des Königs durch die Manufaktur wanderte, und vernahm die Stimme von Monsieur du Noyer, der seinem Souverän das ein oder andere erklärte. Schließlich hob Andrea wieder den Blick und schaute sich die Männer an, die den König umringten. Dabei fiel ihm ein streng dreinblickender Mann in Schwarz mit einem weißen Spitzenkragen auf. Das musste Monsieur Colbert sein, vermutete Andrea, der Generalkontrolleur der königlichen Finanzen. Neben dem König stand ein winziger junger Mann, der ähnlich gekleidet war wie der Monarch, nur in Blau und

Silber. Sein Haar war lang und kunstvoll gelockt, seine Augen dunkel und funkelnd. Ständig hatte er ein leichtes Lächeln aufgesetzt, während er sich umschaute; seine Wangen waren gepudert, und neben den Mund hatte er einen Schönheitsfleck geklebt. Du Noyer verhielt sich ihm gegenüber fast so unterwürfig wie gegenüber dem König; Andrea vermutete, dass es sich bei dem jungen Mann um einen königlichen Verwandten handeln musste, vielleicht um einen jüngeren Bruder.

Dann und wann versammelte sich das Gefolge um einzelne Männer an ihren Werkbänken. Der König befragte mehrere Männer nach ihrer Arbeit und verteilte Goldmünzen. Schließlich, nachdem man sich in der Hitze der Schmelzöfen den Schweiß von der Stirn gewischt hatte, vertagte sich die königliche Gruppe in den Hof, wo man auf einem Tisch Fleisch, Obst und Wein angerichtet hatte. Kaum hatten die Besucher die Werkhalle verlassen, war alle Arbeit vergessen, und die Männer verliehen ihrer Verwunderung Ausdruck. »Habt ihr je solche Kleider gesehen?« – »Wie lange hat er heute Morgen wohl zum Ankleiden gebraucht? Ein paar Stunden?«

Kurz darauf kehrte du Noyers Assistent in die Werkhalle zurück und trat zu Andrea an dessen Werkbank. »Würdet Ihr bitte nach draußen kommen?«, bat er.

Andrea stand auf und folgte ihm wenig ängstlich. Hatte er irgendeine Majestätsbeleidigung begangen, als er den König angestarrt hatte? Würde man ein Exempel an ihm statuieren und ihn in der nur eine Meile entfernten Bastille einsperren, weil er Ludwigs Missfallen erregt hatte? Als er den Hof betrat, sah er, wie del la Rivetta dem König und Monsieur Colbert irgendetwas erklärte. Der Bruder des Königs wanderte umher und spähte in verschiedene Türen hinein. Zwei Musketiere standen gelassen in der Frühlingssonne und unterhielten sich miteinander. Es sah nicht so aus, als gäbe es hier irgendetwas Ärgeres zu erwarten als einen Tadel. Als Andrea sich der Gruppe um den König herum näherte, sah er, dass sie sich nahe der Wand versammelt hatten, wo der Vielfachspiegel stand, den Andrea vergessen hatte wegzuräumen.

»Der König wünscht zu wissen«, wandte sich Monsieur du Noyer an ihn, »was für ein seltsames Gerät das ist.«

Andrea errötete und verfluchte sich in Gedanken, dass er den Spiegel nicht versteckt hatte. Er hatte ihn während der Sommermonate aus weggeworfenen Spiegelstücken gebaut und ihn nun, da die Sonne wieder wärmer wurde, hervorgeholt, ein Erinnerungsstück an das Gespräch mit seinem Vater über Archimedes. Jetzt schämte er sich, dass seine kindischen Experimente auf diese Art enthüllt worden waren. »Das ist nur ein Experiment«, murmelte er und blickte zu Boden. »Es hat etwas mit Hitze und Licht zu tun.«

»Ein Experiment?«, sagte der König. »Ich bin immer an Experimenten interessiert. Sagt mir, um was genau es hierbei geht.«

Andrea blickte ihn an und sah anstelle der strahlenden Ikone des ersten Eindrucks einen Mann, der vielleicht fünf Jahre älter war als er, einen Mann mit intelligenten Augen, der begierig zu sein schien, Andreas Erklärung zu hören.

»Bitte verzeiht, Majestät, es mag sich dumm anhören, doch der Grund für dieses Experiment ist die Geschichte von Archimedes und den römischen Kriegsschiffen. Archimedes hat eines der Schiffe, das außerhalb der Schussreichweite lag, in Brand gesteckt, und zwar mittels eines Brennspiegels. Ein Spiegel vermag die Hitze zu lenken, wenn er das Sonnenlicht auffängt. Ich habe nun eine Reihe von Spiegeln so zusammengebaut, dass man sie ausrichten kann, um das Sonnenlicht in größerer Entfernung auf einen winzigen Punkt zu konzentrieren. Doch ist es mir lediglich gelungen, auf zehn Schritt Entfernung ein Stück Holz in Brand zu setzen. Dieses Experiment dient bloß meinem Amüsement, mehr nicht.«

»Auf eine Entfernung von zehn Schritten?«, erwiderte der König und ignorierte Andreas Bescheidenheit. »Wenn Ihr also anstatt zehn Spiegel eine Wand von hundert hättet, könntet Ihr Holz auf eine Entfernung von hundert Schritt in Brand setzen?«

»Das könnte durchaus sein, Majestät, den richtigen Winkel vorausgesetzt. Ich kann das jedoch nur durch Experimente herausfinden, und Monsieur du Noyer wird es nicht gefallen, wenn ich einhundert Spiegel dafür verwende.«

Ludwig lachte. »Monsieur du Noyer ist begierig darauf, Profit zu machen, so wie wir alle, aber mir gefällt ein forschender Geist. Was könnt Ihr sonst noch mit Spiegeln anfangen?«

»Der richtige Winkel ist das Wichtigste. Man kann Spiegel so anordnen, dass ein Bild durch das ganze Haus projiziert wird, sodass Ihr durch sämtliche Räume sehen könnt, wenn jemand näher kommt.«

»Wie nützlich. Denkt nur einmal darüber nach, wie vielen Leuten ich auf diese Art aus dem Weg gehen könnte, Colbert.«

Der Generalkontrolleur der Finanzen zeigte den Hauch eines Lächelns.

»Und wo wir schon davon sprechen«, fuhr der König fort und lachte, als ihm der Gedanke kam, »stellt Euch nur einmal vor, wie nützlich es wäre, Höflinge auf fünfhundert Meter Entfernung in Brand zu stecken.«

»Ihr meint die Herren ebenso wie die Damen?«, meldete der königliche Bruder sich zu Wort.

»Ein ehrgeiziger Herzog verschwindet in einer Rauchwolke. Nun, wie es scheint, gibt es für Spiegel noch mehr Anwendungsmöglichkeiten, als es auf den ersten Blick den Anschein hat. Wie lautet Euer Name, junger Mann?«

»Andrea, Sohn von Ercole Allegri.«

Andrea war sich bewusst, dass das gesamte Gefolge ihn anstarrte wie ein exotisches Tier. Colberts strenges, ernstes Gesicht entspannte sich ein wenig, und er musterte Andrea wie ein Onkel seinen vielversprechenden Neffen. Des Königs Bruder betrachtete ihn mit unverhohlenem Interesse und murmelte zu einem der königlichen Offiziere: »Italiener sind entweder potthässlich oder wunderschön, und dieser hier gleicht einem Engel.«

Es folgte eine schier endlose Pause, während der Andrea einfach nur dastand, umgeben von der Wärme und dem Interesse der Größten im Lande. Dann sagte der König: »Nun, wir müssen weiter. Hervorragende Arbeit, Monsieur du Noyer. Ich wünsche Euch einen guten Tag, Signori. Das war ein außerordentlich interessanter Morgen.« Und das Gefolge machte auf dem Absatz kehrt, um dem König zu folgen. Andrea hatte das Gefühl, als wäre er für einen Augenblick in den innersten Kreis des Königs vorgelassen und sofort wieder daraus verstoßen worden.

In den Tagen, die dem Besuch des Königs folgten, wurde Andrea wieder von seiner alten Rastlosigkeit heimgesucht. Das eingeengte Leben in der Manufaktur, die tägliche Routine, die ihn immer wieder von neuem gefangen nahm, all das war Teil einer viel zu kleinen Welt. »Ich kann die Großartigkeit des Königs einfach nicht vergessen, diese Pracht«, sagte Andrea zu del la Rivetta. »Alles, was er berührte, schien sich in Gold zu verwandeln.«

»Ein derart reicher Mann kann es sich leisten, einen Teil dieses Goldes in deine Richtung zu lenken, und das wird er auch, wenn du clever genug bist«, erwiderte del la Rivetta. »Ich habe gehört, wie er Colbert gesagt hat, er solle sich deinen Namen merken.«

Gut eine Woche später kam du Noyer an Andreas Werkbank. Ein paar Spiegel sollten an den Louvre ausgeliefert werden. Andrea war dazu bestimmt worden, bei der Aufstellung zur Hand zu gehen.

8.

Die Spiegel waren in Kisten voller Holzspäne verpackt, wo sie vor den Erschütterungen der Karren geschützt waren, die über die unebenen Straßen rumpelten. In der Stadt hatte man mit einem großen Straßenbauprogramm begonnen; frisch gepflasterte Straßen wurden immer wieder von zerfurchten Abschnitten voller Schlaglöcher unterbrochen. Die Wagen aus der Manufaktur fuhren unter dem Schatten der Bastille zur Rue Saint-Antoine und dann immer am Ufer der Seine entlang, deren Wasser ölig-grau unter dem bewölkten Himmel schimmerte. Schließlich konnten sie die mit Blei verkleideten Dächer des Louvre sehen.

Arbeiter huschten wie ein Belagerungsheer um die Schlossmauern herum, und Pferdefuhrwerke schafften Steine heran. Die Wagen der Spiegelmacher fuhren von Osten auf einen Hof, der eine einzige Baustelle war. Die gesamte Fassade war mit Gerüsten verkleidet. Männer schwärmten die Leitern hinauf, und auf dem Dach waren mehrere Kräne aufgebaut worden, die Schlingen mit Bleiplatten nach oben zogen.

Inmitten dieses geschäftigen Treibens fiel es den Spiegelmachern schwer herauszufinden, wohin sie mit ihrer Lieferung gehen sollten. Andrea ließ den Fahrer und seinen Burschen zurück, damit diese bei den Spiegeln helfen konnten, und ging auf einen Mann in grauer Serge zu, der am Rand des Hofs über Bauplänen brütete; er sah sehr offiziell aus. Der

Mann blickte verärgert auf, als Andrea ihn ansprach, und zuckte mit den Schultern zum Zeichen, dass er sich um wichtigere Dinge zu kümmern habe als um die Aufstellung von Möbeln. Ein kleiner Mann in Arbeitskluft und breitkrempigem Hut neben ihm erklärte: »Der König wohnt hier nicht. Wie Ihr sehen könnt, werden am Schloss aufwändige Änderungen vorgenommen.«

»Versucht es in den Tuillerien«, sagte der andere Mann in dem grauen Anzug, ohne aufzublicken. »Dort logiert der König im Augenblick.«

»Die Tuillerien? Wo liegen diese Tuillerien?«, fragte Andrea.

Der Beamte hob die Augenbrauen und seufzte. Es war der Mann mit dem großen Hut, der antwortete: »Sie liegen unmittelbar westlich des Louvre. Fragt jemanden, wenn Ihr dort seid. Hat man Euch einen Namen genannt?«

»Monsieur Colbert hat sie bestellt.«

»Nun, Ihr werdet ja wohl kaum erwarten, dass Monsieur Colbert an der Türschwelle auf Euch wartet«, sagte der Beamte in verächtlichem Tonfall. Er wandte sich ab und murmelte vor sich hin: »Ausländische Kretins ...«

Auf dem Haupthof der Tuillerien versuchte eine königliche Wache die Spiegelmacher zum Palais Royal zu dirigieren, wobei er ihnen mit dem Selbstvertrauen eines Mannes, der stets alles besser wusste, versicherte, dass die Spiegel sehr wahrscheinlich für Seine Hoheit, den Bruder des Königs bestimmt seien. Nein, widersprach ihm Andrea, der sich im Geiste schon darauf einrichtete, mit seinen Karren eine Rundfahrt durch diese verdammten königlichen Paläste machen zu müssen. Die Spiegel, verkündete er, seien für den König höchstpersönlich.

Inzwischen hatte es zu regnen begonnen, und was Andrea zunächst als angenehme Abwechslung zur Routine in der Manufaktur erschienen war, entwickelte sich mehr und mehr zu einem hoffnungslosen Auftrag. »Diese Spiegel sind von Monsieur Colbert für den König persönlich bestellt worden«, wiederholte Andrea noch einmal für den Soldaten, der ob des Akzents des Venezianers Unverständnis vortäuschte. Eine Gruppe von Männern hielt auf den Kolonnadeneingang des Schlosses zu, unter ihnen der schwarz gewandete Minister des Königs.

»Wartet mal ...«, sagte der Wachsoldat und versuchte, Andrea den Weg zu versperren, doch der junge Venezianer eilte unverdrossen auf den Minister und sein Gefolge zu und rief beim Näherkommen: »Monsieur Colbert! Euer Exzellenz!«

Colbert drehte sich mit jenem drohenden Gesichtsausdruck um, mit dem er Bittsteller zu verscheuchen pflegte, doch als er den jungen Mann erkannte, entspannte er sich sofort wieder. »Ah, der Spiegelmacher«, sagte er. »Habt Ihr Eure Lieferung gebracht?«

»Ja, Monseigneur. Doch es scheint niemand zu wissen, wo ich sie abliefern soll.«

»Hier weiß niemand irgendetwas«, erwiderte Colbert. »Kommt mit mir.«

Andrea schloss sich dem Gefolge des Ministers an, und gemeinsam gingen sie durch die große Tür und in eine Halle von geradezu überwältigender Pracht. Die breite Marmortreppe mit den vergoldeten Statuen am Fuß der Balustrade, die Gobelins mit Schlachtenszenen an den Wänden und die verwirrende Vielfalt gemalter Götter und Göttinnen an der Decke weit oben, all das war wie ein Sturmangriff aufs Auge. Zwei Höflinge in ähnlicher, aber weit weniger prachtvoll bestickter Kleidung wie der König schlenderten die Treppe hinunter, wobei sie die Füße elegant drehten, um ihre teuren Strümpfe zur Schau zu stellen. Beide verneigten sich vor dem Minister und legten die Hand an den Hut, nahmen ihn jedoch nicht ab. Colbert neigte höflich den Kopf und murmelte: *»M'sieur le Comte, M'sieur le Baron.«* Dann setzte er seinen Weg die Treppe hinauf fort, begleitet von seinem Gefolge, und ging zu den Staatsgemächern, wo Höflinge in Grüppchen beisammen standen und miteinander plapperten. Auf diese Art schienen sie sich die Zeit zu vertreiben, während sie darauf warteten, dass etwas Wichtiges geschah.

Colberts Gruppe schloss sich zu einem dichten Block zusammen, als wollten sie so die herumlungernden Höflinge davon abhalten, sich dem Minister zu nähern. Sie betraten einen zweiten, kleineren Salon, wo Colbert sich unvermittelt umdrehte, um auf ein Panel in der Wand zu drücken. Daraufhin öffnete sich eine geheime Tür, die sie durch einen schmalen Gang in einen Raum führte, der ganz in Rosa und Gold gehalten war und aus dessen hohen Fenstern man auf die Seine blicken konnte.

»Wir befinden uns im Apartment der Königin«, erklärte Colbert. »Die Spiegel sind für diesen Raum hier bestimmt. Einen werdet Ihr dort zwischen den Fenstern platzieren, die anderen beiden an der Wand gegenüber. Sie müssen ganz präzise ausgerichtet werden. Benötigt Ihr irgendwelche Hilfe?«

»Noch ein weiteres Paar Hände, wenn möglich; dann kann ich mich um den Aufbau kümmern.«

»Du«, sagte Colbert und deutete auf einen Pagen mit glattem Haar, der neben der Tür lümmelte. »Tu, was Monsieur Allegri dir sagt.«

Der Minister nickte Andrea knapp zu, drehte sich dann wieder zu der Geheimtür um und ließ den jungen Venezianer allein im Herzen des Schlosses zurück.

Das Aufhängen der Spiegel dauerte länger, als Andrea erwartet hatte, denn unter einer dünnen Schicht Putz bestanden die Wände aus massivem Stein. Andrea trat einen Schritt zurück, um die Anordnung zu überprüfen, doch irgendwie hatte er das Gefühl, dass sie auf diese Art nicht die beste Wirkung entfalten konnten. Ihm hätte es besser gefallen, zwei von ihnen in einem bestimmten Winkel in die Ecken zu hängen, sodass sie ihr Bild an den zwischen den Fenstern weitergeben konnten. Dadurch hätte sich das Bild noch vervielfältigt, doch er wusste, dass es unklug gewesen wäre, die präzisen Anweisungen des Ministers zu ignorieren.

Andrea stand auf einem Stuhl, um einen Handabdruck vom oberen Teil des Spiegels zu entfernen, den er zwischen den Fenstern platziert hatte. Dieser Spiegel war seine eigene Arbeit, und er war sehr stolz darauf. Manchmal gab es kleine Wellen auf dem Glas, doch dieser hier war so glatt und eben wie ein Mühlteich an einem Sommertag. Andrea erinnerte sich an das Hochgefühl, das er beim Betrachten des von ihm geblasenen Glases empfunden hatte, während es mit kundiger Hand flach gezogen worden war. Nicht oft konnte man sich über etwas wahrhaft Perfektes freuen, aber dies war solch ein Augenblick gewesen.

Das Klicken der verborgenen Tür verriet Andrea, dass jemand den Raum betreten hatte, doch erst als sich ihm Schritte näherten, wanderte sein Blick vom Spiegel selbst zu dem Bild, das darin erschien. Und was sich im Glas spiegelte, war eine solch schöne Frau, dass Andrea nicht glauben konnte, dass sie aus Fleisch und Blut war. Eine solche Perfektion ... Das musste der Traum sein, der ihn immer wieder am Rande seines Bewusstseins heimsuchte. Wie verzaubert von den schimmernden azurblauen Augen, die zu seinem Spiegelbild hinaufblickten, murmelte er: *»Bellissima!«*

Die Vision lächelte und gestattete ihm einen Blick auf ihre strahlendweißen Zähne. *»E lei! E anche bellissimo!«*

Der Klang ihrer Stimme brach den Zauber, und Andrea gelangte zu der Überzeugung, dass es sich bei der Vision, mit der er Blicke getauscht hatte, um die Königin handeln musste. Rasch stieg er vom Stuhl hinunter und verneigte sich. *»Scusi, mi scusi* ... Wenn es Euer Majestät gefällt ...«

Die Frau hob die Hand, um ihn aufzuhalten, und lachte.

»Nein, ich bin nicht die Königin, doch ich danke Euch für die schmeichelhafte Ansprache. Ihr seid also einer der Spiegelmacher, *uno di specchiai? Un uomo di Venezia*?«

Einen Augenblick lang verschlug es Andrea die Sprache. Ihr Duft lockte ihn in der Nase – süße, schwere Tuberose gemischt mit einem verführerischen Hauch von weiblichem Fleisch. Die Frau blickte ihn erwartungsvoll an, und schließlich brachte Andrea eine Antwort zu Stande. *»Sono di Murano, Madama. E lei, e Italiana?«*

»Nein, aber alle zivilisierten Menschen sprechen Italienisch. Ich nutze jede Gelegenheit, die sich mir bietet. Nun ... Habt Ihr diesen wunderbaren Spiegel gemacht?«

»Diesen hier? Ja. Den, in dem ich Euch gesehen habe. In aller Bescheidenheit darf ich sagen, dass es ein perfekter Spiegel ist, und so ist es nur angemessen, dass er eine solch perfekte Schönheit spiegelt.«

Die Frau lachte fröhlich. »Oh, ihr Italiener! Ihr verschwendet wirklich keine Zeit. Aber ich liebe diese Art von Schmeichelei.«

Andrea betrachtete den glatten Hals der Frau, der seinen Blick unweigerlich zu dem wunderbaren Busen führte, der das Mieder füllte. »Das ist keine Schmeichelei, sondern die Wahrheit«, sagte er, wandte den Blick von ihrem Dekolleté ab und schaute rechts an ihrem Kopf vorbei, um sie durch seinen Blick nicht zu beleidigen.

»Und es ist auch keine Schmeichelei, wenn ich sage, dass von diesen drei Spiegeln der Eure der beste ist«, erwiderte die Frau. »Eines Tages müsst Ihr einen für mich machen, Signor Spiegelmacher.«

»Andrea Allegri, Madama, und es wäre mir eine Ehre.«

Sie murmelte: »Signor Andrea ...«, und wendete sich dann an den Pagen: »Hast du die Princesse de Conti gesehen?«

»Sie ist bereits nach Saint-Germain aufgebrochen, Madame la Marquise«, antwortete der Page.

»*Tant pis. Allora, arrivederci, Signor Andrea* vom perfekten Spiegel.« Sie lächelte noch einmal, und Andrea sah erneut die weißen Zähne. Dann ging sie auf die vergoldete Doppeltür zu, die in den angrenzenden Raum führte. Andrea betrachtete ihren sich entfernenden Rücken und war sich dabei des Raschelns der Seide auf ihrer Haut bewusst.

Der Page eilte, ihr die Tür zu öffnen, und kehrte dann mit einem verschmitzten Lächeln auf den Lippen zu Andrea zurück. »Monsieur kommt bei den Hofdamen sichtlich gut an«, bemerkte er.

»Wer ist sie?« Andrea ignorierte die Stichelei.

»Die Marquise de Montespan. Eine der *dames d'honneur*, der Hofdamen von Madame Henriette d'Angleterre. Welche Rolle sie in Zukunft im königlichen Haushalt spielen wird ... Nun, das zu sehen, darauf warten wir alle.« Das Lächeln des Pagen wurde zu einem lüsternen Grinsen.

Ohne ein weiteres Wort sammelten Andrea und sein Gehilfe die Werkzeuge ein und verließen das Apartment der Königin. Doch als der Wagen durch den Regen wieder in die Faubourg Saint-Antoine schaukelte, wurde Andreas Wesen gänzlich von einem tiefen, zarten Gefühl erfüllt. Ohne seine feuchten Kleider und den Regen zu bemerken, der ihm von der Hutkrempe troff, wurde Andrea von der wunderbaren Empfindung verzehrt, am Leben zu sein.

9.

Claudine schaut aus dem Fenster des Apartments im Ersten Stock auf die Straße unten. Es ist Abend, und sie kann nur die Gesichter jener Passanten erkennen, die Fackeln oder Laternen tragen. Mehrere schattenhafte Gestalten suchen sich einen Weg am Rand der Straße entlang. Madame ist gerade zum Palais Royale aufgebrochen, und Monsieur le Marquis gestaltet seinen Abend wie üblich. Claudine hört die Straßengeräusche durchs Glas, doch im Apartment selbst ist es still, so still sogar, dass sie es fast atmen hören kann. Claudine ist von einer lauschenden Stille umgeben. Die Vergangenheit ist dort; sie muss nur den Vorhang heben. Sie lauscht auf die Stimme in ihrem Kopf, während sie sich an Madame in Tränen erinnert.

Ja, vergangene Nacht habe ich Madame weinen gesehen. Sonst zeigt sie immer so viel Mut, dass es mich ehrlich entsetzt hat, als ich sie am Ankleidetisch habe zusammenbrechen sehen. Sie hat mit mir über die passende Stelle für einen Schönheitsfleck gesprochen, ob sie ihn nahe dem Auge oder lieber nahe am Mund anbringen sollte, eine passionée *oder eine* baiseuse. *Ich habe sie gefragt, ob sie auf einen Blick oder einen Kuss hoffe, worauf sie gesagt hat: »Oh, was nutzt das schon?«, und: »Meine armen Kinderchen!«*

So ist das seit der Geburt ihres zweiten Kindes im vergangenen September. Seitdem zeigt sie sich immer wieder niedergeschlagen. Gleichzeitig verbringt Monsieur le Marquis nun sogar noch mehr Zeit an den Spieltischen, was an sich nicht schlimm wäre, wenn er denn gewinnen würde. Ich habe zu Madame gesagt: »Armut? Ihr wisst ja gar nicht, was Armut ist.« Natürlich weiß sie das wirklich nicht. Sie ist niemals hungernd und krank durch die Straßen von Paris gewandert und hat ihren Körper den Passanten angeboten, um sich selbst und ihren Kindern etwas zu essen kaufen zu können, bis sie schließlich so weit heruntergekommen ist, dass sich noch nicht einmal mehr der erbärmlichste Trunkenbold für ihre ›Dienste‹ interessiert. So etwas kommt vor. Auch meiner Mutter hätte das passieren können, hätte sie nicht eine andere Möglichkeit gefunden, an Geld zu kommen: das Theater. So lebe ich in einer Halbwelt, wohl wissend, dass es mehr ›Hälften‹ gibt, als ein Ganzes ausmachen.

Und ich lebe auch noch in einer anderen Welt. Sie umgibt uns alle, doch nur wenige erkennen das unsichtbare Königreich, das uns regiert. Die Menschen tun so, als wären sie frei; dabei werden sie von Kräften beherrscht, die sie ignorieren. Man kann nur wirklich frei sein, indem man diese Kräfte sucht und mit ihnen verhandelt. Irgendwann trifft man dann eine Übereinkunft mit ihnen und hält sich daran. Madame beginnt allmählich, die Hand auszustrecken; das weiß ich, wenn ich sehe, wie sie immer mehr daran zu glauben scheint, dass das dunkle Glas ihr helfen kann. Ich sage ihr, dass es ihre Fragen beantworten kann oder auch nicht. Aber es kann noch mehr als das. Und dann hat sie mich gestern gefragt: »Hast du je von einer weisen Frau mit Namen Catherine Voisin gehört? Man hat mir gesagt, sie könne das ganze Leben eines Menschen sehen – Gegenwart, Vergangenheit und Zukunft. Ich würde gern ihren Rat hören.«

Darauf läuft es immer hinaus. Wenn die Menschen ob ihres Lebens verwirrt und unglücklich sind, glauben sie, dass Wissen sie wieder auf den richtigen Pfad führen würde. Aber Wissen trägt nur noch mehr zur Verwirrung bei, denn jeder

Mensch interpretiert es seinen eigenen Wünschen gemäß. Ich kenne Madame Voisin – das tun alle Damen bei Hofe, die unter den typischen Problemen einer Frau leiden: Angst vor Schwangerschaft, ein kaltherziger Liebhaber, ein herrischer Ehemann. Madame Voisin hört jedem zu, und sie kennt mehr Geheimnisse als sonst jemand in Paris.

Madame ist fest entschlossen, sich mit ihr zu treffen, und vielleicht wird sie dadurch wieder ein wenig Ruhe finden; vielleicht wird sie anschließend aber auch noch mehr wollen. Beim ersten Mal sagt Madame Voisin nie alles, was sie weiß. Sie weiß, wie viel es wert ist, bestimmte Informationen zurückzuhalten, sodass die Kundin gezwungen ist, wieder zurückzukommen. Ich habe Madame versprochen, ein Treffen mit Madame Voisin zu arrangieren, und Madame ist zum Ball gegangen, ein passionée *an ihrem rechten Auge. Sie erholt sich immer sehr rasch. Sie weiß, dass sie bei Hofe heiter, reich und glücklich wirken muss; sonst sammeln sich die Geier. Das ist ein Naturgesetz.*

10.

Während Andrea in der Manufaktur arbeitete, wanderten seine Gedanken immer wieder ins Tuilleries-Schloss und zu der wunderschönen Marquise zurück. Er erinnerte sich an die Art, wie sie ihn angeschaut hatte, und an die Stimme, mit der sie gemurmelt hatte: »Signor Andrea ...« Das zischende ›S‹ und das wundervoll in die Länge gezogene ›A‹ hallten in seinem Geist wider. Jeden Spiegel, an dem er arbeitete, schuf er mit dem Gedanken an sie als seine Empfängerin, doch sein Mangel an Konzentration verdarb die Arbeit. Du Noyer, dem aufgefallen war, dass Andreas Werke nicht mehr dessen eigentlichem Standard entsprachen, ermahnte ihn: »Konzentriert Euch auf Eure Arbeit, solange Ihr hier in der Manufaktur seid, Signor Andrea. Vergesst alles, was außerhalb davon liegt. Ihr seid hier, um eine Arbeit zu erledigen, nicht um Röcken hinterherzujagen.«

Andrea hätte ihm gerne gesagt, dass er mit seinen Gefühlen in weit höheren Sphären schwebte. Es hätte ihm schon gereicht, die Marquise schlicht wiedersehen zu können, ihr Lachen zu hören und in ihrer Gegenwart atmen zu dürfen. Ihr Anblick bedeutete das höchste Glück für ihn; allein das Wissen, dass solch eine Frau existierte ...

Andrea erwähnte sie Luca gegenüber, doch ohne ihren Namen zu nennen, und Luca seufzte verzweifelt. Vor ein paar Tagen hatten sie im Botanischen Garten zwei Schwestern kennen gelernt, die auch eingewilligt hatten, sie wiederzusehen, vorausgesetzt, sie würden sich zu viert treffen; doch nun sabotierte Andrea diese nette Übereinkunft um eines unerreichbaren Traumes willen. Der rotgesichtige, kleine und ein wenig untersetzte Luca wusste, dass er nicht gerade der Schwarm aller Mädchen war; in diesem Falle hoffte er jedoch, bei der jüngeren Schwester zum Zuge zu kommen. Andrea sagte, nein, natürlich würde er sich an ihren Plan halten; aber als es so weit war, wussten die Mädchen sofort, dass er sein Interesse nur vortäuschte und in Gedanken vollkommen woanders war.

Die wunderschöne Marquise hatte Interesse an einem Spiegel bekundet, doch Andrea hatte keine Ahnung, wo sie wohnte, und er zögerte, es so aussehen zu lassen, als würde er um einen Auftrag bitten. Stattdessen würde er ihr einen Spiegel als Geschenk anfertigen – aber das bedeutete, dass er ihn aus eigener Tasche würde bezahlen müssen. Du Noyer würde einen Herzanfall erleiden, sollte Andrea einen Spiegel machen, der nicht bezahlt worden war. Es schien, als würde die Marquise zwar verlockend, aber außer Reichweite bleiben und dann und wann als Bild vor Andreas geistigem Auge erscheinen, wenn er durch die Stadt spazierte. So schauten ihre azurblauen, funkelnden Augen amüsiert in seine Richtung, wenn er an einem Blumenstand stehen blieb und den Duft von Tuberosen und Lilien einatmete. *Luca hat Recht*, dachte er. *Ich benehme mich wie ein Narr.*

An einem freundlichen, hellen Morgen im Mai, der schon vom Sommer kündete, rief du Noyer Andrea zu sich, als der junge Venezianer sich gerade im Hof von der Hitze der Schmelzöfen erholte. »Ihr verlasst die Manufaktur doch gerne, nicht wahr, Signor Andrea? Nun, heute könntet Ihr einmal zum Palais Royal gehen. Seine Hoheit, des Königs Bruder, möchte eine größere Anzahl Spiegel in Auftrag geben; aber er hat keine Ahnung, wie viele er eigentlich braucht.«

Andrea spürte, wie sein Herz einen Sprung machte. Der

Bruder des Königs war mit Henriette d'Angleterre verheiratet, und bei seinem Besuch in den Tuillerien hatte der Page ihm erzählt, dass die Marquise zu den Hofdamen Ihrer Hoheit gehörte. Wie es schien, hatte das Schicksal du Noyer dazu bestimmt, ein weiteres Treffen zwischen ihnen heraufzubeschwören.

Nach dem Frühlingsschauer früher am Tag hob die zurückgekehrte Sonne die Stimmung aller auf der Straße. Die Blätter an den Bäumen schimmerten in weißem Licht, und in der Luft lag eine Energie, die Andreas Schritten zusätzlichen Schwung verlieh. Am Palais Royal kam es jedoch zu einer kurzen Verzögerung, denn Andrea musste erst einmal einen Hofbeamten finden, der ihn zu den Gemächern Seiner Hoheit führen konnte. Andrea war froh zu warten, denn so hatte er Zeit, sich erst einmal in Ruhe die Gemälde in der großen Halle anzusehen, die Szenen aus der klassischen Mythologie zeigten. Er fragte sich, wie viele Paläste der König eigentlich besaß.

Schließlich trat ein kleiner, hektischer Mann zu ihm und führte ihn nach oben in die königlichen Gemächer. Seine Hoheit, erklärte der Mann, wolle zwei große Spiegel, die im großen Salon einander gegenüber aufgehängt werden sollten; Spiegel von einer Größe, die – falls er richtig verstanden hatte – aus mehreren Spiegeln zusammengesetzt werden müssten. Das sei vermutlich korrekt, bestätigte ihm Andrea. Spiegel maßen für gewöhnlich einen Meter in der Höhe und einen halben in der Breite, sodass sie nun ausrechnen müssten, wie viele sie bräuchten, um den gewünschten Effekt zu erzielen. In dem betreffenden Zimmer angekommen, nahm er die Messungen vor und stellte Berechnungen in seinem Notizbuch an. Während er diese Notizen vornahm, blickte er ständig auf, wann immer er weibliche Schritte oder das Rascheln eines Rocks hörte. Zu seiner großen Enttäuschung handelte es sich jedoch kein einziges Mal um die Marquise;

allerdings schien er mit seinem Verhalten ein hohes Maß an Aufmerksamkeit zu erregen, denn häufig blieben die Frauen stehen und erwiderten seinen Blick. Andrea beunruhigte jedoch mehr, dass auch mehrere junge Männer dieses Verhalten an den Tag legten – zumeist solche, die unmännlich viel Puder und Rouge aufgelegt hatten.

»Seine Hoheit wünscht überdies einen Spiegel für sein Ankleidezimmer. Dieser muss ihn in seiner vollen Größe darstellen können«, erklärte der Hofbeamte. »Er wünscht, sich aus allen Winkeln betrachten zu können.«

Sie durchquerten die nächsten beiden Salons und betraten das königliche Schlafgemach. Ein Himmelbett mit schweren, blau-goldenen Brokatvorhängen beherrschte den Raum, vom Rest durch eine Marmorbalustrade getrennt. An den Wänden hingen weitere Gemälde mit mythologischen Motiven, arkadischen Nymphen und Schäfern. Der nächste Raum war das Boudoir Seiner Hoheit, von wo aus es zum *cabinet de toilette* ging. An der Wand lehnte ein Spiegel, und ein weiterer stand auf dem Ankleidetisch.

»Ihr seht, was für ein Problem diese kleinen Spiegel für einen Mann wie Seine Hoheit darstellen, der so viel Wert auf seine Kleidung legt«, sagte der Hofbeamte. »Seine Hoheit wünscht, dass sämtliche Wände in ihrer Gänze mit Spiegeln verkleidet werden.«

»Das ist nicht notwendig«, erwiderte Andrea. »Wenn ich etwas vorschlagen dürfte …? Seine Hoheit muss nicht die ganzen Wände mit Spiegeln verkleiden lassen, wenn er Spiegel in jeder Ecke so aufstellen lässt, dass sie ihm aus jedem Winkel sein Bild zeigen.«

Andrea zeichnete einen entsprechenden Plan, machte ein paar Berechnungen und fuhr fort: »Das würde die Kosten um mehr als die Hälfte senken, und die Wirkung wäre die gleiche.«

Er wollte gerade sagen, dass es einen unwirklichen Eindruck erzeugen würde, den ganzen Raum mit Spiegeln zu verkleiden; dann fragte er sich jedoch, wie »wirklich« die Welt Seiner Hoheit eigentlich war.

Der Hofbeamte legte Andreas Zeichnung in die Mappe, die er bei sich trug. Seine Hoheit werde ihm für diesen Rat sicherlich dankbar sein, erklärte er.

Das schien es gewesen zu sein. Andrea hatte eine Stunde lang Zimmer für die Eitelkeit Seiner Hoheit vermessen und würde nun das Schloss verlassen, ohne auch nur einen Blick auf die Marquise erhascht zu haben. Er konnte unmöglich nach ihr fragen, ohne impertinent zu wirken, und als der Hofbeamte ihn die Treppe hinunterführte, ergab er sich der Tatsache, dass er sie vermutlich niemals wiedersehen würde.

In der Halle sprang eine Bande kleiner, kläffender Hunde um einen Mann in einem fantastisch aufgerüschten Kostüm herum. Andrea erkannte Seine Hoheit sofort; es wäre auch unmöglich gewesen, diesen extravaganten Lebemann nicht sofort zu erkennen, wenn man ihn schon einmal gesehen hatte. Seine Hoheit wedelte mit den Armen, kläffte seinerseits die Hunde an und stampfte mit seinen hochhackigen Schuhen, bis die Tiere nahezu wahnsinnig geworden waren. Er blickte die Treppe hinauf und erstarrte dann wie eine Statue, einen Arm noch immer ausgestreckt. »Spiegel!«, schrie er und starrte Andrea an. »Das ist ja der Spiegelmann aus der Faubourg Saint-Antoine!«

Der Hofbeamte verneigte sich tief und sagte: »Wir haben den Salon des Merkur und das Boudoir ausgemessen, Euer Hoheit. Ich habe sämtliche Pläne und Berechnungen an mich genommen.«

»Aber was ist mit dem Tempel der Diana? Was ist mit meiner Kutsche? Diese Arbeit ist noch nicht vollendet. Ich will mehr Spiegel. Niemand hört mir zu. Ich erinnere mich, Euch gesagt zu haben, dass ich auch Spiegel in meiner Kutsche haben will. Kommt mit mir, junger Mann. Ihr seid mit Eurer Arbeit noch nicht fertig.«

Andrea folgte ihm und hatte dabei das Gefühl, als wäre er ein weiterer Hund inmitten der langhaarigen Tiere, die im Kielwasser Seiner Hoheit umhersprangen. Die Männer gingen über den großen Hof und in einen Garten mit saftig grünem Rasen, Kieswegen und mit Kalk geweißten Straßen. Der zentrale Weg führte zu einem großen Steinbassin. Dort blieb Seine Hoheit stehen und blickte in das stille Wasser. »Dieser Teich hätte unser aller Leben verändern können.« Im Licht der Mittagssonne wirkte der Puder auf seinem Gesicht wie Mehl. Überdies hatte er die Wimpern mit einer schwarzen Creme betont, die sie wie kleine Dornen von seinen Lidern abstehen ließen. Mit seinen kleinen dunklen Augen blickte er Andrea herausfordernd an.

»Warum?«, erkundigte Andrea sich pflichtbewusst.

»Aha!«, rief Seine Hoheit triumphierend. »Weil mein Bruder hineingefallen ist, als ich sieben war, und beinahe ertrunken wäre!« Sein Lachen hatte etwas Hysterisches. »Dann wäre ich jetzt König! Stellt Euch das einmal vor! Was für eine Farce!«

Andrea erkannte sofort, wie gefährlich es gewesen wäre, auf diese Bemerkung zu antworten; so sagte er vorsichtig: »Das hätte Euer Leben in der Tat verändert.«

»O ja«, bestätigte Seine Hoheit. Plötzlich wurde seine Aufmerksamkeit von vier Frauen erregt, die im Schatten eines Spaliers Karten spielten. Seine Hoheit sog die Luft ein, als hätte er etwas Unangenehmes gesehen. »Madame«, sagte er, »Madame spielt.« Er verneigte sich in Richtung der Frauen, und jene Dame, die gerade die Karten gab, erwiderte seine Verbeugung höflich; dann ließ sie ihren Gefährtinnen weiter Karten zukommen. Sie trug eine Halskette aus großen Perlen, und ihr Haar war kunstvoll zu Locken gedreht, doch ihre Haut war wie Wachs, und unter den Augen waren dunkle Ringe zu sehen. Andrea vermutete, dass das Henriette sein musste, die Gemahlin Seiner Hoheit. Offensichtlich standen die beiden Eheleute nicht gerade auf gutem Fuß miteinander.

Dann sah er sie neben Henriette: die Marquise. Sie hatte sich die Karten in ihrer Hand angeschaut, doch als sie Seine Hoheit nun erkannte, lächelte sie und neigte den Kopf in seine Richtung. Im selben Augenblick bemerkte sie auch Andrea, lächelte erneut und murmelte: *»Buon giorno, Signor Andrea.«*

Andrea verneigte sich und erwiderte: *»Buon giorno, Madame. Buon giorno, Mesdames.«*

Henriette blickte zunächst ihn neugierig an, dann die Marquise. Andrea hörte, wie die Marquise erklärte: »Er ist einer der italienischen Spiegelmacher.«

Die Damen deckten Andrea daraufhin mit einem Hagel von gebrochenem Italienisch ein. Sie wünschten ihm einen guten Tag und fragten, aus welchem Teil Italiens er stamme. *»Di dov'e?«*

»Oh, kommt schon«, meldete Seine Hoheit sich ungeduldig zu Wort. »Wenn das so weitergeht, werdet Ihr ihnen gleich noch Italienischunterricht erteilen.«

Andrea verneigte sich erneut vor den Damen. *»Mi scusi. Arrivederci, Mesdames.«*

Er folgte Seiner Hoheit, der ihn schief anschaute. Des Königs Bruder ärgerte sich über die Aufmerksamkeit, die die Damen dem jungen Italiener hatten zuteil werden lassen. Schließlich begann Andrea, den Torbogen hinter der Statue der Diana auszumessen, wo Seine Hoheit wünschte, dass dort die Aussicht gespiegelt werden sollte. Anschließend gingen sie weiter durch den Garten in Richtung Kutschenhaus, und Seine Hoheit, der seinen Ärger inzwischen wieder vergessen hatte, bemerkte: »Es gibt da noch einen Auftrag, den ich Euch gerne erteilen möchte. Ich würde gerne einen

Spiegel für die Marquise de Montespan bestellen. Ihr werdet Euch auch um den Rahmen kümmern, der aus ziseliertem Silber bestehen soll; ein mir bekannter Silberschmied aus dem Marais wird diese Arbeit für Euch erledigen. Sobald er fertig ist, soll der Spiegel ins Haus von Madame la Marquise geliefert werden. Würdet Ihr diesen Spiegel bitte meiner Bestellung hinzufügen?«

»Es ist mir ein Vergnügen«, erwiderte Andrea, der plötzlich das Gefühl hatte, die ganze Welt stehe auf seiner Seite. Je eher der Spiegel fertig war, desto schneller würde er sie wiedersehen. Ihm schwindelte ein wenig. Ihr bezaubernder Duft, ihre einnehmenden Augen, der Mund, der förmlich danach rief, geküsst zu werden ... Andrea wollte nicht länger leugnen, dass er verliebt war.

11.

Es war einer der Freunde Seiner Hoheit, der ihr berichtete, was der König gesagt hatte. Seine Hoheit selbst wäre nie so unschicklich gewesen, doch er konnte der Versuchung nicht widerstehen, zu tratschen, und so verbreitete der »Freund« es weiter. Athénais hatte bei ihrer Schwester, Madame de Thianges, gesessen und dem König beim Tanzen zugeschaut. Als einer der Freunde Seiner Hoheit Madame de Thianges zur Gavotte aufforderte, schlüpfte ein anderer auf den frei gewordenen Platz neben Athénais, und zwar ohne um Erlaubnis zu bitten. Er war jung, doch seine auffallend große Nase, seine hervorquellenden blassen Augen, sein schlaffer Mund und sein weit vorstehendes Kinn verrieten, dass er zu einem Mann von außergewöhnlicher Hässlichkeit heranwachsen würde. Während Athénais das dachte, goss er Gift in ihre Ohren.

Was für ein wunderbares Paar sie doch seien, der König und Mademoiselle de La Vallière, nicht wahr? War es nicht inspirierend, ihnen einfach nur zuzuschauen? Man sehe sich nur seine hoheitsvolle Haltung an und seine wohlgeformten Beine. Und La Vallière – so süß, so scheu. Ihr Anblick sei eine wahre Freude.

Der junge Mann redete weiter auf diese Art und tastete sich so langsam zu dem vor, was er wirklich sagen wollte. Natürlich seien die meisten Damen bei Hofe ohnehin in den König verliebt, erklärte er, und sicherlich genieße Seine Majestät auch diese Flut der Bewunderung. Aber selbstverständlich beziehe er diese Aussage nicht auf Madame de Montespan; doch selbst eine so schöne und hochgeistige Frau wie sie könne das Verlangen des Königs nach La Vallière nicht zum Versiegen bringen. Trotzdem habe der König mit Seiner Hoheit über die verschiedenen Damen bei Hofe gesprochen, wie Brüder es nun einmal tun. Sie hätten darüber geredet, welche wohl die Schönste sei, welche die Begehrenswerteste, und natürlich habe Seine Hoheit dabei nur mit allergrößter Bewunderung von ihr, der Marquise de Montespan, gesprochen. »Nicht sie«, habe der König darauf erwidert, »sie versucht zu offensichtlich, meine Aufmerksamkeit zu erregen. Sie tut, was sie kann, aber ich will sie nicht.«

Der junge Mann hielt kurz inne und beobachtete das Gesicht von Athénais. Sie lächelte ihn an. »Ist Euch schon einmal aufgefallen«, sagte sie, »dass die Leute, die Gerüchte verbreiten, diejenigen sind, über die niemand etwas zu sagen hat? Wie seltsam ... Ich kann mich noch nicht einmal an Euren Namen erinnern.«

Und mit diesen Worten verließ sie ihn. Kurz starrte der junge Mann ihr mit seinen hervorquellenden Augen hinterher, dann gesellte er sich zu der Gruppe um ihren Bruder, den Herzog von Vivonne. Doch trotz der ablenkenden *bavarderie*, ihres selbstbewussten Geschwätzes, ging ihr der berichtete Satz nicht mehr aus dem Kopf: »Sie tut, was sie kann, aber ich will sie nicht.« Ihre Wangen glühten vor Wut. Als eine der Damen kategorisiert zu werden, die dem König hinterherjagten, war unerträglich. Wie konnte der König es wagen zu glauben, dass sie um sein Interesse buhlte? Glaubte er wirklich, dass jede Dame bei Hofe sich danach verzehrte, einmal mit ihm durch die Laken zu tollen? Nun, er würde feststellen müssen, dass Athénais alles andere als interessiert an ihm war, an seiner Erscheinung, der Zurschaustellung seiner edlen Schenkel, der einstudierten Eleganz seiner Haltung und der Art, wie er seinen extravagant frisierten Kopf hielt. Andere sahen ebenso gut aus wie er – wenn auch keiner von den gepuderten Gecken am Hofe Seiner Hoheit, des Bruders Seiner Majestät.

Wieder zurück in der Rue Tarenne kochte das Blut noch immer vor Zorn in ihren Adern, während Claudine ihr half, sich zu entkleiden. Claudine bemerkte sofort, in welcher Stimmung sich ihre Herrin befand, und so schlug sie einen Tee zur Beruhigung vor ... vielleicht Madames Lieblingstee aus Limonenblüten?

»Ja, Limonenblüten«, sagte Athénais. Sie hob den Becher unter die Nase und genoss den sanften Duft. »Das ruft Erinnerungen in mir wach ...« Claudine hörte nicht zu. Gähnend packte sie sich die warmen, zerknüllten Unterröcke auf den Arm, die Athénais abgelegt hatte, und trug sie ins Ankleidezimmer.

Athénais ließ sich in ihren Sessel sinken, hielt den Becher mit beiden Händen und betrachtete die Blütenblätter, die auf der Oberfläche trieben. *Ja, das ruft Erinnerungen in mir wach*, dachte sie, *Erinnerungen an Tage voller Sonnenschein und Schatten in der Charente. Der Duft der Limonenblüten auf der Avenue, die zu den großen, offenen Weiden hinausführte, und die Sonne, die unbarmherzig auf meinen Kopf schien, weil ich mich geweigert habe, eine Haube anzuziehen. Dann, Abends, wenn ich noch viel zu aufgeregt war, als dass ich trotz meiner Müdigkeit hätte schlafen können, hat Nono mir immer einen Limonenblütentee gekocht ... ›Um die Augen zu schließen‹, hat sie immer gesagt. Oft habe ich aber schlicht gewartet, bis sie eingeschlafen war, um dann auf Zehenspitzen an ihrem Bett vorbeizuschleichen und die schmale Treppe zum Turm hinaufzusteigen. Dort habe ich dann über die Bäume hinweg zum See geblickt, der im Mondlicht schimmerte, und manchmal konnte ich eine dunkle Gestalt am Ufer erkennen, und ich wusste, dass sie et-*

was mit den Geschichten zu tun hatte, die Nono mir immer über Feen, Kobolde und Hexen erzählt hat. Es war seltsam, wie ihre Gutenachtgeschichten einen wach halten konnten, weil man nichts lieber tun wollte, als diese mystische Welt zu erkunden.

Eines Tages habe ich den alten Gaston dabei beobachtet, wie er eines der Kutschenpferde beruhigt hat. Er hat sich seit seiner Kindheit um unsere Pferde gekümmert und war in der ganzen Charente dafür bekannt, dass er auch die Wildesten unter ihnen zähmen konnte. Die Art, wie er vornübergebeugt ging, wie er die Arme an den Seiten hängen ließ, hatte etwas an sich, das mich an die schattenhafte Gestalt erinnerte. Ich sagte zu ihm: »Ich habe dich in der Nacht am See gesehen.« Daraufhin schaute er mich mit seinen unergründlichen Augen an und erwiderte: »Ihr habt nichts gesehen, Mademoiselle. Ihr habt nur geträumt.« Ich schwieg, doch diese unbekannte Welt in den Schatten hatte etwas Aufregendes, und ich habe ähnlich empfunden, als Claudine zum ersten Mal für mich in ihr dunkles Glas geblickt hat. »Niemand darf davon erfahren«, hat sie gesagt, und irgendwann wollte sie dann nicht mehr im Glas lesen; sie sagte, das ermüde sie zu sehr. Deshalb muss ich nun zu Madame Voisin gehen und herausfinden, ob es einen Grund für das Chaos gibt, ein Muster, mit dem ich mein Leben wieder in Ordnung bringen kann. In der Beichte bekomme ich keine Lösungen geboten, nur Gebete, um mich von dieser Welt zu lösen. Wenn ich mich jedoch von dieser Welt lossagen wollte, würde ich wie zwei meiner Schwestern einem Konvent beitreten. Ich schäme mich nicht, weltlich zu sein, und ich schäme mich auch nicht, alles zu wollen, was das Leben mir bieten kann.

Athénais atmete den Duft des Tees ein, als sie den Becher an die Lippen hob. Claudine kehrte aus dem Ankleidezimmer zurück und fragte: »Gibt es sonst noch etwas, Madame?«

»Nein«, antwortete Athénais, »abgesehen davon, dass mein Haar wieder entwirrt werden muss, weil du es vorhin durcheinander gebracht hast.«

Sie setzte sich vor den Spiegel, und Claudine ging ihr mit einem Kamm durchs Haar. »Was erwartet Ihr denn, wenn Ihr immer nach der neuesten Mode frisiert werden wollt?«, fragte Claudine. »Ihr könnt Euch jedoch damit trösten, dass die anderen Damen genauso leiden müssen, wenn sie des Nachts ihr Haar wieder durchkämmen müssen.«

Athénais blickte in den Spiegel. Sie erinnerte sich daran, was Nono ihr einmal in einer Mittsommernacht erzählt hatte: »Wenn man einen Apfel isst, während man in den Spiegel schaut, und dreimal ›Cupido, zeig mir meine wahre Liebe‹ murmelt, kann man das Gesicht des Geliebten im Glas sehen.«

»Warum ein Apfel?«, hatte Athénais gefragt. »Warum keine Weintrauben?« Nono hatte ihr daraufhin geantwortet, der Apfel sei die Frucht des Wissens, wie schon Eva zu ihrem großen Leidwesen herausgefunden habe. An ihrem Beispiel könne man sehen, wie gefährlich die Suche nach Wissen sei, anstatt einfach zu akzeptieren, was Gott einem bestimmt hat. Athénais hatte sich geweigert, sich dem Willen Gottes zu unterwerfen. Diesem Pfad war nämlich ihre Mutter gefolgt, und die war vom Herzog verlassen worden, der seine Geliebte ihr vorgezogen hatte. Athénais dachte an das von Kummer und Leid gezeichnete Gesicht ihrer Mutter und an ihr Haar, das in nur wenigen Wochen grau geworden war. Dass sie, Athénais, jemals die verlassene Ehefrau sein würde, war undenkbar.

Vor ihrem geistigen Auge erschien das Bild des goldrosafarbenen Raums im Apartment der Königin, des Spiegels an der Wand und des jungen Mannes, der nicht wie alle anderen sein Spiegelbild betrachtete, sondern das Glas an sich. Als Athénais sein Gesicht im Spiegel gesehen hatte, war der Eindruck in ihr entstanden, sie schaue der Skulptur eines Meisters in die Augen, dem Abbild eines Gottes, einem Apoll. Die Perfektion des jungen Mannes und sein gedankenverlorenes Mustern des Glases besaß etwas Kaltes; das änderte sich jedoch sofort, als er sie bemerkt hatte und ihre Blicke sich im Spiegel trafen. In diesem Augenblick hatte Athénais eine Lebendigkeit empfunden, die sie miteinander verband wie zwei verwandte Seelen. Später sagte sie sich, sie sei von seiner Schönheit fasziniert gewesen – und davon, dass er sich ihrer überhaupt nicht bewusst zu sein schien.

»Italiener betrachten so etwas als selbstverständlich«, hatte Claudine gesagt, als Athénais ihr später den Augenblick beschrieben hatte. »Er muss sich nicht vom Spiegel bestätigen lassen, wie schön er ist.«

Im Gegensatz zum König, dachte Athénais, bei dem jede Bewegung bewusst dazu diente, seine Schönheit und Pracht zur Schau zu stellen – wie ein Pfau, der ein Rad schlägt, oder ein Hahn, der zwischen den Hennen herumstolziert, oder ein Hengst, der die Nüstern bläht. Er war in der Tat der schönste Mann Frankreichs ... mit Ausnahme eines geheimnisvollen italienischen Glasbläsers, der still und heimlich seiner Arbeit nachging, Maß nahm, Diagramme zeichnete und Tricks mit Spiegeln machte.

Athénais lächelte vor sich hin. Natürlich hatte sie nicht vor, den jungen Mann zu ermutigen, aber es war faszinierend, wie er immer wieder in diesem oder jenem Schloss erschien. Bewundert zu werden, war stets sehr angenehm. Dann fühlte man sich lebendiger.

12.

In der Manufaktur hatte sich herumgesprochen, dass Andrea Interesse an einer Marquise zeigte. Das kommt davon, wenn man sich einem Freund anvertraut. Jeden Tag rief ihm mindestens einer der Männer zu: *»Com'e sta, la bella marchesa?«* Nachdem sich die erste Wut auf Luca gelegt hatte, die Quelle seines Geheimnisses, pflegte Andrea unbekümmert zu antworten: »La bella marchesa ist bis über beide Ohren in mich verliebt.« Fröhliches Johlen war gemeinhin die Reaktion darauf, aber auch Worte der Warnung – reiche Frauen seien die schlimmsten: selbstsüchtig und unberechenbar. Sie ermutigten einen, behandelten einen wie ein Spielzeug und warfen einen dann einfach weg. »Und was ist mit ihrem Ehemann?«, fragte Luca. »Diese mächtigen Edelleute haben für gewöhnlich Schläger in ihren Diensten. Irgendwann werden dich ein halbes Dutzend Bravos* in einer dunklen Gasse in den Rücken stechen und zu Tode trampeln.«

Andrea lächelte vor sich hin. Die wenigen Worte, die er mit der Marquise getauscht hatte, waren wohl kaum dazu geeignet, den Unwillen selbst des eifersüchtigsten Ehemannes zu erregen; also war das Ganze nur eine amüsante Spekulation. Was seien schon ein halbes Dutzend Bravos, hatte er Luca erwidert, angesichts der Liebe von la bella marchesa?

* ital. Bezeichnung für Meuchelmörder – Anm. des Übersetzers

Und du Noyer schien wie ein gütiger Geist in seinem Sinne zu handeln, denn immer wieder schickte er ihn mit neuen Aufträgen in das eine oder andere königliche Schloss. Gerade eben hatte du Noyer Andrea den bisher wichtigsten Auftrag erteilt: Der König wünschte, dass ein Raum in Saint-Germain-en-Laye ausgemessen wurde, wohin der Hof sich für den Sommer zurückgezogen hatte. Der Raum sollte eine künstliche Grotte werden, ein Bad mit Fontänen und spiegelverkleideten Wänden. Andrea konnte an nur einem Tag dorthin reiten und wieder zurück.

»Ich kann zwar reiten, aber nicht sonderlich gut«, bemerkte Andrea. »In Venedig reisen wir meist über Wasser.«

»Dann seht zu, dass Ihr in die Tuillerien kommt, und erkundigt Euch, wann die nächste Kutsche nach Saint-Germain fährt. Irgendwo wird man schon einen Platz für Euch finden, wenn auch vermutlich nicht in einer Kabine, sondern draußen.«

Es war acht Uhr morgens, und in der Stadt wimmelte es von Menschen, die ihren Geschäften nachgingen. Andrea duckte sich um Karren und Wagen herum und wich den Staus aus, die sich überall dort bildeten, wo an neuen Straßen gearbeitet wurde. Am Louvre schwärmten noch immer Scharen von Arbeitern die Gerüste hinauf. An den Tuillerien mangelte es wiederum an Information, und ein Hofbeamter schob dem nächsten die Verantwortung in die Schuhe. Vor ein paar Minuten war eine Kutsche abgefahren, und niemand wusste, ob heute noch eine weitere fahren sollte. Schließlich sagte irgendjemand: »Versucht es mal im Büro des Ministers. Monsieur Colbert fährt oft nach Saint-Germain. Es ist das große Gebäude an der Ecke des Hofs, zweihundert Schritt nördlich des Palais Royal.«

Andrea ging die Straße hinunter, die zu beiden Seiten von hohen Gebäuden gesäumt war, bis er das angegebene Haus erreichte. Das Eisentor öffnete sich auf einen gepflasterten

Vorhof mit einer mit Kies eingestreuten Terrasse und mehreren Limonenbäumen in der Mitte. Vor der breiten Treppe, die hinauf zum Eingang führte, stand ein Vierspänner. Die Kutsche war schwarz, ebenso wie die Pferde. Andrea erkannte darin den Geschmack des Ministers, eines Mannes, für den Farben ein Gräuel waren. Neben den Pferden stand ein großer, hagerer Mann, den Andrea für den Kutscher hielt. Andrea erklärte ihm seinen Auftrag und wurde auf den Kutschbock gelassen – »vorausgesetzt, Ihr kommt mir nicht in die Quere.« Dem Kutscher gefiel der Lederkoffer mit den Messinstrumenten nicht, den Andrea bei sich führte. »Die Straße ist holprig«, sagte er. »Ihr könntet ihn leicht verlieren. Legt ihn in die Kutsche. Da drinnen ist genug Platz für Gepäck.«

In diesem Augenblick kam der Minister die Treppe hinunter, gefolgt von einem Sekretär. Er sah Andrea an der Kutschentür und sagte: »Ihr schon wieder? Was ist es diesmal?« Andrea erklärte ihm den Auftrag, den er für den König erledigen sollte, und das Problem mit dem Koffer. Colbert zuckte mit den Schultern. »Gut. Stellt ihn hinein. Das macht auch keinen Unterschied«, bemerkte er. »Und dann steigt sofort zum Kutscher auf den Bock.« Sie hatten keine Zeit zu verschwenden.

Oben auf dem Kutschbock zu sitzen war ein berauschendes Gefühl, und schon bald begriff Andrea, warum der Kutscher ihn gewarnt hatte, Gepäck mit nach oben zu nehmen: Der Mann fuhr wie der Teufel. Kaum hatten sie die Stadt verlassen, ließ der Kutscher die Peitsche knallen, und sie rasten über die zerfurchten Straßen, ohne auf andere Reisende zu achten. Bauern lenkten ihre Karren in den Graben, um von der schwarzen Kutsche nicht über den Haufen gefahren zu werden. Ein Pferd scheute und hätte seinen Reiter fast abgeworfen; erst im letzten Augenblick gelang es dem Mann, sich am Hals des Tieres festzuhalten. Hühner und Hunde flatterten und sprangen außer Reichweite der mit Eisen beschlagenen Hufe.

Andrea klammerte sich an den unsicheren Sitz über den glänzenden, muskulösen Leibern der Pferde, während der immer wieder vorstoßende Ellbogen des Kutschers ständig drohte, ihn vom Bock zu werfen. Wo die Zügel über das Fell schabten, waren die Rücken der Pferde weiß von Schweiß, dessen beißender Geruch Andrea in der Nase brannte. Die Straße, über die sie rasten, führte zwischen Weiden und Feldern kleiner Bauernhöfe hindurch. Der Duft frisch gemachten Heus mischte sich mit den kräftigeren Gerüchen von Rindern und Schweinen.

Andrea spürte, wie ihn jemand am Mantel zupfte. Er drehte sich um und sah Colberts Sekretär, der sich gefährlich weit aus dem Kutschenfenster lehnte, um seine Aufmerksamkeit zu erregen. Der Mann brüllte, um das Rattern der Räder auf der harten Erde und das Klappern der Hufe zu übertönen. Soweit Andrea verstand, wollte er, dass Andrea in die Kutsche kam; Monsieur Colbert wünsche mit ihm zu reden. Andrea drehte sich zum Kutscher um und sagte: »Monsieur Colbert möchte mich in der Kutsche sehen. Könntet Ihr bitte kurz anhalten?«

Der Kutscher lachte laut und entblößte dabei seine paar verbliebenen gelben Zähne. »Versucht doch selbst, diese Pferde anzuhalten, Monsieur. Sie würden nur gegeneinander prallen und sich im Zaumzeug verheddern. Doch ich werde die Peitsche eine Weile zur Seite legen, sodass Ihr zur Kutschentür herunterklettern könnt.«

Einen Augenblick war Andrea in die Länge gestreckt: Mit einem Arm hielt er sich am Kutschbock fest; einen Fuß hatte er auf die Einstiegsstufe gestellt, und mit der anderen Hand hing er an der offenen Tür, während der Sekretär des Ministers ihn an den Ellbogen stützte und mehr zur Ermutigung, denn aus Überzeugung sagte: »Alles in Ordnung. Ich habe Euch.«

Kurz blickte Andrea auf die harte, steinige Straße hinunter, über die sie hinwegflogen. Dann ließ er den Kutschbock los, warf sich in die Kabine und landete zu Füßen des Ministers.

Colbert blickte von den Papieren auf, die er gerade studierte, und fragte: »Warum hat Jean-Jacques die Kutsche nicht angehalten?«

»Er hat gesagt, das könne er nicht ... Euer Exzellenz.«

»Ich halte es für wahrscheinlicher, dass er keine Lust dazu hatte. Nun, sobald Ihr Euch erholt habt, würde ich gern mit Euch sprechen, junger Mann. Steht auf und setzt Euch mir gegenüber.«

Während Andrea nach Luft schnappte, widmete der Minister sich wieder seinen Papieren und machte sich gelegentlich eine Notiz am Rand. Andrea beobachtete ihn verstohlen; er war sich durchaus bewusst, dass dies hier eine zwar unbeabsichtigte, aber hervorragende Gelegenheit war, den mächtigsten Mann Frankreichs – nächst dem König natürlich – aus allernächster Nähe zu studieren. Wie gewöhnlich hatte Colbert die Stirn in Falten gelegt, als würde er im Geiste mit sich selbst streiten. Dann und wann funkelte er die Zahlen an, die er las, und einmal unterstrich er etwas so vehement, dass die Federspitze brach. Andrea erkannte den Duft, den er trug. Es war der gleiche Duft, den auch sein Vater nach dem Rasieren aufzulegen pflegte: Bergamotte aus Italien.

Schließlich lehnte der Minister sich auf seinem schwarzen Ledersitz zurück, musterte Andrea mit seinen tief in den Höhlen liegenden Augen und fragte ihn, wie es in der Manufaktur laufe. Waren die Männer glücklich? Waren die Arbeitsbedingungen zu ihrer Zufriedenheit? Gab es irgendwelche Beschwerden über Unterkunft oder Verpflegung?

Nein, antwortete Andrea. Die Männer seien mit den Bedingungen, den Arbeitszeiten und der Bezahlung zufrieden, und an die französische Küche hätten sie sich inzwischen gewöhnt. Manchmal fühlten sie sich jedoch auf dem Gelände der Manufaktur eingesperrt, denn tagsüber gab es Auflagen, was das Verlassen der Anlage betraf.

»Was erwarten sie denn?«, fragte Colbert. »Sie sind hier, um zu arbeiten, und außerdem ist es schon zu unliebsamen Vorfällen gekommen. Der gegenwärtige venezianische Gesandte hat genau wie sein Vorgänger Anweisung, die Arbeit in der Manufaktur zu behindern und die Männer wieder nach Venedig zurückzulocken.«

»Ein paar der Männer vermissen Venedig und ihre Ehefrauen.«

»Wir tun, was wir können, um ihre Frauen nach Paris zu holen. Aber das ist nicht einfach, da sie von den venezianischen Behörden überwacht werden. Natürlich wäre es für uns alle leichter, wenn wir französische Arbeiter in der Kunst des Spiegelmachens ausbilden könnten. Dann könnten jene Venezianer, die Sehnsucht nach der Heimat haben, wieder nach Hause zurück, und die, denen es in Paris gefällt, könnten hier bleiben und vom Wachstum unserer Industrie profitieren. Frankreich wird von Jahr zu Jahr reicher. Es gibt keine bessere Zeit als die jetzige, da wir einen so starken und ruhmreichen König haben.«

Andrea war Colberts Gedanken gefolgt, und kurz sah er vor seinem geistigen Auge das Bild von Sieur de Jouan im Spiegel in Murano. Hier in der schwarzen Kutsche und vor diesem Mann in Schwarz, dessen dunkle Augen genau zu sehen schienen, was in Andrea vor sich ging, hatte der junge Venezianer das Gefühl, er würde abermals in Versuchung geführt, wie damals, als Sieur de Jouan ihm zum ersten Mal das Angebot unterbreitet hatte, nach Paris zu gehen. Colbert entwarf gerade einen Plan für ihn, der ihm eine unbeschwerte Zukunft in Wohlstand sichern würde. Der Minister schien ausgesprochen gut informiert zu sein, was Andreas Familie betraf. Er wusste, dass Andrea und sein Bruder Federico irgendwann die Manufaktur der Allegri in Murano übernommen hätten, und er wusste auch, dass Andrea von seinem Vater zu Gunsten Federicos enterbt worden war. Andrea müsse erkennen, fuhr der Minister fort, dass es in Venedig nichts für ihn gab, wofür es sich lohnte, zurückzukehren. Daher sei es nur logisch, wenn er von der Gelegenheit profitieren würde, die sich ihm hier nun eröffnete. Wenn er dabei helfen würde, die französischen Arbeiter in der Herstellung von Spiegeln auszubilden, würde er nicht nur eine ungeheure Summe Geldes verdienen, sondern nach angemessener Zeit auch die Leitung der Manufaktur übernehmen, und dann seien seinem Profit keine Grenzen mehr gesetzt.

Der Minister hielt inne und wartete, dass Andrea etwas erwiderte. Der Sekretär saß mit gesenktem Kopf da und studierte die Dokumente auf seinem Schoß. Das erwartungsvolle Schweigen machte Andrea deutlich bewusst, dass er an einem entscheidenden Wendepunkt seines Lebens angelangt war. In Murano hatte er vor dem Werben Sieur de Jouans kapituliert. Logischerweise hielt ihn somit auch nichts davon ab, diesen nächsten Schritt zu gehen. Wenn er nicht länger nur ein einfacher Arbeiter, sondern der vermögende Leiter einer Manufaktur war, würde es ihm die Möglichkeit eröffnen, ein ganz neues Leben zu führen. In der schaukelnden, hüpfenden Kutsche konnte man einen Handel abschließen, von dem kein anderer etwas wissen musste.

Aber seltsamerweise gab es da einen Punkt, den Andrea trotz der Kompromisse, die er bereits geschlossen hatte, einfach nicht überschreiten konnte. Würde er sich auf diesen Handel einlassen, hätte er seinen Vater endgültig verraten und mit ihm auch all die anderen Männer daheim in Murano. Er erinnerte sich an den venezianischen Gesandten, der sie mit Tränen in den Augen angefleht hatte: »Tut Eure Arbeit, nehmt das Geld, aber verratet ihnen nicht das Geheimnis

Eurer Spiegel.« Wenn Andrea auf Colberts Ansinnen einging, würde er nicht nur jene verraten, die heute von der Kunst des Spiegelmachens lebten, sondern auch all die Generationen von *specchiai*, die vor ihnen gekommen waren und die ihr Geheimnis streng gehütet hatten; schon immer hatte ihre Stärke in ihrem Schweigen gelegen, in der Weigerung, Außenseitern die Kunst zu lehren, lebende Bilder zu erschaffen. Tatsächlich hatten die Männer, die nach Paris gekommen waren, die Manufakturen von Murano bereits verraten, denn der Handel mit Frankreich war völlig zusammengebrochen. Bis jetzt hatten sie alle jedoch nur in der Gegenwart gedacht. Der nächste Schritt aber würde die Zukunft beeinflussen ... und er wäre unumkehrbar.

»Ich weiß nicht, wie ich es respektvoll sagen soll, Monseigneur, aber irgendetwas hält mich davon ab, das Geheimnis des Spiegelmachens preiszugeben.«

Colbert verzog das Gesicht. Es ärgerte ihn, dass dieser Mann seine vollkommen logische Argumentationskette einfach nicht verstehen wollte. Wie es schien, erklärte er langsam, bestand doch gar kein so großer Unterschied zwischen dem, was er vorschlug, und dem, worin Andrea bereits eingewilligt hatte.

»Der Unterschied besteht darin, dass man mir ein Geheimnis anvertraut hat, das über Generationen hinweg gewahrt worden ist, mehr als zweihundert Jahre lang. Man hat mir – uns allen – dieses Geheimnis in dem gegenseitigen Einverständnis anvertraut, dass wir es für uns behalten. Würde ich tun, was Ihr verlangt, würde ich nicht nur die *specchiai* von heute verraten, sondern auch die vorangegangener Generationen, Männer, die für ihre Arbeit gelebt haben und gestorben sind. Das ist ein heiliger Pakt.«

Colbert starrte ihn kalt an. Das, so sagte er, sei das Unlogischste, was er je gehört habe: ein Geheimnis um Generationen toter Spiegelmacher willen zu bewahren! Nun, für den Augenblick sei nichts mehr dazu zu sagen. Sollte Andrea jedoch irgendwann wieder zu Verstand kommen, solle er noch einmal bei ihm vorstellig werden. In der Zwischenzeit könnten sie nicht sicher sein, ob ein Mann, dessen Loyalität nicht eindeutig feststand, der Richtige für delikate Aufträge sei. Vielleicht sollte man Andrea in Zukunft besser nicht mehr gestatten, die Manufaktur zu verlassen.

Colbert bemerkte den gequälten Gesichtsausdruck des jungen Venezianers, lächelte ihn grimmig an, wandte sich an seinen Sekretär und sagte: »Würdet Ihr mir bitte die Dokumente des Chambéry-Falles in Bourges reichen?« Er lehnte sich zurück, um die Papiere zu lesen; damit war das Thema Spiegel offenbar vorerst für ihn abgeschlossen. Andrea wartete darauf, entlassen zu werden – diesmal würde er allerdings auf das Anhalten der Kutsche bestehen –, doch dem Minister schien seine Gegenwart nicht im Mindesten etwas auszumachen, nun, da er mit anderen Themen beschäftigt war. Andrea verneigte sich und tauschte den Platz mit Dessaix, dem Sekretär, der daraufhin mit Colbert die Feinheiten des Bourges-Falles diskutierte. Andrea blieb nichts anderes zu tun, als aus dem Fenster zu schauen und darauf zu warten, dass sein Schicksal für ihn entschieden wurde.

Die Kutsche rollte nach Saint-Germain hinein und wurde allmählich langsamer. Zur Linken befand sich ein Château, das zugleich eine Festung war. Ein Graben umgab den Komplex, und über eine Zugbrücke gelangte man auf einen achteckigen Hof. Die Kutsche fuhr zum Haupteingang des Châteaus, und eine der Wachen dort öffnete die Tür für den Minister. Andrea folgte dem Sekretär aus der Kutsche und fragte ihn, wohin er denn nun gehen solle. Dessaix deutete auf eine der Wachen. »Folgt diesem Mann. Er wird Euch durch das Labyrinth führen«, sagte er und eilte Colbert hinterher.

Der Weg zum Apartment des Königs führte über die steinerne Haupttreppe und durch einen großen, drei Stockwerke hohen Ballsaal, dessen Wände über und über mit Reliefs bedeckt waren. Dies war einst der Ballsaal von Francois Premier gewesen, klärte der Soldat Andrea auf; nun ließ sich der königliche Hof hier mit Stücken von Molière oder Musik von Lully unterhalten. Anschließend stiegen sie weitere Treppen hinauf, gingen einen Gang entlang, von wo aus man auf den Haupthof blicken konnte, vorbei an einer Kapelle, und erreichten schließlich die Apartments im Nordwestflügel. Dies hier seien die Privatgemächer des Königs, erklärte der Soldat. Die Staatsgemächer seien größer, um dort Audienzen halten zu können. Dieser Teil des Châteaus diene schlicht dem Vergnügen; hier konnte der König sich entspannen.

Aus den Apartments sah man auf ein großes, mit Kies eingestreutes Areal, unterbrochen von exakt geschnittenen Hecken, Rasenflächen und einer von Limonenbäumen gesäumten Straße. Sie befanden sich im Vorzimmer, an dessen Wänden Gobelins mit ländlichen Szenen hingen. Jasminduft erfüllte die Luft; er stammte von mehreren Pflanzen in einer Reihe von Jardinièren, und in einer Ecke stand ein voll ausgewachsener Orangenbaum. Aus einem angrenzenden Raum hörte Andrea das Schlagen eines Hammers auf Metall, und als er durch die Tür spähte, sah er einen kleinen, dürren Mann mit von Falten zerfurchtem nussbraunem Gesicht, der ein im Marmor verankertes Kupferrohr zurechthämmerte.

Der Mann hob den Kopf, schaute zu Andrea und verzog das Gesicht. »Ich habe ihnen gesagt, sie sollten den Marmor nicht verlegen, bevor ich nicht fertig bin«, beschwerte sich der Mann. »Und haben sie meine Worte beachtet? Wie soll ich hier einen Springbrunnen bauen, wenn mir das ganze Zeug im Weg ist? Seid Ihr derjenige, der diesen Unsinn zu verantworten hat?«

»Ich bin nur hier, um die Wände für ein paar Spiegel auszumessen«, antwortete Andrea.

»*Italiano!*«, rief der Mann und plapperte sofort in fließendem Italienisch los. Er sei Francesco Francini, sagte er, einer der Brüder Francini, der Brunnenbauer des Königs. »Und Ihr? Gehört Ihr zu den Spiegelmachern aus Murano?«

»In der Tat«, bestätigte Andrea. »Im Augenblick bin ich allerdings vollauf damit beschäftigt, meinem Aufenthalt in Frankreich einen Sinn zu geben.«

»Einen Sinn? Es gibt nur eins, das wir wissen müssen: Der König ist verrückt nach Brunnen und Spiegeln, und es ist ihm ganz egal, was es kostet. Jeden Tag danke ich Gott, dass ich nach Frankreich gekommen bin. Die italienischen Fürsten sind arm und bösartig geworden. Dieser König hier führt uns zu den ruhmreichen Tagen der Renaissance zurück. Er ist ein Medici, ein Farnese, ein Gonzaga, ein del'Este, alles in einem.«

»Soll das hier die Spiegelgrotte werden?«

»Die Grotte von Neptuns Fontäne«, korrigierte ihn der Brunnenbauer. »Die Spiegel sollen die Fontäne reflektieren. Mein Bruder arbeitet im Augenblick daran; sie wird aus reinem Silber bestehen. Neptun und seine Tritonen speien Wasser. Der König und seine Geliebte werden sich hier nach einem heißen Tag wunderbar erholen können.«

Andrea lächelte. »Ist sie dafür gedacht?«

»Junger Mann, würde es Euch nicht gefallen, einen Tag lang König zu sein? Wenn Ihr mit dem Messen für die Spiegel fertig seid, werde ich Euch zeigen, was das heißt.«

»Ich glaube, ich verstehe allmählich«, sagte Andrea. »Sein Minister sammelt das Geld, und er gibt es aus.«

»Aber wie wollt Ihr ohne den König die Menschen dazu bringen, sich von ihrem Geld zu trennen?«, fragte Francini. »Das Ganze ist weitaus komplizierter, als Ihr vermutlich denkt.«

Andrea vermaß die Wände und stellte Berechnungen in seinem Notizbuch an. Schließlich sagte Francini: »Kommt raus in den Garten und schaut Euch an, was es dort zu sehen gibt. Das ist noch etwas, wonach der König verrückt ist: Gärten. Seid Ihr eigentlich schon einmal in Versailles gewesen?«

»Versailles? Wo ist das?«

»Ah, so neu, Ihr habt noch viel zu lernen. Kommt, Ich werde es Euch zeigen.« Der Brunnenbauer führte Andrea durch viele Galerien hinaus, viele Treppen hinunter und schlussendlich ins Freie.

Auf dem mit Kies eingestreuten Feld schlenderten Gruppen von Höflingen umher und plapperten miteinander. Dann und wann löste sich jemand von der einen Gruppe, schloss sich einer anderen an und spazierte weiter.

»Der König bespricht sich mit seinem Minister, und die Leute dort warten auf das Ende dieser Besprechung, um anschließend ihr Glück zu versuchen und selbst vielleicht ein Wort mit dem König wechseln zu können«, erklärte Francini. »Häufig geht er jedoch achtlos an ihnen vorbei und unterhält sich stattdessen lieber mit seinem Gärtner. Ich habe einmal mitbekommen, wie die beiden stundenlang über die Lage einer Parterreanlage diskutiert haben, während alle Adeligen um sie her dumm dagestanden haben.«

Sie gingen an den Höflingen vorbei, und Andrea konnte es sich nicht verkneifen, sie anzuschauen; vielleicht befand sich ja durch Zufall die Marquise unter ihnen. Doch keine der Damen, die er hier sah, besaß die Schönheit und das Feuer der Marquise de Montespan, deren Bild nach wie vor in seinem Geist herumspukte. Sie erreichten den Rasen am anderen Ende des Gartens, der an einem Steilhang endete, von wo aus man das Seinetal überblicken konnte.

»Seht Ihr den Hügel dort in der Ferne? Der liegt nördlich von Paris; man nennt ihn Montmartre. Dort ist die Straße, über die Ihr gekommen seid, und da die Brücke, wo Ihr die Seine überquert habt. Jetzt schaut dort hinüber«, und Francini deutete nach Süden. »Das dort sind die Wiesen und Wälder von Versailles, wo der König das größte Schloss der Welt bauen will – einen Palast des Lichts, der Fontänen und der Spiegel. Wir haben bereits mit dem Bau der ersten Fontänen begonnen, doch es wird noch Hunderte mehr davon geben. Das Seltsamste ist jedoch, dass es in Versailles kein Wasser gibt. Es muss aus einem See in einem Nachbardorf dorthin gepumpt werden.«

»Das ist verrückt. Warum lässt er nicht dort bauen, wo es bereits Wasser gibt?«

»Weil Versailles der Ort ist, wo er zum ersten Mal die wahre Liebe kennen gelernt hat. Vor ein paar Sommern fand dort eine aufwändige Festivität mit dem Namen *Les Plaisirs de l'Ile Enchantée* statt. Monatelang haben wir an den dafür benötigten Springbrunnen gearbeitet. So sieht der König Versailles: als *Ile Enchantée*, als verzauberte Insel, wo er über die Elemente herrscht. Wir können uns glücklich schätzen, Ihr und ich, dass wir nicht über die Mittel verfügen, unsere Träume Wirklichkeit werden zu lassen, denn sie würden uns verschlingen.«

Sie standen am Rand des Steilhangs und spürten den Wind im Gesicht, der vom Flusstal zu ihnen hinaufwehte und den Duft von frischem Heu mit sich brachte. Ein Falke schwebte über ihren Köpfen und stürzte sich herab, als er eine Bewegung im Gras bemerkte.

»All das zu besitzen und noch mehr zu wollen ...«, sagte Francini und schüttelte den Kopf. »Und Ihr habt bis jetzt weder Vincennes noch Fontainbleau gesehen. Aber wir wollen uns nicht beschweren. Die Träume des Königs sind gut für uns, bedeuten sie doch mehr Arbeit, mehr Brunnen und mehr Spiegel.«

Sie hörten Musik, gespielt von den Hautbois, den französischen Oboen, Flöten und Zugposaunen der königlichen Ecurie, die ihn bei seinen Spaziergängen im Garten begleiteten. An den offenen Fenstern des Châteaus waren Bewegungen zu sehen, und die ziellos umherwandernden Höflinge drehten allesamt die Köpfe. Andrea sah den scharlachroten Federbusch, der den Hut des Königs schmückte, und dann den König selbst, als die Menge sich vor ihm teilte. Es war genau die Gestalt, an die er sich aus der Spiegelmanufaktur erinnerte, die dort langsam und bedächtig einherschritt. Nach und nach rückten die Höflinge näher an ihn heran und warteten darauf, dass der Monarch sie bemerkte. Der König blieb stehen, um mit einigen zu sprechen. Andrea sah, wie die Köpfe derjenigen einmütig nickten. »Sie verhalten sich wie Marionetten«, bemerkte er Francini gegenüber.

»Und der König ist der Puppenspieler«, erwiderte der Brunnenbauer. »Aber wer hält die Fäden des Puppenspielers in der Hand? Das ist eine Frage, auf die bis jetzt noch niemand eine Antwort gefunden hat.«

13.

Madame la Marquise ist aus dem Haus, und Claudine geht ihre Garderobe durch, holt immer wieder Kleider heraus, hält sie vor sich und betrachtet sich im Spiegel. Da ist das Bestickte aus blauer Seide, das gold-blaue Brokatkleid und das aus blauem Satin mit den Saphirklammern. Madame mag die Farbe Blau, denn sie betont ihre Augen. Außerdem ist es die Farbe, die auch die königlichen Damen häufig tragen. Claudine hält ein golden-cremefarbenes Brokatkleid vor den Spiegel und mustert sich abschätzend. Ja, die sanften Farbtöne passen hervorragend zu ihrem Gesicht, und die Achate auf dem Mieder betonen das Grün ihrer Augen. Claudine hat ihr graues Kleid abgelegt und steht in Unterwäsche im Schlafgemach von Madame. Sie zieht ihre Musselinhaube aus und steigt in den Rock des Kleides hinein. Das war der leichte Teil, doch nun geht es ans Mieder, mit dem sie jedes Mal zu kämpfen hat, wenn sie Madame darin einschnürt.

Claudine rief nach Marie, dem Küchenmädchen. »Zieh die Schnüre fest«, befahl sie.

Marie kicherte. »Ich traue mich nicht. Madame wäre außer sich vor Wut, wenn sie davon wüsste.«

»Unsinn. Ich bin jetzt Madame«, erwiderte Claudine, »und du bist Claudine. Ich möchte, dass du mein Haar aufsteckst und Schleifen und Edelsteine hineinbindest.«

»Ich weiß nicht, wie das geht«, sagte Marie und nahm die

mit Edelsteinen besetzten Haarklammern vom Ankleidetisch. Dann fuhr sie Claudine mit dem Ebenholzkamm durchs Haar.

»Also wirklich, Claudine, ich weiß nicht, warum du mit einem Mal so ungeschickt bist«, tadelte Claudine Marie. »Hör auf, an meinem Haar herumzureißen! Was habe ich nur getan, dass ich mit einer solch ungeschickten Zofe geschlagen bin?«

»Ohne Zweifel liegt das daran, dass Ihr ihr zu wenig zahlt«, entgegnete Marie und seufzte. »Ich werde dieses Spielchen nicht länger mitspielen, Claudine. Dich würde Madame nie entlassen, dafür braucht sie dich zu sehr, aber mich würde sie sofort auf die Straße setzen, ohne Geld und Referenzen.«

»Dann geh wieder in deine Küche«, sagte Claudine. »Du wirst niemals Kammerzofe werden.«

Claudine wartete, bis sich die Tür hinter Marie geschlossen hatte; dann schritt sie langsam durch den Raum und strich über den üppigen Stoff des Rockes. Solch fein gewebter Seidenbrokat ... Damit fühlte man sich wahrlich wie eine Marquise, nein, wie eine Prinzessin! Sie blieb vor dem Spiegel stehen. Das kunstvoll geschnittene Mieder hob ihren Busen fast bis auf Kinnhöhe. Sie blickte auf das weiche weiße Fleisch hinunter. *Allein die Vorstellung, dass sie normalerweise unter grauer Baumwolle versteckt sind ... welch eine Verschwendung*, dachte sie. *Ich werde mir ein Dekolletee ins Kleid schneiden und der Welt so zeigen, dass ich genauso gut gebaut bin wie die Marquise.*

Als sie sich an den Ankleidetisch setzte und sich im Spiegel betrachtete, versuchte sie herauszufinden, was an ihr am besten war. Ohne Zweifel ihre Augen und ihr Mund. Ihre Nase hingegen war beinahe schon ein Schandfleck ...

Plötzlich hörte sie unten die Tür sich schließen und Schritte auf der Steintreppe. Alarmiert sprang sie auf. Madame konnte unmöglich schon wieder zurück sein, denn sie hatte ausdrücklich gesagt, sie käme erst am Spätnachmittag wieder nach Hause ... oder? Auf jeden Fall musste Claudine sofort wieder aus dem Kleid raus, und sie hatte keine Marie mehr, die ihr dabei hätte helfen können. Sie rannte ins Ankleidezimmer und schloss die Tür. Aufgeregt riss sie an den Schnüren des Mieders. Sie hörte Madame von der Treppe aus rufen: »Claudine!«

Heilige Mutter Gottes, dachte Claudine. *Diese verflixten Schnüre!* Und sie zerrte weiter an ihnen, bis sie schließlich weit genug gelockert waren, dass sie das Mieder über den Kopf ziehen konnte. Dabei bemerkte sie, dass der Stoff unter den Armen feucht von Schweiß war. Dann kam der Rock an die Reihe. Sie löste einfach die Schnur und ließ ihn herunterrutschen, dass er wie ein Ring aus Stoff um ihre Füße lag. Sie stieg aus diesem Ring heraus und legte den Rock in die offene Truhe zurück. Das Mieder hätte eigentlich erst gelüftet werden müssen, doch jetzt hatte sie keine Zeit mehr dafür; also warf sie es auf den Rock und klappte die Truhe zu. Sie hörte, wie sich die Tür des Schlafgemachs öffnete und dann Madames Stimme. »Claudine, wo bist du?« Und dann: »Was ist das denn?«

Claudine, die in Unterröcken dastand, wusste ganz genau, was das war. Madame hatte Claudines graues Kleid auf dem Boden liegen gesehen. Claudine war in Unterwäsche im Ankleidezimmer gefangen.

Die Stimme rief erneut, diesmal mit einem verärgerten Unterton: »Claudine!«

Claudine trat aus dem Ankleidezimmer. »Madame?«

»Was machst du da in Unterwäsche, um Himmels willen? Und warum liegt dein Kleid auf dem Boden?« Athénais musterte sie mit wachsendem Misstrauen.

»Es war so heiß, Madame, dass ich mir gedacht habe, es sei angenehmer, in nicht ganz so vielen Kleidern zu arbeiten.

Hier drin wird es rasch sehr stickig, und das bringt mich der Ohnmacht nahe.«

»In der Tat ... und deshalb hast du das Kleid einfach auf den Boden geworfen? Ich hoffe, du behandelst meine Kleider nicht so. Du hast meine Kleider doch nicht etwa angezogen, Claudine?«

»Nein, Madame, natürlich nicht. Es war wirklich nur die Hitze. Außerdem konnte ich das graue Kleid nicht mehr ertragen. Es lässt mich so langweilig aussehen.«

»Das ist gar nicht mal so schlecht«, bemerkte Athénais, öffnete die Tür zum Ankleidezimmer und suchte nach Spuren erst kürzlich getragener Kleider. Claudine wartete darauf, dass Madame die Truhe öffnete, doch sie schien keine Lust auf eine gründliche Untersuchung zu verspüren. Stattdessen schloss sie die Tür wieder und sagte: »Und als hätte ich nicht schon genug Ärger, ist meine Zofe auch noch verrückt geworden.«

Claudine lächelte. Der Sturm war abgewendet, doch sie war dem berühmten Zorn der Mortemart nur knapp entkommen.

14.

Wenn Nicolas du Noyer die Männer betrachtete, die in der Manufaktur arbeiteten, fühlte er sich an ein Gespann hervorragender Pferde erinnert. Niemand vermochte das zu leisten, wozu die Spiegelmacher imstande waren, es sei denn, er war groß und ungewöhnlich kräftig. So benötigten sie beispielsweise viel Luft und damit eine große Brust, um Glas zu blasen, sowie starke Arme, um die langen Blasrohre zu drehen, an deren Ende sie die Glaszylinder formten. Gleichzeitig benötigten sie jedoch auch das Fingerspitzengefühl einer Näherin, um das heiße Glas in Form zu schneiden; nur ein einziger kleiner Fehler, und stundenlange Arbeit war umsonst gewesen.

Wie auch andere Männer, die unter schwierigen Umständen zusammenarbeiteten, waren sie mit der Zeit zu einer engen Gemeinschaft verschmolzen. Eifersüchtig wachten sie über ihre Fähigkeiten und waren nicht bereit, sie mit Außenstehenden zu teilen. Trotz des finanziellen Spielraums, den Colbert ihm eingeräumt hatte, hatte du Noyer bis jetzt so gut wie keinen Erfolg dabei gehabt, die Venezianer davon zu überzeugen, die französischen Arbeiter in ihrer Kunst zu unterweisen. Stattdessen betrauten sie die Franzosen nur mit jenen Arbeiten in der Manufaktur, für die kein großes Wissen vonnöten war, wie zum Beispiel dem Anfachen der Öfen; und die wenigen Venezianer, die auf das Angebot eingegangen waren, hatten rasch wieder davon Abstand genommen, vermutlich auf Druck ihrer Gefährten. Du Noyer konnte sich vorstellen, wäre er selbst ein Arbeiter gewesen, er hätte Antonio del la Rivetta auch nicht widersprochen; der Mann besaß eine Brust wie ein Fass und einen Kopf wie ein Stier. Aber natürlich konnten die Venezianer du Noyer nicht davon abhalten, ihnen bei der Arbeit zuzusehen, und so hatte er im Laufe der Monate schon einiges über den schrittweisen Prozess der Spiegelherstellung gelernt. Die Menge der verwendeten Materialien und die Art und Weise ihrer Mischung hatte er jedoch nicht herausfinden können; dieses Geheimnis konnte ihm nur ein erfahrener Spiegelmacher erklären.

Du Noyer beobachtete Andrea, nachdem dieser von seiner letzten Expedition für Seine Hoheit wieder in die Manufaktur zurückgekehrt war. Der junge Venezianer saß auf seiner Bank neben dem Schmelzofen, die Werkzeuge neben sich. Wie die anderen Arbeiter in diesem unerwartet heißen Juni auch hatte er sich oben herum frei gemacht, und seine Brust schimmerte von Schweiß. *Wie sie sich doch für die Eitelkeit der Menschen schinden*, sinnierte du Noyer. Für den Beobachter hatte diese klassisch-infernalische Szene jedoch etwas Inspirierendes. Vulkanus an seiner Schmiede – ja, das war ein gutes Motiv für ein Bild.

Andrea, dem nicht bewusst war, dass er sich gerade in den Augen des Manufakturleiters in eine mythische Gestalt verwandelte, zog das geschmolzene Glas aus dem Ofen, blies es zu einer kleinen runden Kugel und drehte die Pfeife, sodass es immer länger wurde. Zwischendurch brachte er es immer wieder zum Ofen zurück, um das Material nicht auskühlen zu lassen; dann blies und drehte er wieder, bis sich das Glas schließlich zu einem Zylinder von gleichmäßiger Dicke geformt hatte, aus dessen Boden sich eine flache Scheibe schneiden ließ. An diesem Punkt rief er Luca ein *»Pronto!«* zu, der mit einer Schere neben ihm stand. Luca schnitt die

Scheibe ab, und Andrea drehte die Pfeife wieder, bis eine weitere Scheibe entstanden war, die man ebenfalls abschneiden konnte. Das Ganze wiederholten sie dann mit der anderen Seite; wieder kam das Glas in den Ofen, wieder blies und drehte Andrea, und wieder schnitt Luca. Schließlich nahm Andrea das ganze restliche Stück Glas und legte es auf den mit Kupfer verkleideten Tisch. Rasch schnitt Luca es der Länge nach entzwei und half Andrea, es zu einer flachen Platte zu ziehen. Das war immer der Augenblick, wo sie sich gegenseitig gratulierten, denn bei keinem Produktionsschritt war es leichter, das Glas zu ruinieren, als bei diesem.

»Perfekt«, sagte Luca. »Seine Hoheit wird hoch erfreut sein.«

Lucas letzte Indiskretion war noch nicht vergessen, und so hatte ihm Andrea nicht gesagt, dass dieser Spiegel für die Marquise bestimmt war. *Ja*, dachte er, *das Glas ist perfekt, von gleichmäßiger Dicke und ohne Makel.* Jetzt musste man es nur noch in einen ebenso perfekten Spiegel verwandeln. Zuerst musste das Glas dafür mit feinem Sand geschmirgelt werden; erst dann wurde es versilbert. Andrea legte ein Blatt gehämmerten Zinns auf dem Silbertisch aus und schmierte eine Schicht Quecksilber darauf. Dann galt es zu warten, bis die beiden Metalle sich miteinander verbunden hatten.

»Hast du den König gesehen, als du in Saint-Germain gewesen bist?«, fragte Luca, während er den Bindeprozess verfolgte.

»Aus der Ferne. Er war von einem ganzen Schwarm Höflinge umgeben. Sie sind ihm gefolgt, wo auch immer er hingegangen ist, als wäre er eine Bienenkönigin. Ich hatte das Gefühl, als wären sie ohne ihn gestorben.«

»Das ist ein seltsames Leben«, bemerkte Luca.

»Sie würden unseres noch für viel seltsamer halten und ganz und gar nicht für beneidenswert ... Das Metall ist jetzt fertig.« Andrea goss noch etwas Quecksilber auf die legierte

Zinnfolie; dann zogen er und Luca vorsichtig das Glas darüber, wobei sie das überschüssige Quecksilber wegschoben, sodass keine Blasen entstehen konnten. Schließlich legten sie Gewichte auf das Ganze, um auch noch den Rest Quecksilber herauszudrücken, und klappten die Tischplatte auf einer Seite hoch, damit das flüssige Metall in einen Ausguss laufen konnte.

Andrea blickte auf seine Hände. Stecknadelgroße Quecksilbertropfen glitzerten auf seiner Haut. Er tauchte die Hände in einen Eimer Wasser und wusch sich das Gesicht. Jetzt galt es, voller Ungeduld auf den nächsten Tag zu warten, da das Silber dann getrocknet und damit hart sein würde. Auch mussten sie sich noch erkundigen, welche Fortschritte der Rahmen machte, dessen Ausführung Seine Hoheit in allen Einzelheiten bestimmt hatte.

Zunächst schickte Andrea jedoch einen der französischen Lehrlinge aus, um herauszufinden, ob der Haushalt in der Rue Tarenne noch nicht aus der Stadt gezogen war. Schon kurze Zeit später erhielt er die Nachricht, dass sie noch ein paar Tage dort bleiben würden. Bald würde sich Madame la Marquise allerdings dem Hof in Saint-Germain anschließen und aller Voraussicht nach auch länger dort bleiben. Andrea schickte eine Nachricht an den Silberschmied, sich mit dem Rahmen zu beeilen. Der Silberschmied antwortete scharf: »Wollt Ihr nun das Beste oder nicht?« Falls ja, würde Andrea warten müssen.

Zwei Tage später kam der Rahmen an, ein exquisites Stück mit Schnörkeln und Lilien, welche die Schönheit des Spiegels betonten. Vorsichtig packten Andrea und Luca den Spiegel zunächst in Seidentuch und dann in eine mit Holzspänen gefüllte Kiste. Nun musste das gute Stück nur noch zur Marquise gebracht werden, die vielleicht zu Hause war, vielleicht aber auch nicht, um ihn in Empfang zu nehmen. Andrea hatte keine Möglichkeit, den Zeitplan der Marquise in Erfahrung zu bringen. Er wusste weder, zu welcher Zeit sie ausgehen würde, noch wann sie Besucher empfing, ja noch nicht einmal, ob man ihm gestatten würde, ihr den Spiegel persönlich zu präsentieren. Schließlich kam er zu dem Schluss, dass er sie am wahrscheinlichsten vormittags antreffen würde. So machte er sich kurz vor neun mit einem französischen Lehrling und einem Karren, in den man den Spiegel verladen hatte, auf den Weg, um noch vor elf Uhr in der Rue Tarenne zu sein.

An der Tür des Gebäudes erklärten sie einem älteren Concierge, was sie hierher führte. Der Mann antwortete, Madame la Marquise sei in der Tat daheim, und verwies sie in den ersten Stock. Die Eichentür des Apartments stand offen; dahinter ging es durch einen Vorraum in einen Salon. Kerzen in Wandleuchtern erhellten den Raum. In dem trüben Licht sahen die Besucher einen türkischen Teppich auf dem Parkett, ein paar Holzstühle und eine Truhe. Für eine Marquise war das Apartment ziemlich spärlich möbliert.

Eine Seitentür öffnete sich, und ein kleines, dunkelhaariges Mädchen mit einer Schürze betrat den Raum. Sie starrte Andrea an; ihr Mund stand leicht offen. Andrea nickte ihr freundlich zu und sagte: »Wir bringen etwas für Madame la Marquise mit den besten Wünschen Seiner Hoheit, des Königs Bruder. Würdet Ihr uns bitte bei ihr melden?«

Eine Weile schaute das Mädchen auf die Kiste, als wolle sie herausfinden, was sich darin verbarg; dann sagte sie: »Madame ist noch nicht angekleidet.«

»Nichtsdestotrotz wären wir Euch sehr verbunden, wenn Ihr sie von unserer Ankunft in Kenntnis setzen würdet. Sie könnte unser Mitbringsel beim Ankleiden als äußerst nützlich betrachten.«

Das Mädchen wirkte verunsichert, zog sich jedoch in den Salon zurück und zu der Doppeltür, die von dort hinausführte. Andrea hörte Frauenstimmen jenseits der Tür; dann kehrte das Mädchen wieder zurück. Madame werde in Kürze bei ihnen sein, verkündete sie und lehnte sich gegen die Wand, um von dort aus weiter Andrea und die Kiste zu beobachten.

Schließlich öffnete sich die Doppeltür wieder, und die Marquise kam heraus. Sie trug ein weites Satinkleid mit Spitze an Nacken und Ellbogen. Andrea sah ihren überraschten Gesichtsausdruck, als sie zunächst ihn und dann die Kiste bemerkte. »Man hat mir gesagt, Seine Hoheit hätte mir etwas geschickt. Seid Ihr derjenige, der mir dieses Geschenk überbringen soll?«, fragte sie.

»Der bin ich, wenn es Euch beliebt, Madame.«

»Dann muss es sich um einen Spiegel handeln.« Die Marquise lachte erfreut. »Was sonst sollte ein Spiegelmacher mir bringen?«

»Ich habe auch einen Brief von Seiner Hoheit bei mir, den Ihr gleichzeitig mit dem Präsent erhalten sollt«, sagte Andrea und reichte der Marquise den versiegelten Brief, den man ihm gegeben hatte.

Die Marquise setzte sich, um das Schreiben zu lesen, und lachte erneut. »Seine Hoheit besitzt viel Sinn für Humor«, verkündete sie. »Wir müssen den Spiegel sofort aufstellen. Würdet Ihr bitte dieses hölzerne Ding entfernen und ihn dann nach hinten bringen? Habt Ihr auch etwas dabei, um ihn aufzuhängen? In diesem Haus gibt es niemanden, dem ich etwas derart Wertvolles anvertrauen würde.«

»Wir haben alles Notwendige dabei. Auch für uns sind die Spiegel wertvoll, und wir sorgen stets dafür, dass sie angemessen aufgestellt werden.«

»Solche Hingabe an Euer Handwerk! Seine Hoheit hätte keinen besseren Gesandten wählen können.« Die Marquise warf Andrea einen neckischen Blick zu, ging zu ihrem Schlafgemach zurück und hinterließ den Duft der Tuberose, den sie vergangene Nacht aufgelegt hatte. *»Elle est belle,* *cette Marquise«*, sagte der französische Lehrling, *»il faut prendre garde.«*

»Womit wir im Augenblick vorsichtig sein müssen, ist der Spiegel«, erwiderte Andrea und verfluchte im Geiste Luca dafür, derartige Gerüchte ausgestreut zu haben.

Sie öffneten die Kiste und hoben den in Seidentücher gewickelten Spiegel heraus. Vorsichtig balancierte Andrea ihn aus und trug ihn durch den Empfangsraum.

Erneut öffnete sich die Doppeltür, und eine junge Frau in grauem Baumwollkleid und Musselinhaube schaute heraus. Sie drehte sich wieder in den Raum um und sagte: »Der Spiegel ist hier, Madame.«

Daraufhin erschien die Marquise erneut. Ihr Haar, das ihr vorhin noch offen über die Schulter gefallen war, hatte sie nun sorglos zu einem losen Knoten gebunden, aus dem nur vereinzelt Strähnen heraushingen. Andrea konnte nicht anders, als ob dieses kleinen Versuchs an Formalität zu lächeln, der ihre verführerische Ausstrahlung nur verstärkte. Sie fragte: »Und? Werdet Ihr mir den Spiegel nun enthüllen?«

Andrea hob ihn auf den Tisch, um ihn im besten Licht zu präsentieren, und zog das Seidentuch ab. Die Marquise starrte ihn einen Augenblick lang an und genoss die Reinheit des Glases und den reich verzierten Silberrahmen. Dann trat sie vor und berührte den Rahmen. »Er ist wunderbar gearbeitet«, verkündete sie, »und der Spiegel ist einfach nur perfekt.« Sie beugte sich vor und betrachtete ihr Gesicht im Glas. »Er könnte nicht besser sein«, hauchte sie.

»Der Spiegel genießt den Vorzug, Eure Schönheit wiedergeben zu dürfen«, bemerkte Andrea.

Die Marquise blickte ihm in die Augen. »Der Herr Spiegelmacher weiß zu schmeicheln«, sagte sie.

»Ich wiederhole nur, was auch der Spiegel sagt, und der sagt stets die Wahrheit«, erwiderte er.

Die Marquise blickte wieder in den Spiegel. »Habt Ihr den hier gemacht?«, erkundigte sie sich.

»Ja, und ich habe ihn mit äußerster Sorgfalt gefertigt. Er ist so perfekt wie es nur geht.«

Erneut strich die Marquise mit der Hand über den Rahmen und tastete die Einkerbungen im Silber ab. Dabei berührte ihre Hand Andreas, doch anstatt sie sofort zurückzuziehen, ließ sie sie dort einen unmerklichen Augenblick lang verweilen. Ihre Wärme durchfuhr den jungen Venezianer wie ein Blitz.

Andrea bewegte die Hand und erinnerte sich der Worte des französischen Lehrlings – *il faut prendre garde.* »Wünscht Madame la Marquise, dass wir den Spiegel für sie an der Wand platzieren?«, fragte er.

»Warum nicht? Niemand ist dafür besser geeignet als Ihr. Schließlich habt Ihr ihn ja auch gemacht.«

»Damit Ihr das nicht vergesst, findet Ihr übrigens meine Initialen auf der Rückseite.«

Sie lachte. »Als ob ich je vergessen könnte ... Claudine, hilf uns. Wo sollten wir ihn am besten aufhängen? Kommt, Signor Andrea, seid nicht so schüchtern.«

Die Marquise war ins Schlafzimmer gegangen, und Andrea folgte ihr – wohl wissend, dass er eine Art weibliches Heiligtum betrat. Die Wände waren mit magentafarbener Seide verkleidet und die Vorhänge des Himmelbetts mit Lilien und Rosen verziert. Ein mit Perlmutt eingelegter Ankleidetisch, auf dem sich Salben- und Duftfläschchen, Kämme und Schleifen neben einem matten Spiegel stapelten, stand in der Mitte des Raums, sodass das Licht der Fenster genau auf ihn fiel. Neben dem Bett lag ein Paar goldener Slipper, dort, wo die Marquise sie von den Füßen getreten hatte.

Der Spiegel solle so aufgehangen werden, dass er das natürliche Licht einfange, sagte die Marquise. Dafür sei wohl die Wand neben dem Fenster am besten geeignet; den Ankleidetisch könne man daneben stellen.

Andrea maß die entsprechende Stelle aus, und nachdem er den Spiegel aufgehangen hatte, stellte die Marquise sich davor, um sowohl das Glas als auch sich selbst leidenschaftslos zu begutachten. Ja, sie nickte Andreas Spiegelbild hinter ihr zu, er war hervorragend platziert. Was dachte Claudine?

Die Zofe stand lange Zeit vor dem Glas und sagte dann schließlich mit vor Erregung angespannter Stimme: »Ich habe mich selbst noch nie so gesehen.«

Es schien, als würde sie den Blick nie wieder von ihrem Bild im Glas losreißen können. Schließlich aber schaute sie Andreas Spiegelbild an und sagte: »Das ist ein sehr schöner Spiegel.«

»Danke, Mademoiselle«, erwiderte er.

»Aber in meinem dunklen Glas könnt Ihr mehr sehen.«

In ihren Augen brannte ein seltsames Licht, und sie schien mehr durch das Glas hindurch als auf Andreas Spiegelbild zu blicken. Ihre Augen waren so wild wie die einer streunenden Katze, die ohne Mutter aufgewachsen war. Dann begann sie erneut zu sprechen, diesmal jedoch wie in Trance: »Ich habe gesehen, wie dieses Glas gemacht worden ist. Da war ein Schmelzofen, und ich habe Euch in ihn hineingreifen und das hier herausziehen sehen.«

»Claudine!«, rief die Marquise in scharfem Ton.

Claudine blickte weiter in das Glas, ohne auf ihre Herrin zu achten, und fuhr fort: »Ich sehe Gift in diesem Spiegel. Hütet Euch vor diesem Gift.«

»Claudine!«, schimpfte die Marquise erneut, und mit ihrer lauten Stimme drang sie endlich ins Bewusstsein der Zofe vor.

»Madame?«, sagte Claudine und kehrte wieder in die Gegenwart zurück.

»Claudine, würdest du dich bitte zusammenreißen! Hör

auf zu träumen und finde heraus, was mit meinem Tee geschehen ist. Vielleicht will Signor Andrea ja auch einen Becher. Oder ein Glas Wein?«

»Ein Glas Wein käme mir jetzt sehr gelegen«, erwiderte Andrea.

»Ich entschuldige mich für meine Zofe«, sagte die Marquise, kaum dass diese den Raum verlassen hatte. »Wenn ihre Zeit im Monat gekommen ist, benimmt sie sich bisweilen äußerst seltsam. Ihr müsst ihr verzeihen.«

»Meine Großmutter verfügte ebenfalls über die Gabe des zweiten Gesichts«, sagte Andrea. »Sie hat immer in ein stilles Wasser geblickt; allerdings hat sie uns nur sehr wenig von dem erzählt, was sie dort gesehen hat. Sie hat immer gesagt, es sei besser, die Zukunft nicht zu kennen.«

Die Marquise blickte ihn neugierig an. »Ihr seid ein Mann voller Überraschungen. Aber nein, Claudine ist bisweilen schlicht ... nicht ganz bei sich. Sie besitzt eine blühende Fantasie. Was bei ihrem Nachnamen nicht allzu verwunderlich ist: Mademoiselle des Oeillets.«

»Die Demoiselle der Nelken ... Das klingt hübsch.«

»Ihre Mutter war Schauspielerin, und die Tochter sollte in ihre Fußstapfen treten. Auf jeden Fall ist das der Grund für ihren ungewöhnlichen Namen: Claudine des Oeillets ... Eines Abends jedoch ist sie auf der Bühne in Trance gefallen und hat das Publikum verängstigt; so ist sie dann Zofe geworden. Ich habe mich mit ihrem Verhalten abgefunden – was bei weitem nicht das Schlimmste ist, womit ich mich in meinem Leben habe abfinden müssen. Kommt in den Salon und trinkt Euren Wein.«

Es schien, als wolle die Marquise ihm eine andere Seite von sich zeigen. Hinter ihrem scharfen Verstand und ihrer Selbstsicherheit fühlte Andrea so etwas wie Traurigkeit. Mit einer einzigen Phrase hatte sie ihm verraten, in welchem Zustand sich ihre Ehe befand: »... was bei weitem nicht das

Schlimmste ist, womit ich mich in meinem Leben habe abfinden müssen.« Das rief den Beschützerinstinkt in ihm wach, wie ihn die Starken den Schwachen gegenüber empfinden – ein Gefühl, das vollkommen außerhalb der Realität war, ermahnte er sich selbst. Sie, die einflussreiche Marquise, die Empfängerin von Geschenken Seiner Hoheit, des Königs Bruder, und er, der emigrierte Handwerker, der nur einmal kurz an der Macht geschnuppert hatte – in der Kutsche des Ministers –, und das hatte sich auch noch zu seinem Nachteil entwickelt.

Doch offenbar schien die Marquise sich ihm anvertrauen zu wollen. Immerhin saß er in ihrem Salon mit einem Glas Wein in der Hand; noch vor kurzem hätte er noch nicht einmal davon zu träumen gewagt. Die Marquise befragte ihn nach der Spiegelherstellung, ein Thema, das sie mit Sicherheit nicht wirklich interessierte. Außerdem bat sie ihn, Italienisch zu sprechen – zur Übung, sagte sie –, obwohl er nicht das allgemein anerkannte Toskanisch sprach. Allerdings, so erklärte er, würde ihr das sehr zupass kommen, wenn sie den venezianischen Gesandten traf. Zu seiner Überraschung beherrschte die Marquise sogar die Umgangssprache recht gut.

Die Marquise lachte und ließ sich gegen die Stuhllehne sinken, was bedeutete, dass sie unter ihrem weiten Gewand kein beengendes Korsett trug, das Damen von Stand normalerweise von morgens bis abends einschnürte. Durch das Satin hindurch sah Andrea die Umrisse ihrer von nichts gehaltenen Brüste, von denen er wusste, dass sie so weiß und glatt wie ihre Arme sein mussten. Er erkannte, dass er jeden Augenblick etwas zu tun oder zu sagen drohte, was er später bereuen würde. Die Marquise schwieg inzwischen und betrachtete Andrea wie ein exotisches Tier. Mit unverhohlener Neugier wanderte ihr Blick von seinen Beinen zu seinem Gesicht. Dann blieben ihre Augen an seinem Mund haften, der unter ihrem Blick zu brennen schien. Das war mehr, als Fleisch und Blut ertragen konnten.

Andrea wurde von der Zofe gerettet, die in diesem Augenblick den Raum betrat und verkündete, die Schneiderin von Madame sei eingetroffen. Die spannungsgeladene Atmosphäre, die geherrscht hatte, als nur ihr Schweigen zu hören gewesen war, während sie sich gegenseitig betrachtet hatten, löste sich in Luft auf.

»Endlich«, sagte die Marquise. »Ich warte schon seit Monaten auf sie. Was hat sie als Entschuldigung angeführt?«

»Ich muss mich jetzt verabschieden«, meldete Andrea sich zu Wort. »Ihr seid sehr freundlich gewesen, Madame. Ich lasse meinen Spiegel im besten Heim, das ich für ihn hätte finden können.«

»Seid meines Danks gewiss. *Multi grazie, Signor Andrea, arrivederci«*, erwiderte die Marquise und streckte elegant die Hand aus. »Würdest du den Signor bitte hinausbegleiten, Claudine?«

Andrea beugte den Kopf über ihre Hand und folgte der unterwürfigen Claudine in den Vorraum. »Euer Arbeitskollege war des Wartens müde«, sagte sie. »Er ist bereits mit dem Karren in die Manufaktur zurückgefahren.«

Andrea sah schon die übermütige Heiterkeit, die ihn bei seiner Rückkehr in die Manufaktur erwarten würde. Er verabschiedete sich von Claudine, die mit niedergeschlagenen Augen vor ihm stand, und stieg die steinernen Stufen hinunter. Auf halbem Weg nach unten, auf dem Absatz, lehnte ein Mann in teuren, aber zerschlissenen Kleidern am Geländer. Er hielt etwas in der Hand, das auf den ersten Blick wie ein langohriger brauner Spaniel aussah; tatsächlich aber handelte es sich um seine Perücke, die er – von der Hitze geplagt – abgenommen hatte. Sein eigenes Haar klebte feucht von Schweiß am Schädel. Sein Gesicht war rot, doch nicht nur von der Hitze, sondern auch von der cholerischen Stimmung, in der er sich befand. Er funkelte Andrea an. »Wo willst du in solcher Eile hin, *garcon*?«, verlangte er zu wissen.

Verärgert ob dieses Mangels an Höflichkeit antwortete Andrea: »Was geht Euch das an?« Doch der Mann hatte ihm inzwischen den Weg versperrt und zwang ihn so, stehen zu bleiben. Andrea bemerkte ein Rapier an der Seite seines Gegenübers und fühlte plötzlich Gefahr. Diese Adeligen – und der Mann musste trotz seines ungehobelten Benehmens ein solcher sein – folgten ihren eigenen Gesetzen.

»Was mich das angeht? Das ist mein Haus. *Das* geht mich das an. Mein Haus, meine Frau. Was hast du hier zu suchen?«

»Ich habe lediglich einen Spiegel geliefert, Monsieur, wie Ihr bei Eurer Rückkehr sehen werdet«, antwortete Andrea in ruhigem Ton, obwohl er innerlich vor Wut kochte.

»Was für einen Spiegel? Ich habe keinen Spiegel bestellt. Was ist das jetzt wieder für eine Extravaganz?«

»Das kann ich Euch nicht beantworten, Monseigneur. Ich habe den Spiegel nur abgeliefert. Mehr weiß ich nicht darüber.«

Der Mann schaute ihn misstrauisch an, trat aber zur Seite, um ihn vorbeizulassen.

»Merci, et au revoir, Monsieur le Marquis«, sagte Andrea, stieg die Treppe weiter hinab und kämpfte gegen das Verlangen an, sich noch einmal umzudrehen, um sich das Gesicht des Ehemanns der Marquise einzuprägen. Er hörte, wie der Marquis ihm eine Beleidigung hinterherbrüllte; »Italiener« war jedoch das einzige Wort, das er verstand. Vor dem Gebäude blieb er ein paar Augenblicke stehen, dass sein Atem sich beruhigen konnte. Es war nicht nur seine Begegnung mit dem Marquis, was ihn so erregt hatte, sondern der Tenor seines Zusammentreffens mit der Marquise. Sie hatte ihn ermutigt, hatte mit ihm geflirtet, und dann hatte sie ihn mit seinen unerfüllten Erwartungen allein gelassen. Er war schlicht

eine Ablenkung für sie gewesen, jemand, der sie hatte amüsieren können, bis ihre Schneiderin gekommen war.

Andreas Zorn löste sich vom Ehemann und richtete sich stattdessen auf die Marquise. Sie war nur eine Frau, die aus Eitelkeit irgendwelche Spielchen mit ihm spielte. Ein eitler Flirt bei einem verrückten Ehemann und einer verrückten Kammerzofe. Andrea war froh, dass er sie aller Wahrscheinlichkeit nach nie wiedersehen würde. Und dann, während er zurück zur Manufaktur marschierte, erinnerte er sich an den Augenblick, da es so ausgesehen hatte, als wolle sie sich ihm anvertrauen, als sie ihm Hilfe suchend in die Augen geschaut hatte. Es war nicht ihre Schuld, dachte er, dass sie eine solch gefährliche Anziehungskraft besaß. Er sollte nicht auf sie, sondern vielmehr auf sich selber wütend sein. Er, der Tag für Tag am Schmelzofen stand, sollte es besser wissen und nicht mit dem Feuer spielen.

15.

Der Spiegel hat ein Publikum gefunden. Drei Frauen stehen vor ihm und beobachten jede ihrer Bewegungen. Athénais steht links, Claudine rechts, und in der Mitte starrt Madame de Thianges auf ihr Spiegelbild. Sie tritt einen Schritt vor und hebt die Hand, als wolle sie die Echtheit ihres Abbildes prüfen.

»Nein«, sagte Athénais. »Fass ihn nicht an.«

»Warum nicht?«

»Weil ich dann ein Tuch holen und ihn putzen muss, Madame«, antwortete Claudine.

»Das ist ein sehr empfindlicher Spiegel«, sagte Gabrielle de Thianges. »Vielleicht sollte ich gar nicht erst hineinschauen, damit er nicht davon schon entzwei bricht.«

»Es ist ein perfekter Spiegel, und Seine Hoheit ist ein perfekter Freund. Nichts habe ich mir mehr gewünscht, und er hat es gewusst.«

»Seine Hoheit beurteilt einen nach seinem Spiegelbild. Er kann nie genug Spiegel haben. Er hat das ganze Palais Royal damit verkleiden lassen, und nun fängt er in Saint-Cloud damit an. Alles, was sein Bruder hat, muss auch er haben.«

»Natürlich war Montespan außer sich vor Wut«, sagte Athénais. »Er ist von einer seiner erfolglosen Nächte zurückgekehrt, ist mit dem Spiegelmacher aneinander geraten und hat mich anschließend der Untreue bezichtigt.«

»Der Untreue mit dem Spiegelmacher?«, rief ihre Schwester und starrte sie ungläubig an.

»Nein, mit Seiner Hoheit.«

»Das ist ja noch viel unglaublicher. *Weiß* er das von Seiner Hoheit denn nicht?«

»Wenn Ihr den Spiegelmacher gesehen hättet, fändet Ihr die Vorstellung nicht mehr so verabscheuungswürdig, mehr von ihm zu sehen, Madame«, bemerkte Claudine.

»Mademoiselle des Oeillets ist heute ja richtig gesprächig«, sagte Madame de Thianges. »Wer ist dieser Spiegelmacher, den sie mir so sehr empfehlt?«

Athénais lächelte in den Spiegel. »Ein charmanter junger Venezianer mit dem Gesicht eines Engels. Ein Schmeichler par excellence, denn er spricht mit solchem Ernst, als würde er wirklich glauben, was er sagt.«

»So ist es auch, Madame«, sagte Claudine. »Ich kann Euch sagen, dass er sich in Euch verliebt hat.«

»Nein, wirklich!«, rief Madame de Thianges. »Das ist zu viel. Was für ein Schuft!«

»Kümmere dich nicht darum. Claudine ist voller romantischer Vorstellungen. Er ist schlicht ein charmanter junger Mann, der wunderschöne Spiegel macht, von denen er sich kaum trennen kann; deshalb kommt er auch persönlich vorbei, um sie aufzuhängen.«

»Also ist es der Spiegel, den er liebt.«

»Aber ich muss zugeben, dass er ebenso schön anzuschauen ist wie seine Spiegel. Wenn er lächelt, zeigt er die wunderbarsten weißen Zähne; seine Augen strahlen, und er besitzt das Profil einer Statue des Hermes.«

»Ich kann kaum glauben, was ich da höre!«, erklärte Madame de Thianges entsetzt. »Irgendein dahergelaufener italienischer Glasbläser?«

»*Und* seine Figur ist perfekt«, fügte Claudine hinzu. »Breite Schultern und eine schlanke Taille. Er hat eine weite

Hose getragen, sodass ich es nicht genauer beurteilen konnte, aber seine Unterschenkel waren so fein und wohlgeformt wie die des Königs.«

»Und nicht nur meine Zofe ist von ihm bezaubert«, sagte Athénais. »Henriette d'Angleterre hat beiläufig erwähnt, dass sie gern ein paar Italienischstunden bei dem Spiegelmacher nehmen würde.«

»Madame l'Anglaise hat vermutlich einen ähnlich degenerierten Geschmack wie ihr Bruder«, schnaufte Madame de Thianges. »Was ist das nur mit diesen Italienern? Schau dir Lully an. Im einen Augenblick ist er noch Kammerdiener, im nächsten der königliche Hofkomponist. Nun, Athénais, eigentlich bin ich gekommen, um dich zu einem Diner mit zwei Herzögen und einem Vicomte einzuladen, aber wie es scheint, ziehst du es vor, dich unters gemeine Volk zu mischen.«

Athénais lachte. »Nein, ich habe keinerlei Einwände, mich mit deinen Herzögen zu treffen oder auch mit einem Vicomte oder zwei. Aber ich kann dir sagen, Gabrielle, würde der junge Italiener einen Namen tragen wie il Principe Andrea di Castelgrande di Monted'oro und in Saint-Germain in einem Sechsspänner vorfahren, der ganze Hof würde ihm zu Füßen liegen.«

»Meine liebe, wunderliche Athénais, du hast schon immer über eine ausufernde Fantasie verfügt. Im einen Augenblick denkst du noch an den König und im nächsten ...« Madame de Thianges zuckte bedeutungsvoll mit den Schultern.

»Ich denke nicht im Mindesten an den König«, erwiderte Athénais, und vor Wut stieg ihr die Röte ins Gesicht. »Er ist eitel, eingebildet und der Königin untreu.«

Gabrielle hob die Augenbrauen, verkniff sich aber, etwas darauf zu erwidern. Marie, das Küchenmädchen, schaute zur Tür des Schlafzimmers herein, um zu verkünden, dass der

Schneider eingetroffen sei, um Monsieur le Marquis die Rechnung zu überbringen. Er schien äußerst erregt zu sein.

»Der arme Mann. Aber was kann ich tun?«, fragte Athénais. »Es ist die Rechnung des Marquis de Montespan, und der ist nicht hier.«

Marie nickte und kehrte in den Vorraum zurück. Athénais seufzte. »Genug mit den Gedankenspielchen. Die Realität ist, dass Louis Henri im Augenblick bei unserem Bruder ist, um sich noch mehr Geld von ihm zu borgen.«

»Was für ein verabscheuungswürdiger Mann!«, sagte Madame de Thianges.

»Bevor du meinen Gemahl kritisierst ... Wann habe ich dich eigentlich das letzte Mal ein gutes Wort über den deinen sagen hören? Wenigstens brennt in Montespan noch Feuer.«

»Es ist wohl an der Zeit, dass ich gehe, bevor ich versucht bin, die Einladung für heute Abend wieder zurückzunehmen«, sagte Gabrielle. »Au revoir, mein schöner Spiegel. Ich hoffe um des Schneiders willen, dass dein Gemahl ein paar Münzen in seine Bettlerschüssel bekommt. Hätte ich einen Mann wie du, würde ich über einen Besuch bei Madame Voisin nachdenken.«

Athénais schnitt dem sich entfernenden Rücken ihrer Schwester eine Grimasse.

Marie kehrte mit der Schneiderrechnung wieder zurück. »Er sagt, die Steuereintreiber säßen ihm im Nacken, und so bitte er zumindest um eine Teilzahlung. Er hat Frau und Kinder zu versorgen, Madame la Marquise.«

»Was soll ich denn tun? In diesem Haus gibt es kein Geld. Er ist zur falschen Zeit gekommen. Warum hat er überhaupt zugelassen, dass sich eine solch gewaltige Summe angesammelt hat?«

»Weil Monsieur le Marquis noch mehr Kleider bestellt hat, bevor die letzte Rechnung bezahlt gewesen ist.«

Athénais schloss die Schublade in ihrem Ankleidetisch auf

und holte einen kleinen Lederbeutel heraus. Daraus zählte sie zehn Livres ab und gab sie Marie. »Bitte, entschuldige dich in meinem Namen bei ihm, und sag ihm, dass er binnen einer Woche die volle Summe erhalten wird. Sag ihm, es täte mir ausgesprochen Leid, dass ich im Augenblick nicht mehr für ihn tun könne.«

Marie verschwand mit dem Geld. Athénais sagte zu Claudine: »Ich kann es einfach nicht ertragen, das traurige Gesicht des Schneiders zu sehen. Diesmal *muss* ich dafür sorgen, dass ich das Geld in die Finger bekomme, bevor Montespan es ausgeben kann. Ich verstehe jedoch nicht, was meine Schwester gemeint hat, als sie sagte, ich solle Madame Voisin wegen meines Gatten aufsuchen. Wie kann sie mir in dieser Sache helfen?«

Claudine machte sich daran, den Ankleidetisch aufzuräumen. »Vielleicht kam sie auf diesen Gedanken, weil Madame Voisin eine kluge Frau ist«, antwortete sie, ohne Athénais anzusehen.

»Einen klugen Rat könnte ich brauchen. Dann werde ich Madame Voisin wohl besuchen müssen. Jetzt fühle ich es: Es wird eine Art Wendepunkt für mich sein. Wenn der Beichtvater einem nicht mehr zu helfen vermag, muss man einen anderen Weg einschlagen.« Athénais betrachtete ihr Spiegelbild. »Und ich muss es tun, solange mir der Spiegel noch zeigt, was ich sehen will.«

16.

Die *grand levér*, die Morgenaudienz des Königs, fand im königlichen Schlafgemach statt. Neben der Tür, diskret hinter den Höflingen verborgen, standen Francini und Andrea. Es war ihnen nicht schwer gefallen, hier hereinzugelangen; Francini hatte nur eine Wache umschmeicheln müssen, die er kannte. Der König trug einen gold-blauen Morgenmantel aus Brokat, saß am Tisch und frühstückte.

»Man hat ihn bereits gewaschen und ihm die Unterwäsche angezogen, bevor man uns hereingelassen hat«, flüsterte Francini Andrea zu. »Er weiß genau, wie er sich sehen lassen kann und wie nicht.«

Einer der Höflinge vor ihnen murmelte: »Was tut Ihr denn hier? Das hier ist keine öffentliche Veranstaltung.«

»*Scusi, Signor*, wir gehören zum Haushalt.« Dann flüsterte Francini wieder zu Andrea: »Nicht öffentlich? Und das, obwohl ihm hundert Leute zusehen?«

Ein gekochtes Ei wurde vor den König gestellt. Mit einem Schlag köpfte er es, was ein bewunderndes Raunen und sogar Applaus von den Höflingen hervorrief. Dann aß er eine Brioche und trank ein Glas gewässerten Weins, bevor er den nächsten Teil der Audienz eröffnete. Unter dem Morgenmantel trug er Strümpfe und eine Kniebundhose. Nun half ihm einer der Kammerdiener aus dem Mantel und enthüllte den König im Nachtgewand. Der andere Kammerdiener trat vor, und gemeinsam hielten sie den Morgenmantel wie einen

Schild vor die Augen der Höflinge, während der König sich von seinem Nachtgewand befreite. Schließlich senkten sie den Morgenmantel wieder und enthüllten den König in einem edlen Linonhemd. Ein dritter Kammerdiener trat vor, die königliche Weste in der Hand.

Der König setzte sich, als Schmuckstücke und Schleifen an seinem Jabot befestigt wurden, und schließlich wurde letzte Hand an die langen dunklen Locken gelegt. Dabei unterhielten ihn Höflinge die ganze Zeit über mit Anekdoten und geistreich-witzigen Wortgefechten. Der König lauschte und lachte gelegentlich; gleichzeitig ließ er seinen Blick über die ihn beobachtenden Gesichter schweifen. Irgendwann schaute er dann auch zur Tür, und Andrea spürte seinen scharfen Blick. Ob der König ihn wiedererkannte, vermochte er unmöglich zu sagen; in jedem Fall registrierten seine Augen den Fremden an der Tür und Francini neben ihm, bevor sie weiterwanderten.

»Er kennt jeden bei Hofe und überprüft, wer jeden Morgen zur Audienz erscheint«, flüsterte Francini. »Jeder, der die Pflicht hat, zu erscheinen, es aber nicht tut, verliert augenblicklich seine Gunst.«

Der König hatte genug. Er stand auf, während der Friseur noch die Locken unter dem Hut arrangierte. Ludwig nickte den Versammelten knapp zu, die sich tief vor ihm verneigten, und ging zur Tür, die in sein Arbeitszimmer führte. Ein paar Höflinge folgten ihm; der Rest wandte sich in Richtung des Wachraums. Francini berührte Andrea am Ärmel und sagte: »Es ist Zeit zu gehen. Aber so bist du wenigstens einmal Zeuge der Morgenzeremonie des Sonnenkönigs geworden.«

»Das war das Seltsamste, was ich je gesehen habe«, bemerkte Andrea. »Wäre ich der König, ich würde das sofort abschaffen. Jeden Tag im Nachtgewand vor hundert Leuten zu stehen ...«

»Er macht das seit seiner Kindheit. Allerdings wächst die

Zuschauerzahl Jahr für Jahr. Komm jetzt. Ich muss wieder in die Grotte und zur Fontäne des Neptun zurück. Was führt dich heute eigentlich hierher?«

»Ich muss Messungen für einen Spiegel über dem Kamin im königlichen Schlafgemach vornehmen, und für einen weiteren im königlichen Arbeitszimmer. Offensichtlich will er sich selbst sehen, wo immer er auch hingeht.«

»Beschwer dich nicht über die Eitelkeit des Königs. Es ist die Liebe zu seinem eigenen Bild, die dich in Lohn und Brot hält«, sagte der Brunnenbauer und bahnte sich mit seiner Werkzeugtasche über der Schulter einen Weg durch die Höflinge. »Außerdem, wenn du schon so prachtvoll herrschst, willst du auch etwas davon sehen.«

Andrea ließ sich eine Leiter besorgen und machte sich daran, die Wand über dem Kamin auszumessen. Während er seine Berechnungen anstellte, schweiften seine Gedanken immer wieder zur Marquise zurück. Vielleicht war sie bereits am Hof von Saint-Germain eingetroffen. Natürlich war Andrea sich bewusst, dass er höchstens lächeln und vielleicht einmal eine nette Bemerkung machen konnte, wenn sie in seine Richtung blickte, doch er wusste auch – und er vermutete, dass das auch ihr klar war –, dass ihre Körper sich die gegenseitige Anziehungskraft bereits eingestanden hatten. Andrea erinnerte sich an die Falten ihres Satingewandes, an die Vitalität, die durch ihren Körper zu strömen schien und ihrer Haut eine schimmernde Aura verlieh; und er erinnerte sich an jenen zeitlosen Augenblick, da es so ausgesehen hatte, als würden sie schweigend miteinander sprechen. Und doch ... und doch, hatte sie nicht schlicht die Macht ausgeübt, die sie über Männer hatte, und das auch noch in einer vollkommen sicheren Umgebung, denn sie hatte ja wissen müssen, dass Andrea es nicht wagen würde, darauf zu reagieren? Andrea wurde durch die große Kluft zwischen ihnen im Zaum gehalten.

Diese innere Auseinandersetzung über das Für und Wider seiner Beziehung zur Marquise hielt die ganze Zeit an, während er arbeitete. War die Marquise eine verlorene Seele, die nach einer Liebe Ausschau hielt, die sie bei ihrem rüpelhaften Ehemann nicht finden konnte? Oder war das Ganze nur ein verschmitzter Flirt gewesen? War seine Bewunderung bloß Futter für ihre Eitelkeit? Einen Augenblick lang sah Andrea sich selbst wie einen der alten Ritter, der seine Angebetete in aller Stille liebte, doch schon im nächsten Moment wechselte das Bild: Die Marquise floh von ihrem Ehemann und warf sich in einer mondhellen Nacht in seine Arme, von Diskretion keine Spur.

»Drei Meter mal zwei Meter für Spiegel von einem mal einem halben Meter.« Andrea kritzelte seine Berechnungen aufs Papier. *Diese verdammte Marquise, sie hat meine Gleichungen ruiniert.* Andrea kletterte die Leiter wieder hinauf, maß noch einmal alles aus und versuchte diesmal, sich auf seine Arbeit zu konzentrieren. Er hörte, wie die Tür sich öffnete, und das Geräusch von Stimmen. Als er von der Leiter hinunterblickte, sah er unter sich den König und Monsieur Colbert.

Sein erster Instinkt war, dass er auf keinen Fall höher als der König stehen durfte, und so sprang er die Leiter hinunter und verneigte sich unterwürfig. Ludwig hob anerkennend die Hand und sagte: »Es ist nicht notwendig, dass Ihr Eure Arbeit unterbrecht. Wenn stets alles stehen und liegen bliebe, wann immer ich einen Raum betrete, würde nie etwas erledigt.« Er kniff die Augen zusammen und musterte Andrea. »Ihr seid der Spiegelmacher, der so viel experimentiert, nicht wahr? Das ist er doch, oder, Colbert?«

Ein Hauch von Überdruss huschte über Colberts Gesicht, als er den jungen Venezianer erkannte. »Ja, das ist er, Sire.«

»Ihr seid derjenige, der Holz auf zehn Schritt Entfernung in Brand stecken kann, und Ihr habt gesagt, Ihr könntet das auch auf hundert Schritt – vorausgesetzt, Ihr hättet eine wesentlich größere Zahl an Spiegeln zur Verfügung. Wenn Ihr noch mehr Spiegel hättet, könntet Ihr das Gleiche dann noch auf viel größere Entfernung tun, oder lässt die Stärke des Strahls mit der Entfernung nach?«

»Das ist schwer zu beantworten, Eure Majestät, denn ich weiß noch nicht einmal, ob es überhaupt einen Punkt gibt, an dem der Strahl schwächer wird. Archimedes hat ein Schiff auf hundert Schritt Entfernung in Brand gesteckt, aber noch weiter weg ...? Es könnte möglich sein, aber dafür bräuchte ich weit mehr Spiegel. Mit einem Experiment könnte man die Frage beantworten; allerdings braucht man dazu ungewöhnlich viele Spiegel und viel Platz, wie ich schon sagte.«

»Könnte unsere neu gegründete Akademie der Wissenschaften nicht daran arbeiten?«, wandte Ludwig sich an Colbert. »Das wäre interessanter, als zu erfahren, wie lange ein Vogel ohne Luft leben kann.«

»So etwas zu arrangieren wäre schwierig und teuer, Sire«, erwiderte Colbert.

»Stellt Euch vor«, sagte der König, »was es bedeuten würde, wenn man einen Brennspiegel auf größere Entfernung einsetzen könnte, als es bei Kanonen der Fall ist. Was, wenn Ihr der spanischen Flotte an einem heißen Tag am Mittelmeer gegenüberstehen würdet und sie mit dem Spiegel niederbrennen könntet, bevor sie auch nur in Geschützreichweite gekommen wäre?«

»Das bleibt eine akademische Frage, Euer Majestät«, antwortete Colbert nervös, »eine reine Hypothese.«

»Eine akademische Frage? Genau um solche Fragen zu beantworten, ist die Akademie der Wissenschaften doch gegründet worden«, erwiderte der König. »Ein praktisches Experiment, um eine akademische Frage zu beantworten. Wie könnten wir dieses Experiment am besten durchführen?« Die Frage war an Andrea gerichtet.

»Über einer planen, einheitlichen Oberfläche, Sire, vorzugsweise über Wasser«, antwortete Andrea. »Der Erfolg würde von der Stärke der Sonneneinstrahlung und dem Winkel der Spiegel abhängen.«

»Und Ihr kennt diese Winkel.« Der König wartete auf keine Antwort, sondern wandte sich an Colbert. »Das sollte bei der nächsten Versammlung der Akademie zur Sprache gebracht werden. Bittet unsere ehrenwerten Wissenschaftler, ihren Verstand zu bemühen; dann werden wir über die Durchführung eines praktischen Experiments entscheiden.«

Andrea verneigte sich. »Ich stehe Euch voll und ganz zu Diensten, Euer Majestät.«

Die Augen des Königs schienen sich bis zu Andreas Seele durchzubrennen, als könne er so seinen wahren Charakter und seine Gedanken erkennen. Schließlich sagte Ludwig: *»Bene, allora, un esperimento con multi specchi, Signor di Specchiai.«* Ludwig lächelte ob dieser kleinen italienischen Phrase und ging davon, gefolgt von Colbert.

Andrea starrte den beiden hinterher. Jener Teil seines Verstandes, der all die Monate bei ihm geblieben war und der ihm das Bild der Lagune von Venedig zeigte, war vom Sonnenlicht verbrannt worden. Er wusste, dass er von nun an nicht mehr sein eigener Herr war, sondern dass ein Teil von ihm dem König gehörte.

17.

Das Ticken einer Uhr war das einzige deutliche Geräusch im Zimmer. Das Gehäuse der Uhr war aus Ebenholz gefertigt und wurde von geschnitzten Figuren gestützt: eine Nymphe auf der einen und ein verschleiertes Skelett auf der anderen Seite. Auf der Vorderseite der Uhr war ein Monstrum zu sehen, das eine menschliche Gestalt verschlang.

Madame Voisin blickte Athénais an, las in ihrem Gesicht und schloss dann die Augen, wobei sie das Halsband, das Athénais ihr gegeben hatte, mit beiden Händen fest umklammert hielt. Eine Zeit lang durchbrach das Geräusch ihres Atmens im Takt der Uhr die Stille. Zum Schutz vor dem Tageslicht waren die Vorhänge zugezogen, und der Raum wurde von Kerzen erhellt, die in Wandleuchtern steckten. Athénais wartete und versuchte, ihre Ungeduld zu zügeln. Diese Dinge dauerten so lange, wie sie eben dauerten. Athénais musterte Madame Voisins Gesicht, während die Augen der Frau geschlossen waren. Ihre Haut war glatt, das Kinn rund, und auf ihren eisengrauen Haaren saß eine Musselinhaube. Erst als sie die Augen wieder öffnete, verschwand die friedliche, mütterliche Aura, die sie ausstrahlte.

»Es gibt mehrere Männer in Eurem Leben.« Madame Voisins Augen waren blass und stachen ein wenig hervor; ihr Blick war zwar verschleiert, hatte aber auch etwas Neugieriges an sich.

Athénais fühlte einen Hauch von Verärgerung. Jede Jahrmarktswahrsagerin hätte ihr das erzählen können. Sie hätte gedacht, die Wahrnehmung dieser Frau wäre ausgeprägter.

»Aber das wisst Ihr bereits«, fuhr Madame Voisin fort. »Schöne Frauen haben nie nur einen Mann in ihrem Leben. Es hat einen Mann gegeben, den Ihr hättet heiraten können, und von dem Ihr glaubt, dass Ihr auch glücklich an seiner Seite geworden wärt. Aber er ist nicht länger Teil Eures Lebens. Und dann ist da Euer Gemahl. Was ihn betrifft, sehe ich viel Schmerz. Er ist voller Zorn. Ihr seid durch Schmerz an ihn gebunden. Ihr möchtet gerne etwas wegen Eures Gemahls unternehmen, nicht wahr? Würdet Ihr es gerne sehen, wenn er verschwinden würde? Hält seine Gegenwart Euch davon ab, Glück bei einem anderen zu finden?«

»Es würde mir schon reichen, wenn er aufhörte, das Geld mit beiden Händen zum Fenster hinauszuwerfen, und sein Temperament ein wenig zügelte«, antwortete Athénais.

Madame Voisin schaute sie mit festem Blick an. »Dann wollt Ihr ihn also nicht verschwinden sehen? Das ist seltsam, denn Ihr wisst, dass sich Euer Zusammenleben mit ihm nicht ändern wird. Ich fürchte, er wird sich nie mehr bessern, Madame. Aber ich sehe eine strahlende Aura um Euch herum, so strahlend hell wie Diamanten. Eine große Zukunft erwartet Euch. Seid kühn, greift zu, und kümmert Euch nicht darum, was andere denken. Ich sehe einen Mann, der Euch liebt, doch er leugnet es. Er fürchtet die Konsequenzen, wenn er Euch seine Liebe erklärt. Wisst Ihr, von wem ich rede?«

»Vielleicht weiß ich es.« Athénais lächelte. »Meine Zofe hat mir gesagt, er hätte sich in mich verliebt, aber er würde es nie wagen, mir das zu sagen. Das ist nicht mehr als eine kleine Spinnerei. Gesellschaftlich stehen wir zu weit auseinander.«

»Ihr seid Euch näher, als Ihr glaubt, und er hält den Schlüssel zu Eurem zukünftigen Glück in Händen. Da ist etwas an diesem Mann ... Ich sehe eine Flammenaura um seinen Kopf ...«

»Einen Schmelzofen?«, unterbrach sie Athénais.

»Flammen ...«, betonte Madame Voisin, doch ihre Vision war durch die Unterbrechung verschwunden. »Er ist weg ...« Sie schloss die Augen wieder und atmete tief ein, als wolle sie die Verbindung zur anderen Welt wieder aufnehmen. Eine Zeit lang herrschte wieder Stille; dann sagte sie plötzlich: »Die blonde Frau ... Da ist eine blonde Frau, die Euch rufen wird, und wenn sie das tut, fliegt sofort an ihre Seite. Zögert nicht.«

»Die Königin?«, hakte Athénais nach.

Madame Voisin öffnete die Augen, als das Fenster zur anderen Welt sich für sie schloss. Sie sagte: »Die Verbindung ist jetzt abgebrochen. Ich kann nichts mehr sehen. Ihr werdet mich an einem anderen Tag noch mal besuchen müssen.«

»Es tut mir Leid. Ich hätte Euch nicht unterbrechen sollen«, sagte Athénais. »Ihr hättet mir mehr sagen können, hätte ich nur geschwiegen.« Sie stand auf und ging zur Uhr, die sie schon die ganze Zeit fasziniert hatte.

»Sie ist sehr ungewöhnlich, nicht wahr?«, bemerkte Madame Voisin. »Sie ist das Geschenk einer meiner Kunden. Das Thema ist äußerst passend: Die Zeit verschlingt uns alle. Das ist auch der Grund, warum die Menschen zu mir kommen. Sie wissen, dass das Leben nicht unendlich ist, und deshalb wollen sie ihre Wünsche jetzt erfüllt sehen. Was ich herauszufinden versuche, ist, wonach Ihr Euch sehnt. Ich fühle, dass Ihr Euch Euer wahres Verlangen nicht eingestehen wollt. Einige meiner Kunden glauben, es zu kennen, müssen dann jedoch herausfinden, dass dem nicht so ist.«

Die Tür öffnete sich, und ein Mann stand auf der Schwelle. Fragend blickte er die beiden Frauen an, als warte er darauf, hereingebeten zu werden. Er trug die schwarze Robe eines Kirchenmannes und ein ärmelloses Übergewand, das mit roten und goldenen Drachen bestickt war. Sein Gesicht glich einem bleichen, zerknitterten Stück Papier, und sein Haar war mit Henna rot gefärbt.

»Darf ich Euch Vater Mariette vorstellen?«, sagte Madame Voisin. »Er steht einigen meiner Zeremonien vor, und das mit großer Wirkung.«

Vater Mariette lächelte und verneigte sich vor der Marquise. »Ich stehe Euch zu Diensten, Madame, wann immer Ihr Bedarf an solch einer Zeremonie haben solltet.«

Athénais lief ein Schauder über den Rücken, eine Mischung aus Widerwille und Aufregung. Anhand seiner Gewandung erkannte sie, dass Vater Mariette zu jenen Priestern gehörte, die unsichtbare Mächte in blasphemischen Messen anriefen. Vor ihrem geistigen Auge sah sie wieder die Bilder der dunklen Gestalten am Seeufer des Nachts – Gestalten, deren Umrisse durch das Licht der Feuer definiert worden waren.

»Für Madame la Marquise ist die Zeit noch nicht reif dafür«, sagte Madame Voisin. »Aber eines Tages wird sie Euch rufen. Madame, erinnert Euch an Vater Mariette. Er vermag eine größere Macht anzurufen als die des Gebets. Eines Tages wird er Euch zu Eurem Schicksal verhelfen.«

Draußen an der frischen Luft, außerhalb der hermetischen Atmosphäre von Madame Voisins Beratungszimmer, spürte Athénais, wie ihre normalen Sinne allmählich wieder zu ihr zurückkehrten. Sie war vollkommen fasziniert gewesen, beinahe so, als hätte sie unter Drogen gestanden. Es sei besser, diese Leute nicht mehr zu konsultieren, sagte ihr der Verstand. Zugleich aber war sie von einer unheimlichen Neugier erfüllt. Madame Voisin hatte ihr offenbar gerade etwas von ungeheurer Wichtigkeit enthüllen wollen, doch davon übrig geblieben waren nur ein paar kryptische Sätze, die man erst im Licht zukünftiger Ereignisse würde interpretieren können ...

18.

Als die frühmorgendliche Sonne ihr Licht über die Stadt wirft, beginnen die Kirchenglocken zu läuten, ein Glockenturm nach dem anderen. Der schweren Glocke von Notre-Dame schließt sich ein Chor in den unterschiedlichsten Tonlagen und Lautstärken an, und gemeinsam verkünden sie der Stadt die himmlischen Freuden. Es ist das Fest der heiligen Anna, der Mutter der heiligen Jungfrau Maria. Obwohl es erst sieben Uhr morgens ist, liegt ein Dunstschleier über Paris, der von einem weiteren drückend heißen Tag kündet.

In seinem Haus nahe dem Palais Royal sitzt Colbert bereits an seinem Schreibtisch. Er studiert die Briefe aus Murano, die auf dem Weg in die Manufaktur abgefangen worden sind. Die Frauen von Civrano und del la Rivetta flehen ihre Ehemänner an zurückzukehren. Die Schrift ist allerdings so fein, dass die Briefe von einem professionellen Schreiber aufgesetzt sein müssen, und die Sprache ist so blumig, dass Colbert die Stimme des venezianischen Gesandten, der sie zusammengestellt hat, förmlich hören kann. Das ist eine weitere Intrige, um Unruhe in der Manufaktur zu stiften, und umso mehr Grund für den französischen Gesandten, alles daranzusetzen, die Frauen nach Paris zu bringen. Die tiefe Glocke des Louvre gesellt sich zu dem morgendlichen Geläut, dringt jedoch kaum in Colberts Bewusstsein vor, als dieser nach Feder und Tinte greift.

Das Glockengeläut wird immer lauter, nachdem die

Glöckner einen gemeinsamen Rhythmus gefunden haben. Sie läuten über den Fluss hinweg und nach Saint-Cloud hinüber, und das Geläut vermischt sich mit dem Vogelgezwitscher im Garten und dringt durchs Fenster ins Schlafgemach Seiner Hoheit. Es sind jedoch nicht diese Geräusche, die ihn wecken, sondern die Tatsache, dass Madame ihn versehentlich im Schlaf mit dem Fuß berührt hat. Seine Hoheit setzt sich im Bett auf und schimpft wütend auf sie ein. Henriette erwacht aus einem angenehmen Traum und findet sich plötzlich in der Wirklichkeit ihres kleinen, hysterischen Ehemanns wieder, der noch immer die Schminke des vergangenen Abends trägt und an dessen Bett sie gefesselt ist, bis sie einen Erben gezeugt haben. Sie schreit zurück, ein Crescendo aus Wut und Enttäuschung, das in einem langen, gequälten Schrei aus den tiefsten Tiefen ihrer Seele endet. So beginnt ein neuer Tag im Leben Seiner Hoheit und seiner edler Gemahlin.

Drüben in Saint-Germain erwacht Ludwig im Bett der Königin, wo er für gewöhnlich den Rest der Nacht verbringt, nachdem er seine Geliebte aufgesucht hat. Gestern jedoch war Louise de La Vallière indisponiert, und so hat Ludwig der Königin vergangene Nacht seine Leidenschaft unter Beweis gestellt. Marie-Thérèse hört ihren Gemahl erwachen und streckt die kleine Hand auf der Suche nach mehr Liebe aus. Ludwig öffnet die Augen, um in die ihren zu blicken, die vor Bewunderung ganz milchig sind. Sie lächelt ihn an, offen und vertrauensvoll wie ein Baby, und er sieht ihre Zähne, die schwarz von Schokolade sind. Das Glockengeläut erinnert an die Mutter der heiligen Jungfrau, ruft den König zur Frühmesse und rettet ihn so davor, seine Liebe noch einmal beweisen zu müssen.

In ihrem großen, einsamen Bett in Versailles, wohin sie vor dem Hof geflohen ist, liegt Louise und weint leise. Die Zuflucht, die ihr ihre frühe Liebe geboten hat, die verzauberte Insel ihrer Freuden, weckt nun eine tiefe Melancholie in ihr, denn mit der Erinnerung wird ihr bewusst, was sie zu verlieren droht. Sie lauscht auf die Glocken und denkt an jene Morgen zurück, als das Château nur ein kleines, angenehmes Landhaus gewesen ist, bevor Scharen von Bauarbeitern begonnen haben, die hübsche Ziegelfassade mit monumentalen Steinen zu verkleiden. Damals haben sich ihre Gedanken nur um die Freuden der täglichen Jagd gedreht – und die sie begleitenden Liebesspiele im Wald. Ludwig hat sich verändert; er will mehr, als Louise ihm geben kann, aber sie wird nicht akzeptieren, dass es vorbei sein soll. Sie wird einen Weg finden, sich seine Zuneigung weiter zu sichern, einen Weg, ihn erkennen zu lassen, dass sie seine wahre Liebe ist, egal wie betörend die jüngeren Hofdamen auch sein mögen. Louise steht auf und geht zum Fenster, von wo aus man die Parterreanlage überblicken kann. Sie sieht die hemdsärmelige Gestalt von Monsieur Le Notre, des königlichen Gärtners, der gerade sein Reich inspiziert. Es wäre ihr Traum von Glück, hier mit dem König zu leben, sich nur mit Monsieur Le Notre und den anderen Verwaltern von Versailles zu unterhalten und nicht mehr dem höfischen Malstrom von Boshaftigkeiten ausgesetzt zu sein. Aber die Vergrößerung der Châteauanlage bedeutet nur eines: dass in ein paar Jahren der gesamte Hof hierher verlegt werden und Louise ihre verzauberte Insel verloren haben wird. Neidisch blickt sie zu Monsieur Le Notre hinunter, der wie ein Fels auf dem Kies der Parterreanlage steht und die Morgenluft einatmet.

Zufriedenheit ist auch das beherrschende Gefühl Athénais, als sie am Fenster ihres alten Manoir an der Grenze von Saint-Cloud steht. Die Glocken sind durch das Sommerlaub der Bäume nur schwach zu hören; stattdessen hallt die Luft vom wilden Quaken der Frösche im Teich in der Nähe wider. Ihr Quaken klingt derart unisono, dass Athénais sich einen »Froschführer« vorstellt, einen amphibischen Monsieur

Lully, der seinen Chor mit einem Taktstock aus Schilf dirigiert. Seine Hoheit hat sich als die Freundlichkeit in Person erwiesen, denn sofort hat er verstanden, dass Athénais nach all den Schwierigkeiten des vergangenen Jahres ein wenig Frieden und Freiraum braucht. Später wird sie durch die Gärten zum Château spazieren, um ihren Verstand zu schärfen, über die Gerüchte zu lachen, über Kleider, Schmuck und Etikette mit ihm diskutieren – für ihn sehr ernste Themen – und mit Henriette Karten spielen. In der Zwischenzeit jedoch genießt sie erst einmal die wunderbare Freiheit, ohne ihren Mann zu sein, der auf seine Güter in der Gascogne gefahren ist, um dort Truppen für ein Grenzgeplänkel mit Spanien aufzustellen; und ihre Amme hat die Babys zu ihrer Tante nach Vincennes gebracht, sodass Athénais wirklich frei von jeder Verantwortung ist. Mit einem Gefühl der Erleichterung streckt Athénais die Arme über den Kopf, und als sie sich vom Fenster abwendet, riecht sie die Schokolade, die sie zum Abkühlen auf den Tisch gestellt hat. Nun kann sie der Süßigkeit nicht länger widerstehen; sie hebt den Becher an die Lippen und atmet erst den Duft ein, bevor sie die dunkle Flüssigkeit genießt. Ein Glücksgefühl strömt in einer warmen, alles umhüllenden Welle durch sie hindurch.

In Paris stinkt es nach Dung. Trotz mehrerer Edikte in den letzten beiden Jahrhunderten, die es den Menschen verbieten, den Inhalt ihrer Nachttöpfe auf die Straße zu entleeren, missachten noch genug diese Gesetze, um es für die Passanten gefährlich zu machen. Andrea hat inzwischen gelernt, wann immer möglich die breiteren Straßen zu benutzen, doch die Straßen und Gassen nahe der Faubourg Saint-Antoine sind der reinste Hindernisparcours. Man muss stets nach unten schauen, um sicherzugehen, dass man nicht in einen Scheißhaufen oder auf einen toten Hund tritt, und gleichzeitig auch noch aufpassen, dass man von oben nichts auf den Kopf bekommt. Es scheint keine Möglichkeit zu geben, das Problem einer Vielzahl von Menschen zu lösen, die alle auf einem Fleck leben und dem Ruf der Natur folgen müssen. Es ist jene Zeit des Jahres, da jeder die Stadt verlässt, der über die nötigen Mittel verfügt.

Andrea besitzt die Mittel zur Flucht, denn man hat ihm gesagt, er solle nach Saint-Cloud rausfahren, wo Seine Hoheit nach Spiegeln schreit. Die Manufaktur ist für vierzehn Tage geschlossen, da die Schmelzöfen überholt und gesäubert werden müssen, und die Spiegelmacher haben nichts zu tun. In der Hoffnung auf ein wenig frische Landluft hat Andrea sich vorgenommen, für ein paar Tage Francini in Saint-Germain zu besuchen, nachdem er in Saint-Cloud alles ausgemessen hat. Während er mit seiner Tasche über der Schulter durch die Straßen geht, lächelt er bei der Erinnerung an den vergangenen Abend. Die jüngere der beiden Schwestern aus dem botanischen Garten war wirklich süß zu ihm gewesen. Sie waren zu viert miteinander ausgegangen – die beiden Schwestern, Luca und er –, doch dann hat sie ihn von den anderen weg in einen Hof gezogen und geküsst. Als er die Hand in ihr Mieder geschoben hat, hat sie sie dort festgehalten. Andrea ist sicher, dass sie ihn noch hätte weitergehen lassen, aber sie waren vom Hauseigentümer gestört worden, der ihr Stöhnen und Flüstern durchs Schlafzimmerfenster gehört hatte. Anschließend war die Schüchternheit des Mädchens wieder zurückgekehrt, doch Andrea ist überzeugt, dass sie bald die Seine sein würde. Wenn er nach ein paar Tagen Abwesenheit nach Paris zurückkehren würde, würde sie sich bestimmt noch mehr nach ihm verzehren, und dann würde er sich wieder mit ihr treffen, und sie würden dort weitermachen, wo sie aufgehört hatten.

Andrea lächelt die Passanten an, denn er fühlt sich jung und stark, und sein Blut pulsiert vor Liebe. Die körperliche Sicherheit des Ereignisses vergangene Nacht hat alle Gedanken an die Marquise aus seinem Geist vertrieben. Wie Luca ihm schon immer gesagt hat, ist es der Spatz in der Hand, der zählt, und nicht der unmögliche Traum von einer Zauberin. Als er schließlich das Palais Royal erreicht, ist Andrea in allerbester Stimmung. Hier wird er sich eine Kutsche oder einen Karren suchen – was immer als Nächstes nach Saint-Cloud fährt. Um ihn her erklingen die Glocken; das klare, helle Läuten der kleineren Kirchen wird immer wieder vom tiefen, gleichmäßigen Dröhnen des Louvre unterbrochen. Ihr alles durchdringender Lärm hallt in Andreas Kopf wider und macht jeden weiteren Gedanken unmöglich.

19.

Athénais hatte sich zur Genüge auf dem Liegesofa zurückgelehnt, das man für sie in den Garten gebracht hatte. Es war reizend, in das grüne Licht hinaufzublicken, das durchs Laub der Zitronenbäume gefiltert wurde, die ihr Schatten spendeten, doch sie brauchte Gesellschaft. Reumütig erinnerte sie sich an ihre Kindheit, als es ihr schon genügt hatte, einfach nur draußen zu sein und sich die Sonne auf den Kopf scheinen zu lassen. Aber das war eine Zeit der schlichten Freuden gewesen, des Planschens im See und des Balgens im Heu. Wenn man größer wurde, entwuchs man solch schlichten Ablenkungen. Als Erwachsener plante man sein Vergnügen; man zwängte sich in ein Korsett aus Gewohnheiten, ging auf die Jagd oder wanderte durch die Gärten und über die Terrassen, die dazu entworfen waren, Gespräche anzuregen oder von hier aus das Panorama mitsamt der beeindruckenden Fontänen zu genießen. Man nahm an bukolischen Festmahlen in kultivierten Hainen teil und sah an der Sitzordnung, wie hoch man in der Gunst des Gastgebers stand. Und man führte Gespräche nicht vor einem Hintergrund aus Vogelgezwitscher, sondern aus Streichern, welche die Musik von Jean Baptiste Lully spielten. Athénais stand diesen kultivierten Vergnügungen nicht ablehnend gegenüber, im Gegenteil, aber man wurde abhängig davon. Ein fauler Tag unter einem Zitronenbaum, einen Krug Limonade an der Seite, mochte zu Anfang ja perfekt sein, doch abends wäre sie dann mit Sicherheit gereizt. So hieß es also wieder ab ins Korsett, an mit den Strümpfen, den Unterröcken, dem Musselin und der Spitze, um die für den Hof auf dem Land gewünschte pittoreske Wirkung zu erzeugen. Als Schmuck schwankte sie zwischen der Perlenhalskette und dem Amethyst. Schließlich entschied sie sich für die Perlen, von denen sie glaubte, dass sie Seiner Hoheit besser gefallen würden, der nie zögerte, sie auf etwaige Geschmacksverirrungen hinzuweisen.

Seine Hoheit hatte einen seiner jungen Freunde geschickt, um Athénais zum Château zu eskortieren, einen munteren Jüngling mit strahlenden Augen. Während sie durch die Gärten gingen, füllte er ihre Ohren mit Geplapper über die neuesten Fontänen Seiner Hoheit, über die Pläne des Königs für Versailles, die Seiner Hoheit für eine Gemäldegalerie in Saint-Cloud und so weiter, und so fort. Zwischen den beiden königlichen Brüdern bestand eine gewisse Rivalität, was die Frage betraf, wer das prachtvollste Schloss errichtete – ein Grund dafür, dass sie sich des Öfteren um Architekten, Maler und Gartenbauer stritten. Le Notre hatte einmal bemerkt, dass er wünschte, sich zweiteilen zu können, denn er fühlte sich zwischen Saint-Cloud und Versailles hin- und hergerissen. So ging es immer weiter; die Stimme des jungen Mannes plätscherte wie ein Bach über Kiesel dahin. Athénais hörte ihm nur mit halbem Ohr zu, während sie mit den Augen die gut gepflegte Schönheit des Gartens genoss.

Offenbar hatte sie irgendeinen Gesprächsfaden verloren, denn plötzlich hörte sie den jungen Mann sagen: »Aber natürlich wird das nächstes Jahr kein Thema mehr sein, wenn wir im Krieg stehen.«

»Im Krieg?«, hakte Athénais nach. »Warum sollten wir in den Krieg ziehen wollen?«

Die Augen des jungen Mannes leuchteten auf. Er genoss

es, Wissen zu besitzen, das anderen bis dato vorenthalten war. Es hätte etwas mit dem König von Spanien zu tun, dem Bruder der Königin, erklärte er. Der größte Teil ihrer Mitgift war bisher nicht gezahlt worden. Sollte das bis nächstes Jahr nicht erledigt sein, würde der König sich sein Geld selbst holen – und zwar von den spanischen Kolonien in den Niederlanden.

»Der König will gegen den Bruder der Königin in den Krieg ziehen? Wie denkt denn die Königin darüber?«, fragte Athénais.

Der junge Höfling fand die Frage verwirrend. Warum? Die Königin würde allem zustimmen, was der König entschied, antwortete er und fügte dann hinzu, als wäre das Thema damit erledigt: »Würde Madame la Marquise gern die Orangerie sehen? Die Bäume dort stehen halb in Blüte und halb tragen sie Früchte, sodass man den Duft von Blüten und Orangen zugleich genießen kann. Seine Hoheit hat diese Anlage inspiriert, und das Genie seiner Gärtner hat sie möglich gemacht.«

Der Tag in Saint-Cloud wurde von prickelnden Lustbarkeiten beherrscht, doch die Stimmung war zumindest teilweise nicht ganz so sonnig wie das Wetter. So bemerkte Seine Hoheit abschätzig, kaum dass er Athénais sah: »*Perlen*, bei all diesem Weiß. Ihr hättet etwas mit mehr Kontrast wählen sollen. Etwas Dunkleres, Purpur vielleicht, oder Smaragd.«

»Vielleicht hast du ja noch ein paar Smaragde für Athénais«, sagte Henriette. »Schau doch mal in deinen Schmuckkästchen nach.«

»Madame«, sagte Seine Hoheit in einem Tonfall, als würde ihn das Wort in den Ohren schmerzen. »Wie ich sehe, seid Ihr wieder *allerbester* Laune.«

Die Hitze machte Seiner Hoheit schwer zu schaffen, denn er weigerte sich, auch nur ein Stück seiner exquisiten Kleidung der Temperatur zu opfern. Ein weiterer Streitpunkt zwischen Seiner Hoheit und Madame war seine Vorliebe für schattige Räume, während sie sich lieber an der frischen Luft aufhielt. So blieb er den größten Teil des Tages mit einigen seiner Freunde drinnen; nur dann und wann kam er heraus, um sich bei Madame zu beschweren, dass sie nicht nur ungesellig sei, sondern ihm auch die Gesellschaft von Athénais vorenthalte. Er schien fest entschlossen, mit diesen Beschuldigungen den Rest des Tages fortzufahren; seine Frau stand ihm darin jedoch in keiner Weise nach.

»Wenn du mich immer ablenkst, kann ich mich nicht auf die Karten konzentrieren«, sagte Henriette in einem Tonfall, als rede sie mit einem trotzigen Kind.

»Gut«, erwiderte Seine Hoheit. »Vielleicht hörst du dann ja endlich einmal mit dem Kartenspielen auf.«

Er machte auf dem Absatz kehrt und ging wieder nach drinnen. Henriette hob die Augenbrauen und teilte weiter aus. Es war schon spät am Nachmittag, und die Schatten wurden immer länger. Athénais ermüdete das Spiel allmählich, so wie sie vorhin der Vortrag Seiner Hoheit über Etikette ermüdet hatte, eines seiner Lieblingsthemen. Den ganzen Tag schon lief es irgendwie schief. Leute, die sie normalerweise erheiterten, wirkten durch die verzerrte Brille ihrer Unzufriedenheit betrachtet platt und gekünstelt. In dieser Stimmung blickte sie zum Ende der Terrasse, wo sie einen jungen Mann mit einer der neuen Demoiselles bei Hofe sprechen sah. Wenigstens die beiden schienen die Gesellschaft des jeweils anderen zu genießen.

Athénais schaute noch einmal genauer hin ... Zuerst hatte sie ihn nicht erkannt. Gelassen lehnte er an einem der Steinpfeiler neben der Treppe, die in den Garten hinunterführte. Er sagte etwas zu dem Mädchen, sie antwortete, und er lachte und entblößte seine strahlend weißen Zähne. Athénais starrte ihn ungläubig an. Dort, am Ende der Terrasse des Châteaus und mit einem Selbstvertrauen, als gehöre das alles ihm, stand der venezianische Spiegelmacher und plapperte munter mit einer der jungen Hofdamen. Widerstreitende Gefühle machten sich in Athénais breit: Erstaunen, ihn hier zu sehen, und ein Hauch von Verdruss ob seiner offensichtlichen Vertrautheit mit dem Mädchen, das kaum älter als siebzehn sein konnte. Außerdem hatte er sich irgendwie verändert. *Ohne Zweifel hat er Erfolg bei einem Mädchen gehabt*, dachte Athénais. *Vielleicht sogar bei der da.*

Plötzlich überkam sie Eifersucht, und das überraschte sie sogar noch mehr. Sie konnte nicht anders, als ihn anzustarren, denn in einem Reich der Gecken in Rüschen und Schleifen war dieser gut aussehende, muskulöse Mann so etwas wie ein exotisches Tier. Vor ihrem geistigen Auge erschien ein Bild von ihrer letzten Begegnung, von dem Augenblick, da sie ihn fast zu einer Indiskretion provoziert hätte. Und nun war sie sich erneut der unsichtbaren Fäden des Verlangens bewusst, ihm näher sein zu wollen.

Es schien, als hätte einer dieser Fäden auch ihn erreicht, denn plötzlich wandte er sich von dem Mädchen ab und schaute Athénais geradewegs in die Augen. Sein Gesichtsausdruck war von Leichtigkeit geprägt. Er lächelte, verneigte sich und murmelte: »Madame la Marquise.« Doch anstatt sich ihr zu nähern, drehte er sich wieder zu dem Mädchen um und redete weiter mit ihr; das Gesicht hatte er dabei so abgewendet, dass Athénais den Ausdruck nicht mehr sehen konnte. *Kluger junger Mann*, dachte sie. *Diesmal kommst du nicht angerannt.*

»Ihr seid dran, Athénais«, sagte Henriette. »Herz ist Trumpf ... und wie ich sehe, ist Euer hübscher Venezianer wieder da. Seine Hoheit verlangt nach immer neuen Spiegeln, um ihn hier zu halten; allerdings habe ich das Gefühl, dass er nicht auf demselben Ufer zu Hause ist wie Seine Hoheit. Ich halte es für wahrscheinlicher, dass er für großen Aufruhr unter den Damen sorgen wird. Was meint Ihr?«

»Höchstwahrscheinlich«, erwiderte Athénais. »Ich denke, Ihr solltet ihn seine Sachen packen lassen.«

Die beiden Frauen lächelten einander verstehend an und setzten ihr Spiel fort.

20.

Der Pfad zum Manoir war mit Dornenhecken überwachsen. Niedrig hängende Äste sperrten das Tageslicht aus und schufen einen Tunnel aus Laub. Hier konnte man sich vorstellen, in einen dunklen Wald vorzudringen, bis man die Steinpfeiler vor sich erblickte, jeder mit einem Greifen darauf, dazwischen ein Eisentor. Wenn man sich dem Tor näherte, sah man durch die Bäume hindurch eine Ziegelfassade mit in Stein eingefassten Fenstern. Als mit dem Bau des Château in Saint-Cloud begonnen worden war, hatte das Haus bereits gestanden, und Seine Hoheit hatte es stehen lassen, vernachlässigt, aber nicht vergessen. In der Vergangenheit hatte es sich schon oft als sehr nützlich für diskrete Treffen erwiesen, besonders in jener Zeit, da Seine Hoheit das wahre Ausmaß seiner Vorliebe für Männer noch vor seiner Frau verborgen hatte.

Andrea ging den Weg zum Tor entlang und hielt nur kurz inne, um den ganzen Anblick des Hauses und der Gärten zu genießen. Vor dem Haus erstreckte sich ein mit Kies eingestreuter Platz und eine mit Hecken eingegrenzte Parterreanlage, auf der Kräuter gepflanzt waren. An den Kies wiederum schloss sich eine sorgfältig gemähte Rasenfläche von gut zwanzig Metern Breite an, die an einer Wildwiese voller Margeriten endete. Auf der einen Seite des Hauses befand sich ein kleiner See, dessen Ufer mit Schilf bewachsen waren, und daneben ein weit ausladender Zitronenbaum, darunter eine Holzbank, ein Tisch und ein Liegesofa ... und auf dem Liegesofa hatte sich die Marquise ausgestreckt.

Andrea war nicht sicher, wie sie ihn empfangen würde. Als er am gestrigen Tag auf der Terrasse von Saint-Cloud mit ihr gesprochen hatte, war sie sehr höflich zu ihm gewesen. Es war ein Gespräch zweier flüchtiger Bekannter gewesen, angemessen formell, und Andrea hatte sich nichts weiter dabei gedacht, bis sie das verborgene Manoir erwähnt hatte, in dem sie im Augenblick logierte, und wie schwierig es sei, von Saint-Cloud dorthin zu finden. Es sei wie in dem Märchen, hatte sie gesagt, in dem der schöne Holzfällersohn sich einen Weg durch die Dornen hackte, um die holde Maid vor dem Oger zu retten. An diesem Punkt hatte Henriette gelächelt und gesagt: »Wie ich sehe, meine liebe Marquise, sehnt Ihr Euch danach, Teil solch eines Märchens zu sein. Ich denke, Signor Andrea sollte den Part des Holzfällersohns übernehmen und sich seinen Weg durch den Wald suchen.«

Daraufhin hatten die beiden Frauen gelacht, einander angeschaut und dann nachsichtig zu Andrea geblickt.

»Das wäre sicherlich mal eine Abwechslung zu dem kleinen Chevalier«, sagte die Marquise, »der für gewöhnlich auf seinen hochhackigen Schuhen getippelt kommt, um mich hierher zu geleiten.«

»Da seht Ihr es, Signor Andrea«, rief Henriette. »Die holde Maid wartet nur darauf, von Euch gerettet zu werden.«

»Für sie würde ich durch tausend Dornenwälder gehen«, erwiderte Andrea, und sie lachten wieder. Aber als er sich von den Damen verabschiedet hatte, hatte er bemerkt, dass die Marquise den Blick niedergeschlagen hatte, als hätte sie mehr enthüllt, als ihre Absicht gewesen war.

Dass er schlussendlich wirklich zum Manoir gegangen war, hatte einen einfachen Grund: Es schien ihm die einzige Chance zu sein, herauszufinden, welche Gefühle die Marquise tatsächlich für ihn hegte – und das war für ihn mit einem Mal wieder von allergrößter Bedeutung. Denn so wie das Mädchen aus dem botanischen Garten für einen Augenblick alle Leidenschaft für die Marquise ausgelöscht hatte, so hatte nun ihr Anblick und ihre eindeutige Ermutigung seinen Geist so sehr in Bann geschlagen, dass jeder Gedanke an das Mädchen verschwunden war.

Die Marquise hatte Andrea schon am Tor bemerkt, und nun drehte sie langsam den Kopf in seine Richtung, ohne jedoch aufzustehen. Von der Holzbank neben ihr beobachtete ihre Zofe ihn ebenfalls. Der flüchtig interessierte Gesichtsausdruck der Marquise verriet nicht gerade überwältigende Leidenschaft, und der kalte, katzenhafte Blick der Zofe war eindeutig entmutigend; dennoch war Andrea vom typischen Optimismus eines jungen Mannes erfüllt, der sich eine Zurückweisung nicht vorstellen konnte. Er erreichte den Zitronenbaum und verneigte sich vor der Marquise, die ihm träge die Hand entgegenstreckte. »Ich bin Eurem Wunsch gefolgt und hierher gekommen«, sagte er. »Ich habe mich durch Dornensträucher gekämpft, und an wilden Tieren vorbei, und bin um den Oger herumgeschlichen. Ihr seht mir allerdings nicht so aus, als müsstet Ihr gerettet werden.«

Schweigend blickte ihn die Marquise mit ihren großen azurblauen Augen an, das Gesicht vollkommen teilnahmslos. Einen langen Augenblick wartete Andrea; dann sah er ihren Mund zucken, als sie versuchte, ihre Belustigung zu verbergen. Schließlich lächelte sie und sagte: »Bravo, Signor Andrea. Ich gratuliere Euch zu Eurem Mut, denn Ihr musstet nicht nur die wilden Tiere überwinden. Claudine, der Signor wird nach seiner langen Reise durstig sein. Hol ihm Zitronenwasser aus der Küche.«

Sie winkte Andrea, sich auf die Bank zu setzen, die die Zofe gerade freigemacht hatte. Andrea tat, wie ihm geheißen, beugte sich zur Marquise vor und sagte: »Es ist die Reise wert, wenn man Euch am Ende findet. Eure Schönheit überwältigt mich jedes Mal, wenn ich Euch sehe.«

Die Marquise setzte sich unvermittelt auf. »Mich kümmert solches Gerede nicht«, sagte sie. »Außerdem weiß ich, dass Ihr genau das Gleiche zu dem jungen Ding gesagt habt, mit der ich Euch gestern auf der Terrasse gesehen habe. Ich habe genau gesehen, wie sie Euch hinterhergeschaut hat.«

»Ich habe nichts dergleichen zu ihr gesagt«, widersprach Andrea. »Nur Ihr wart in meinen Gedanken, seit ich Euch das erste Mal gesehen habe, damals im Spiegel in den Tuillerien. Erinnert Ihr Euch?«

Die Marquise lächelte. »Andrea, Ihr stürmt zu rasch vor. Ihr solltet Euch ein Beispiel an der Kriegskunst nehmen. Erst kommt die Aufklärung. Ihr wisst nicht im Mindesten, was und wie ich über Euch denke, und doch geht Ihr einfach davon aus, sorglos von Liebe reden zu können. Aber ich werde Euer italienisches Ungestüm wohl verzeihen müssen. Wärt Ihr Franzose, Ihr wärt schon hier raus und auf dem Weg zurück nach Paris.«

»Bitte vergebt mir, Madame, dass ich Euch so bereitwillig mein Herz enthüllt habe«, erwiderte Andrea und verneigte sich demütig. Zugleich aber wuchs sein Selbstbewusstsein angesichts ihres offensichtlichen Interesses. Denn was konnte ihre Bemerkung über das junge Mädchen sonst bedeuten, wenn nicht, dass sie kurz einem Anflug von Eifersucht erlegen war? Sie hatte ihn nicht dafür getadelt, weil er ihr seine Liebe erklärt hatte, sondern weil sie diejenige sein wollte, die alles kontrollierte.

Die Zofe kehrte mit dem Zitronenwasser zurück. Sie stellte es vor Andrea auf den Tisch, und da der junge Venezianer ihren Platz auf der Bank eingenommen hatte, holte sie sich einen Küchenstuhl und stellte ihn rechts neben das Liegesofa, sodass sie das Gespräch verfolgen konnte, während sie ein wenig nähte. Dann und wann starrte sie Andrea mit ihren

Katzenaugen ins Gesicht, als wolle sie ihn abschätzen. Andrea erwiderte ihren Blick, worauf sie jedes Mal die Augen senkte, rot anlief und sich wieder ihrer Näharbeit widmete.

Plötzlich stand die Marquise auf und erklärte, ihr sei langweilig – ein Leiden, das nur kuriert werden könne, wenn in den nächsten Minuten etwas Aufregendes geschähe; aber da dies sehr unwahrscheinlich sei, würde ihr auch ein Spaziergang ums Haus genügen, damit sie unter dem Zitronenbaum keine Wurzeln schlage. Sie streckte Andrea die Hand entgegen. »Ihr müsst Italienisch mit mir reden. Heutzutage höre ich es einfach nicht genug, und ich muss es üben, sonst vergesse ich zu viel. Ihr könnt mir beim Gehen ja eine Italienischstunde erteilen.«

Das kam Andrea sehr gelegen, denn die Nähe zur Marquise und die Art, wie sie ihre Hand auf seinen Ärmel gelegt hatte, sodass er ihre Wärme durch das Leinen hindurch auf der Haut spüren konnte, all das machte es ihm schwer, sich darauf zu konzentrieren, korrekt Französisch zu sprechen. Dass er nun die Erlaubnis hatte, seine eigene Sprache zu benutzen, ermöglichte es ihm, seine Worte mit einem Spektrum an Gefühlen zu versehen, das ihm sonst verwehrt geblieben wäre. Nun lächelte die Marquise auch ob der Zügellosigkeit seiner Rede, anstatt ihn zurechtzuweisen, und ein tiefes Glücksgefühl breitete sich in Andreas Seele aus. Alles, was er sagte, schien ihr zu gefallen.

Als sie das andere Ufer des Sees erreichten, blieben sie stehen, um über ihn hinweg zum Haus zu blicken. Das Wasser schimmerte dunkel im Sonnenlicht; nur hier und da wurde die glatte Oberfläche von einem Fisch auf der Jagd gekräuselt.

»Er ist so glatt wie der Spiegel, den ich für Euch gefertigt habe«, sagte Andrea. »Ich stelle mir oft vor, wie Ihr in ihn hineinschaut, und fragte mich, ob Ihr Euch dabei an mich erinnert.«

»Ah, ich glaube, hier ist jemand auf der Suche nach Komplimenten«, erwiderte die Marquise. »Ich habe Euren Spiegel sehr lieb gewonnen. Er gibt mein Bild so perfekt wieder, dass ich glaube, meinem Zwilling in die Augen zu sehen. Ich fürchte nur, ich kehre eines Tages zurück und muss feststellen, dass er verschwunden ist.«

»Warum sollte er?«, fragte Andrea.

Doch die Marquise war plötzlich verärgert, als hätte sie ihm schon zu viel enthüllt. »In der Tat. Warum sollte er?«, sagte sie, wechselte wieder ins Französische und ging weiter.

Andrea sagte zu ihrem Rücken: »Madame, ich würde alles tun, um Euch glücklich zu machen! Ich wünsche mir nichts sehnlicher, als Euch zu dienen. Ihr könnt mich bitten, um was Ihr wollt.«

Die Marquise drehte sich wieder zu ihm um, und Andrea sah Tränen in ihren Augen. »Das ist ein gefährliches Versprechen«, sagte sie, »das Ihr nicht geben würdet, wenn Ihr älter wärt. Von Geburt an sind wir mit dem Schicksal verwoben, und wir kämpfen unser ganzes Leben darum, ihm zu entfliehen und einen anderen Kurs einzuschlagen als den, der für uns vorgesehen ist. Meine Schwester, die Äbtissin, würde mich ermahnen, um Gottes willen zu akzeptieren; aber ich habe schon immer Gottes Willen in Frage gestellt. Sich ihm zu unterwerfen heißt verzagen.«

Andrea fand keine Antwort auf ihren Stimmungswechsel. Stattdessen hob er ihre Hand an die Lippen und küsste sie. Die Marquise rückte nicht von ihm weg. Dann schlang er einen Arm um ihre Hüften, und vor Spannung verschlug es ihm fast den Atem. Jetzt würde die Marquise sich bestimmt fassen, ihm ins Gesicht schlagen und ihn daran erinnern, welch niedrigen Rang er im Universum bekleidete ... oder? Doch sie schaute ihm nur in die Augen, und er spürte, dass ihr Atem schneller ging. *Jetzt wird sie mir gestatten, sie zu küssen*, ging es ihm erwartungsvoll durch den Kopf.

Plötzlich schaute die Marquise zum Haus. Andrea folgte ihrem Blick und sah einen kleinen Mann in typischer, rüschenbesetzter Hofkleidung, der sie über den See hinweg beobachtete. Die Marquise seufzte. »Ich vermag dem kleinen Chevalier einfach nicht zu entfliehen. Das bedeutet, dass Seine Hoheit nach mir verlangt.«

»Bleib noch eine Weile«, flehte Andrea.

Doch sie schüttelte den Kopf. »Das wäre nicht klug. Doch nun, da du deinen Weg hierher gefunden hast, darfst du morgen wiederkommen.«

»Heute Nacht?«

»Oh, Andrea.« Sie lächelte. »Du bist so ungeduldig. Morgen, um Himmels willen. Komm. Geh mit mir zum Haus. Du wirst Nachsicht lernen müssen, mein feuriger Ritter.«

In Andreas Kopf drehte sich alles. Sie hatte eingewilligt, ihn morgen wiederzusehen, und er würde warten, wenn auch voller Ungeduld, ganz der Diener seiner Dame. Unter den aufmerksamen Blicken des kleinen Höflings erreichten sie das Haus. Fragend schaute der junge Mann zu Andrea und hob die Augenbrauen. Dann wandte er sich an die Marquise und sagte: »Madame, so sehr ich es auch bedaure, Euch von Euren Vergnügungen fortreißen zu müssen, Seine Hoheit bedarf dringendst Eurer Gesellschaft. Ich habe heute Morgen nichts anderes gehört außer: ›Warum ist Athénais nicht hier, um mich zu amüsieren?‹ Und um ihn somit vor dem Untergang zu bewahren, habe ich es auf mich genommen, Euch zu holen.«

Athénais ... Endlich hatte Andrea ihren Namen gehört ...

Er schaute ihr hinterher, als sie in Richtung Saint-Cloud ging; der Höfling beugte sich zu ihr hinüber, als wolle er sie schützen wie ein Sonnenschirm. Athénais ... ein fremdartiger, wunderbarer Name heidnischen Ursprungs. Athénais ...

Andrea murmelte diesen Namen in jener Nacht vor sich hin, wiederholte ihn immer wieder wie einen Zauberspruch, während er unter dem Zitronenbaum stand und das dunkler werdende Haus beobachtete, bis alle Kerzen verloschen waren. Die Nacht war erfüllt vom Quaken der Frösche im See. In der Ferne schrie eine Eule auf der Jagd, und dann, nach einem kurzen Augenblick der Stille, ertönte das Lied einer Nachtigall. Andrea empfand tiefe Zufriedenheit, dass er einfach nur in der Nähe des Hauses sein konnte, in dem Athénais schlief. Er blieb noch unter dem Baum, bis er selbst einzuschlafen drohte; erst dann machte er sich auf den Weg zu seiner Unterkunft im Dorf.

21.

Unter der mit Jasmin bewachsenen Pergola wurde eine Intrige gesponnen. Henriette goss eine dunkle Flüssigkeit aus einem Silberkessel in eine Porzellantasse und reichte sie dem Chevalier de Saint-Cyr. Sie und Athénais schauten ihm beim Trinken zu. Er verzog das Gesicht und sagte: »Das ist bitter. Selbst mit Sirup vermischt, schmeckt es immer noch nach Wermut. Woher stammt dieses üble Gebräu?«

»Aus Venedig, ursprünglich allerdings aus der Türkei. Die Paschas behaupten, es würde ihre Wahrnehmungsfähigkeit erhöhen und es ihnen ermöglichen, selbst die kompliziertesten Gleichungen zu lösen.«

Saint-Cyr trank einen weiteren Schluck und sagte: »Das ist wirklich widerwärtig, und mein Kopf dreht sich wie ein Kreisel. Wie nennt man das?«

»Kaffee. Mit den besten Wünschen des venezianischen Gesandten. Er hofft darauf, dass wir noch mehr davon bestellen und es als neue Mode bei Hofe einführen.«

»Das wird sich nie durchsetzen«, erklärte Saint-Cyr überzeugt. »Mein Mund fühlt sich an wie das Innere eines Papageienkäfigs. Ich muss sofort ein Glas Wein trinken, um den Geschmack hinunterzuspülen. Ich sollte den venezianischen Gesandten wohl besser im Auge behalten; er versucht, Euch zu vergiften.«

»Wir dachten, dass wir uns ein wenig auf seine Kosten

amüsieren könnten. Darüber wollten wir auch mit Euch reden«, sagte Henriette. Sie und Athénais schauten einander verschwörerisch an.

»Ah, dann spinnen die Damen an einer kleinen Intrige. Bitte, erzählt mir *alles.*« Der Chevalier lehnte sich auf seinem Stuhl zurück, streckte die Beine aus und wartete.

Seine Hoheit wolle einen Ball zur Einweihung der Kaskade und der Großen Fontäne geben, erklärte Henriette. Die Gärten würden bis zur Seine hinunter mit Kerzen erhellt sein, um das Wasser anzuleuchten, wenn die Brunnen in Betrieb genommen wurden. Jeder sei zu diesem Ereignis eingeladen, einschließlich Signor Giustiniani. Wie es der Zufall wollte, gab es da einen jungen Venezianer ... Er sei dem Gesandten bekannt, und sie würden ihn einladen, doch er besitze keine formelle Kleidung, und nun hatten sie keine Zeit mehr, ihm welche schneidern zu lassen.

»Dann wird der junge Mann im Hintergrund bleiben und die Fontänen aus dem Dunkeln heraus betrachten müssen«, sagte Saint-Cyr. »Warum erzählt ihr mir von ihm?«

»Jedes Mal, wenn wir Euch sehen, tragt Ihr wunderbare neue Kleider. Wir dachten, dass sich in einem Eurer Schränke vielleicht ein Ensemble finden ließe, an dem Ihr Euch satt gesehen habt, das ihm jedoch vollkommen genügen würde.«

»Wer ist dieser junge Mann? Ich verleihe meine Kleider nicht an jeden x-Beliebigen.«

Ab hier übernahm Athénais die Erklärung. Der junge Mann stamme aus einer angesehenen venezianischen Familie. Er sei ein Spezialist für die Herstellung von Spiegeln und logiere gegenwärtig im Dorf Saint-Cloud.

»Ihr verlangt von mir, dass ich meine Kleider einem Handwerker leihe? Soll ich sie mir etwa voller Schweiß und Gott weiß was noch alles zurückgeben lassen? Mesdames, Ihr seid verrückt, alle beide.«

»Er ist so sauber wie jeder Chevalier, auf jeden Fall weit

reinlicher als der Herzog von Vendôme«, erwiderte Athénais und hob im Zorn die Stimme.

»Dem Herzog würde ich meine Kleider ebenfalls nicht leihen«, sagte Saint-Cyr. »Er lässt seine Hunde im Bett umhertollen, furzt wie eine Kanone und pisst in den Kamin. Bitte, entschuldigt meine Ausdrucksweise, Mesdames; aber es dürfte schwer sein, den Herzog an Reinlichkeit noch zu unterbieten. Woher wisst Ihr überhaupt, dass der junge Mann sauber ist?« Er blickte die beiden Frauen an, die vor Verlegenheit und Verwirrung in lautes Lachen ausgebrochen waren. »Ah«, sagte Saint-Cyr. Endlich verstand er. »Ist der junge Mann attraktiv?«

»Außerordentlich attraktiv sogar«, bestätigte ihm Athénais.

»Wie ein Engel«, fügte Henriette hinzu.

»Ah, meine Damen, was werdet Ihr Euch wohl als Nächstes ausdenken?« Saint-Cyr lächelte nachsichtig. »Wie der Zufall es will, gibt es da einen Anzug, den ich nicht länger trage. Wann immer ich ihn getragen habe, hatte ich mehr Pech beim Kartenspiel als irgendwann sonst; der junge Mann kann ihn also haben, mit meinen besten Wünschen. Solange er nicht Karten damit spielt, wird er ihn äußerst akzeptabel finden.«

»Ihr seid ein Engel, Chevalier«, sagte Henriette. »Seid unserer ewigen Dankbarkeit versichert.«

»Ich freue mich schon auf den Ball, zumal ich nicht sicher bin, wer von Euch Damen ein Auge auf den jungen Mann geworfen hat«, erklärte Saint-Cyr. »Könnte ich jetzt bitte etwas Wein haben, bevor meine Zunge gänzlich von diesem giftigen *Kaffee* verfault?«

22.

Die Hitze des Tages setzte sich bis in den Abend hinein fort, und der Dunst über der Landschaft ähnelte einem Vorhang wie bei einem Theaterstück. Als die Gäste für den großen Ball in Saint-Cloud eintrafen, wirbelten ihre Kutschen den Staub hoch, der sich mit dem Hitzeschleier mischte. Die Stallburschen versuchten, die Neuankömmlinge so zu dirigieren, dass alle geordnet im Stallhof aussteigen konnten, doch ihre Bemühungen scheiterten am Widerwillen der Gäste, weiter als unbedingt nötig zum Château zu gehen. Für jene, die in Sechsspännern eintrafen, war es eine Frage des Stolzes, so nahe wie möglich am Haupteingang aussteigen zu können, egal welche Probleme die riesigen Gefährte bei der Anfahrt auch machten. Verzweifelt brüllten die Stallburschen Instruktionen, welche die Spitzen der Gesellschaft jedoch zum größten Teil ignorierten.

Andrea zwängte sich an der Menge vorbei zum Haupteingang des Châteaus. Er stieg die Doppeltreppe hinauf und betrat eine für ihn neue und exotische Welt. Zu einem Fest in einer der königlichen Residenzen zu sein war so, als würde man in einen Dschungel des Luxus eintauchen. Die Kerzen auf den Leuchtern ließen die Halle hell erstrahlen, und das Kristall, in das sie eingefasst waren, ließ Lichtflecken über die Deckengemälde tanzen. Wannen voller Lilien und Jasmin verströmten ihren berauschenden Duft. Die Lichter, das Geschnatter der aufgeregten Gäste, der Strudel, in dem sie sich durch die Halle und die Treppe hinaufbewegten, bis sie die Staatsgemächer erreichten, wo ein Orchester unter der Leitung von Monsieur Lully spielte – all das machte Andrea ganz benommen. Er fühlte sich an seine Ankunft in Paris erinnert, an den Augenblick, da er aus der Kutsche gestiegen und mitten unter das Gewimmel auf der Straße getreten war. Jene, die sich jetzt um ihn drängten, riefen das gleiche Gefühl von Gefahr in ihm wach. Sie waren vollkommen fremdartig für ihn, und er war törichterweise mitten in ihre Welt eingedrungen. Er konnte nur hoffen, dass er in dem Strudel nicht ertrank.

Als er dieser Unternehmung zugestimmt hatte, war sie ihm noch harmlos genug erschienen. Die Marquise hatte beschlossen, dass er an dem Ball teilnehmen solle, und ihm sogar einen Anzug besorgt, damit er sich unter den anderen Gästen wohl fühlte. Claudine hatte ihn daraufhin ins Schlafgemach des Manoir geführt, wo die Kleider auf dem Bett lagen. Irritierenderweise war sie im Raum geblieben, während Andrea sich angekleidet hatte. Anschließend hatte sie für ihn die lange Jacke zurechtgerückt, damit sie zu beiden Seiten gleich lang war, seine Rüschen unter den kurzen Ärmeln aufgelockert und schließlich das Jabot für ihn gebunden. Dann war sie einen Schritt zurückgetreten, hatte ihn mit einem kleinen, geheimnisvollen, katzenhaften Lächeln gemustert und gesagt: »Ihr seht jeder Zoll wie ein Marquis aus.«

In diesem Augenblick betrat die Marquise den Raum und verkündete ihr Urteil. Er sehe wie ein italienischer Fürst aus, sagte sie, und deshalb brauche er auch einen passenden italienischen Titel.

»Würde er eine Perücke tragen, würde er sogar noch imposanter wirken«, schlug Claudine vor.

»Er hat zwar wunderbares eigenes Haar, aber eine Perücke würde ihm ohne Zweifel eine gewisse Autorität verleihen«, pflichtete Athénais ihr bei. »Ich werde mal sehen, was ich tun kann. Sie darf weder zu hell noch zu dunkel sein. Haselnussbraun vielleicht ... wie ein edles Pferd.«

»Genauso fühle ich mich im Augenblick auch. Wie ein Pferd auf dem Markt«, knurrte Andrea.

»Auf dem Ball sind wir alle Pferde auf dem Markt«, erklärte Athénais. »Jeder mustert jeden. Deshalb ist es ja so wichtig, von Anfang an im besten Licht zu erscheinen. Wer will schon gerne unbeachtet bleiben?«

Andrea hatte schon geglaubt, ihm würde die Perücke erspart bleiben, doch am Abend des Balles, kurz vor seinem Aufbruch, klopfte es an seiner Zimmertür. Er öffnete und sah Claudine mit einer rechteckigen Kiste. Madame la Marquise habe diese wunderbare Kreation gefunden, sagte sie, Eigentum eines Fürsten und kaum getragen. Sie freue sich ja so darauf, ihn damit zu sehen.

Claudine hob eine Masse glänzenden, gelockten, dunkelbraunen Haars aus der Kiste. »Ist sie nicht wunderbar?«, sagte sie und streichelte darüber. »Fühlt einmal, wie weich sie ist. Viele Perücken sind aus Pferdehaar gefertigt, doch das hier ist echtes menschliches Haar.«

Andreas Hand zuckte von der Perücke zurück, als Bilder ihres Ursprungs vor seinem geistigen Auge erschienen. Eine mittellose Frau aus Paris, die sonst nichts mehr zu verkaufen hatte, ließ ihre Zöpfe für ein paar Sous auf dem Boden des Perückenmachers zurück und verließ den Laden kahl rasiert wie ein Verbrecher. Oder vielleicht stammten sie auch von der Leiche eines jungen Mädchens, deren Familie sich die Beerdigung nur leisten konnte, indem sie die Haare der Toten verkaufte. »Die kann ich unmöglich anziehen«, erklärte Andrea.

»Bitte, Signor Andrea, Madame la Marquise hat so viel Mühe für Euch auf sich genommen, und sie wäre sehr enttäuscht. Das wäre die Krönung des Abends für sie.«

Schließlich gab Andrea nach. Er setzte sich auf den Stuhl, und Claudine kämmte sein Haar, band es hinter dem Kopf zusammen und setzte ihm dann die Perücke auf den Kopf. Mit den Fingern zupfte sie einzelne Haarsträhnen heraus und kämmte dann den oberen Teil der Perücke in Form, wobei sie eine Hand auf Andreas Stirn legte und konzentriert atmete. Andrea kam der Gedanke, dass das Gekämmtwerden das Verführerischste am Aristokratendasein war. Das erinnerte ihn an seine Kindheit, als seine Mutter ihm das Gesicht gewaschen und die Haare gebürstet hatte. Aber von Claudine umsorgt zu werden hatte noch etwas anderes. Inzwischen war sie vor ihn getreten, um die Perücke auszurichten. Ihr Mieder war nur ein winziges Stück von seiner Nase entfernt, was ihn an Paschas erinnerte, die sich von ihren Sklavenmädchen verwöhnen ließen. Er hatte Claudine nie als gut aussehend betrachtet, vor allem nicht mit ihrem blassen Gesicht und den grünen Augen, aber er musste sich eingestehen, dass jedes jugendliche Fleisch in solcher Nähe eine gewisse Anziehungskraft ausübte.

Claudine trat zurück, um Sitz und Aussehen der Perücke zu prüfen; dann traf ihr Blick Andreas, und rasch wandte sie sich wieder ab. »Die Perücke sieht gut aus. Jetzt lasst uns hoffen, dass Ihr dem guten Stück gerecht werdet«, hatte sie zum Schluss gesagt.

Nun, im großen Salon, war Andrea überwältigt von dem, was von ihm erwartet wurde. Während er durch die Menge ging, war er sich bewusst, dass Blicke in seine Richtung zuckten. Alle mussten sie bemerkt haben, dass es sich bei ihm um einen Außenseiter handelte, der in ihren inneren Zirkel vorgedrungen war. Seine Schuhe mit den scharlachroten Absätzen fühlten sich viel zu eng an; der Anzug war der eines Fremden; die Perücke war in einer derart heißen Nacht wahrlich unangenehm, und Andrea spürte den Schweiß darunter. Ja, jeder musste ihn als Eindringling erkennen, und früher oder später würden sie ihm die Rücken zukehren oder ihm gar die Tür weisen.

Einer der livrierten Diener bot ihm ein Glas Wein von einem Silbertablett an. Andrea nahm es, und der Diener lächelte, als wisse er, wer da vor ihm stand. Andrea ging durch den Salon in Richtung Orchester. Monsieur Lully schlug den Takt mit einem Stock, den Rücken dem Raum zugekehrt, und die Musiker waren über ihre Instrumente gebeugt. Gut zwanzig Gäste tanzten eine Gavotte. Andrea trank den Wein und schaute ihnen zu. Für ihn führten sie sich auf wie Zirkuspferde. Ein Mann mit überdimensionaler Perücke wirbelte herum, streckte die Zehen aus und wedelte mit einem Arm in der Luft, und bei jedem Wedeln warf er überdies den Kopf zurück, als wolle er sein Haarteil loswerden. Seine Partnerin war über die Maßen gepudert, das Gesicht von Löckchen eingerahmt, und ständig warf sie ihr ekelhaft süßes Lächeln in den Raum. *Jeder hier spielt bloß irgendeine Rolle*, dachte Andrea. *Alle hier sind unecht und leben in einer künstlichen Welt.*

Er setzte seinen Rundgang fort und musterte kritisch die Höflinge. Als er das Ende des Raums erreichte, stand er plötzlich einem Mann gegenüber, der ihn aufmerksam betrachtete. Erschrocken erwiderte Andrea seinen Blick. Das seltsam vertraute Gesicht wurde von einer prachtvollen Perücke eingerahmt, und der Mann trug einen edlen stahlblauen Anzug, bestickt mit Silber und Schwarz, über einem weiten Seidenhemd. Als Andrea sich diese fürstliche Vision genauer anschaute, erkannte er, dass es sein eigenes Spiegelbild war. Seine inneren Zweifel, sein Gefühl der Unsicherheit, all das war dem Spiegelbild nicht anzusehen. Zum ersten Mal sah er sich selbst, wie ein Fremder ihn sehen musste: als einen Mann, der sich seiner Anziehungskraft durchaus bewusst war. Das war die Person, welche die anderen Gäste bemerkt hatten und über die inzwischen alle möglichen Spekulationen die Runde machten. Das Bild war alles.

Während Andrea sich das klarmachte, löste sich einer der Gäste aus einer Gruppe und näherte sich ihm. An dem faltigen, wettergegerbten Gesicht und dem entschlossenen Schritt des Fremden erkannte Andrea, dass dies keiner der üblichen Höflinge war, die sich meist nur im Innern der Schlösser aufhielten; vielmehr schien es sich um einen Soldaten zu handeln. Der Mann betrachtete Andreas Spiegelbild und sagte gut gelaunt: »Dieses Bild ist es wert, angeschaut zu werden, in der Tat. Euer Anzug ist wahrlich wunderbar. Ihr müsst mir unbedingt die Adresse Eures Schneiders geben.«

Andrea lächelte und zuckte mit den Schultern. Er hätte es ihm gerne gesagt, wenn er sich denn erinnern würde, antwortete er.

»So jung und schon Probleme mit dem Erinnerungsvermögen? Gestattet, dass ich mich vorstelle ... und ich hoffe, dass Ihr Euch meinen Namen merken werdet. Chevalier Edouard de Saint-Cyr. Und Ihr?«

»Andrea Allegri, Monsieur, zu Euren Diensten.«

»Allegri ... Italiener ... Seltsam, ich hätte schwören können, Ihr wärt der Graf von Montebelluna. Seid Ihr vielleicht mit ihm verwandt? Egal. Auf jeden Fall seid Ihr allein, und deshalb möchte ich Euch einigen meiner Freunde vorstellen. Bitte, begleitet mich.« Er legte Andrea den Arm um die Schulter und führte ihn zu einer Gruppe an einem offenen Fenster. »Ich muss Euch unbedingt der schönsten und faszinierendsten Dame bei Hofe vorstellen, sobald sie eintrifft: der Marquise de Montespan.« Saint-Cyr strahlte vor Heiterkeit, als er Andreas Gesichtsausdruck bemerkte. »Wie? Ihr kennt sie bereits? Aber kennt Ihr auch den venezianischen Gesandten? Er ist bereits hier. Als Italiener müsst Ihr ihn unbedingt begrüßen. Kommt.« Und Saint-Cyr verstärkte seinen Griff um Andreas Arm, als er ihn in die Mitte der Gruppe lenkte. Dann stand Andrea Giustiniani von Angesicht zu Angesicht gegenüber, der ihn mit listigen Augen musterte, in denen Andrea auch so etwas wie Erkennen zu sehen glaubte.

»Exzellenz, darf ich Euch einen Landsmann vorstellen, den Ihr kennen solltet«, sagte Saint-Cyr. »Er ist erst vor kurzem in Paris eingetroffen, und ich beabsichtige, ihn unter meine Fittiche zu nehmen. Der Graf von Montebelluna.«

»Nein ...«, protestierte Andrea, schloss jedoch sofort den Mund wieder. Wenn seine wahre Identität bekannt wurde, würde er in Schande hier hinausgejagt werden, und alle würden über ihn lachen.

Giustiniani lächelte ihn an. »Ah, Signor Conte, es ist mir eine große Freude, Euch kennen zu lernen. Montebelluna ... Das liegt im Veneto, nicht wahr?«

Andrea hatte keine Ahnung; also verlegte er sich wieder aufs Improvisieren. »Nicht weit von Vicenza.«

»Eher in der Nähe von Treviso, würde ich sagen«, korrigierte ihn der Gesandte. »Nun ... Kommt Ihr des Öfteren mal nach Venedig? Euer Akzent ist venezianisch.«

»Jeder aus dem Veneto kommt dann und wann nach Venedig. Venedig ist die Stadt, die ich liebe.« Andrea sah einen Ausdruck wohlwollenden Interesses auf Saint-Cyrs Gesicht, während die beiden Venezianer sich auf Italienisch unterhielten. Welch perverser Gedanke den Chevalier dazu bewogen haben mochte, Andrea eine falsche Identität zu geben, vermochte er nicht zu ergründen, doch nun war er unwiderruflich il Conte di Montebelluna, und Giustiniani fragte ihn nach den Familien, die er in Venedig kannte, und wo er zu logieren pflegte, wenn er die Stadt besuchte. Er sei nie in den modischen Bezirken gewesen, antwortete Andrea, um Themen aus dem Weg zu gehen, bei denen der Gesandte sich gut auskannte. Er ziehe Dorsoduro vor ... wegen der frischen Seeluft. »Ah, Dorsoduro«, rief der Gesandte. »Das ist eine meiner Lieblingsgegenden. Kennt Ihr ...?« Und wieder folgte eine Litanei von Namen und Orten. Um ihm endlich den Wind aus den Segeln zu nehmen, lenkte Andrea das Gespräch auf den Karneval; diese Zeit genieße er immer besonders, erklärte er. Das war zumindest etwas, wo er sich auskannte; schließlich hatte er seit seiner Kindheit jedes Jahr am Karneval teilgenommen.

»Ah, der Karneval!«, rief der Gesandte. »In Venedig herrscht den größten Teil des Jahres Karneval. Wir hören nie auf, uns zu amüsieren. Maskenbälle, Stelldichein mit kapriziösen Damen in Gondeln ... Hach, das ruft nostalgische Gedanken in mir wach, aber ich werde auch alt. Der Karneval ist wohl nur etwas für die jungen Leute, nicht wahr, Signor Conte?«

Andrea war klar, dass er nun in den Augen des Gesandten als Libertin dastand. Saint-Cyr würde ihm einiges erklären müssen. Der Gesandte lud ihn ein, ihn in der Botschaft zu besuchen, sobald sie beide wieder in Paris seien. Andrea verneigte sich und sagte: »Es wird mir eine Freude sein, Euer Exzellenz.«

»Die Freude ist ganz auf meiner Seite, Signor Conte«, erwiderte Giustiniani und verneigte sich ebenfalls. »Ich freue mich schon darauf, Euch wiederzusehen.«

Als der Gesandte sich entfernte, flüsterte Andrea Saint-Cyr zu: »Warum habt Ihr diesen Unsinn mit dem Titel gemacht? Ihr wisst, dass das nicht wahr ist.«

»Ein kleiner Lapsus ... Ihr habt mich halt an Montebelluna erinnert«, antwortete Saint-Cyr ungeniert.

»Ich glaube nicht, dass es überhaupt jemanden dieses Namens gibt, und ich möchte auch nicht, dass Ihr ihn noch einmal benutzt. Ich verspüre nicht das Bedürfnis, als Hochstapler dazustehen.«

»Ich verspreche es Euch«, sagte Saint-Cyr. »Außerdem muss ich das auch gar nicht mehr, denn die Marquise hat die Wette gewonnen.«

»Was für eine Wette?« Andrea starrte ihn an.

»Dass der Gesandte Euch nicht wiedererkennen würde. Madame Henriette hat behauptet, er sei sehr scharfsinnig und würde Euch sofort erkennen. Die Marquise wiederum erklärte, es seien die Kleider, die einen Menschen machen, und dies – in Verbindung mit Eurer natürlichen Eleganz – würde ihn täuschen. Es handelt sich also um ein Kompliment, und somit gibt es keinen Grund für Euch, dass Ihr Euch aufregt.«

»Es hätte in einer Katastrophe enden können«, bemerkte Andrea.

»Stattdessen war es ein voller Erfolg. Jetzt kommt schon. Trinkt ein Glas Wein, um Euch zu beruhigen, und lasst uns die Marquise suchen gehen.«

Das Geplapper von mehreren hundert Stimmen hatte etwas Aufgeregtes an sich. Die Neuigkeit breitete sich wie ein Waldbrand von der Vorhalle die Treppe hinauf bis in den Salon hinein aus. Der König war eingetroffen. Er war bereits in der Vorhalle. Dort wurde er von seinem Bruder begrüßt. Gut zwanzig oder mehr Gäste hingen über der Treppe und sandten Boten in den Salon hinauf, wo sich die Menge an der Tür drängte, sodass der hintere Teil des Raums vollkommen leer war. Monsieur Lully blickte über die Schulter, erkannte sofort, was los war, und erteilte seinen Musikern rasch Anweisungen. Die Musik wechselte von einer leichtfüßigen Gavotte zu einem Triumphmarsch.

Der König kam die Treppe hinauf. Er war stehen geblieben, um mit Olympe de Soissons zu sprechen ... Nein, er ging weiter. Er hatte den Salon erreicht, und die Leute an der Tür machten ihm sofort eine Gasse frei. Nun war er in ihrer Mitte, und seine Augen registrierten sofort, wer alles da war. Gleichzeitig merkten sich die Gäste jene Höflinge, denen er die Gunst gewährt hatte, ihn nach Saint-Cloud zu begleiten;

besondere Aufmerksamkeit erregte die über und über mit Brillanten behangene, dunkelhaarige Frau, die Fürstin von Monaco. So viel zur armen Louise.

Seine Hoheit eilte hinter dem König herein und winkte einigen vorzutreten, um sich vorstellen zu lassen. Mit weit ausholender Geste deutete er vom Höfling auf den König und wieder zurück und redete lebhaft. Ludwig schaute seinen aufgeregten Bruder liebevoll an und murmelte etwas zu Henriette, die daraufhin lächelte, doch mit traurigen Augen. Jene, die das Gesagte mitangehört hatten, gaben das Bonmot weiter. Der König hatte das Reden seines Bruders mit der Kaskade verglichen, die sie gleich zu sehen bekommen sollten.

»Es ist äußerst pikant, sie alle drei zusammen zu beobachten«, sagte Saint-Cyr. »Als sie Seine Hoheit geheiratet hat, war es Ludwig, in den sie sich verliebt hatte. Fast hätte es einen Skandal gegeben, wäre er nicht von La Vallière abgelenkt worden. Wenn Ihr Höfling werden wollt, müsst Ihr diese Dinge wissen, Signor Allegri; ansonsten werdet Ihr nie verstehen, was vor sich geht.«

Seine Hoheit blickte in ihre Richtung und starrte nun Andrea an; offenbar versuchte er, ihn einzuordnen. Als ihre Blicke sich trafen, war Andrea klar, dass er erkannt worden war. Das Lächeln auf dem Gesicht Seiner Hoheit entwickelte sich fast zu einem Kuss. Seine Augen schimmerten dunkel; er formte mit den Lippen ein paar Worte für Andrea und hob die Augenbrauen. Der königliche Tross zog weiter.

»Später?«, sagte Saint-Cyr, der Lippenlesen konnte. »Ist das ein Versprechen oder eine Drohung? Na ja, ich nehme an, das hängt davon ab, ob man den gleichen Neigungen frönt wie Seine Hoheit. Tut Ihr das nicht, solltet Ihr jetzt wohl besser verschwinden und Euch die Verlegenheit ersparen.«

Aber inzwischen war auch die Marquise eingetroffen, und

einfach zu gehen stand nun außer Frage. In Andreas Augen hatte sie nie schöner ausgesehen. Ihre Haut besaß denselben Schimmer wie die Perlen, die sie um den Hals trug. Eine feine Gaze unter ihrem Mieder sollte ihre Brüste verbergen, lenkte aber eher die Aufmerksamkeit darauf, zumal der durchsichtige Stoff bei jedem Atemzug erzitterte. Andreas Nase, die im Laufe des Abends schon von vielen Parfüms und Düften bestürmt worden war, nahm den verführerischen Duft von Tuberosen wahr, dem der Körper der Marquise eine erregende Fülle verlieh. Andrea beugte sich über ihre Hand und sagte: »Nun, da Ihr hier seid, vermag ich mich nicht mehr loszureißen.«

»Und warum solltet Ihr auch?«, erwiderte Athénais. Ihre Augen leuchteten, als sie ihn zum ersten Mal in seinem Hofgewand und der Perücke sah, und sie wirkte jung und verletzlich, als wäre sie nicht mehr sicher, die Ereignisse kontrollieren zu können – und das wiederum machte sie noch verführerischer. Doch der Augenblick verflog; sie fasste sich wieder und fragte sich laut und in gefährlicher Hörweite, von wem die Fürstin von Monaco sich wohl ihren Schmuck geborgt hatte.

Das königliche Gefolge kam wieder vorbei, ging zur Tür und stieg die Treppe hinunter. Sämtliche Gäste im Salon strömten ihnen hinterher, bis das Orchester schließlich für einen leeren Raum spielte. Es hieß, das *grandes eaux* würde gleich eingeschaltet, und auch die Große Fontäne könne man zum ersten Mal in Aktion bewundern. Immer langsamer, um dem König nicht in die Hacken zu treten, rempelten die Höflinge einander an; jene, die vorne gingen, waren nicht willens nachzugeben, während die hinten vorwärts drängten. Der König erreichte den Haupteingang, blieb in der Tür stehen und unterhielt sich mit seinem Bruder. Das Gedränge auf der Treppe war unerträglich geworden, und ein paar Gäste stolperten und klammerten sich am Treppengeländer fest, da sie nicht weiter vorwärts konnten. Schließlich trat der König auf die Terrasse hinaus, und ein lautes Seufzen ging durch die Menge, als der Druck im Flaschenhals nachließ und die Leute sich auf eine größere Fläche verteilen konnten.

Von der Terrasse aus konnte man über die Stufengärten bis zur Seine hinunterblicken. Im Licht der Abendsonne schimmerte der Fluss friedlich, und am anderen Ufer waren Felder und Wälder in goldenes Licht getaucht, die sich bis zu den Dächern von Paris erstreckten. Von der Terrasse fiel der Garten steil ab, nur unterbrochen von den Steinstufen der Kaskade. Am Fuß der Kaskade befand sich ein großer Teich, deren Mittelpunkt die Große Fontäne bildete. Inzwischen hatte sich die gesamte Gesellschaft versammelt und blickte erwartungsvoll auf die steinernen Stufen und den stillen Teich.

Zum Zeichen des Respekts bat Seine Hoheit den König, den Befehl zum Anschalten des *grandes eaux* zu geben. Ludwig lehnte dankend ab; schließlich sei Seine Hoheit der Gastgeber, und das Wasserspiel gehöre ihm. Nachdem die Regeln der Höflichkeit also beachtet worden waren, trat Seine Hoheit vor, richtete sich zu voller Größe auf, hob den rechten Arm in einer weit ausholenden Geste und rief: »Lasst das Wasserspiel beginnen!«

Es folgte eine kurze Pause angespannten Wartens. Würde das Wasserspiel versagen? Dann rauschte Wasser unter der Terrasse hervor, strömte die Stufen der Kaskade hinunter und wurde immer schneller, bis sich weißer Schaum bildete. Die Gäste applaudierten, und Monsieur Lully, der über eine Hintertreppe zu dem bereits vor Ort befindlichen Gartenorchester geeilt war, pochte mit seinem Stab auf den Boden. Die Musiker spielten ein Stück, das er speziell für dieses Ereignis komponiert hatte: »Le Marche des Grandes Eaux.«

Seine Hoheit hob erneut den Arm und befahl laut, die Große Fontäne einzuschalten. Der gesamte Hofstaat richtete seine Aufmerksamkeit auf den Teich am Fuß der Kaskade. Ein paar Tropfen spritzten aus der Fontäne; dann blubberte und gurgelte es, als wäre Luft in der Leitung. Entsetzt starrte Seine Hoheit auf die Fontäne und versuchte, sie kraft seines Willens zum Leben zu erwecken.

»Die Große Fontäne scheint ein wenig Hilfe zu benötigen«, bemerkte Ludwig lächelnd.

»Sie wird schon funktionieren!«, sagte Seine Hoheit gereizt. Die Sorge auf seinem Gesicht kündete schon jetzt von der drohenden Demütigung. »Gebt ihr Zeit.«

Die Fontäne blubberte und spritzte erneut, diesmal ein wenig höher; dann schoss mit einem Knall wie ein Pistolenschuss ein gewaltiger Wasserstrahl empor. Der Druck des Wassers war so hoch, dass der Strahl in nur einer Minute eine in der Tat außergewöhnliche Höhe erreicht hatte und sich Gischt wie Nebel um ihn herum sammelte. Die Gäste Seiner Hoheit jubelten und applaudierten. Seine Hoheit drehte sich zu seinem älteren Bruder um und sagte mit noch immer ein wenig ängstlichem, aber stolzem Gesichtsausdruck: »Der Wasserstrahl kann eine Höhe von zweiundvierzig Metern erreichen. Eine solch hohe Fontäne hat es noch nie gegeben.«

»Gut gemacht, Bruder!«, rief Ludwig. »Dessen kannst du dich wahrlich rühmen!«

Hinter den versammelten Gästen entzündeten die Diener Kerzen auf den Tischen, die man für das Diner auf die Terrasse gebracht hatte. Seine Hoheit führte den König zum prachtvoll geschmückten Tisch an der Kaskade, und die Gäste verteilten sich, um sich ebenfalls einen Platz zu suchen. Saint-Cyr organisierte einen Tisch in der Nähe des Königs für seine Gruppe, zu der auch Andrea und die Marquise gehörten. Das sei ein guter Aussichtsplatz, sagte er.

Von hier aus könnten sie das *grandes eaux* ebenso beobachten wie den König; überdies befände sich ein Leuchter in der Nähe, sodass sie auch noch sehen könnten, was sie aßen, wenn es dunkel wurde.

Auf jedem Platz befand sich als Präsent ein Kästchen aus Silber und Emaille, das gezuckerte Mandeln enthielt. »Seine Hoheit ist wirklich der gewissenhafteste aller Gastgeber«, bemerkte die Marquise. »Der Abend ist schlichtweg perfekt und wahrlich wert, sich dafür herauszuputzen, nicht wahr, Andrea?«

Andrea stimmte ihr zu, dass der Abend mehr als nur perfekt sei. Während des Wasserspiels hatte die Marquise sich bereits für die kleine Wette entschuldigt. Sie wäre nie darauf eingegangen, hatte sie erklärt, wenn sie auch nur einen Augenblick geglaubt hätte, Andrea liefe Gefahr, der Lächerlichkeit preisgegeben zu werden. Und dann, als die Große Fontäne mit einem lauten, glorreichen Knall zum Leben erwacht war, war sie dicht an ihn herangetreten und hatte mit süßem Blick zu ihm hinaufgeschaut. Seite an Seite standen sie da, wie ein Liebespaar.

»Seine Hoheit ist in der Tat ein wunderbarer Gastgeber«, sagte Saint-Cyr, während Diener ihnen Wein einschenkten, »und dies hier ist die perfekte Umgebung für solch ein Fest, wenn auch ein wenig unglücklich für Leute mit schwacher Blase. Fontänen und Kaskaden vor uns, Fontänen auf der Parterreanlage hinter uns ... Wie ich sehe, sind manche schon jetzt gezwungen, dem Ruf der Natur zu folgen.«

Männer hielten auf das kleine Wäldchen auf der anderen Seite der Parterreanlage zu, während die Damen die längere Reise zu den Aborten hinter den Ställen auf sich nahmen. Eine starke Blase sei für das Hofleben von allergrößter Wichtigkeit, erklärte Athénais, besonders wenn von einem verlangt wurde, in der königlichen Kutsche mitzufahren. Wie sie gehört hatte, sei Ludwigs Ausdauer übermenschlich.

Er konnte acht Stunden am Stück reisen, ohne sich erleichtern zu müssen.

Am königlichen Tisch servierte Seine Hoheit dem König das Essen, das die Diener brachten, wobei er sorgfältig darauf achtete, ihm nur die besten Stücke auf den Teller zu legen. Wie seltsam, dass der schlichte Zufall der Geburt die beiden Brüder im Rang so weit auseinander gebracht hatte, sinnierte Saint-Cyr, und wäre Seine Hoheit nicht so erzogen worden, wie er erzogen worden war, wäre er dem König in mehr als nur einer Hinsicht zum Rivalen geworden.

Athénais erklärte, diese Geschichte sei schlicht ein bösartiges Gerücht. Im Gegenteil, erwiderte Saint-Cyr, er hätte es aus gut informierter Quelle. Keine Mutter würde zulassen, dass man ihrem Sohn etwas Derartiges antun würde, widersprach Athénais energisch. Andrea war verwirrt von dieser Diskussion und bat um eine Erklärung. Saint-Cyr senkte die Stimme und sagte: »Das hat etwas mit Eurem Landsmann zu tun, Kardinal Mazarin, der während der Regentschaft der Königinmutter die eigentliche Macht in Händen hatte, damals, als Ludwig noch ein Knabe war. Sie haben den jüngeren Bruder zu unmännlichem Verhalten ermutigt, ihm Schmuck und Kleider gegeben und ihn in die Sodomie* eingeführt. Auf diese Art sollte vermieden werden, dass er Ludwig den Thron streitig macht.«

»Hört nicht auf ihn, Andrea. Das sind nur Lügen und Geschwätz«, sagte Athénais so laut, dass die anderen Gäste am Tisch zu wissen verlangten, um was es sich bei diesem »Geschwätz« handele.

---

* Im französischen und angelsächsischen Sprachgebrauch bezeichnet »Sodomie« im Gegensatz zum Deutschen nicht ausschließlich den Geschlechtsverkehr mit Tieren, sondern auch den Analverkehr. Mit dem alten, als »Sodomie« bezeichneten Straftatbestand in den französischen Gesetzbüchern ist daher in der Tat vornehmlich der homosexuelle Verkehr zwischen Männern gemeint. – Anm. des Übersetzers.

Eine große Frau mit leuchtend gelbem Kleid und Federn im Haar, die niemand kannte, rief zu Saint-Cyr: »Geht es um Seine Hoheit?«

»Haltet um Himmels willen Eure Stimme bedeckt!«, zischte Saint-Cyr. Am königlichen Tisch herrschte Schweigen, und man blickte in ihre Richtung. Alle wandten die Augen ab und starrten auf ihre Teller, als wäre das Essen das Interessanteste in ihrer aller Leben.

»Ich habe lediglich bemerkt, dass Seine Hoheit ein perfekter Gastgeber ist und dass seine Köche sich wieder einmal selbst übertroffen haben«, erklärte Athénais, diesmal in angemessener Lautstärke.

»Wir haben den Geschmack und die Großzügigkeit Seiner Hoheit gepriesen«, fügte Saint-Cyr hinzu.

Hinter sich hörten sie, wie das Gespräch am königlichen Tisch wieder aufgenommen wurde. Saint-Cyr murmelte zu Athénais: »Diese Kuh in Gelb hätte uns in allergrößte Schwierigkeit bringen können. Haltet Euch in Zukunft ein wenig zurück.«

»Oh, jetzt ist es also meine Schuld, hm? Wer hat denn mit den Gerüchten angefangen? Und was ist das überhaupt für eine Frau, die wie ein Polstersessel gekleidet ist und an Eurem Tisch sitzt? Sie hat offensichtlich schon viel zu viel getrunken.«

Es fiel allerdings auch schwer, nichts zu trinken, denn die Diener füllten ein Glas nach dem anderen mit unterschiedlichen Weinen, von einem hellen Muskat bis hin zu einem schweren, dunklen Burgunder. In der angenehm kühlen Nachtluft verbreitete der Geist der Traube Wärme in den Adern der Gäste.

Irgendwann erhob sich Ludwig, und Monsieur Lully ließ einen königlichen Triumphmarsch anstimmen, als der König mit seinem Gefolge die Festivität verließ und von Seiner Hoheit zu den Kutschen geleitet wurde. Das Nachlassen der allgemeinen Spannung war beinahe körperlich spürbar, und die Gäste, deren Anwesenheit nun nicht mehr vonnöten war, um den König in all seiner Pracht zu bewundern, verteilten sich im zunehmend dunkleren Garten, um den unterschiedlichsten natürlichen Bedürfnissen nachzugehen. Andere folgten Monsieur Lully in den Großen Salon, wo das Orchester eine Sarabande spielte. Saint-Cyr geleitete die Marquise auf die Tanzfläche und führte die Prozession mit ihr an. Andrea schaute ihr zu; er war fasziniert von der Art, wie ihre eleganten Füße in den Seidenslippern sich zum Takt der Musik bewegten. Plötzlich hielt die große Frau in Gelb mit entschlossenem Blick auf ihn zu. Um der Gefahr zu entgehen, dass sie ihn zum Tanz aufforderte, zog Andrea sich zur Tür zurück, wo er um ein Haar mit dem winzigen Höfling zusammengestoßen wäre, den er letztens am Manoir der Marquise gesehen hatte.

»Genau der Mann, nach dem ich gesucht habe«, sagte der Höfling. »Gestattet mir, mich vorzustellen. Chevalier Jean-Baptiste de Saint-Eustace. Wir dachten schon, Ihr hättet uns bereits verlassen.«

»Nein, ich genieße noch immer die Gastfreundschaft Seiner Hoheit in vollen Zügen«, erwiderte Andrea. »Ich habe noch nie ein solch prachtvolles Fest erlebt.«

»Er ist wirklich talentiert in solchen Dingen, nicht wahr?«, sagte Saint-Eustace. »Aber kommt mit mir. Ihr könnt es ihm selber sagen.«

Er legte seine kleine, gut manikürte Hand auf Andreas Ärmel und zog ihn in den nächsten Salon, wo mehrere Gäste munter miteinander plauderten und Karten spielten. Am Ende des Raums befand sich eine verborgene Tür in der Wand. Saint-Eustace drückte auf einen bestimmten Punkt in der Verkleidung, und – voila! – sie waren auf der anderen Seite des Châteaus; jedenfalls würden sie es gleich sein, wie der Chevalier erklärte, als sie durch einen schmalen Gang gingen und schließlich in einem etwas kleineren, aber aufwändig mit japanischen Lackarbeiten und Gemälden dekorierten Salon herauskamen. Auf den Tischen standen kleine Vitrinen mit Halbedelsteinen, und kleine Ständer waren mit Felskristallen und Achat gekrönt. Juwelenbesetzte Miniaturpagoden aus Siam standen auf Podesten zwischen den Fenstern, von wo aus man die Orangerie sehen konnte.

»Welch hübsche Apartments«, bemerkte Saint-Eustace. »Mögt Ihr Juwelen? Seine Hoheit besitzt eine wunderbare Sammlung.«

Andrea wusste nicht, was er auf die seltsame Bemerkung des Chevaliers erwidern sollte; stattdessen folgte er ihm, benommen von der prachtvollen Umgebung, als der Chevalier die vergoldete Doppeltür zum nächsten Zimmer öffnete.

Nun befanden sie sich in einem opulent möblierten Schlafzimmer, das von einem Himmelbett von enormer Größe beherrscht wurde, mit schweren Brokatvorhängen und üppig vergoldeten Pfosten. Im Kerzenschein – die Vorhänge waren bereits zugezogen – sah Andrea die mit Gold- und Silberfäden durchwirkten Gobelins, auf denen bukolische Szenen dargestellt waren. Dann wurde sein Blick vom Kerzenleuchter auf dem Ankleidetisch angezogen und dem Spiegel in der Mitte. Vor dem Spiegel saß Henriette, so schien es Andrea zumindest.

Andrea wich zur Tür zurück. Er fürchtete, eine Indiskretion zu begehen, indem er Madame bei ihrer Toilette beobachtete. Dann hörte er aus ihrer Richtung die Stimme Seiner Hoheit. »Lauft nicht weg. Ihr stört mich nicht.«

Die Gestalt am Ankleidetisch drehte sich um, und nun sah Andrea das unverkennbare Gesicht Seiner Hoheit, eingerahmt von lockigem, mit Schleifen verziertem Haar und eine Spitzenhaube obendrauf. Er trug Brillantohrringe, eine Brillant- und Rubinhalskette, und sein Gesicht war gepudert. Dennoch war sein Geschlecht nicht zu verkennen, denn über den rot bemalten Lippen war ein feiner, dunkler Schnurrbart zu sehen, an den Spitzen gewachst und gedreht. Andrea starrte ihn an. In seinem Innern mischte sich Entsetzen mit einer wachsenden Hysterie, die sich in einem lauten Lachen Luft zu machen drohte. Dann sah Andrea den Gesichtsausdruck Seiner Hoheit unter dem Puder: Sie war von solcher Verletzlichkeit, dass ihm das Lachen im Halse stecken blieb.

»Nun«, sagte Seine Hoheit, stellte sich vor Andrea und schaute ihn an – mit einem Blick, der nach Anerkennung suchte. »Gefällt Euch, was Ihr seht?«

Hinter sich hörte Andrea, wie die Tür geschlossen wurde, als Saint-Eustace den Raum verließ.

»Nun?«, hakte Seine Hoheit nach und legte kokett den Kopf zur Seite.

»Ihr seht stark verändert aus«, erwiderte Andrea schließlich. Seine Kehle war vor Anspannung wie ausgetrocknet. Deutlich war er sich der Stille im Raum bewusst. Jedwedes Geräusch wurde von den Vorhängen und den Wandteppichen gedämpft, was in ihm das Gefühl erweckte, eingesperrt zu sein in einer mit Samt gepolsterten Kiste. Er hörte seinen eigenen Atem, der immer unregelmäßiger kam, je schneller sein Herz schlug.

Seine Hoheit hörte es ebenfalls und lächelte. »Mir gefällt auch, was ich sehe«, sagte er. »Wie süß von dir, dass du für mich so viel auf dich genommen hast. Solch edle Kleider an einer solch edlen Gestalt. Jetzt brauchst du nur noch ein paar Juwelen, und es ist perfekt. Ohrringe vielleicht.« Er berührte Andreas Gesicht, streichelte ihm über die Wange und griff dann unter der Perücke nach seinem Ohrläppchen.

Andrea wich einen Schritt zurück und sagte mit scharfer Stimme: »Hier handelt es sich wohl um einen Fehler. Ich bin nicht wegen ... Ich bin nicht wegen Euch hier. Ich muss jetzt gehen. Bitte, entschuldigt mich.«

Seine Hoheit lächelte erneut. »Natürlich, natürlich, ich bin wie immer zu schnell, und das ängstigt dich. Ich will dir kein Leid zufügen; ich liebe schlicht die Schönheit. Du darfst dich nicht daran stören, dass mein Enthusiasmus bisweilen mit mir durchgeht. Du brauchst mir nur zu sagen, wann ich aufhören soll. Mir ist die Bedeutung des Wortes ›Nein‹ durchaus bekannt.«

»Wie auch immer, ich würde jetzt gerne gehen«, sagte Andrea. »Mit Eurer Erlaubnis, Hoheit.«

Kurz huschte ein Hauch von Verärgerung über das Gesicht Seiner Hoheit, dass Andrea sich ihm so offen verweigerte; doch rasch wich sie einem Ausdruck der Versöhnung, als er sagte: »Bleib nur noch ein paar Augenblicke, mein schöner Signor. Ich brauche deinen Rat, aber nicht in Liebesdingen, das versichere ich dir. Es geht um die Möblierung dieses Zimmers. Du bist doch der Mann, der sich mit Spiegeln auskennt, nicht wahr? Ich habe mich gefragt, ob ich sämtliche Gobelins nicht einfach herunterreißen lasse und durch Spiegel ersetze. Was meinst du?«

Andrea schaute sich die Wandteppiche an und bemerkte, dass auf den bukolischsten Bildern halb nackte Nymphen und Schäfer zu sehen waren, die einander in bacchantischer Freude umschlangen. Er konnte sich ein Lächeln nicht verkneifen, als er sich vorstellte, wie Seine Hoheit versuchte, dies mit Madame nachzuahmen. Eine der Nymphen zeigte eine flüchtige Ähnlichkeit mit der Marquise, wie diese aussehen würde, wenn sie ihr Mieder öffnete und ihre Brüste freimachte. Das weckte in Andrea das plötzliche Verlangen, den Raum zu verlassen und sie zu suchen. »Die Gobelins entfernen? Das solltet Ihr nicht tun. Sie sind perfekt für ein Schlafgemach«, sagte er. »Ihr braucht keine Spiegel außer einem über dem Kamin. Das Gemach ist vollkommen – so, wie es ist.«

»Du magst ja sagen, dass es nicht geht, aber ich muss dir

zeigen, wo ich gerne Spiegel hätte.« Seine Hoheit legte Andrea die Hand auf den Arm, als dieser zur Tür schaute, und zog ihn zum Bett. »Nein, mach dir keine Sorgen. Ich will nur deinen Rat hören.« Seine Hoheit kletterte aufs Bett, wobei er sein Seidenkleid hob, und deutete auf den Himmel darüber. »Sag mir, wenn es absurd klingt, aber was ich unbedingt haben will, sind Spiegel über dem Bett. Stell dir vor, dich und deinen Geliebten wie Zwillinge über euch zu sehen. Nein, ich will nicht wissen, ob dir das gefällt, nur ob es möglich ist. Könntest du einen Rahmen für Spiegel herstellen, der diese über dem Bett verankert?«

Andrea musste lachen, als er sich vorstellte, wie Seine Hoheit so wild herumtollte, dass ihm der Spiegel auf den Kopf fiel. Er lehnte sich mit den Beinen gegen den Rand der Matratze und blickte zum Himmel hinauf. »Verzeiht«, sagte er, »aber die Idee ist wirklich absurd.«

Seine Hoheit lachte ebenfalls. Dann – so plötzlich, dass Andrea nicht hätte sagen können, wie es geschehen war – lag er flach auf dem Bett, die Beine unter sich weggerissen, und Seine Hoheit saß auf ihm, hielt seine Arme fest und blickte ihm von oben in die Augen. »Oh, du hübsche, kleine Maccharoni«, murmelte er und beugte sein Gesicht zu Andreas hinunter. »Ich will dich, seit ich dich zum ersten Mal gesehen habe.« Andrea sah das gepuderte Gesicht und den Schnurrbart über sich, roch den Duft von Nelken im Atem Seiner Hoheit, und dann verschmolzen die beiden Augen des Prinzen zu einem, als sein Mund sich auf Andreas Lippen senkte. Andrea versuchte, sich unter ihm frei zu machen, doch im Körper Seiner Hoheit steckte bemerkenswerte Kraft.

Seine Hoheit verstärkte den Griff um Andreas Arme, und seine Schenkel schlossen sich mit der Kraft eines erfahrenen Reiters um Andreas Leib. »Mach dir keine Sorgen, mein Engel. Ich werde nichts tun, was du nicht auch willst«, flüsterte er ihm ins Ohr. Dann ließ er einen von Andreas Armen los, glitt mit der Hand in seinen Schritt und tastete nach Andreas Glied unter der Hose. »Oh, *das magst du*, du lieblicher, lieblicher ...«, keuchte Seine Hoheit, kurz bevor ihn Andreas rechte Faust mitten ins Gesicht traf. Seine Hoheit schrie vor Schmerz und wurde vom dem Schlag zurückgeworfen. Er schnappte nach Andreas Arm, doch der riss sein Knie mit aller Kraft hoch und rammte es Seiner Hoheit in den Bauch. Seine Hoheit verlor den Halt, fiel vom Bett und landete auf dem Boden.

»Du Teufel!«, schrie des Königs Bruder. »Du hast mich angegriffen, du Rüpel, du Schläger!« Blut tropfte aus einer Wunde an seinem Mund. Seine Hoheit drückte ein Taschentuch auf seine Lippen und starrte auf das Blut auf dem weißen Leinen. »Da!«, schrie er und stieß mit dem Taschentuch nach Andreas Gesicht. »Dafür wirst du hängen! Du hast das Blut eines königlichen Prinzen vergossen!«

Andrea wusste, welche Folgen seine Tat nach sich ziehen konnte, und ihm lief ein Schauder über den Rücken. Trotzig erwiderte er: »Es gibt auch ein Gesetz gegen Sodomie, Euer Hoheit. Ich werde jetzt gehen. Lasst mich verhaften, wenn Ihr wollt.«

Er drehte sich zur Tür um und hörte Seine Hoheit schreien: »Nein! Geh nicht! Verlass mich nicht!«

Andrea blickte zurück und sah, dass Seine Hoheit wieder auf den Boden gesunken war; Tränen liefen ihm über das blutverschmierte Gesicht. Er riss an seinem Mieder wie ein Mädchen, das versuchte, einen widerwilligen Liebhaber zu behalten. Andrea streckte die Hand nach der Tür aus, und als er sie hinter sich schloss, hörte er Seine Hoheit wilde Verwünschungen ausstoßen. »Hure! Du Stück Scheiße *Saland!*«

»Sodomit!«, erwiderte Andrea und wiederholte es immer wieder, während er durch die Apartments eilte und nach der Tür in der Wand suchte. Er schimpfte über sich selbst. »Du dummer, dummer Narr!« Er war sehenden Auges in eine hässliche, unnötige, gefährliche und kompromittierende Szene hineingerannt. Saint-Cyr hatte ihn gewarnt und ihm gesagt, er solle besser verschwinden, aber nein, er hatte sich einfach nicht von der Marquise losreißen können. Jetzt war er auch wütend auf sie. Er fand die Tür und ging in den nun schwach beleuchteten Gang dahinter, durch den er sich bis zu den Staatsgemächern vortasten musste.

Schließlich kam er wieder in dem Zimmer heraus, wo vorhin so eifrig Karten gespielt worden war. Jetzt waren nur noch wenige da, und diese wenigen besaßen allesamt das dumpfe, fiebrige Aussehen von Süchtigen. Ein rotgesichtiger Mann in üppigem Brokatmantel pisste in den Kamin. Auf einem Liegesofa neben dem Fenster lag eine Frau. Sie war halb weggetreten, während ein Mann ihr die Füße massierte.

»Warum so eilig?«, hörte er einen der Kartenspieler rufen, als er vorbeiging, begleitet vom Lachen der anderen, als vermuteten sie, was vorgefallen war. Dann erreichte Andrea den Großen Salon. Als er ihn betrat, sah er Monsieur Lully vor seinem Orchester auf der Fidel spielen. Lullys dunkles, melancholisches Gesicht war vollkommen in der Musik versunken, während er seinem Instrument die süßesten Töne entlockte. Dann blickte er in Andreas Richtung, warf ihm ein wissendes Lächeln zu und spielte ein Tremolo auf den Saiten.

Er wusste also ebenfalls Bescheid. Andrea, der innerlich noch immer kochte, wollte nur noch eines: raus aus dem Château und in die anonyme Nachtluft. Als er die Treppe hinunterging, riss er sich die Perücke vom Kopf und stülpte sie über eine Büste von Plato. *Sollen sie doch alle in der Hölle verrotten*, dachte er, als er die Vorhalle erreichte. Um der sich am Eingang in Richtung Kutschen drängenden Menschenmenge aus dem Weg zu gehen, bog er in Richtung des Gartensalons ab und verließ dort durch ein französisches Fenster das Château auf die Terrasse, von wo aus man die Orangerie überblicken konnte.

Draußen angekommen, blieb er erst einmal stehen, denn die Nacht war schön und beruhigte seine Seele. Im Mondlicht besaß das Weiß der Blumen einen geisterhaften Schimmer. Andrea hörte das Plätschern der Fontäne, Lachen aus Richtung des Wäldchens und den Schrei einer Eule vom Wald her. »Athénais«, murmelte er vor sich hin und trauerte um die verlorene Gelegenheit.

Als er zur Orangerie schaute, wobei ihm der Duft der Blumen in die Nase stieg, hörte er Schritte auf dem Kies hinter sich, und an der Schnelligkeit und Leichtigkeit dieser Schritte erkannte er, dass er gerettet war. Er drehte sich um und sah sie auf sich zukommen; ihre Haut schimmerte so wie die Blumen im Mondlicht. In der Hand hielt sie die Perücke.

»Warum bist du in solcher Eile aufgebrochen, Andrea? Das ist sehr unhöflich. Und wie kommt es, dass du die Perücke einfach wegwirfst?«

Einen Augenblick vermochte Andrea kaum zu sprechen, denn seine eigenen Gefühle verwirrten ihn. Zuerst hatte die Marquise ihn mit ihrem typischen, gespielt herrischen Blick angeschaut, doch nun zeigte sich Sorge auf ihrem Gesicht. »Warum bist du so erregt? Du zitterst ja! Was ist geschehen?«

»Seine Hoheit ist ein Sodomit«, antwortete Andrea nach kurzem Schweigen.

»Das ist für niemanden etwas Neues«, sagte Athénais und legte die Perücke auf die Balustrade. »Er hat also versucht, dich auf seine Seite zu ziehen, hm? Nun, das ist auch keine große Überraschung. Ich nehme an, du hast ihm gesagt, er soll sich zum Teufel scheren. Und? So etwas passiert ständig.«

»Es war so beschämend«, sagte Andrea.

Athénais legte ihm die Hand auf die Wange und murmelte:

»Es gibt nichts, dessen du dich schämen müsstest. Wenn du jung und schön bist, wollen die Menschen dich besitzen. Wärst du lieber alt, hässlich und nicht begehrenswert? Kannst du dir vorstellen, wie das sein würde?«

Sie lächelte zu ihm hinauf, und ihre dunklen Augen schimmerten im Mondlicht. Andrea trat näher an sie heran und beugte sich zu ihr hinunter. Ihre Hand schloss sich um seinen Nacken. Er senkte seinen Mund auf den ihren, und ihre Lippen öffneten sich für seine Zunge wie eine Seeanemone auf der Suche nach Nahrung. Ihr Griff um seinen Kopf verstärkte sich, ihr Körper presste sich an den seinen, und er spürte ihr Herz schlagen und das warme Fleisch ihres Busens an seiner Brust. Er hob die Hand, um ihre Brüste zu streicheln, und nun ließ ein anderes Gefühl ihn zittern: Feuer strömte durch seine Adern und verlangte nach Liebe.

»Ich liebe dich, Athénais, ich liebe dich so sehr«, hauchte er, als seine rechte Hand den dünnen Schleier über ihrem Busen fand, während die Linke über ihren Rücken glitt.

Die Marquise löste sich von ihm und flüsterte: »Komm morgen ins Manoir. Ich werde auf dich warten.«

»Aber warum nicht jetzt? Warum warten? Lass uns jetzt dorthin gehen.«

»Das können wir nicht. Man würde uns sehen. Ich muss an meinen Ruf denken, und für dich wäre es auch nicht ungefährlich.«

»Wen kümmern schon Ruf und Gefahr?«, erwiderte Andrea voller Leidenschaft.

Doch die Marquise legte ihm die Hand auf den Mund, um ihn zum Schweigen zu bringen. »Das ist eine sehr ernste Angelegenheit. Komm morgen zum Manoir. Ich werde auf dich warten. Versprochen.«

Andrea schaute sie zweifelnd an, gab dann jedoch resignierend nach. »Dann also morgen.«

»Morgen.«

»Im Manoir?«

»Im Manoir. Komm gegen Abend.«

»Und du wirst auf mich warten?«

»Ich verspreche es.« Sie fuhr ihm mit dem Finger über die Lippen und fügte hinzu: »Geh jetzt ... durch den Garten. Du willst Seiner Hoheit doch nicht noch einmal über den Weg laufen, oder?«

Andrea küsste ihre Hand und sagte: »Jetzt mache ich mir nicht mehr die geringsten Gedanken um ihn.«

»Wie konnte Seine Hoheit nur solch einen Fehler begehen?« Sie lächelte und fügte hinzu: »Hier. Vergiss deine Perücke nicht.«

Andrea blickte ihr hinterher, während sie über die Terrasse zum Château zurückging, und stellte sich den Körper unter ihrem sanft schwingenden Kleid vor. *Morgen, Athénais, morgen im Manoir. Morgen werde ich hinter dein Bild schauen und dein innerstes Wesen kennen lernen.* Er sah, wie sie das französische Fenster erreichte, und für einen Augenblick umgab sie das Kerzenlicht von innen wie ein Heiligenschein; dann ging sie hinein und verschwand. Andrea bemerkte einen Schatten, der sich neben dem Fenster bewegte. Noch jemand beobachtete die Marquise. *Es ist wohl besser, wenn ich jetzt gehe*, sagte er sich. *Ich sollte durch den Garten verschwinden – und zwar rasch.*

23.

»Was habe ich gesagt? Was habe ich getan?« Immer und immer wieder sagte Athénais sich diese Worte im Geiste, während sie neben der Parterreanlage ihre Morgenschokolade trank. Der Geruch von Thymian, der von der Sonne erwärmt wurde, mischte sich mit dem Duft der Schokolade. Athénais' Gesicht wurde von einem breitkrempigen Strohhut beschattet, doch die Sonnenwärme umhüllte ihren ganzen Körper. Sie dachte an Andrea.

Das ist Wahnsinn, sagte sie sich. Bei Tageslicht betrachtet, und nachdem der Schleier des Alkohols sich von ihrem Geist gehoben hatte – *Was hat Seine Hoheit nur in den Wein getan, dass er so stark war?* –, erkannte sie, dass sie überstürzt ihr Versprechen gegeben hatte. Und doch ... Waren es nicht immer wieder solche Momente, in denen man seine wahren Gefühle erkannte? Sie hatte ihrem Verlangen nachgegeben, um Andrea zu zeigen, dass er der Frauenwelt gehörte, egal was Seine Hoheit auch angenommen haben mochte. Und dann hatte sein Mund den ihren berührt, und ihr Flirt war von Flammenzungen verschlungen worden, die ihren gesamten Körper durchströmten. Pfeile, Cupidos Pfeile. In Zeiten wie diesen machten die alten Götter ihre Ansprüche wieder geltend. Venus, Aphrodite, Cupido, Eros ... Alle waren so mächtig wie eh und je.

»Ich denke, heute Abend werde ich den Dienern mal frei geben. Vergangene Nacht haben sie lange auf mich warten müssen«, sagte sie zu Claudine, die gerade ein Loch in ihrem Schal flickte.

»Dann kommt Andrea also heute Abend hierher, hm?«, erwiderte Claudine und blickte von ihrer Näharbeit auf, um den Gesichtsausdruck ihrer Herrin zu sehen.

Athénais spürte, wie ihr verräterisch das Blut in die Wangen stieg. »Wie der es Zufall will, ja.«

Claudine lächelte. »Dann wird der Signor ja ›Satisfaktion‹ bekommen.«

»Was geht dich das überhaupt an, Mademoiselle Impertinence?«, schnappte Athénais.

»Solange es Madame glücklich macht, freut es mich«, antwortete Claudine. »Monsieur le Marquis hat es verdient, dass Ihr ihm Hörner aufsetzt.«

»Sprich nicht von meinem Mann«, sagte Athénais. »Er hat nichts damit zu tun.«

»Dennoch zahlt Ihr es ihm heim, auch wenn er natürlich nichts davon weiß.«

»Genau«, sagte Athénais. »Ich verlasse mich auf deine völlige Diskretion. Wenn auch nur ein Wort davon laut wird, fliegst du zur Tür hinaus.«

»Ich bin die Bewahrerin von Geheimnissen«, erklärte Claudine. »Nebenbei ... wie ich sehe, trifft gerade Euer kleiner Chevalier ein. Er ist heute recht früh dran.«

Der Chevalier de Saint-Eustace hob seinen gefiederten Hut, nahm ihn in einer weit ausholenden Bewegung herunter und verneigte sich vor der Marquise. »Madame, ich hoffe, Ihr habt vergangene Nacht gut geschlafen«, sagte er, doch seine wachsamen, strahlenden Augen schienen eine andere Frage zu stellen.

»Die Zeit, die noch von der Nacht übrig war, habe ich gut geschlafen. Es war ein großartiges Fest, und Seine Hoheit ist ein exzellenter Gastgeber.«

»Seine Hoheit kümmert nichts mehr als das Wohlbefinden

seiner Gäste, und von diesen insbesondere das seiner besten Freundin, der Madame la Marquise«, sagte Saint-Eustace. »Das ist auch der Grund, warum Seine Hoheit mich angewiesen hat, Euch zu bitten, zu ihm ins Château zu kommen.«

»Aber natürlich«, erwiderte Athénais. »Sobald ich mich zurechtgemacht und angekleidet habe, werde ich bei ihm sein.«

»Ihr missversteht, Madame. Seine Hoheit wünscht, dass Ihr im Château *bleibt*. Ihm erscheint das Manoir als viel zu weit entfernt und primitiv für seinen Lieblingsgast. Auch hat er gehört, dass es hier Ratten geben soll, und er wünscht nicht, dass Ihr auch nur eine weitere Nacht unter solchen Bedingungen verbringen müsst.«

»Es gibt hier keine Ratten. Ein paar Feldmäuse vielleicht, aber die bereiten mir keine großen Sorgen. Immerhin bin ich auf den Feldern der Charente aufgewachsen.«

»Seine Hoheit hat nicht gewünscht, dass ich Euch Angst einjage«, erwiderte Saint-Eustace, und der Blick seiner kleinen Augen verhärtete sich. »Aber es sind nicht nur die Ratten, die ihm Sorgen bereiten. Das Manoir ist für Damen nicht sicher. Es sind Strolche in der Gegend gesehen worden, die bereits in verschiedene Häuser eingebrochen sind. Seine Hoheit wäre am Boden zerstört, sollte Euch ein Leid geschehen. Er würde weit besser schlafen, wenn er Euch unter seinem Dach in Sicherheit wüsste.«

Ich weiß genau, worum es hier geht, sagte sich Athénais im Geiste und wandte sich wieder an Saint-Eustace: »Ich weiß die Sorge Seiner Hoheit zu schätzen, aber würdet Ihr ihm bitte ausrichten, dass ich durchaus in der Lage bin, mich um mich selbst zu kümmern. Wir sind nicht allein im Haus, und die Gründe, warum Seine Hoheit mich freundlicherweise hier hat wohnen lassen, gelten immer noch. Ich habe mich in der Vergangenheit nicht sonderlich wohl gefühlt, daher brauche ich nun den Frieden und die Abgeschiedenheit.«

»Seine Hoheit wird nicht glücklich sein«, seufzte Saint-Eustace, verneigte sich erneut und ging.

»Zu schade«, sagte Athénais, kaum dass er außer Hörweite war. »Seine Hoheit ist wie einer von La Fontaines Hunden am Futternapf. Ich werde mich seinen Eifersüchteleien nicht ergeben.«

Eine Stunde später kehrte Saint-Eustace mit zwei großen Sergeanten wieder zurück. Es täte ihm zutiefst Leid, sagte er, aber Seine Hoheit bestehe darauf, dass Madame la Marquise ins Château umziehe. Er habe zwei Männer geschickt, die ihr beim Transport der Koffer helfen würden. Athénais wusste, dass es unklug gewesen wäre, sich dem Willen Seiner Hoheit weiter zu widersetzen, und so befanden sich eine weitere Stunde später mehrere Koffer und Truhen mit Kleidern auf dem Weg zum Château.

Von dem Apartment aus, das man ihr zuwies, konnte man den Haupthof überblicken. Man erreichte es durch eine Reihe öffentlicher Salons, die wiederum mit der Haupttreppe verbunden waren. Am Eingang des ersten Salons wachten ständig zwei Lakaien. Athénais blickte aus dem Fenster zu den Kutschen im Hof hinunter. Sie sah jeden, der das Château betrat oder verließ. Das war kein Ort, an dem man unbemerkt ein Stelldichein arrangieren konnte, besonders nicht mit jemandem, der hier als *persona non grata* galt.

Claudine hatte eine Nachricht der Marquise zu Andreas Unterkunft gebracht. Er war jedoch nicht dort gewesen, und widerwillig hatte sie der Wirtin den Brief übergeben – im Vertrauen darauf, dass das Siegel sie davon abhalten würde, das Schreiben zu lesen. Anschließend war sie um das Château herumgegangen und hatte sich jeden Eingang sowie die Umgebung des Flügels eingeprägt, in dem sie untergebracht waren. Dabei fielen ihr auch die Zwinger und die Hunde darin auf: Mastiffs mit Mäulern wie Schnappfallen. Sie schwatzte ein wenig mit dem Hundeführer und verlieh ihrer Bewunderung Ausdruck, dass er mit solchen Menschenfressern umgehen konnte. Der Hundeführer, eigentlich noch ein Junge, erzählte ihr eine Menge über die Hundehaltung.

Bei ihrer letzten Tour um das Château beobachtete sie, wie ein Mann das Schloss durch eine niedrige Holztür in einem der runden Ecktürme betrat. Ein paar Minuten später kam er wieder heraus und rückte seinen Hosengürtel zurecht. Claudine kam zu dem Schluss, dass der Turm wohl als Latrine diente. Er lag am äußersten Ende ihres Flügels. Claudine kehrte in ihre Apartments zurück und suchte nach einer unauffälligen Tür, durch die die Diener solche Dinge wie Nachttöpfe fortschaffen konnten, ohne damit die öffentlichen Salons zu durchqueren. Tatsächlich fand sie den entsprechenden Spalt in der Wand und zog an dem kleinen Messingring. Die Tür führte in einen engen, dunklen Gang, der in größeren Abständen von Talgkerzen beleuchtet wurde. An der gegenüberliegenden Wand befand sich ebenfalls eine Tür. Sie führte in eine Sektion, von wo aus man den Garten überblicken konnte; wahrscheinlich, so dachte Claudine, lagen hier auch die Apartments Seiner Hoheit. Auf Zehenspitzen schlich sie durch den Gang, fort von den Hauptapartments, bis sie Tageslicht durch einen Spalt in der Wand sehen konnte. Dieser Ausgang kam an dem runden Turm heraus, dessen war sie sicher; das bestätigte auch ihre Nase, als sie die steinerne Wendeltreppe hinunterstieg. Es gab also doch einen unbewachten Weg ins Château hinein. Nun musste sie nur noch herausfinden, ob die Tür des Nachts verschlossen wurde.

Claudine kehrte in ihr Apartment zurück, wo Athénais versuchte, sich mit einem Fabelbuch von der Zerstörung ihrer Pläne abzulenken. Sie sagte: »Ich finde hier seltsame

Analogien in der Geschichte des Giftzwergs, der die schöne Prinzessin entführt und sie in einem Turm einsperrt, der von zweiköpfigen Kobolden bewacht wird. Hast du vielleicht irgendwelche zweiköpfigen Kobolde auf deinen Reisen gesehen? Die Identität des Giftzwergs kennen wir natürlich.«

»Seid nicht so niedergeschlagen, Madame«, erwiderte Claudine. »Jede Festung hat ihre Schwachstelle, und ich habe vielleicht einen Weg durch die Mauern gefunden. Falls es funktioniert, bekommt Seine Hoheit eins auf die Mütze.«

Athénais lächelte. Die Vorstellung, sich nur wenige Meter von den Gemächern Seiner Hoheit entfernt mit einem verbotenen Liebhaber zu treffen, war einfach unwiderstehlich. Damit waren alle anderen Gedanken vergessen einschließlich dem, was geschehen würde, sollte man sie erwischen.

Am nächsten Morgen ging Claudine erneut zu Andreas Unterkunft. Die Wirtin erzählte ihr, dass er sich die Angelruten ihres Manne geborgt habe und zum Fischen gegangen sei. Claudine spazierte zum Seineufer, wo sie dann auch mehrere Männer fand, die sich damit beschäftigten, aufs Wasser zu starren, während sie auf einen Biss warteten. Andrea hatte sich einen Platz für sich allein gesucht. Er saß mit dem Rücken gegen einen Weidenbaum gelehnt. Seine Rute lag ein paar Meter entfernt auf einer in den Boden gesteckten Astgabel; er schenkte ihr kaum Aufmerksamkeit. Er beobachtete Claudine beim Näherkommen, grüßte sie jedoch nicht. Selbst als sie bei ihm angelangt war, stand er nicht auf, sondern blickte schlicht zu ihr hinauf und fragte in kaltem Tonfall: »Und? Was gibt es Neues?«

Hier gilt es wohl, gleich ein paar Brücken zu flicken, dachte Claudine und übermittelte das große Bedauern der Marquise, dass es ihr nicht möglich gewesen sei, ihre Verabredung einzuhalten. Es sei alles die Schuld Seiner Hoheit, der darauf bestanden habe, dass sie ins Château umziehe, und natürlich sei es unter den neuen Umständen weit schwieriger, sich zu treffen.

»Dann war's das also, hm?«, unterbrach Andrea sie.

Claudine war überrascht von seiner abrupten Art, widersprach dann aber: »Nein, natürlich nicht. Madame liebt Euch wie eh und je. Sie kann nicht schlafen, isst kaum ...«

»Ich bin sicher, Madame la Marquise ist nach wie vor in der Lage, ihre Morgenschokolade zu trinken, ihren Brioche zu essen und dann zum Mittagessen einen kleinen Imbiss zu sich zu nehmen, bestehend aus gebratenem Fasan, ein paar Pfirsichen, Erdbeeren ...«

»Oh, Andrea, seid doch nicht wütend.« Claudine legte ihm flehend die Hand auf den Arm. »Ich versuche, alles zu arrangieren. Es bedarf nur ein wenig mehr ... nun, es muss halt ein wenig mehr arrangiert werden. Wenn Ihr zuhören wollt, werde ich es Euch sagen.«

»Gestern Abend bin ich zum Manoir gegangen«, sagte Andrea. »›Ich werde warten‹, hat sie gesagt. ›Komm gegen Abend.‹ Als ich dort eintraf, war alles verriegelt und verrammelt. Schließlich kam ein griesgrämiger alter Verwalter heraus und sagte mir, die Marquise sei weggezogen, nach Paris. Da bin ich zurückgekehrt und habe ihre Nachricht gefunden, die die Wirtin vergessen hatte, mir zu geben. Diese Nachricht war ganz und gar nicht liebevoll, sondern rätselhaft und voller Andeutungen. M dies und C das.«

»Sie muss vorsichtig sein. Eine schriftliche Nachricht ist immer gefährlich. Jemand anders hätte sie lesen können. Sie konnte nicht einfach niederschreiben, was sie wirklich empfindet.«

Claudine fühlte, wie Andreas Spannung allmählich nachließ, und er schaute ihr in die Augen. »Wenn sie das nicht in einem Brief niederschreiben konnte, wirst du es mir sagen müssen. Was will sie?«

»Sie will Euch sehen. Sie liebt Euch. Und ich kann Euch

sagen, wie Ihr sie finden könnt.« Claudine legte ihm ihren Plan dar, wie man ins Château hineingelangen könnte. Es musste nach Sonnenuntergang sein, und er würde den weiten Weg um das Wäldchen herum nehmen müssen, um so die Zwinger mit den Mastiffs zu umgehen.

»Ich soll mich also von den Wachhunden Seiner Hoheit zerfleischen lassen?«, sagte Andrea.

»Die Wachen lassen die Hunde nachts nicht mehr raus, seitdem sie einen der Spaniel Seiner Hoheit in Stücke gerissen haben. Sie holen sie nur, wenn sie den Verdacht haben, dass jemand auf das Gelände vorgedrungen ist. Wie auch immer – die Wachen sind ohnehin mehr am Würfelspiel als am Wacheschieben interessiert.«

»Ich hoffe, du hast Recht«, sagte Andrea. »Und was geschieht dann, nachdem ich meinen Weg um das Wäldchen herum gefunden habe?«

Mit Hilfe einer rasch gekritzelten Karte zeigte Claudine ihm die Route durch den Turm zum inneren Gang und der Tür, die in ihre Apartments führte. Andrea konnte die richtige Tür nicht verfehlen; Claudine würde eine Blumenvase davor stehen lassen.

Andrea lachte. »Das ist verrückt. Warum treffen wir uns nicht irgendwo in den Gärten, beim See am Manoir zum Beispiel? Warum sollte ich mein Leben bei dem Versuch riskieren, ins Château einzudringen? Habt Ihr mal darüber nachgedacht, was Seine Hoheit annehmen würde, sollte man mich erwischen? Ohne Zweifel ginge er davon aus, dass ich seinen Schmuck zu stehlen versuche.«

»In den Gärten ist immer jemand, ebenso wie in den Wäldern und auf den Feldern. Außerdem könnt Ihr ja wohl kaum erwarten, dass sie sich wie ein Milchmädchen mit Euch ins Gebüsch wirft. Das gäbe einen Skandal. Ich verspreche Euch, Andrea, so kompliziert ist das nicht. Und denkt daran, wie sehr die Marquise sich nach Euch verzehrt.

Ich habe sie am Fenster stehen sehen; ihre Brüste haben vor Erregung gebebt, als sie hinausgeschaut hat, und ihr Gesicht ist stets gerötet, wenn sie an Euch denkt.« Claudine beugte sich näher an Andrea heran, berührte ihn erneut am Arm und flüsterte ihm ins Ohr: »Sie ist sehr leidenschaftlich, und sie liebt Euch. Wie könnt Ihr da nur so zaghaft sein?«

Claudine konnte beobachten, wie Andreas Verlangen seine Vorsicht besiegte. Seine Augen hatten sich verdunkelt. »Sie hat gesagt, sie würde auf mich warten. Versprichst du mir, dass sie es diesmal auch tun wird?«

»Ich verspreche es.«

»Dann sag ihr, dass ich heute Nacht zu ihr kommen werde.« Ein Lächeln tauchte sein ganzes Gesicht in Licht. Claudine verließ ihn und kehrte ins Château zurück, um der Marquise die Nachricht zu überbringen.

Athénais' Gesellschaft war sehr gefragt. Seine Hoheit wollte sie ständig um sich wissen, auch wenn er mit Monsieur Le Vau über Architektur diskutierte, der gerade an den Plänen für Versailles arbeitete. Henriette wollte, dass sie Karten mit ihr spielte. Inzwischen hatten sehr viele Leute herausgefunden, dass sie im Château wohnte, und nun versuchten diese Leute, sie für die unterschiedlichsten Ablenkungen zu interessieren.

Je länger der Tag wurde, desto mehr wuchs die Spannung der Marquise. »Nehmen wir einmal an …«, sagte sie zu Claudine. »Nehmen wir einmal an, Andrea wird gefasst. Was dann?« Das würde nicht geschehen, antwortete Claudine; der Mann sei ein Glückskind. Athénais bekreuzigte sich, berührte Holz und drehte sich dreimal im Kreis. »Rede nie von Glück; die bösen Geister könnten dich hören. Du solltest das besser wissen als jeder andere.«

Am Nachmittag traf ein Brief für die Marquise ein. Sie gewann gerade beim Kartenspiel, und so legte sie den Brief erst einmal beiseite, um ihn später zu lesen, wenn sie wieder in ihrem Apartment war. Dort brach sie dann das Siegel und las das Schreiben, während Claudine damit beschäftigt war, die Kleider für den Abend herauszulegen.

Als Claudine damit fertig war, sah sie, wie die Marquise aus dem Fenster starrte. »Alles in Ordnung?«, fragte sie. »Das waren doch keine schlechten Nachrichten?«

»Nein, nichts von Bedeutung.« Athénais schaute sich die auf dem Bett ausgebreiteten Kleider an. »Ich dachte, ich würde heute Abend das Goldfarbene tragen. Was stimmt nicht damit?«

»Es hat ein paar Flecken, die erst entfernt werden müssen; aber das Blau-Silberne wird Euch heute Abend auch gut zu Gesicht stehen. Es betont die Farbe Eurer Augen.«

»Warum ist das andere Kleid voller Flecken? Ich trage es doch kaum.« Athénais nahm sich das blau-silberne Mieder, hielt es sich vor die Brust und blickte in den Spiegel, um zu prüfen, wie gut es wirklich zu ihren Augen passte. Dann sagte sie ohne erkennbaren Zusammenhang: »Es ist gefährlich, in die Zukunft zu schauen, denn sie enthüllt sich einem erst, wenn sie da ist, und dann ist sie ganz offensichtlich, und wir fragen uns, warum wir das nicht längst gewusst haben.«

Claudine wartete darauf, noch mehr zu hören, doch Athénais war wieder in die Gegenwart zurückgekehrt und sagte schlicht: »Nun, dann wird es wohl das Blau-Silberne tun müssen. Wo ist das heiße Wasser für mein Bad?«

24.

Die Nacht war bewölkt, und das Land lag in Dunkelheit; Schatten waren nur schwach im trüben Mondlicht zu erkennen, das durch die Wolken schien. Der Großteil der Menschheit hatte sich für die Nacht in die Häuser zurückgezogen, und die Kerzen in den Fenstern waren gelöscht. Im Dunkeln rief eine Eule, und aus dem nahen Wald war der Schrei eines kleinen Tiers zu hören. Als Andrea sich der Parkmauer des Châteaus näherte, hörte er einen Chor quakender Frösche. Ein Vogel, der dicht über seinen Kopf hinwegflatterte, erschreckte ihn; als er nach oben blickte, sah er die Eule in Richtung See fliegen. In den Bäumen wimmelte es von Fledermäusen.

Kurz kam Andrea der Gedanke, dass er dieser gefährlichen Unternehmung voreilig zugestimmt hatte; aber hätte er auf anderen Bedingungen bestanden, wäre er das Wagnis eingegangen, Athénais zu verlieren. Das war Teil ihres Spiels. Sie hatte ihn für die Rolle des Helden in dem Märchen ausgesucht, das sie sich selbst geschaffen hatte. Wenigstens war es nicht allzu schwer, von hinten auf das Gelände des Châteaus zu gelangen. Andrea wusste, an welcher Stelle die Mauer niedriger war, sodass man leicht aus den Gärten auf die Landschaft dahinter blicken konnte. Als er die Stelle erreichte, kletterte er hinauf und ließ sich auf der anderen Seite wieder herunterfallen. Als seine Füße den Boden berührten, knackten seine Knie, ein Geräusch, das sich in seinen Ohren wie ein Pistolenschuss anhörte. Er wartete, versuchte, seinen Atem zu beruhigen und lauschte auf Stimmen oder Hundegebell, doch er hörte nur das Quaken der Frösche und das Lied der Nachtigall. Die Nachtluft war warm, und von irgendwoher strich eine sanfte Brise wie ein Geist über seine Wange. Es schien, als habe irgendetwas die Nachtluft zum Leben erweckt, als wäre die Dunkelheit plötzlich greifbar. Im Unterholz in der Nähe raschelte es plötzlich – Ratten oder Mäuse, nahm Andrea an; dennoch legte er zur Beruhigung die Hand auf das Kreuz um seinen Hals.

Vor ihm erstreckte sich eine Grasfläche bis zu den nach strengen Regeln angelegten Pfaden, die durch das kleine Wäldchen führten; wenn er sich recht erinnerte, waren sie in einem Gittermuster angeordnet. Dann kam die Parterreanlage. Das war die Stelle, wo man ein Geräusch am wahrscheinlichsten bemerken würde, kurz bevor er den Turm erreichte. Erneut berührte er sein Kreuz und bewegte sich in Richtung Château, vorsichtig, denn er war sich des Bodens unter seinen Füßen nicht sicher. Das Château lag in Dunkelheit; die Fenster waren mit Fensterläden versperrt. Andrea hörte das Knirschen des Schotters unter seinen Füßen. Egal wie sanft er auftrat, er konnte nicht völlig lautlos sein, und so war er dankbar für den Lärm des Froschchors. Schließlich erreichte er die Parterreanlage nicht weit vom Turm entfernt. Er hatte nur noch wenige Schritte vor sich und ging nun schneller, da er sich auf der freien Fläche viel zu sichtbar fühlte. In den Zwingern bellte ein Hund. Andrea erreichte die Tür und hob den Riegel. Sie war nicht verschlossen – Gott sei Dank –, und nachdem er sie geöffnet hatte, schlüpfte er hinein.

Beißender Uringestank drang Andrea in die Nase. Vorsichtig ging er weiter, stets darauf gefasst, plötzlich etwas Glitschiges und Weiches unter seinen Füßen zu spüren. Mit Scheiße unter den Schuhen das Schlafgemach der Marquise zu betreten ... Er schüttelte sich bei dem Gedanken. Andrea stieg die steinerne Wendeltreppe hinauf und stützte sich dabei mit der Hand an der grob behauenen Steinwand ab. In der Dunkelheit schien die Treppe schier endlos in die Höhe zu führen. Schließlich erreichte er einen Absatz, von dem eine kleine Tür in einen schmalen Gang führte.

Hier gab es nur wenig Licht. Zwei, drei Kerzen in Wandhalterungen flackerten ihrem Ende entgegen, und es roch nach heißem Talg. Kurz blieb Andrea stehen, um sich zu orientieren. Dieser Gang hatte etwas Vertrautes; Erinnerungen an das Schlafgemach Seiner Hoheit kehrten wieder zurück. Wenn er die falsche Tür öffnete, was dann? Wo war die Blumenvase, von der Claudine gesagt hatte, sie würde sie stehen lassen? Auf Zehenspitzen schlich Andrea weiter. Seine Nerven waren bis zum Zerreißen gespannt, denn jeder Schritt verursachte ein Geräusch in der Stille. Inzwischen roch er auch Blumen, und schließlich sah er eine Vase voll blasser Tuberosen, Lilien und Nelken. Das also war die Tür.

Andrea öffnete sie ein paar Zoll, konnte in der Dunkelheit aber nichts erkennen. Er schlüpfte hindurch und schloss die Tür hinter sich. Der Duft von Tuberosen war nun schier überwältigend – der Duft von Athénais. Er rief ihren Namen.

»Pssst, keinen Laut«, hörte er von der anderen Seite des Raums. Das war Athénais' Stimme, hell und hoch.

»Wo bist du? Bitte, mach eine Kerze an.« Andrea war gegen ein Möbelstück gestoßen. »Athénais, ich kann nichts sehen, verdammt noch mal!«

»Hier rüber«, sagte ihre Stimme. »Sei still. Man darf uns nicht hören.«

»Wer soll uns denn hören?«, fragte Andrea und senkte die Stimme zu einem Flüstern.

»Sie sind wachsam. Sei still, und komm zu mir.«

Er hörte, wie ein Bettlaken beiseite gezogen wurde, und dann das Geräusch nackter Füße auf dem Boden. Andrea bemerkte eine Bewegung in der Dunkelheit; dann hatte sie ihn erreicht. Ihre Hand berührte seine Brust, und sie murmelte: »Wie laut dein Herz schlägt!«

»Alles nur für dich«, flüsterte er. Als sie ihn an sich zog, erkannte er, dass sie vollkommen nackt war. Seine Hände fanden ihren Busen, ihren glatten Bauch und ihren weichen, feuchten Venushügel. Überwältigt von dieser Fleisch gewordenen Göttin sank er vor ihr auf die Knie, schlang die Arme um sie und betete sie mit seinen Küssen an.

Athénais stieß ein leises Stöhnen aus, doch als er ihren Namen sprach, flüsterte sie: »Pssst, man darf uns nicht hören.« Dann fügte sie knapp hinzu: »Zieh deine Kleider aus. Du musst auch nackt sein.« Kleine Hände zogen an seinem Hemd und glitten in seine Hose. Sie murmelte: »Ah, du fühlst dich so wunderbar an«, und als er sich an sie drückte: »Nein, zieh alle deine Kleider aus. Auch deine Schuhe und Strümpfe. Was hast du es denn so eilig?«

»Wie könnte ich es nicht eilig haben, wenn ich dich in den Armen halte, bellissima Athénais.« Er trat die Schuhe weg, zog die Strümpfe aus, die Hose, sein Unterzeug, und streifte das Hemd über den Kopf. »So«, sagte er. »Jetzt bin ich nackt, aber du kannst mich nicht sehen. Mach eine Kerze an, Athénais.«

»Ich kann dich mit meinen Händen sehen«, sagte sie.

So machten sie also Liebe: als wären sie blind, und nur mit ihrer Haut sahen sie. Die Süße der sich berührenden Zungen, die Hitze der zusammenkommenden Leiber und der Duft von Tuberosen und Schweiß. Die Intensität einer Berührung in der Dunkelheit. Dann begann sie zu stöhnen, als er in sie hineinstieß. Sie schlang die Beine um seinen Rücken und bewegte sich mit ihm, bis all seine Liebe zu einem flüssigen Feuer wurde, das irgendwo in seinem Unterleib seinen Ursprung hatte und sich aus seinen Lenden wie eine Flut in ihren Leib ergoss. Sie schrie, als wolle sie das ganze Château wecken, und diesmal war er es, der »Pssst« flüsterte, als er ihr übers Gesicht streichelte, das feucht von Tränen und Schweiß war. Er murmelte: »Athénais, bellissima, jetzt hast du all meine Liebe. All die Liebe, die in mir war, ist nun in dir.« Sie lachte zuerst; dann weinte sie leise. Er fragte: »Es ist doch alles in Ordnung? Du bist doch glücklich, nicht wahr?« Und dann, als er versuchte, noch etwas zu sagen, überwältigte ihn eine tiefe Müdigkeit, und er schlief ein, den Kopf auf ihre Brust gebettet. Halb wach und halb schlafend bemerkte er wie durch einen Schleier, wie sie sich von seinem Gewicht befreite und aufstand. Er hörte das Klicken der Tür, als sie in den Nachbarraum ging. Ein paar Minuten später war sie wieder zurück und kuschelte sich an seinen Rücken. Sie flüsterte: »Ich liebe dich auch«, und küsste ihn zwischen die Schulterblätter.

Später erwachte Andrea wieder. Er wusste nicht, wie weit die Nacht schon fortgeschritten war, da die schweren Vorhänge zugezogen waren, doch er glaubte, dass die Morgendämmerung nicht mehr fern war, denn er hörte Vogelzwitschern. Athénais hatte ihre Position wieder verändert und lag nun zusammengerollt an der Bettkante. Sie hatte ihm den Rücken zugekehrt und den Kopf halb mit dem Bettlaken bedeckt. Andrea beugte sich vor, um ihren Nacken zu küssen, und flüsterte: »Athénais, ich muss gehen, sonst wird man mich entdecken.« Die schlafende Gestalt zeigte keine Reaktion, also tastete Andrea sich aus dem Bett und zum Klosett, das auch sie benutzt hatte. Kurz kam ihm ihre Trägheit ein wenig seltsam vor, doch der Gedanke verflog rasch wieder. Andrea öffnete die Klosetttür und ging hinein.

Im schwachen Licht einer einzelnen Kerze an der Wand konnte er den Toilettensitz erkennen und daneben einen Tisch mit einem Krug Wasser und einem Glas. Er schenkte sich etwas Wasser ein und wollte gerade wieder ins Schlafgemach zurückkehren, als er eine weitere Tür erblickte – wie die, durch die er gekommen war, nur auf der gegenüberliegenden Seite. Beide waren sie nach außen mit einem Spiegel verziert. Zuerst galt seine Aufmerksamkeit dem Bild im Spiegel. Er hatte sich selbst noch nie nackt gesehen und betrachtete sich nun eingehend. Dann untersuchte er die Tür genauer, und schließlich konnte er der Versuchung nicht widerstehen und öffnete sie einen Spalt. Die Tür führte in ein weiteres Schlafgemach, doch da auch hier die Vorhänge zugezogen waren, konnte er nur die Umrisse eines Himmelbetts mit vier Pfosten erkennen. Er lauschte auf das Atmen von jemandem; dann wurde ihm seine Unhöflichkeit bewusst, und er zog sich rasch wieder zurück. Das Château würde bald erwachen. Er musste sich rasch anziehen und von hier verschwinden, doch sein Körper sagte ihm etwas anderes. Liebe im Licht des Morgens zu machen, noch einmal in sie einzutauchen ... Er konnte unmöglich gehen, ohne sie noch einmal geliebt zu haben.

Wieder im Schlafzimmer, sah er einen Streifen grauen Lichts an den Vorhängen, und so ging er zum Fenster, um sie aufzuziehen. Am Horizont dämmerte es blass, und es wurde von Minute zu Minute heller. Andrea blickte in den Hof hinunter, wo bereits die ersten Anzeichen von Leben zu sehen waren. Ein Stallbursche trug einen Ballen Heu auf der Schulter. In der Mitte des Hofes stand ein Mann in königlicher Livree. Er hatte den Kopf zu einer Frau geneigt, die drängend auf ihn einredete. Andrea fragte sich, was es zu so früher Morgenstunde wohl zu diskutieren gab. Er beobachtete die Frau, die ihm den Rücken zugekehrt hatte. Sie trug einen Mantel mit einer jener voluminösen Kapuzen, wie modebewusste Damen sie bevorzugten, um ihre aufwändigen Frisuren zu schützen. Er beobachtete die Frau, bis sie sich von dem Offizier abwandte. In diesem Augenblick schaute sie am Château hinauf, und die Kapuze rutschte von ihrem Haar. Andrea blickte in das Gesicht von Athénais.

Einen Moment lang glaubte er, ihr Bild aus seinem Geist heraufbeschworen zu haben und dass es nur eine Vision seiner Leidenschaft war – dass jede Frau, die er von nun an anschaute, Athénais' Gestalt annehmen würde. Dann sagte er sich, dass es eine Doppelgängerin sein müsse, vielleicht die Schwester, die sie erwähnt hatte. Und doch war es eindeutig Athénais; es konnte keine zweite wie sie geben.

Nun schaute sie direkt zum Fenster und zu ihm hinauf, als könne sie durch ihn hindurch und direkt in seine Seele blicken; allerdings schien sie ihn nicht zu erkennen. Andrea dachte an Hexerei. Er hatte Geschichten von Zauberinnen gehört, die an verschiedenen Orten gleichzeitig erscheinen konnten. Athénais blickte vom Hof zu ihm hinauf. Athénais lag schlafend im Bett, wo sie Liebe gemacht hatten. Sie hatte das Bett nicht verlassen, denn er hörte, wie sie sich bewegte und murmelte: »Andrea ...«

Athénais hier, Athénais dort ... Wenn nicht Athénais, wer dann? Rasch eilte er zum Bett zurück, trampelte über die Kleider hinweg, die er vor Stunden auf den Boden geworfen hatte, und zog das Laken zurück. Sie packte es, um ihn davon abzuhalten, ihre Nacktheit zu enthüllen, und schaute mit flehentlichem Blick zu ihm hinauf. »Andrea«, flüsterte sie und lächelte ihn unsicher an. Dann verdunkelte sich das Grün in ihren Augen, als sie den Zorn in seinem Gesicht bemerkte. Sie sagte: »Ich liebe dich, Andrea. Das ist alles, was zählt. Sei nicht wütend auf mich.«

Und Claudine senkte den Kopf und wartete auf den kommenden Sturm.

25.

Die Kutsche nach Paris fuhr um acht Uhr morgens ab, und Andrea saß darin. Er teilte sich die Fahrt mit zwei grau gekleideten Schreibern, die ohne Pause über eine komplizierte Steuertabelle diskutierten, von der sie offenbar glaubten, dass Frankreichs Zukunft davon abhinge. Außerdem fuhren eine ältere Witwe und ihre Zofe mit sowie ein Mann mit kantigem Gesicht und einer derart riesigen Mappe, dass er damit jedem in die Quere kam. Er hatte sich geweigert, sie auf dem Dach der Kutsche festzurren zu lassen. Andrea wünschte sich allmählich, er wäre zu Fuß gegangen, ein Gefühl, das jedes Mal noch verstärkt wurde, wenn einer der Schreiber aus dem Fenster auf die vorbeiziehende Landschaft schaute und zu seinem Gefährten bemerkte: »Zu Fuß wären wir schneller gewesen.«

Und es hätte Andrea auch abgelenkt, wenn er seine Energie aufs Laufen hätte konzentrieren können, anstatt in dieser schaukelnden Kutsche zu hocken und über die Ereignisse im Schlafzimmer in Saint-Cloud zu brüten. Die Frage nagte noch immer an ihm: Warum? Warum hatte sie ihn getäuscht? Was wusste sie von Claudine? War ihr klar gewesen, was in der Nacht passieren würde? Claudine hatte ihm gesagt, dass dem nicht so war, aber er konnte ihr ebenso wenig vertrauen, die Wahrheit zu sagen, wie Athénais. Er drehte das Gesicht zum Fenster, um seine Miene vor den Mitreisenden zu verbergen, als die Bilder der vergangenen Nacht zu ihm zurückkehrten.

Claudine, wie sie das Laken unters Kinn gezogen und ihn flehentlich angeschaut hatte ... »Ich liebe dich, Andrea. Das ist alles, was zählt.«

Diese Dreistigkeit! Als könne man sich seine Liebe einfach so nehmen, als wäre es vollkommen natürlich für ihn, sich jeder Frau hinzugeben, die Gefallen an seinem Körper fand. »Du magst mich ja lieben; aber ich habe Athénais geliebt.« Selbst in seiner Wut bemerkte er, dass er die Vergangenheitsform gewählt hatte, als existiere diese Liebe nun nicht mehr. Dem Schmerz nach zu urteilen, den er empfand, war dem jedoch bei weitem nicht so.

Athénais, Athénais, warum hast du mich so hintergangen?

Nun weinte Claudine und schaute ihn mit blutunterlaufenen Augen an. Nein, Madame hätte ihn nicht getäuscht, sagte sie. Es sei alles ihre Schuld, Claudines. Madame hätte ihn nicht getäuscht, sie hätte lediglich ihre Meinung geändert.

»Oh, sehr schön«, sagte Andrea. »Sie schwört mir ewige Liebe, lässt mich mein Leben dabei riskieren, über die Mauer des Châteaus eines Sodomiten zu klettern, und erklärt dann eiskalt, sie hätte ihre Meinung geändert. Oh, und um dem Ganzen noch die Krone aufzusetzen, und weil sie mich ja nicht enttäuschen will, beschafft sie mir kurzerhand Ersatz.« Er riss das Laken von Claudine herunter. »Warum?«, rief Claudine. »Ihre Titten sind sogar genauso groß wie meine. Was willst du denn noch, du italienischer Hengst?«

Claudine riss ihm das Laken wieder aus der Hand; nun war auch sie wütend. Andrea sei kein feiner Mann, wenn er sie so behandele, sagte sie. Wenn er kein Liebesgeschenk von ihr annehmen könne, täte es ihr Leid, es an ihn verschwendet zu haben. Er würde Madame jetzt nie mehr bekommen; also könne er sie genauso gut vergessen.

»Warum bist du dir da so sicher?«, fragte Andrea und setzte sich aufs Bett. Er wusste, dass er keinerlei Informationen mehr bekommen würde, wenn er weiter so herumtobte. Daher sagte er nun in deutlich sanfterem Tonfall: »Claudine, du musst mir sagen, was ich falsch gemacht habe – allein um der Gerechtigkeit willen –, dass sie sich von mir abgewandt hat. Ich werde nicht eher von hier fortgehen, bis ich das weiß.«

Claudine blickte ihn zweifelnd an, versuchte sein Temperament einzuschätzen und sagte dann: »Ich weiß es selber nicht. Ich weiß nur, dass es so ist. Gestern war sie in einer seltsamen Stimmung. Nach dem Mittagessen mit Seiner Hoheit wirkte sie sehr nachdenklich, beinahe niedergeschlagen. Dann, später am Nachmittag, hat sie einen Brief bekommen, und von da an war sie auch noch abgelenkt und ruhelos. Ich habe ihr beim Ankleiden für den Abend geholfen, und plötzlich hat sie gesagt: ›Claudine, du musst Andrea sagen, dass er heute Nacht nicht kommen soll.‹ Ich habe versucht, sie davon abzubringen, aber sie wollte nicht auf mich hören. ›Nein, er darf nicht kommen. Sag ihm, ich hätte meine Meinung geändert.‹«

»Von wem war der Brief?«, fragte Andrea.

»Ich weiß es nicht. Sie hat es mir nicht gesagt, und ich konnte sie auch nicht fragen. Ich habe das Château verlassen, um zu dir zu gehen, und dann ... dann habe ich beschlossen, es nicht zu tun. Sie hat gedacht, ich hätte dir die Nachricht übermittelt; aber das habe ich nicht.«

»Sie muss es gewusst haben«, sagte Andrea. »Du versuchst, sie zu entschuldigen, sie weniger hinterlistig aussehen zu lassen. Wenn sie die Nacht nicht irgendwo anders als in diesem Apartment verbracht hat, konnte sie unmöglich überhören, was hier vor sich ging.«

»Die Wände sind sehr dick«, bemerkte Claudine.

»Von einer Blumenvase in die Irre geleitet.« Andrea lachte kurz. »Die Blumen standen vor der falschen Tür. Wie einfach und klug zugleich. Was bist du doch für eine gerissene kleine Hure. Du hast mich im wahrsten Sinne des Wortes im Dunkeln gelassen. ›Er wird es nicht bemerken‹, hast du dir gesagt. ›Wenn Männer in dieser Stimmung sind, ficken sie, was immer sie in die Finger bekommen.‹«

»Du solltest jetzt besser gehen, Andrea.«

»Mach dir keine Sorgen. Ich werde verschwinden, sobald ich mich angezogen habe, raus aus diesem stinkenden Château des Verrats.«

Andrea schnappte sich seine Kleider und zog sie sich rasch über. Die Schuhe behielt er in der Hand, um möglichst leise durch den Gang zu kommen. »Lass uns hoffen, dass man mich nach dieser verschwendeten Nacht nicht auch noch erwischt«, sagte er.

»Eines Tages, Andrea, wirst du erkennen, dass sie nicht verschwendet war. Eines Tages wirst du zu mir zurückkehren.«

»Träum weiter«, entgegnete Andrea. Er griff nach der Tür, drehte sich aber noch einmal um, um eine letzte bissige Bemerkung loszuwerden. »Meine besten Grüße an Madame la Marquise. Ich nehme an, sie hat gut geschlafen ... in welchem Bett auch immer.«

Claudine funkelte ihn an wie eine wütende Katze.

Andrea schloss die Tür hinter sich und betrat den Gang. Die Kerzen waren schon lange heruntergebrannt, und weiter vorn an der Treppe war nur ein schwacher Schimmer Tageslicht zu sehen. Er trat auf etwas Warmes, Pelziges, das eine Reihe schmerzerfüllter Schreie ausstieß. Einer der Hunde Seiner Hoheit war in den Gang geraten.

»Dreckskötер«, knurrte Andrea. Er spürte spitze Zähne in seiner Fessel und trat aus, woraufhin das Tier noch lauter jaulte. Fluchend erreichte er die Treppe, ging bis zum letzten Absatz hinunter und zog sich erst einmal die Schuhe an, bevor er die Latrine betrat. Neben der Tür stand ein Reisigbesen, und ihm kam die Idee, ihn sich zu nehmen, damit er draußen mehr wie ein Arbeiter denn wie ein Eindringling aussah. Draußen war es bereits warm. Gemessenen Schrittes ging Andrea über den Rasen, den Besen über die Schulter gelegt. Auf der anderen Seite der Mauer herrschte das echte Leben, der Alltag. Er konnte es kaum erwarten, dort anzukommen.

Nun, auf dem harten Sitz in der schaukelnden Kutsche, errötete er, als er sich an die Worte erinnerte, die er Claudine um die Ohren geschlagen hatte. Das war falsch von ihm gewesen, dachte er, grausam, und doch ... Was hatte sie denn erwartet, nachdem sie ihn zum Narren gehalten hatte? Aber war es wirklich so schlimm, dass sie ihn um der *Liebe* willen getäuscht hatte? Ihre Beine, die sie um seinen Rücken geschlungen hatte, ihr Körper, der sich im Takt zu seinem bewegt hatte, und ihr heißes Fleisch, von dem er ganz und gar eingeschlossen gewesen war ... Die beunruhigenden Bilder erschienen vor seinem geistigen Auge, weckten das Verlangen in ihm und löschten die Litanei der Schreiber und das Jammern der Witwe aus. Aber wie hatte er sich so täuschen lassen können? Warum hatte sein Körper ihm gesagt, es sei Athénais gewesen? Der Geruch von Athénais, die Stimme von Athénais. Die Zofe hatte das in all den Jahren, da sie für sie gearbeitet hatte, nachzuahmen gelernt. Sie wusste, wie es war, Athénais zu sein. Sie hatte es so lange geübt, bis sie zum Spiegelbild der Marquise geworden war. Nun, da hatte man es wieder: Ein verliebter Mann war ein Narr, und diese Lektion hatte Andrea jetzt gründlich gelernt. Die Kutsche war schaukelnd zum Stehen gekommen, da eine Herde Schafe die Straße versperrte. Andrea sagte zu den Schreibern: »Ihr habt Recht. Zu Fuß geht es schneller.« Er schulterte seine Tasche, stieg aus der Kutsche und machte sich mit langen Schritten auf den Weg in Richtung Stadt.

26.

Die Schmelzöfen liefen auf höchster Temperatur. Es war Ende August, und in der spätsommerlichen Hitze, die über der Stadt lag, war die Manufaktur das reinste Inferno, und Andrea und seine Kollegen waren die Dämonen, die die Höllenfeuer schürten, um die Seelen der Verdammten zu quälen. »Wie geht es der Marquise, Andrea?«

»Frag nicht.«

Luca hatte Saint-Cyrs reich bestickten Anzug zerknittert in Andreas Reisetasche gefunden. »Ein Geschenk der Marquise, hm?« Er bestand darauf, ihn aufzuhängen, um die Knitterfalten herauszubekommen. »Vielleicht willst du ihn ja noch einmal anziehen«, sagte er, »wenn sie dich zu einem Ball einlädt.«

Andrea stürzte sich in den Alltag der Manufaktur. Die Befehle, die er erhalten, und die Messungen, die er durchgeführt hatte, wurden nun in harte Arbeit umgesetzt. Glasblasen, während einem der Schweiß in die Augen läuft, das Gesicht von der Hitze verbrannt, das Schneiden und Glattziehen des Glases, das Verteilen des Quecksilbers und das Neigen des Glases in den richtigen Winkel. Dann folgte das geheimnisvolle Element, das einigen Spiegeln mehr Klarheit und Glanz verlieh als anderen. Es hatte etwas mit dem richtigen Zeitgefühl zu tun und der Position der Planeten, hieß es. Die Planeten beeinflussten sowohl das Glas als auch die Männer.

Andrea hatte das Gefühl, als sei sein Planet auf dem absteigenden Ast. Das Schicksal hatte ihn in ein verzaubertes Land eingelassen, in ein Paradies auf Erden, und ebenso willkürlich war er wieder hinausgeworfen worden. Einzelne Erinnerungen riefen ihm wie Nadelstiche immer wieder ins Gedächtnis zurück, was er verloren hatte. In den botanischen Gärten transportierte ihn Vogelgezwitscher zum Manoir unter den Zitronenbaum, wo er der hohen, leichten Stimme von Athénais lauschte, im Reich der Fantasie umherstreifte und wo ihre azurblauen Augen in ihn hineinschauten, tief in seine Seele. Sie war eine Hexe, die den Männern die Seelen raubte und sie wie Jagdtrophäen an die Wand hängte. Zu anderer Zeit erinnerte sein Körper sich an die Nacht der Leidenschaft, als sein ganzes Wesen mit dem ihren verschmolzen war – weil er geglaubt hatte, dass er sie liebte. Er erduldete einen desorientierenden Sturm von Gefühlen, die er niemandem anvertrauen konnte, denn er wusste, was für eine Reaktion das nach sich ziehen würde: »Nun, wenn die Zofe so ein guter Fick ist, dann geh wieder zu ihr zurück. Ein Spatz in der Hand ...« Zurückzugehen und sich zum Gespött von Zofe *und* Herrin zu machen, das war mehr, als der Stolz eines Mannes ertragen konnte.

Andrea gewöhnte es sich an, allein durch die Straßen von Paris zu wandern. Es gab eine Regel, dass Arbeiter nicht alleine hinausgehen sollten, aus Furcht vor venezianischen Attentätern; aber in letzter Zeit war nichts passiert; außerdem war Andrea nicht in der Stimmung, als dass es ihn gekümmert hätte. Er mied das Gebiet des Louvre und der Tuillerien und spazierte stattdessen zum Flussufer hinunter, wo er ein wenig Ruhe dabei fand, den vorbeifahren Booten hinterherzusehen und sich an die Lagune von Venedig zu erinnern. Anschließend wandte er sich von Notre-Dame aus nach Osten und nahm weg vom Fluss eine Abkürzung in die Faubourg Saint-Antoine. Oft waren diese Ausflüge mit einer gewissen Gefahr verbunden. Oft wurde er von irgendeinem Rüpel eingehend gemustert, der nach potenziellen Opfern Ausschau hielt und ihren wahrscheinlichen Wert abschätzte. Andrea blickte dann immer scharf zurück, als wolle er sagen, ich weiß genau, was du im Schilde führst, pass auf, und der andere wandte sich jedes Mal von ihm ab wie eine Katze, die plötzlich Desinteresse an der Beute vortäuschte.

Eines Tages verirrte er sich bei dem Versuch, zur Manufaktur zurückzukehren. Er war weiter nach Osten gegangen, als er ursprünglich beabsichtigt hatte, und so ins Gerberviertel gekommen. Der Gestank der trocknenden Häute war Übelkeit erregend, und Andrea versuchte, durch eine schmale Ladengasse zu entfliehen und wieder in Gegenden zu gelangen, wo er sich auskannte. Als er in eine weitere Straße einbog, geriet er in einen Strom von Menschen, die unbarmherzig in eine Richtung drängten, weg von den Stadtteilen, in die er wollte. Ihm blieb nichts anderes übrig, als sich vom Strom treiben zu lassen und zu hoffen, dass er sich an der nächsten Abzweigung wieder daraus lösen konnte.

Die Stimmung der Leute war irgendwie seltsam. Es herrschte eine gedämpfte Aufregung, doch von dem üblichen Geplapper und Geschrei bei solchen Aufläufen war nichts zu hören. Sie drängten nach vorn, als wollten sie nicht zu spät zu einem bestimmten Ereignis kommen, und in ihren Gesichtern war mehr Spannung als Erwartung zu sehen. Andrea fragte einen Mann, wo sie hingingen, und erhielt als Antwort einen Blick so hart wie Stein. Die Straße wurde immer enger, und Andrea ging nun Schulter an Schulter mit seinen Nebenmännern, während die Geschwindigkeit der Menge zunahm. Am Ende der Straße waren noch mehr Menschen, und Andrea erkannte, dass er Gefahr lief, von jenen hinter ihm niedergetrampelt zu werden. Er konnte nichts tun, außer weiterzugehen und zu versuchen, nicht zu stolpern, denn die Leute hinter ihm würden ebenso wenig anhalten können. Am Ende der Straße befand sich ein großer Platz. Vor ihm verteilte sich die Menge und lief dann wieder in der Mitte zusammen, wo sich eine Plattform befand, auf der mehrere Soldaten standen, ein Mann mit einer schwarzen Maske und drei Galgen.

Nun verstand Andrea die seltsame Aufregung der Leute. Sie würden den Tod einiger ihrer Mitmenschen erleben. Andrea schaute sich um, sah aber keine Möglichkeit, durch die Menge zu kommen, und so machte er sich stattdessen auf den Weg zu einer Gasse, die von den Soldaten freigehalten wurde. Hier kam er ebenfalls nicht heraus. Er fragte einen der Soldaten, ob er die Gasse überqueren könne, doch der Mann schnappte: »Sei nicht dumm!«, und stieß ihn mit dem Kolben seiner Muskete zurück.

Andrea hörte eine Stimme neben seinem Ohr murmeln: »Du wirst warten müssen, bis es vorbei ist.« Er drehte sich um und sah neben sich einen hageren Mann in Schwarz und mit kantigem Gesicht, der ihm irgendwie bekannt vorkam. Der Mann musterte Andrea. »Du musst ja nicht hinsehen«, sagte er.

»Wer wird denn hingerichtet?«, erkundigte sich Andrea.

»Die üblichen Diebe und Sünder, aber auch jemand aus meiner Gilde. Ein Schneider. Er ist für den Mord an seinen Kindern verurteilt worden. Da kommt der Karren. Du wirst ihn jeden Augenblick sehen.«

Zwei Männer in Ketten wurden auf den Platz gefahren. Einer von ihnen starrte die Menge wild an und verfluchte sie. »Die Brüder Deshayes«, erklärte Andreas Nachbar. »Sie haben Kaufmannswagen überfallen und über Jahre hinweg gut davon gelebt. Niemand muss ihren Abgang betrauern.« Dann kam der zweite Karren vorbei, nur wenige Meter von Andrea entfernt. Ein junger, zerbrechlich wirkender Mann hielt sich krampfhaft mit den Händen an der Vorderwand fest und schaute sie mit großen Augen an, die jedoch so leer waren, als befände er sich bereits in einer anderen Welt.

Der Mann neben Andrea bekreuzigte sich und sprach ein Gebet. »Es wird gut für ihn sein, wenn endlich alles vorbei ist«, murmelte er. »Niemand hätte ein besserer Vater sein können. Er hat Tag und Nacht in seiner Nähstube gearbeitet, aber er konnte diese verdammten Aristokraten nicht dazu bringen, ihre Rechnungen zu bezahlen. Ich habe ihm gesagt, er solle von Schuldnern keine Aufträge mehr annehmen, aber er hat ihren Versprechungen immer wieder geglaubt. ›Nur noch ein Anzug‹, haben sie gesagt, ›dann werde ich auch die anderen bezahlen.‹ Der arme Narr. Es gab da einen Marquis, von dem jeder weiß, dass er ein Spieler ist. Das Geld, das er ihm schuldete, ging bis zum letzten Sou über die Spieltische. Jean konnte seine Steuern nicht mehr bezahlen. Dann sind die Büttel gekommen und haben sich sein Zeug geholt: Werktisch, Stühle, Bett, alles. Er konnte nicht mehr arbeiten und hatte keinen Sou mehr, um sich Brot zu kaufen. Er wurde immer verzweifelter und verfiel schließlich dem Wahnsinn. Mit dem Ruf, sie alle vor der Armut bewahren zu wollen, schlitzte er zweien seiner Kinder die Kehlen auf. Die Frau schnappte sich das Baby, rannte aus dem Haus und schrie sich die Seele aus dem Leib. So haben sie ihn verhaftet, und das war's dann. Wir kümmern uns um die Frau, aber sie ist auch halb verrückt.«

»Wie furchtbar«, sagte Andrea. »Der Marquis hätte eine deftige Strafe verdient.«

»Ja, das stimmt wohl, aber er wird weitermachen wie bisher – auch wenn ich bezweifle, dass er in nächster Zeit einen neuen Schneider finden wird.« Er blickte Andrea hart an. »Ich habe Euch doch schon einmal gesehen, nicht wahr? Wart Ihr nicht mit mir in der Kutsche aus Saint-Cloud?«

»Kurz. Dann habe ich beschlossen, lieber zu Fuß zu gehen. Ich arbeite in der Spiegelmanufaktur.«

»Dann geht es Euch ja gut. Der König bezahlt seine Rechnungen. Er muss dafür nur seinem Minister befehlen, noch mehr Steuern aus dem Land herauszupressen; aber nie von den Reichen, nein, nein, nur von den armen Leuten. Wie von meinem Freund, der gleich am Galgen baumeln wird. Sein Baby wird voller Hass auf den König aufwachsen. In zwei Generationen wird es so viele Menschen geben, die den König hassen, dass man eine Armee daraus machen kann. Erinnert Euch meiner Worte: Die Reichen werden nicht ewig so weitermachen können. Aber Euch soll das egal sein. Ihr ausländischen Handwerker streicht einfach das Geld ein und geht wieder nach Hause. Nie fragt Ihr Euch, woher Eure Löhne kommen, sonst würdet Ihr ja das Blut an Euren Händen sehen.«

Trommelwirbel schallte über den Platz wie ein wild schlagendes Herz. Daraufhin ertönte ein Schrei, und der Trommelwirbel verstummte. Dann folgte ein Geräusch wie eine brechende Welle und ein Seufzen aus tausend Kehlen. Einer der Deshayes-Brüder zuckte am Ende des Seils, doch der Schneider hing einfach nur da wie eine zerbrochene Spielzeugpuppe. Andrea wandte sich ab; ihm drehte sich der Magen. Er hielt nach dem Mann Ausschau, mit dem er geredet hatte, doch der war in der Menge verschwunden. Die Trommeln ertönten erneut, doch diesmal im Marschtempo. Andrea schob sich durch die Menschenmenge wie durch ein Labyrinth. Die Trommelschläge hallten in seinen Ohren wider, eine hartnäckige Erinnerung daran, dass er noch immer hören, sehen und fühlen konnte, dass sein Herz schlug und seine Lungen atmeten. Er war von einem seltsamen Hochgefühl erfüllt, am Leben zu sein.

Zurück in der Manufaktur, sprach er nicht darüber, was er gesehen hatte. Zum Teil wollte Andrea einfach keine Aufmerksamkeit auf die Tatsache lenken, dass er alleine draußen gewesen war – entgegen du Noyers eindeutiger Anordnung –, zum Teil aber auch, weil er das Hängen und seine Reaktion darauf nicht beschreiben wollte. Luca fragte ihn: »Wem oder was bist du denn diesmal hinterhergejagt?«

»Nichts und niemandem. Ich habe bloß ein wenig frische Luft geschnappt.«

»Seltsam, wenn man bedenkt, wie sehr die Luft hier stinkt. Erinnerst du dich noch an die Schwestern aus dem botanischen Garten? Ich habe mich mit ihnen getroffen, während du deine Marquise gejagt hast. Die Jüngere ist wirklich süß. Wir haben uns ineinander verliebt.«

»Die Jüngere? Suzanne?« Andrea erinnerte sich an den Moment im Hof, an ihre kleine, spitze Zunge in seinem Mund. »Ich dachte, Suzanne wäre diejenige, die ein Auge auf mich geworfen hat.«

»Sie weiß, dass du vergeben bist.« Luca lächelte ihn breit an.

»Luca, mein Freund, du weißt *gar nichts* über Frauen«, sagte Andrea. »Aber ich werde dir nicht in die Quere kommen. Wirb wie du willst um die Schwestern, welche auch immer dir besser gefällt – aber allein.«

Doch zu guter Letzt, am folgenden Sonntag, begleitete Andrea ihn wider besseren Wissens. Die Schwestern hatten Luca erzählt, dass sie etwas über Saint-Cloud hören wollten, über die Gärten, die Fontänen, und ob es der Wahrheit entspreche, dass das Château voller kostbarer Juwelen sei. Sie hatten gehört, dass des Königs Bruder eine schönere Gemäldesammlung besaß als der König selbst. Und was war mit den Damen? Sie verlangten nach einer peinlich genauen Beschreibung ihrer Kleider.

Hinterher erinnerte sich Andrea nur bruchstückhaft an dieses Treffen, und auch diese Erinnerungen waren rasch unterdrückt, wie zum Beispiel an den Augenblick, da Luca frisch rasiert und mit Pomade im Haar vom Barbier zurückkehrte und Andrea fragte: »Wie sehe ich aus?« Er trug ein sauberes Leinenhemd und eine grün abgesetzte Jacke über seiner kräftigen Gestalt. Das Rasiermesser des Barbiers hatte seine Wangen glatt gemacht, aber auch seinem ohnehin schon von der Hitze der Schmelzöfen gerötetem Gesicht noch mehr Farbe gegeben. Seine Augen strahlten vor Selbstvertrauen und Erwartung. Andrea dachte: *Luca ist eine solch liebevolle Seele. Wollen wir hoffen, dass das Mädchen freundlich zu ihm ist.* »Der Barbier scheint mir mit seinem Eau de toilette etwas großzügig gewesen zu sein«, bemerkte er.

»Zitrone und Rosmarin. Er hat so viel aufgetragen, damit es den ganzen Tag hält. Gefällt es dir?«

»Äußerst pikant. Ich bin fest davon überzeugt, dass die Schwestern sich sofort auf dich stürzen werden.«

»Es ist Suzanne, an der ich interessiert bin, vergiss das nicht«, sagte Luca.

Dann kam der Augenblick, da sie die Schwestern am Tor zum botanischen Garten trafen. Die Ältere, welche Andrea an eine Maus erinnerte, blickte sie schüchtern an und lächelte dann mit plötzlicher Wärme, wodurch sie deutlich mehr Farbe im Gesicht bekam. Die Jüngere blickte zu Andrea und lächelte ebenfalls; dabei teilten sich ihre Lippen und enthüllten ein Stück ihrer Zunge zur Erinnerung an ihr letztes Zusammentreffen. Luca bemerkte nichts davon, als er sich neben sie stellte und ihr besitzergreifend den Arm um die Hüfte legte. Andrea dachte: *Er ist ein Idiot, und ich bin auch einer. Wie bin ich nur auf den Gedanken gekommen, dass sie unser letztes Treffen einfach vergessen hätte?*

Auf dem Jahrmarkt am linken Ufer, wo die Studenten den Festtag des heiligen Jerôme feierten und ihre Rückkehr an die Universität, hatte man Stände aufgebaut, an denen Süßigkeiten, Schleifen, Spitze und andere kleine Präsente verkauft wurden, mit denen Männer ihren Damen eine Freude machen konnten, ohne dabei allzu viel Geld auszugeben. Andrea kaufte etwas Schokolade für sie alle, und Luca bat die Schwestern, sich ein paar Schleifen auszusuchen, die er ihnen schenken wollte. Die Ältere lächelte diskret und band sich die Schleife um den Hals. Die Jüngere sagte, das könne sie nicht alleine, und fragte, ob Andrea ihr wohl zur Hand gehen könne. »Ich hätte gerne die da vorn.« Andrea stand vor ihr und band die Schleife fest; dabei schwebten seine Finger über ihren Brüsten, die sich mit jedem Atemzug hoben und ihn einluden, sie zu berühren. Er versuchte, ihrem Blick auszuweichen, doch als sie hauchte: »Danke, Andrea«, konnte er nicht anders, als sie anzuschauen, und er sah die Verlockung in ihren Augen.

Diesmal bemerkte es Luca. Als die Aufmerksamkeit der Mädchen auf einen anderen Stand gelenkt wurde, sagte er zu Andrea: »Was spielst du da für ein Spiel?«

»Es ist nicht meine Schuld«, erwiderte Andrea.

»Du verdirbst alles. Ich dachte, du wärst mein Freund.«

»Vielleicht wäre es besser, wenn ich gehen würde«, sagte Andrea, doch die Schwestern schlugen nun vor, dass sie etwas essen sollten, und sie fanden einen Tisch auf dem Platz. Die beiden Männer saßen Seite an Seite auf der Bank, die Mädchen ihnen gegenüber. Suzanne hockte vor Andrea, sodass es ihm unmöglich war, sie nicht anzuschauen. Ihm fiel auf, dass sie die Schnüre ihres Hemdes unter dem Mieder gelockert hatte, wodurch noch mehr von ihrer Brust zu sehen war. Der Kellner brachte ihnen einen Krug Wein und mehrere Speisen gleichzeitig: Artischocken, Schweinebraten und Tomaten. Suzanne riss an jedem einzelnen Artischockenblatt und hinterließ ihre Zahnabdrücke darin. Unter dem Tisch streichelte sie mit dem Spann über Andreas Unterschenkel. Er verlagerte sein Bein und sah, wie Luca ihn misstrauisch beäugte.

Es war ein perfekter Frühlingstag. Die Luft war noch immer warm, und über dem Fluss leuchtete ein goldenes Licht. Eine Musikantentruppe spielte zum Tanz, und ein paar Studenten tanzten mit ineinander gehakten Armen, während die anderen den Takt klatschten. Die vier Ausflügler stimmten darin überein, dass es ein wunderbarer Tag sei, doch ihr Gespräch besaß einen Unterton von Eifersucht, Wut und Verdruss, was jedoch erst zum Ausbruch kommen sollte, nachdem Luca und Andrea die Schwestern zum Haus ihrer Tante gebracht hatten. Die freigeistige Tante war es gewohnt, den Mädchen als Alibi bei ihren wachsamen Eltern zu dienen. »Wenn sie wüssten, dass wir uns mit Italienern treffen, würden sie uns einsperren oder in einen Konvent schicken«, sagte die Ältere. »Und was das für eine Verschwendung wäre«, fügte die Jüngere hinzu. Sie verschränkte die Hände hinter dem Kopf, enthüllte so feuchte Flecken auf dem Hemd unter ihren Achseln und lächelte Andrea an.

»Wir werden euch zu eurer Tante begleiten«, sagte Luca abrupt.

Hinterher, als sie wieder in Richtung Manufaktur marschierten, rauchte Luca vor Wut. Wie konnte Andrea nur so tun, als wäre er sein Freund, und dann versuchen, ihm das Mädchen zu stehlen, das er liebte? Andrea erwiderte, dass er sie ihm gar nicht stehlen könne, weil sie ihm überhaupt nicht gehöre. Man könne einer Frau die Entscheidung nicht abnehmen, wen sie liebte und wen nicht; Frauen träfen ihre eigenen Entscheidungen.

»Sie hat mich geliebt, solange du fort warst«, entgegnete Luca.

»Sie ist ein liebenswürdiges Mädchen, und ...«, begann Andrea, und an diesem Punkt machte sich die aufgestaute Wut in Luca Luft. Er hätte nie geglaubt, dass Andrea ihn auf solch schändliche Art verraten würde, schrie er mitten auf der Pont-Neuf, ohne die Passanten zu beachten. Andrea könne jede Frau haben, die er wollte; er hatte das Glück förmlich gepachtet, und trotzdem musste er sich ausgerechnet an die heranmachen, an die Luca sein Herz verloren hatte. Er hatte sogar schon geplant, mit den Eltern des Mädchens zu sprechen; er hatte daran gedacht, sie zu heiraten.

»Das macht dich nur zu einem umso größeren Narren«, sagte Andrea. »Sie würde dir auf der Nase herumtanzen. Komm schon, Luca, du bist gerade noch mal mit einem blauen Auge davongekommen.«

Tränen schimmerten in Lucas Augen. Wenn Andrea nur wüsste, sagte er, was es bedeutete, wenn das Herz vor Liebe überquoll, nur um dann zu sehen, wie sich die Geliebte von einem abwendete. Er, Andrea, habe nie solchen Schmerz gekannt, doch er hoffe, dass er ihn eines Tages kennen lernen würde. Aber nein, Andrea musste einfach nur lächeln, und sie kamen herbeigerannt. Er könnte ihn wirklich hassen für das, was er getan hatte; er könnte ihn umbringen. Luca trat auf ihn zu, als wolle er ihn schlagen.

Andrea wich einen Schritt zurück und hob abwehrend die Hände. »Luca, nichts davon war meine Absicht. Ich habe dir gesagt, dass es eine schlechte Idee ist, mich mitzunehmen. Du kannst die Gefühle der Frauen nicht beherrschen. Und wie es das Schicksal will ...«, er zögerte einen Augenblick, als er sich an Lucas lose Zunge erinnerte, bevor er fortfuhr, »... wie es das Schicksal will, weiß ich ganz genau, wie es ist, wenn die Liebste einen zurückweist. Ich kenne den Schmerz und die Verwirrung, und ich weiß, dass es nicht andauert. Du wirst darüber hinwegkommen. Das verspreche ich dir.«

»Was ist mit der Marquise passiert?«, fragte Luca sofort, und das Leuchten kehrte in seine Augen zurück.

»Das braucht dich nicht zu interessieren; aber was auch geschehen sein mag, es ist jetzt vorbei. Wir sind beide von den Spielchen verwirrt worden, das die französischen Frauen spielen, weil keiner von uns die Regeln kennt.«

Lucas Zorn verebbte, als er die Schuld von seinem Freund auf die Frauen schob. Ja, jetzt erkannte auch er, wie sie sich dabei amüsierten, Männer in den Wahnsinn zu treiben. »Alles Schlampen«, bemerkte Luca.

»Betrügerinnen.«

»Aber es tut trotzdem weh. Lass uns noch einen Krug Wein trinken.«

»In der nächsten Taverne.«

In der nächsten Taverne ... Der Kellner wischte mit einem Tuch voller Weinflecken den Tisch unter dem Baum. Drinnen spielten Männer in einer dunklen Ecke Karten. Einer blickte auf, und das Weiße in seinen Augen schimmerte im Kerzenlicht. Instinktiv zogen Andrea und Luca sich wieder ins Freie zurück. Der Kellner brachte ihnen einen Krug Wein, zwei Gläser und einen Teller mit Brot und Oliven. *»Santé«*, sagte er und blieb bei ihnen stehen, bis sie gezahlt hatten.

»Das ist nicht gerade der freundlichste Ort in der Stadt«, murmelte Andrea in venezianischem Dialekt.

»Aber der Wein ist durchaus trinkbar«, bemerkte Luca.

Der Kellner zählte das Wechselgeld ab und sagte: »Ihr seid aus Venedig, nicht wahr?«

»Ist das so offensichtlich?«, fragte Andrea. »Wir stammen aus Murano.«

»Bien.« Der Kellner ließ die Münzen in einer Börse an seinem Gürtel verschwinden und zog sich in die Taverne zurück.

»Santé«, sagte Andrea und hob sein Glas. Das Sonnenlicht verlieh dem Wein ein rosiges Aussehen auf der mit Marmor verkleideten Tischplatte.

»Salute«, erwiderte Luca. Er trank einen kräftigen Schluck Wein. »Auf die Frauen von Venedig.«

»Auf die Frauen von Venedig.«

»Ich werde hier so viel Geld verdienen, wie ich kann, und

nächstes Frühjahr gehe ich dann wieder nach Venedig zurück. Ich habe von Paris die Nase voll.«

»Nächstes Frühjahr wirst du wieder Gründe zum Bleiben finden«, sagte Andrea.

»Das glaube ich nicht. Ich vermisse mein Zuhause. Ich vermisse meine Eltern und meine Schwestern. Wir sind in der Manufaktur weitgehend isoliert; so etwas wie ein häusliches Leben gibt es nicht. Streit ist mittlerweile an der Tagesordnung. Vielleicht hast du es ja nicht bemerkt, weil du öfter mal rauskommst. Gestern ist es sogar zu einem Kampf gekommen, als La Motta herausgefunden hat, dass wir alle besser bezahlt werden als er, obwohl er als Erster nach Paris gekommen ist. Die Männer wollen wieder zurück, aber wir sitzen in der Falle. Man wird niemandem gestatten zu gehen, bevor die Franzosen uns nicht unser Geheimnis abgeschwatzt haben. Bis dahin zahlt man uns allerdings mehr, als wir je im Leben verdient haben – mehr als wir vermutlich je wieder bekommen werden. Auch das Geld hält uns also hier fest.«

»Sei froh, dass diese Falle so bequem ist. Trink noch was Wein.«

Einer der Männer, die drinnen Karten gespielt hatten, kam heraus und schaute sie im Vorbeigehen an.

»Seltsame Augen hat der Mann«, bemerkte Andrea. »Erst sieht man das Weiße wie bei einem Pferd, das gleich austritt.«

Luca zuckte mit den Schultern. Das Sonnenlicht fiel glitzernd durchs Laub über ihnen, sodass sich ein Flickenteppich aus Licht und Schatten auf den Weinkrug, die Gläser und den Teller mit Oliven legte, was dem Ganzen das Aussehen eines Gemäldes verlieh. »Wenn ich malen könnte«, sagte er, »würde ich diesen Krug abbilden. Sieh dir nur mal an, wie das Licht die Farbe des Weines verändert. Wir erschaffen keine Bilder mit unseren Spiegeln, das macht der Betrachter.«

»Aber wir liefern ihnen das Glas, in dem sie die Wahrheit sehen können, jene Dinge, die ihnen die Porträtmaler nicht zu zeigen wagen.«

»Wenn es die Wahrheit wäre, die sie sehen, würden sie keine Spiegel mehr bestellen. Nein, sie erschaffen ihr eigenes Bild, wenn sie in den Spiegel schauen. Sie sehen nur, was sie sehen wollen. Das Fett und die Falten ignorieren sie. Sie denken: ›Was trage ich doch für wunderbare Kleider‹, und, ›Das ist die schönste Perücke bei Hofe‹. Sie verdecken die Wahrheit unserer Spiegel mit ihrem Puder, ihrer Schminke und ihrem Schmuck. Ihre Seelen können sie nicht im Spiegel sehen.«

»Mein lieber Luca, du läufst Gefahr, zum Philosophen zu werden.«

Luca lachte. »Wein lockert bekanntlich die Zunge.«

»Und unsere Spiegel nähren ihre Illusionen. So kann ein Mann in den Spiegel schauen und eine wunderbare Frau sehen, die seinen Blick erwidert, obwohl er einen Schnurrbart trägt.«

»Vielleicht solltest *du* eher auf den Wein verzichten«, sagte Luca.

»Weißt du eigentlich, dass der König bei weitem nicht so groß gewachsen ist, wie er erscheint?«

»Da irrst du dich. Du vergisst, dass ich ihn in der Spiegelmanufaktur mit eigenen Augen gesehen habe. Er hat alle anderen deutlich überragt.«

»Es hat sich ja auch jeder verneigt und ist sich klein vorgekommen. Das Bild kommt ausschließlich von dem Federbusch auf seinem Hut und den hochhackigen Schuhen. Er hat eine Illusion von Größe geschaffen, und niemand würde es je wagen, dem mächtigsten Mann Frankreichs zu widersprechen.«

Nachdenklich blickte Luca in sein Glas. »Mir wäre es egal, als Zwerg betrachtet zu werden, wenn ich der mächtigste

Mann Frankreichs wäre. Dann könnte ich mir auch von den Hofschönheiten aussuchen, wen ich wollte. Übrigens, der Wein ist alle. Sollen wir weiterziehen?«

»Auf zur nächsten Taverne.«

Gegen Abend erreichten sie den Marktplatz, der den Anfang der Faubourg Saint-Antoine markierte. Inzwischen lagen nur noch eine Hand voll verrottetes Gemüse unter den leeren Marktständen.

»Ich verzehre mich nach was zu trinken«, sagte Luca. »Was würde ich jetzt nicht für einen Fruchtsaft geben?«

»Da ist die Antwort auf deine Gebete«, sagte Andrea und deutete auf einen Mann, der mit einem Korb Obst auf einer Bank saß.

Als die beiden Männer sich ihm näherten, blickte er zu ihnen und rief: »Messieurs! Wie ich sehe, seid Ihr gekommen, um mich von diesen Früchten zu befreien. Kommt, und probiert die Orangen.«

»Orangen«, murmelte Luca. »Genau darum habe ich gebetet. Wo kommen sie her?«

Der Mann zuckte mit den Schultern. »Wer weiß? Von irgendwo aus dem Süden, nehme ich an. Versucht sie einmal, und seht, ob sie Euch schmecken. Ihr könnt den ganzen Korb haben. Ich will sie nicht wieder nach Hause tragen müssen.«

Luca untersuchte die Früchte im Korb. »Ihr habt ja auch ein paar Weintrauben.«

»Die Trauben sind nicht sonderlich süß«, sagte der Mann. »Mit den Orangen wärt Ihr besser bedient. Nehmt auch ein paar für Euren Freund – für all Eure Freunde. Um diese Tageszeit lasse ich sie Euch zum halben Preis.«

»Warum zum halben Preis? Stimmt etwas nicht mit ihnen?«, fragte Andrea.

Der Mann blickte zu ihm hinauf; eins seiner Augen schimmerte dunkel, das andere war von einem weißen Film überzogen. Seine Haut glich der eines alten Apfels, und wenn er lächelte, entblößte er große Lücken in seinen gelb-braunen Zähnen. »Nehmt ruhig mal eine Frucht in die Hand, und bildet Euch selbst ein Urteil.« Er hielt eine Orange hoch. »Fest und reif. Die Besten. Morgen ist kein Markttag, und ich will diese Fuhre loswerden, bevor die nächste kommt. Wollt Ihr nicht mal probieren?«

Luca nahm eine der Orangen und hielt sie sich unter die Nase. Dann biss er ein Loch in die Schale und saugte daran. Der Saft lief ihm übers Kinn und tropfte auf sein Hemd. »Wir kaufen das Ganze«, sagte er. »Ich werde sie in die Manufaktur mitnehmen. Wir hatten schon ewig kein Obst mehr.«

»Für einen weiteren Sou könnt Ihr auch noch den Korb bekommen«, sagte der Mann. »Ihr seid sehr großzügig, Monsieur, dass Ihr Euren Freunden einen solchen Leckerbissen mitbringen wollt.«

Luca gab dem Mann das Geld und nahm den Korb.

»Ich wünsche Euch noch einen schönen Tag, Monsieur. Genießt die Früchte.« Das eine Auge schimmerte dunkel, während das andere so trüb war wie das einer Steinstatue.

Als sie davongingen, sagte Andrea: »Heute stimmt irgendwie mit jedermanns Augen etwas nicht. Er hat mich an den Mann in der Taverne erinnert.«

»Was für ein Mann?«, erwiderte Luca. Er schälte gerade eine Apfelsine, um sich dann die einzelnen Stücke in den Mund zu schieben. »Nimm dir eine Orange, Andrea.« Lucas Gesicht war von Saft verschmiert.

»Dafür respektiere ich mein Hemd zu sehr. Ich warte, bis wir zurück sind.«

»Wir sind spät dran. Wir sind zu lange in der zweiten Taverne geblieben. Wenn wir uns nicht beeilen, versäumen wir noch das Abendessen.«

Sie näherten sich den Toren der Manufaktur, als Luca

plötzlich stehen blieb und sich gegen eine Häuserwand lehnte. »Ich fühle mich so seltsam«, sagte er und schloss die Augen.

»Du hast zu viel getrunken«, erwiderte Andrea. »Halt durch. Wir sind gleich da.«

Luca stolperte und hielt sich mit der Hand an der Wand fest. Sie hatten gerade das Tor erreicht, als Luca beinahe vornüberkippte und sich die Seite hielt. Schweißtropfen glitzerten auf seinem Gesicht, und seine Augen waren so groß wie die eines verängstigten Tieres. »Was geschieht mit mir? O Gott, Jesus, Maria.« Er begann zu würgen. »Ich habe solche Schmerzen, Andrea ... die Orangen ...«

Einer der Torwachen sah, dass sie in Schwierigkeiten waren. Er kam heraus, um Andrea zu helfen, Luca aufs Gelände der Manufaktur zu schleppen. Den Obstkorb stellte Andrea neben das Wachhaus. Sie brachten Luca zu ihren Zimmern und halfen ihm ins Bett. Dort lag er, starrte zur Decke hinauf und stöhnte, während Krämpfe seinen Körper schüttelten. Schließlich beugte er sich über die Bettkante und erbrach sich auf den Boden.

»Ich werde einen Arzt holen«, sagte der Wachmann und verließ rasch den Raum.

»Da war etwas in der Orange. Sie hat bitter geschmeckt«, sagte Luca.

Andrea erinnerte sich an du Noyers häufige Warnungen, vor allem kurz nach ihrer Ankunft: »Geht nicht alleine raus, und esst nichts, was man Euch anbietet.« Im Laufe der Monate hatten sie über solche Geschichten jedoch nur mit den Schultern gezuckt und sie schlicht als Versuch des Direktors abgetan, seine Männer zu kontrollieren und sie davon abzuhalten, das Gelände zu verlassen. Als er nun in Lucas graues Gesicht blickte, erkannte Andrea, dass die Venezianer nach all den Monaten voller Tricks und gefälschter Briefe nun Ernst machten. Er erinnerte sich an Giustinianis Gesicht und an diese listigen Augen, hinter denen sich eine berechnende Härte verbarg.

Andrea rannte zum Wachhaus hinunter und sah einen der Lehrlinge neben dem Korb hocken. »Fass sie nicht an!«, brüllte er. »Sie sind vergiftet.«

Sofort machte die Nachricht auf dem gesamten Gelände die Runde. Die anderen versammelten sich vor dem Wachhaus und starrten in den Korb. Der Arzt traf ein und verabreichte Luca ein Abführmittel, wodurch er sich noch mehr erbrach; dann ließ er ihn zur Ader, füllte zwei Schüsseln mit Blut und ging zum Abendessen. Später kehrte er wieder zurück, um noch einmal das Messer anzusetzen.

Andrea hielt ihn davon ab. »Ihr habt schon genug getan«, sagte er. »Er verliert vom Blutverlust beinahe schon das Bewusstsein.«

»Und was qualifiziert Euch dazu, Eure Meinung in diesem Fall kundzutun?«, schnappte der Arzt. »Das Gift kommt mit dem Blut heraus.«

»Wenn er dabei verblutet, nützt ihm das auch nichts.«

»Ich bin euch Laien mittlerweile leid! Leuten, die glauben, alles besser zu wissen!«, schimpfte der Arzt. Luca hob den Kopf vom Kissen, starrte den Arzt mit Augen an, die schon fast vollständig in den Höhlen verschwunden waren, und flüsterte: »Lasst mich nicht zur Ader.«

Der Arzt zuckte mit den Schultern. Also schön, sagte er, wenn der Patient glaube, sich unbedingt der göttlichen Gnade anvertrauen zu müssen, könne er ihm auch nicht helfen. Andrea fürchtete das Schlimmste, und so schickte er einen der Lehrlinge, einen Priester zu holen. Während sie warteten, saß er an Lucas Bett und tupfte seinem Freund mit einem in Lavendelwasser getauchten Tuch die Stirn ab.

Plötzlich bekam Luca einen heftigen Krampf und wand sich vor Schmerz. »Ich werde sterben, nicht wahr, Andrea?« Seine Stimme war kaum zu vernehmen.

Andrea antwortete ihm durch die Tränen hindurch: »Gott wird dir gnädig sein.«

Einen Augenblick lag Luca einfach nur friedlich da, als wäre der Kampf bereits vorbei. Dann starrte er seinen Freund mit brennenden Augen an. »Versprich mir, Andrea ... Versprich mir, dass du mich rächen wirst. Lass sie dafür bezahlen. Lass Venedig bezahlen.«

Andrea überkam ein Gefühl der Hilflosigkeit. Ein Mann gegen die Republik Venedig – das war unmöglich. Doch Luca interessierte nicht mehr, was möglich war und was nicht. Er flüsterte erneut: »Lass sie dafür bezahlen. Räche mich.«

»Das werde ich«, sagte Andrea. Seine Tränen tropften auf Lucas Hand, mit der dieser sich an sein Hemd klammerte.

Kurz darauf traf der Priester ein, um Luca die letzte Ölung zu geben. Er betete an Lucas Bett, hielt ihm ein Kruzifix hin, sodass er es küssen konnte, und salbte ihn mit Öl. Luca blickte wie ein vertrauensseliges Kind zu ihm hinauf, eingelullt vom sonoren Latein des Indulgentium. Gleichzeitig schien es, als wolle sein Leib seine Körperlichkeit abschütteln, nun, da er von seinen weltlichen Sünden befreit war. Die Krämpfe wurden immer heftiger; dann spie Luca Blut. Er drehte die Augen wieder in Andreas Richtung, schien ihn aber nicht zu erkennen. Er blickte durch ihn hindurch, als wären er und auch der Raum nicht länger Teil seiner Welt. Dann wurde er von einem weiteren Krampf geschüttelt und fiel auf das Kissen zurück. Der Priester und Andrea lauschten schweigend, wie zischend die letzte Luft aus Lucas Lungen wich. Dann atmete er nicht mehr. Andrea beugte sich vor und schloss seinem Freund die Augen.

Nach der Beerdigung war Monsieur du Noyer rasch damit bei der Hand, seine Männer an die Gefahren zu erinnern, die es mit sich brachte, die Manufaktur zu verlassen, und sie an die Notwendigkeit zu gemahnen, stets wachsam zu sein.

Dies predigte er einer Gruppe mürrischer, wütender Männer. Die Spiegelmacher berieten sich. Sie hatten genug von Paris; sie waren verängstigt, und keine Summe Geldes war den Tod wert, den Luca erlitten hatte. Del la Rivetta und Civrano schrieben an den venezianischen Gesandten, dass sie mit ihm über ihre Rückkehr verhandeln wollten. Giustiniani antwortete sofort und versprach ihnen allen großzügige Pensionen sowie Straffreiheit. Niemand hatte solch großzügige Konditionen für das erwartet, was die Republik bis dato als Verrat betrachtet hatte.

Des Weiteren schlug Giustiniani ein Treffen vor, doch Andrea erklärte del la Rivetta, dass er im Augenblick nicht dazu in der Lage sei, da er fürchte, sich nicht beherrschen zu können. Dies war immerhin der Mann, der den Befehl gegeben hatte, in dessen Folge Luca gestorben war. Andrea ging die Ereignisse noch einmal im Geiste durch. Nun wusste er, dass sie in der Taverne erkannt worden waren, und dass der Obsthändler sie in der Nähe der Manufaktur erwartet hatte. Hätte Luca nicht gierig zwei Orangen verschlungen, bevor sie die Manufaktur erreicht hatten, und die Konsequenzen getragen, wie viele wären dann noch vergiftet worden?

»Wir könnten sie davon abhalten zu gehen, aber das wäre sinnlos, da sie sich ohnehin weigern, weiterzuarbeiten«, sagte du Noyer zu Andrea. »Schade für die Manufaktur und die französischen Arbeiter. Ich nehme an, Ihr wollt auch gehen, oder?«

»Luca war ein guter Freund von mir«, antwortete Andrea. »Er hatte es nicht verdient, wie eine Ratte zu sterben.«

Am nächsten Tag rief du Noyer Andrea zu sich, als dieser ziellos über das Gelände wanderte, und sagte, Monsieur Colbert bitte ihn, zu ihm zu kommen. »Geht so rasch zu ihm, wie Ihr könnt. Lasst den großen Mann nicht warten«, fügte der Direktor hinzu.

Colbert konnte es nicht ausstehen, wenn irgendetwas in seiner Schreibstube nicht in Ordnung war. Sein mit Perlmutt eingelegtes Ebenholztintenfass musste an einer ganz bestimmten Stelle auf seinem Sekretär stehen, und die zu bearbeitenden Papiere mussten sauber gestapelt sein. An diesem Morgen stellten die Uhren seine Geduld auf die Probe. Es standen zwei davon hier für den Fall, dass eine versagen sollte. Und sie liefen nicht synchron. Wenn die eine »tick« machte, machte die andere »tack«. Es gehörte zu Dessaixs Aufgabenbereich, dass beide im Einklang liefen. Colbert versuchte, seinen Ärger hinunterzuschlucken, während er seinem anderen Sekretär einen Brief diktierte und Dessaix der ominösen halben Sekunde hinterherjagte.

Dann wurde Colbert wieder gestört. Ein Monsieur Allegri sei unten, verkündete ein herbeigeeilter Lakai. Ein *Italiener*, fügte er in verächtlichem Tonfall hinzu.

»Schön. Schick ihn rauf«, sagte Colbert. »Dessaix, falls Ihr die beiden Uhren nicht synchronisieren könnt, schaltet eine von ihnen ab.«

»Welche, Monseigneur?«

Colbert blickte zur Decke und murmelte: »Lieber Gott, ich bin von Narren umgeben.«

Als der Spiegelmacher den Raum betrat, schaute Colbert zur Tür. Ja, er erinnerte sich gut an dieses Gesicht; es war schöner, als es hätte sein dürfen. Der Spiegelmacher hatte eine respektvolle Haltung angenommen, und doch strahlte er eine gewisse Unabhängigkeit aus, die bewundernswert und ärgerlich zugleich war. Colbert fühlte sich an seinen ältesten Sohn erinnert, der zu glauben schien, das Universum sei nur für ihn geschaffen worden. Wie bei seinem Sohn, so verspürte er auch bei diesem jungen Mann das kaum bezähmbare Verlangen, ihm eine Ohrfeige zu verpassen, um ihn daran zu erinnern, dass die Welt ein komplexer Ort und er nur ein winziges Rädchen im Uhrwerk des Schicksals war, das jederzeit angehalten werden konnte.

Dann sah Colbert ihn sich genauer an, und wie es schien, hatte Monsieur Allegri in dieser Hinsicht bereits etwas gelernt. Das Gesicht, an das Colbert sich aus der Kutsche nach Saint-Germain erinnerte, war wie eine leere Leinwand gewesen, unberührt von der Zeit und allen Sorgen. Der Mann, der nun vor ihm stand, sah anders aus. Sein Mund war deutlich härter, seine Augen wachsamer. Er war kein zu groß gewachsener Junge mehr.

Colbert winkte Dessaix, einen Stuhl zu holen, und beobachtete, wie der junge Mann einen Augenblick zögerte, bevor er sich setzte. *Stolz und Vorsicht*, dachte Colbert. Anfangs war er ähnlich gewesen, erinnerte er sich; stets war er sich bewusst gewesen, dass man ihn – den Sohn eines Textilkaufmanns, wie man ihn verächtlich bezeichnet hatte –, aus den nichtigsten Gründen auf das Heftigste tadeln konnte. Und jetzt bettelten ihn dieselben Leute um Gefallen an.

Aber nun zum Geschäft. Colbert bekundete dem Spiegelmacher sein Beileid ob des tragischen Tods seines Freundes. Ihm kam es bizarr vor, dass die Spiegelmacher beschlossen hatten, ausgerechnet in jene Stadt zurückzukehren, die einen der ihren auf solch verbrecherische Art hatte vergiften lassen. Natürlich erkannte er die Tatsache an, dass sie Angst hatten, so etwas könne wieder geschehen, doch dass sie den Mördern so leicht nachgaben ... Der König wäre mehr als bereit, ihnen so viel Schutz zukommen zu lassen wie nötig.

»Sie haben auch Heimweh«, sagte Andrea.

Colbert fiel auf, dass Andrea in der dritten Person sprach, sich selbst also nicht mit einschloss. Der junge Mann selbst verspürte also kein Heimweh. »Im Gegensatz zu Euch haben Eure Freunde nicht die Pracht unserer Paläste gesehen. Sie sind nicht durch die Apartments des Louvre gewandert, durch die Tuillerien oder das Palais Royal. Wenn ein Mann

Wissen besitzt, das jene mit Reichtum und Macht benötigen, hat er viel zu gewinnen.«

Er sah Verständnis auf Andreas Gesicht. *Diesmal*, so dachte er, *wird es kein frommes Gerede vom Schutz des Geheimnisses seiner Vorfahren geben*. Der junge Mann atmete kaum, und seine Pupillen waren geweitet. Colbert lächelte, ein Sonnenschimmer in der eiskalten nordischen Landschaft. »Natürlich«, fuhr er fort, »haben wir schon einiges über das Geheimnis der Spiegelherstellung gelernt, indem wir Euch einfach beobachtet haben; aber es würde uns viel wertvolle Zeit kosten, den gesamten Prozess alleine herauszufinden. Wenn Ihr nach Venedig zurückkehrt, wäre nicht alles verloren, doch wenn Ihr hier bleiben und unsere Männer in der Kunst des Spiegelmachens unterweisen würdet, könntet Ihr von der Dankbarkeit des Königs profitieren.«

Colbert bemerkte, wie Andreas Blick durch die Amtsstube huschte. Die Möbel und die Bilder an der Wand hätten ebenso im Louvre hängen können.

»Ihr, Monsieur Allegri, steht vor der größten Gelegenheit Eures Lebens. Vergesst nicht, dass der König ein besonderes Interesse an Spiegeln hat. Wie Ihr, so erkennt auch er ihre enormen Möglichkeiten. Ihr würdet mit ihnen experimentieren können.«

Colbert lehnte sich auf seinem Stuhl zurück und harrte der Antwort des jungen Mannes, die jedoch auf sich warten ließ. Was wollte er denn noch hören? »Natürlich wird die Republik Venedig nicht begeistert sein, ihr Monopol zu verlieren. Das würde sie teuer zu stehen kommen.«

Andrea beugte sich vor. Sein Gesicht schimmerte vor Aufregung, und er hatte die Fäuste geballt. »Wir werden sie bezahlen lassen«, zischte er. Dann richtete er sich wieder auf, blickte Colbert in die Augen und sagte: »Lasst uns über die Konditionen reden.«

Hinterher lungerte Andrea noch eine Weile im Hof herum. Er fühlte sich desorientiert und war wie gelähmt. Der Gedanke, dass er seine Familie und Venedig niemals wiedersehen würde, war ihm nie gekommen, doch genau darauf lief es heraus, was er getan hatte. Er würde zu einem Fremden im eigenen Land werden; fortan sollte sein Schicksal in der Fremde liegen. Ein Schauder der Erregung lief ihm über den Rücken, als er sich der gesamten Tragweite seiner Entscheidung bewusst wurde. »So, Luca, bist du jetzt glücklich?«, fragte er sich selbst. »Sie werden für ihre Tat bezahlen, immer und immer wieder. Deine Rache wird vollkommen sein.«

Er blickte zum *piano nobile* hinauf, dem neuen Flügel. Die langen Fenster von Colberts Amtsstube waren geöffnet, um frische Luft hereinzulassen, und Andrea konnte Colbert an seinem Schreibtisch sehen. Er beobachtete, wie die schwarzgewandeten Schultern sich leicht bewegten, als der Minister das Ende einer Zeile erreichte und mit der nächsten begann. Er sah, wie Dessaix ein Papier von ihm entgegennahm, doch das Schreiben wurde dadurch kaum eine Sekunde unterbrochen. Das war der Mann, dem Andrea nun verpflichtet war, und dieser wiederum war dem König verbunden, dessen Gedanken niemand lesen konnte.

Andrea bemerkte, dass die Wache ihn misstrauisch beäugte. Er verließ den Hof und bog rechts auf die Straße ein. Verwirrende Bilder flackerten beim Gehen in seinem Geist. So sah er den mit einem Federbusch verzierten Hut des Königs wie ein Leuchtfeuer, das sich durch das Meer der Höflinge bewegte, und die düster-strenge Erscheinung des Ministers, der nach Bergamotte roch, was Andrea an Italien erinnerte. Auch spürte er die Hitze der Glasschmelzöfen und roch Schweiß und abgestandenen Wein. All das würde von nun an seine Welt sein in dieser unberechenbaren, kapriziösen Stadt. Andrea ging weiter in Richtung der Tuillerien, als ungebeten ein weiteres Bild vor seinem geistigen Auge erschien: das eines rosafarbenen Salons. Er stand mit dem Rücken zum Raum und war damit beschäftigt, einen Spiegel aufzuhängen; das Spiegelbild azurblauer Augen blickte in die seinen, und der Duft von Tuberosen reizte seine Nase. Das erste Mal, dass er sie gesehen hatte ... Das schien ihm nun schon unendlich lange her zu sein. Seitdem war er ein anderer Mann geworden.

Zweiter Teil

Die Insel der Glückseligen

Saint-Germain und Versailles 1666–1674

27.

Es war einmal ein junger, schöner König, der alles haben wollte. Die Fee Mazarine wachte über ihn, als er aufwuchs, und lehrte ihn das Geheimnis, wie man alles bekommen konnte, was man sich wünschte. »Es gibt nur einen Nachteil«, sagte die Fee. »Ihr werdet Euer Herz verlieren.«

»Kein Problem«, erwiderte der König, der es genoss, sein Herz an viele Damen zu verlieren.

Die Fee Mazarine erklärte: »Das habe ich nicht gemeint.« Doch der König hatte sich bereits auf die Jagd gemacht, und so schüttelte die Fee traurig den Kopf, raffte ihre scharlachrote Robe und flog gen Himmel davon, doch nicht, bevor sie dem König einen geschäftigen schwarzen Zwerg hinterlassen hatte, der sich nicht zu schade war, in den schmutzigsten und gefährlichsten Minen nach Gold zu graben, das er in großen Haufen hortete.

»Und der stets einen Teil für sich behält«, unterbrach Madame de Thianges. »Diskret natürlich, nicht so wie der unglückliche Fouquet. Ich habe letztens gehört, die Gesundheit des armen Mannes sei vollkommen ruiniert. Sein Haar ist weiß geworden, ihm fallen die Zähne aus, und er hustet Blut. Madame Fouquet war am Boden zerstört, als sie ihn zum letzten Mal gesehen hat. Er lebt in ständiger Dunkelheit, in Nässe und Kälte. So tief ist der reichste Mann Frankreichs gesunken.«

»Es war einmal ein grausamer und mächtiger König«, begann der Chevalier de Saint-Cyr, »der große Freude dabei empfand, sich Favoriten auszusuchen; er ließ sie glauben, dass sie am höchsten in seiner Gunst stünden und die vertrauensvollsten seiner Untertanen seien. Dann, eines Tages, wenn sie es am wenigsten erwarteten, ließ er sie aus großer Höhe in einen Kerker fallen, wo sie den Rest ihrer Tage in Schmutz und Dreck verbrachten ...«

»Bitte entschuldigt«, sagte Athénais. »Ich war mitten in meiner Geschichte. Ihr müsst schon warten, bis Ihr an der Reihe seid.«

»Bitte verzeiht, Marquise. *Je suis désolé.*«

»Eines Tages sagte der König zu dem schwarzen Zwerg: ›Du musst mir alles Gold unter der Erde bringen, damit ich das schönste Schloss bauen kann, das die Menschen je gesehen haben. Er wird ganz aus Marmor bestehen, und die Salons werden vergoldet sein, voller Rubine und Brillanten. In den Gärten werden die seltensten und schönsten Lilien aus dem Orient blühen, und überall werden Fontänen sprudeln. Kaskaden werden das Herz erfreuen und Höhlen und Grotten ...‹«

»Geschmückt mit Perlen aus den tiefsten Tiefen des Ozeans«, fügte Saint-Cyr hinzu.

»Aber natürlich. Und das Schloss wird auf einer Insel errichtet werden, wo nur Glück und Freude herrschen und wo die Sonne immer scheint. Und niemand wird dort hineingelassen, der alt und hässlich ist ...«

»Da sehe ich schon ein Problem«, sagte Saint-Cyr, »dass sich zudem noch zusehends verschärft.«

»Das Schloss wird mit goldenen Sonnenstrahlen geschmückt sein, und in der Mitte der Sonne ist das Gesicht eines Mannes. Sieht man genauer hin, erkennt man das Antlitz des Königs«, sagte Athénais, und ihre Augen schienen sich mit der Vision zu füllen.

»Ah, Versailles!«, rief Saint-Cyr. »Ihr wart also vor kurzem dort?«

»Nein, ich habe nur vom Architekten des Königs davon gehört. Wenn er fertig ist, wird es auf der ganzen Welt kein Schloss geben, das sich an Größe und Schönheit mit ihm messen könne, hat er gesagt.«

»Nun, das verwundert mich jetzt nun nicht wirklich. Es gibt keinen größeren Befürworter seiner eigenen Arbeit als Monsieur Le Vau.«

Athénais lächelte, als sie sich an das Frühstück in Saint-Cloud letzten Sommer erinnerte. Monsieur Le Vaus Kiefer hatten förmlich gezittert, als er die Schönheiten beschrieben hatte, die er schuf. Dass Seine Hoheit Athénais dabei immer wieder verschwörerische Blicke zugeworfen hatte, hatte Le Vaus Beredsamkeit sogar noch angeregt.

»Ich verstehe nicht ganz«, hatte seine Hoheit gesagt und die Stirn auf so theatralisch verwirrte Art gerunzelt, dass es Molières Truppe würdig gewesen wäre. »Was genau ist dieses Sonnenmotiv, von dem Ihr sprecht?«

Monsieur Le Vau schwoll sichtlich an wie ein Sumpffrosch in der Balz. Er lehnte sich auf seinem Stuhl zurück und malte mit den Händen ein beredtes Bild. »Stellt es Euch vor«, sagte er. »Stellt es Euch einfach nur vor. Dort vor Euch befinden sich die großen Türen zu den Staatsgemächern, und auf den Türen ist das Relief eines Männerkopfes, umrahmt von Sonnenstrahlen, ein großer Strahlenkranz um einen wunderschönen goldenen Kopf ... Ihr steht vor den Pforten des Schlosses des Sonnenkönigs.«

»Auf den Maskenbällen bei Hofe hat er schon immer gerne den Apollo gespielt«, murmelte Seine Hoheit, schaute zu Athénais und hob die Augenbrauen.

»Die großen Türen öffnen sich für Euch, und Ihr befindet Euch in einem prachtvollen Salon, dessen Wände mit Bildern von den Taten der Götter geschmückt sind, und darüber der König, der mit ausgestrecktem Zepter die Szene überragt. Ihr durchquert den Salon und erreicht die nächste Doppeltür, auf der sich wieder der von Sonnenstrahlen umrahmte goldene Kopf findet. Während Ihr stehen bleibt, um das ernste, doch wunderschöne Gesicht des gottgleichen Mannes zu betrachten, öffnet sich die Tür, und Ihr werdet in den nächsten Salon gelassen, der ebenso prachtvoll dekoriert ist. Auch diesen Salon durchquert Ihr, bewundert das Dekor, und wieder steht Ihr vor einer Doppeltür und *Peng!* ... Da ist der goldene Kopf schon wieder! Und so geht Ihr durch einen Salon nach dem anderen, und überall findet Ihr den goldenen Kopf. Peng! Peng! Peng! Einer nach dem anderen, an jeder Tür.«

»So läuft dann niemand Gefahr zu vergessen, in wessen Schloss er sich befindet«, bemerkte Seine Hoheit.

»Das Schloss trägt den Stempel eines Mannes, Seiner Majestät. Ich bin wie sein Instrument, auf dem er eine Rhapsodie in seinem Geist spielt. Er sagt: ›Baut es so.‹ Ich sagte: ›Sire, das ist unmöglich.‹ Er sagt: ›Aber so muss es sein. So will ich es.‹ Und so findet man dann einen Weg, seine Wünsche umzusetzen. Ich habe ihm immer und immer wieder gesagt, dass wir das alte Jagdhaus abreißen und von vorne beginnen sollten, aber nein, er wollte nichts davon wissen. Er musste es vom Schloss einschließen lassen; man hat nicht einen Ziegelstein angerührt.«

In dieser Art fuhr Le Vau fort, und Seine Hoheit machte hier und da eine beiläufige Bemerkung. In der Zwischenzeit beschäftigte sich Athénais mit einer Reihe verwirrender Spekulationen. Der Kopf in der Mitte der Sonnenstrahlen ... Das war die Vision, die Madame Voisin ihr in dem abgedunkelten Zimmer geschildert hatte: der von Flammen umringte Mann. Dieser Gedanke war Athénais bis jetzt nie gekommen. Nach außen hin war alles unverändert, während sie Le Vaus Stimme lauschte und mit einem Blick auf die Bemerkungen Seiner Hoheit reagierte. Sie war noch immer die Marquise de Montespan, und doch hatte sich irgendwie das Bild verändert, das sie sich im Geiste von sich selbst machte. Sie hatte das Gefühl, als hätte sie sich in einem dunklen Wald verirrt und gerade eben den Pfad entdeckt, der sie zu ihrem Schicksal führen würde.

An diesem Nachmittag hatte sie einen Brief von Louise de Vallière erhalten. Es war schwer zu verstehen, wovon Mademoiselle de La Vallière eigentlich sprach – der Brief war zu verworren –, doch immer wieder bezeichnete sie Athénais als »ihre liebe Freundin« und erklärte, wie gerne sie sie öfter sehen und ihre Schlagfertigkeit genießen würde. Athénais vermutete, dass die Mätresse, deren Konversation den König angeblich zum Gähnen brachte, schlicht ihre intellektuellen Fähigkeiten aufpolieren wollte. Aber wie seltsam, dachte Athénais, als sie den Brief in Händen hielt und zum Fenster auf den Hof von Saint-Cloud hinausblickte. Hatte Madame Voisin nicht vorausgesagt, dass eine blonde Frau sie um Hilfe bitten würde?

Eine Hand wedelte vor ihrem Gesicht, und Athénais bemerkte Saint-Cyrs Stimme. »Die Marquise scheint uns verlassen zu haben«, sagte er. »Sie ist bei der Beschreibung der goldenen Köpfe in dem Schloss aus Perlen und Brillanten in Gedanken versunken und spannt uns nun auf die Folter.«

»Ich habe Euch keineswegs verlassen; Ihr seid schlicht ungeduldig. Ein gutes Märchen darf man nicht übereilt erzählen. Und so wurde das Schloss erbaut, zum Neid der ganzen Welt, doch der König war noch immer nicht zufrieden, denn er hielt nach einer unvergleichlichen Prinzessin Ausschau, die seiner würdig gewesen wäre ...« Kurz hielt sie inne, als hätte sie den Faden verloren; dann fuhr sie fort: »Es tut mir Leid, Chevalier, Ihr habt Recht. Ich bin heute nicht sonderlich inspiriert.«

»Das Problem ist, dass Ludwig dieses Schloss tatsächlich

baut. Er erschafft sich sein eigenes Märchen mit sich selbst als Mittelpunkt. Er hat seine Fantasie zur Realität werden lassen, und so sind unsere Geschichten nur noch Schatten der Wirklichkeit.«

»Wahrlich schön formuliert, Chevalier«, sagte Madame de Thianges. »Wenn wir nun also über die Wirklichkeit sinnieren, wer wird dann zur unvergleichlichen Prinzessin gewählt?«

»Ich werde mich nicht der Gefahr solcher Spekulationen aussetzen«, lachte Saint-Cyr. »Aber sagt, was denkt ihr, meine Damen? Schließlich seid ihr größere Experten als ich, was die Herzen der Männer angeht.«

Doch plötzlich waren die Frauen seltsam zurückhaltend geworden. Madame de Thianges erinnerte sich daran, dass sie einen Termin bei ihrem Schneider hatte, und die Marquise hatte versprochen, die kranke Madame de C zu besuchen. Der November sei ein grausamer Monat, erklärte sie; nicht jeder in Paris könne sich der Krankheiten erwehren.

Der November war ein grausamer Monat. Montespan, der von den Scharmützeln an der spanischen Grenze zurückgekehrt war, hing nun in Paris herum. Ihre Ehe war an einem Punkt angelangt, da es Athénais schwer fiel, mit ihm im selben Raum zu sein.

Überdies war Claudine seit jener Nacht in Saint-Cloud ausgesprochen launisch. Sie tadelte ihre Herrin, und immer wieder füllten sich ihre Augen mit Tränen. »Ich werde seinen Gesichtsausdruck nie vergessen, als er mich gesehen hat ... Fühlt Ihr Euch nicht schuldig?«

»Um Himmels willen, du warst damals doch recht glücklich damit, die falsche Marquise zu spielen. Außerdem ist das schon Monate her, und ich bin sicher, dass er inzwischen mit einem netten Mädchen liiert ist.«

Aus irgendeinem unverständlichen Grund weinte Claudine jetzt nur noch umso mehr. Athénais seufzte. Eine Zofe, die sich hängen ließ, war das Letzte, was sie jetzt brauchen konnte. Es war merkwürdig, dass dieses Abenteuer in einer warmen Sommernacht sie derart beunruhigte. Schließlich war es nur *eine* Nacht gewesen. Andererseits war Andrea auch ein ungewöhnlicher und ausgesprochen gut aussehender junger Mann. Sie erinnerte sich an den Augenblick, da sie ihn auf der Terrasse von Saint-Cloud gesehen hatte: der Lockenkopf, das Lächeln, das sein Gesicht hatte strahlen lassen ... Er sah wahrlich *bien-aimé* aus, hatte sie gedacht. Es war einmal ein Holzfällersohn, der sich in eine Prinzessin verliebt hatte ... Nun ja, das war immerhin nur ein Märchen.

Die Sache mit dem Oger als Mann war jedoch real. Wenn Montespan sich wenigstens nicht um sie kümmern würde, bestünde vielleicht noch die Möglichkeit, im selben Haus zu leben, zumal sich seine Liebe inzwischen in Wut verwandelt hatte. »Einst hast du mich auch geliebt«, hatte er gesagt, »oder hast du mir das nur vorgespielt?«

»Du hast mein Vertrauen missbraucht«, erwiderte Athénais. »Du hast all meinen Schmuck und all mein Geld genommen und am Spieltisch zum Fenster hinausgeworfen, und jetzt stehen wir kurz davor, dass uns die Büttel holen. Wie könnte ich noch so etwas wie Liebe für dich empfinden, wenn du uns ins Armenhaus gebracht hast?«

»Das war nur ein vorübergehendes Problem«, protestierte Montespan, und als Athénais den Kopf abwandte, als er versuchte, sie zu küssen, tobte er: »Du bist ein kaltes, herzloses Weib! Du hast einen Liebhaber, nicht wahr? Wer ist er? Seine Hoheit, stimmt's?«

Jetzt, da er ihre Ehre in Frage stellte, war es an ihr, in Wut auszubrechen, zumal dieser Vorwurf nun wirklich lächerlich war. *Seine Hoheit*, ausgerechnet ... Die Szene endete damit, dass er aus dem Haus stürmte und die Tür hinter sich zuschlug. So konnte er an jenem Abend seine Spielsucht wenigstens mit seiner kalten, untreuen Schlampe von Ehefrau rechtfertigen. *Das ist also aus unserem gemeinsamen Leben geworden*, dachte Athénais, *ein Körnchen Glück in einer Wagenladung Schmerz und Leid.*

Gleichzeitig jedoch fühlte sie schon tief im Innern die kommenden Veränderungen. Das war es dann auch, was sie davon abhielt zu verzweifeln – dieser dünne Lichtstrahl, der die Dunkelheit in ihrem Geist erhellte. *Und ich gehe auf das Licht zu*, dachte sie. Als Montespan dann irgendwann erklärte, sie würden den Haushalt in Paris auflösen, um den Winter auf seinen Gütern in der Gascogne zu verbringen, wusste Athénais, dass sie das unbedingt vermeiden musste. Dabei kam ihr ein guter Freund zu Hilfe: Seine Hoheit, der dem schwierigen Ehemann erklärte, seine Gemahlin, Prinzessin Henriette, könne während der winterlichen Ballsaison unmöglich auf ihre wertvollste Hofdame verzichten. Der Preis, den Athénais dafür zahlen musste, war hoch – ihre Perlenhalskette –, doch so verschwand Montespan rasch nach Süden, seinen hartnäckigsten Gläubigern immer einen Schritt voraus. Und Athénais war frei.

28.

Wann hatten sich die Gedanken des Königs zum ersten Mal auf Athénais gerichtet? Hinterher erklärten die Flüsterer, es sei so ungefähr im November gewesen, denn war Athénais damals nicht zur Hofdame der Königin berufen worden? Bis dahin schien er ihrem Charme gleichgültig gegenübergestanden zu haben. Er hatte mit ihr auf den Maskenbällen bei Hofe getanzt; sie hatte die Nymphe seines Apollo gespielt, doch er war stets distanziert geblieben. Nun jedoch konnte jeder mit Augen im Kopf sehen, dass hier etwas im Gange war. Auf den Bällen und Maskenspielen in Saint-Germain, wo der Hof den Winter verbrachte, war es pikant, sich das pastorale *ballet des muses* anzusehen, in dem der König den Schäfer spielte und Mademoiselle de La Vallière und Madame de Montespan die Schäferinnen. Nur wenn man das Ganze auf eine bestimmte Art beobachtete, bemerkte man, dass der König die Hand der Marquise einen Augenblick länger hielt als die von La Vallière, und dass sie die Blicke nicht abwandten, wenn sie einander in die Augen schauten. Saint-Cyr beispielsweise, dessen Überleben als Spieler von seiner Fähigkeit abhing, die Gedanken anderer Menschen lesen zu können, fiel das sofort auf, anderen nicht. Als Louise de La Vallière in Gestalt der Göttin Diana mit einem Köcher auf dem Rücken auf dem Maskenball erschien, hatte sie keine Ahnung, dass Athénais' Stern als Venus im Aufgehen begriffen war. Immerhin war die Marquise ihre neue beste Freundin. Louise fand jeden Tag mehr Gefallen an ihr. Unter anderem sorgten Athénais' Scharfsinn und ihr Charme dafür, dass der König mehr Zeit in Gesellschaft der Damen verbrachte. Die Mätresse des Königs und die neue Hofdame waren fast unzertrennlich.

Wann hatte Athénais bemerkt, dass sich das Verhalten des Königs von Teilnahmslosigkeit in neugieriges Interesse verändert hatte? Es hatte da einen Augenblick während eines Mittagessens mit Le Vau gegeben, als Athénais' abergläubischer Geist sich an die kryptischen Worte von Madame Voisin erinnert und sie neu und mit schier unglaublicher Klarheit verstanden hatte. Später erkannte sie jedoch, dass es noch einen anderen, früheren Augenblick gegeben hatte, beim Fest Seiner Hoheit in Saint-Cloud. Nun sah sie das alles noch einmal wie ein Bild vor sich.

An jenem Sommerabend befinden sie sich mitten beim Abendessen auf der Terrasse. Die Luft ist warm und erfüllt vom Duft des Jasmin. Athénais durchströmt ein Gefühl des *bien-être;* sie badet in der Bewunderung, die ihr zuteil wird, und sieht sich selbst in den Augen des jungen Venezianers als Göttin der Schönheit. Sie fühlt sich geliebt. Die Verzweiflung der vergangenen Monate ist wie ein Schleier von ihr abgefallen. Sie ist der Schmetterling, der aus dem Kokon kriecht. Dann kreischt die Frau in Gelb über den Tisch hinweg und verlangt, auch die Gerüchte über Seine Hoheit zu hören. Am königlichen Tisch herrscht bereits Schweigen; ihre Aufmerksamkeit ist auf den Lärm und das Lachen gerichtet, das von Saint-Cyrs Gruppe ausgeht. Die schrille Stimme der Frau lässt auch an ihrem Tisch jedes Gespräch verstummen. Sie sind wie gelähmt, als ihnen das ganze Ausmaß ihres Fauxpas bewusst wird. Alle starren sie auf ihre Teller. Saint-Cyr stößt Athénais unter dem Tisch mit dem Fuß an. Sie weiß, dass er sie damit um Hilfe bittet. »Ah, ja«, sagt sie mit lauter, klarer Stimme, »wir haben gerade bemerkt, was für ein exzellenter Gastgeber Seine Hoheit ist, und dass seine Köche sich wieder einmal übertroffen haben.«

Das Gespräch wird wieder aufgenommen, und nach ein paar Minuten kann Athénais der Versuchung nicht mehr widerstehen und schaut zum königlichen Tisch. Der König beobachtet sie. Als ihre Blicke sich treffen, schaut er sie weiter an. Keine Regung zeigt sich in seinem Gesicht, als betrachte er ein interessantes Tier in seiner Menagerie. Er wendet sich von ihr ab, um mit der Fürstin von Monaco zu sprechen, doch Athénais behält das Bild im Hinterkopf. Viel später sieht sie diesen Gesichtsausdruck erneut – ein Abschätzen, jener Augenblick, da der König sie auserwählt hat.

Nun befand Athénais sich auf gefährlichem Gebiet. Sie tanzte und flirtete, aber diskret. Die Eifersucht der Königin auf Louise fand ihren Ausdruck in wilden Unhöflichkeiten, wann immer sie Gelegenheit dazu bekam. Oft füllten Louises Augen sich mit Tränen, obwohl sie ihren Kummer vergaß, sobald sie mit ihrem Ludwig tanzte. Der Hirte und die beiden Schäferinnen drehten ihre Pirouetten im Ballett der zwei Musen. Athénais hörte die Worte von Euridykes Totenklage – *»Mais que c'est un mal dangereux/D'aimer et de ne le pouvoir dire!«* Und es war zu gefährlich, den König dabei anzuschauen, der die Worte ebenfalls hörte und murmelte: *»Que c'est vrai.«*

So kamen und gingen die *jours gras*, die »fetten Tage«, der Karneval und die Bälle vor der Fastenzeit, und ihre Beziehung war nach wie vor ein Drahtseilakt, bei dem der kleinste Fehltritt zur Katastrophe führen konnte. Schließlich wurde Athénais sich ihrer wachsenden Nähe zur absoluten Macht bewusst – wie auch dem Gefühl, dass diese Macht sich offenbar ihrem Willen zu beugen begann. Gleichzeitig aber sah sie den Abgrund, in den sie stürzen könnte. Im Geiste hörte sie schon den Spott des Hofstaats – »Da geht die Hofdame, die versucht hat, die Mätresse des Königs zu ersetzen. Nun, sie ›hofiert‹ ihn immer noch ...« Und die Zukunft? Schulden über Schulden, bis sie gezwungen sein würde, sich ein kleineres Apartment zu nehmen. Dadurch wiederum würde sie aus dem Dunstkreis des Hofes herauskommen und schließlich in Vergessenheit versinken. Allein der Gedanke war unerträglich.

»Was glaubt Eure Schwester eigentlich, was sie da tut?«, fragte Saint-Cyr Madame de Thianges, als es bei ihrem Schachspiel zu einer Pattsituation kam.

»Sie spielt jetzt wieder die Précieuse«, antwortete Gabrielle. »Sie versucht, den König mit ihrem Verstand zu beherrschen, und wie es aussieht, ist er in der Tat ihrem Zauber erlegen.«

»Es ist äußerst gefährlich, ein solches Spiel mit jemandem zu spielen, der einen Appetit wie der König besitzt. Es heißt, zweimal am Tag beglücke er La Vallière, und dazu noch zweimal die Woche die Königin.«

»La Vallière inzwischen weniger häufig, wie ich gehört habe.«

»Mir hat man gesagt, sie sei wieder schwanger. Athénais sollte vorsichtig sein, dass sie nicht zu einer Ersatzmätresse wird, solange Louise ›unpässlich‹ ist.«

»Athénais ist nicht dumm. Aber wie auch immer, die Gedanken des Königs drehen sich im Augenblick ohnehin hauptsächlich um den bevorstehenden Krieg mit den Niederlanden«, sagte Madame de Thianges. »Sobald er mit diesem Feldzug begonnen hat, wird er keine Zeit mehr für die Liebe haben – ein Feldzug, von dem ich hoffe, dass er ihn besser führen wird als Ihr den Euren bei diesem Spiel, Chevalier. Ihr habt Eure Dame schutzlos den Angriffen meines Springers ausgeliefert.«

Der König hatte allerdings nicht die Absicht, ohne seinen Hofstaat in den Krieg zu ziehen. Was ergab es schon für einen Sinn, sich Ruhm in der Schlacht zu erwerben, wenn niemand einem dazu applaudierte? So mussten die Königin und ihre Hofdamen ebenfalls die Reise in die Niederlande antreten; aber bevor sie abreisten, geschah noch etwas Bedeutsames.

Blass und erregt traf Athénais am Hof ein. Montespan war aus der Gascogne zurückgekehrt und hatte sich bereits 20.000 Livres geborgt. Später an jenem Tag war der König nach Versailles aufgebrochen und hatte nur eine Person in seiner Kutsche mitgenommen: Athénais. Fünf Tage später wurde Louise zur Herzogin erhoben und ihre Tochter legitimiert. Als man sie zu ihrem neuen Titel beglückwünschte, brach sie in Tränen aus. Sie sagte, sie fühle sich wie eine Dienerin, die man ausbezahlt hatte. Selbst Louise, die unschuldigste aller Seelen, hatte nun bemerkt, dass der König einer anderen seine Zuneigung schenkte. Und dann – ein weiteres Anzeichen dafür, dass der König auch einen zweiten, ganz und gar nicht militärischen Feldzug führte – gab man Montespan eine Kommission in den Pyrenäen, an der spanischen Grenze, weit weg vom Hof in Paris. All das ordnete Saint-Cyr fein säuberlich, denn er hatte eine Wette darauf laufen, zu welchem Datum die Marquise de Montespan Louise de La Vallière als Mätresse des Königs beerben würde.

Claudine beobachtet, wie die Stimmung von Madame sich Tag für Tag ändert. So strahlt sie erst ein hohes Maß an Fröhlichkeit aus, und wenn sie dann von irgendeinem Ereignis zurückkehrt, bei dem auch der König anwesend war, strahlt sie übers ganze Gesicht. Ihrer Zofe vertraut sie sich allerdings nicht mehr an. Nur an einem kurzen Aufflackern des Mortemart-Temperaments erkennt Claudine, wann es einen Rückschlag gegeben hat. Vielleicht hat der König dann Louise eine Gefälligkeit erwiesen, die darauf schließen lässt, dass Ludwig womöglich doch noch an seiner alten Mätresse hängt. Sollten die Dinge sich allerdings so entwickeln, wie Madame hofft, wird auch Claudine davon profitieren.

Das bedeutet allerdings keinen großen Trost für sie. Eine andere Frau kurz vor dem Beginn einer großen Liebschaft zu sehen, während sie selbst an ihrer Liebe verzweifelt, ist in der Tat bitter. Manchmal hat Claudine das Gefühl, als trüge sie irgendwo in ihrem Leib oder ihrem Herzen eine große, schmerzende Leere mit sich herum. Manchmal macht sie sich als stechender Schmerz bemerkbar, wenn Claudine ein bestimmtes Bild in den Sinn kommt; dann wieder ist es einfach nur eine schreckliche Inhaltslosigkeit. Oft sieht sie ganze Bilderreihen von den Tagen in Saint-Cloud vor ihrem geistigen Auge, die zu jener magischen Nacht der Nähe geführt haben, in der sie Andreas von Leidenschaft erschöpftes, schlafendes Gesicht beobachtet und sich gewünscht hat, die Fäden zwischen ihnen würden sich verweben, sodass sie mit Leib und Seele auf immer eins sein würden. Dann erinnert sie sich daran, wie er sein Gebet an die Geister gemurmelt und ihre Stimmen im Kopf gehört hatte. *Ja, dieser Mann gehört zu dir.* Und dann hatte Andrea die Fäden zerrissen, die sie aneinander gebunden hatten; sein Zorn hatte Claudines Hoffnung ermordet, und seine Worte hatten sie zu einer – wie war das noch? – »gerissenen kleinen Hure« gemacht. Hinterher hatte sie ihre verlorene Liebe geheim halten müssen; sie hatte nicht einer Seele davon erzählen können, denn das hätte Verrat an Madame bedeutet und den Zorn ihrer Herrin heraufbeschwört. Überdies hatte Madame kein bisschen Mitleid gezeigt. »Dumm« und »verblendet« waren die Worte, mit denen sie Claudine bezeichnet hat. *Madame*, sagt Claudine zu sich selbst, *wenn Ihr erst einmal die Mätresse des Königs seid, werdet Ihr mich für die Wunden entschädigen, die Ihr mir zugefügt habt.*

Saint-Cyr registrierte alle Züge der geheimen Schachpartie, die während des Feldzugs gespielt wurde. Am 16. Mai: König, Dame, Springer und Bauern fahren nach Amiens, eine reisende Zurschaustellung königlicher Macht und königlichen Reichtums – vergoldete Kutschen, Paradepferde mit Federbüschen und goldbeschlagenem Zaumzeug sowie ebenso reich verzierte Höflinge. Seine Hoheit, des Königs Bruder, reiste natürlich in seiner mit Spiegeln ausgekleideten Kutsche, und die Cousine des Königs, La Grande Mademoiselle de Montpensier, nahm ihren kompletten Hofstaat mit. Am 25. Mai: Der König kommt zu den Springern. Er inspiziert seine Truppen, während die Königin – die Dame in diesem Spiel – ohne Verzögerung nach Compiègne weiterreist. Der König nimmt zwei Bauern in seine Kutsche: Madame de Montausier und Madame de Montespan. Es folgt eine kurze, kriegsbedingte Unterbrechung, bevor die Schachpartie fortgesetzt wird – Armentières war die erste belagerte Stadt, die fast sofort kapituliert, ebenso wie Charleroi. Eckelsbeke und Furnes leisten ein paar Tage Widerstand; ihre Kapitulation bringt den Franzosen großen Ruhm mit wenig Blutvergießen. Am 7. Juni: Die Dame gesellt sich wieder zum König. Der Bauer, der eigentlich schon längst aus dem Spiel hätte sein sollen, trifft im gleichen Augenblick ein – Louise de La Vallière kommt trotz ihrer Schwangerschaft und dem Befehl, daheim zu bleiben, im Sechsspänner, damit der andere Bauer den König nicht nehmen kann. Es folgt ein hübsches Spektakel für die Gerüchteküche: Ludwigs heftige Diskussion mit ihr endet mit Worten, die belauscht und rasch am gesamten Hof verbreitet werden – »Madame, ich mag es nicht, zu irgendetwas gezwungen zu werden.« Der nächste Zug der Dame besteht darin, den Bauern vom Brett zu werfen, indem sie befiehlt, ihm kein Abendessen aufzutragen. Die Dame fährt in der Kutsche mit Madame de Montespan und anderen Bauern weg. »Ich würde lieber in Schande sterben, als mich so zu benehmen«, erklärt Athénais. La Grande Mademoiselle lächelt ob dieser frommen Worte, bis sie Tränen über die Wangen der Königin rinnen sieht. Ja, es gibt einen Unterschied zwischen dem hier und einem echten Schachspiel: Hier werden Menschen verletzt.

Wann geschah es also zum ersten Mal? Wann hatte der Bauer den König genommen oder der König den Bauern? Abgesehen von den Liebenden gab es nur zwei Menschen, die es mit Sicherheit wussten. Die eine war Madame de Montausier, mit der Athénais in Avesnes zusammengewohnt hatte. Das Zimmer, das sie sich dort geteilt hatten, hatte unmittelbar neben dem des Königs gelegen. Die andere Person war die Zofe der Marquise.

Claudine hätte ganz genau sagen können, wann es geschah. Sie half Madame des Nachts immer beim Ausziehen, und um das zu tun, musste sie an den Wachen vor den Gemächern des Königs vorbei. An jenem Abend waren sie jedoch nicht dort, und Claudines Erleichterung darüber, dass ihr so die rüden Bemerkungen der Soldaten erspart blieben, mischte sich mit Verwirrung darüber, dass man die Gemächer des Königs ungeschützt gelassen hatte. Madame hatte ein besticktes weißes Seidennachthemd ausgewählt sowie eine weiß-goldene Satinrobe für darüber. Madame de Montausier war bereits entkleidet, saß auf einem Stuhl und hatte sich einen Wollschal um die Schultern geschlungen. Ihr Haar, dem man dank Henna die Zeichen des Alters nicht mehr ansehen konnte, war noch immer gelockt und in einen Knoten gebunden. Nachsichtig blickte sie auf la belle Athénais. Dabei kam Claudine der Gedanke: Sie gleicht einer Mutter, die ihre Tochter vor der Hochzeitsnacht beäugt.

»Möchte Madame la Duchesse, dass ich ihr das Haar kämme, nun, da ich mit Madame fertig bin?«, fragte Claudine, denn die Montausier-Zofe war krank geworden.

Madame de Montausier sagte nein, dazu bestehe keine Notwendigkeit; sie würde das später selbst erledigen. Während Claudine die Laken zurückschlug, fiel ihr auf, wie wenig im Raum gesprochen wurde. Um diese Uhrzeit plapperten die beiden Damen für gewöhnlich munter über die Ereignisse des Tages. Madame de Montespan schlüpfte ins Bett und sagte: »Das wäre dann alles, Claudine.« Madame de Montausier blieb auf ihrem Stuhl. Als Claudine mit einem Haufen Wäsche auf den Armen den Raum verließ, dachte sie: *Irgendwie sind die beiden Damen seltsam heute Abend. Sie konnte es ja gar nicht erwarten, mich loszuwerden.*

Claudine zog sich in die Dachkammer zurück, die sie sich mit drei anderen Zofen teilte. Es war eine warme, stickige Nacht; trotzdem hatte eine der Zofen darauf bestanden, das Fenster zu schließen. Um ein Uhr Morgens wachte Claudine verschwitzt auf, und die schlechte Luft im Raum stieg ihr in die Nase. Sie schlang den Schal um die Schultern und stieg die schmale Treppe in den ersten Stock hinunter. Dort gab es ein Fenster, von wo aus man die Haupttreppe überblicken konnte, und neben dem Fenster einen Sessel, in dem sie eigentlich den Rest der Nacht hatte verbringen wollen, doch wie sie sah, war der Sessel schon besetzt. Madame de Montausier war darauf eingeschlafen, neben sich eine verloschene Kerze, und auf dem Schoß lag offen das Buch, in dem sie gelesen hatte. Auf Zehenspitzen schlich Claudine an ihr vorbei und blieb dann vor der Tür des Zimmers stehen, in dem die beiden Damen wohnten. Zuerst hörte sie nur Stille, dann ein Murmeln, die Stimme eines Mannes, gedämpft, aber von unverkennbar tiefer Tonlage, und schließlich die hellere Stimme einer Frau, die ihm antwortete; dann kam wieder die Männerstimme, und so ging es die gesamten frühen Morgenstunden weiter. *Nun, was geschehen mag oder auch nicht, die beiden sind zusammen da drin, und was immer sie auch tun mögen, es schließt Madame de Montausier aus*, überlegte Claudine. Sie hörte eine Bewegung aus dem Sessel und erstarrte einen Augenblick; dann aber vernahm sie ein leises Schnarchen und entspannte sich wieder. Claudine schlich erneut an Madame de Montausier vorbei, deren Kopf nun gegen die Lehne gesackt war. Leise stieg sie wieder die Treppe hinauf und schlüpfte in ihre stickige Kammer.

Jedem fiel auf, wie unbeschwert und heiter der König geworden war. Das sei die Freude des Feldzugs, hieß es; der König sei ein Mann, der das Soldatenleben liebe. Nichts bereite ihm mehr Freude, als bei seinen Truppen zu sein, dieses Gefühl der Kameradschaft unter Männern. Und die Männer behandelten ihn nicht nur als ihren König und obersten Feldherrn, sondern auch als Waffenbruder, den es zu beschützen galt. Eines Abends kam er mit schlammverschmiertem Mantel von einem Gefecht zurück, nachdem ihn einer seiner Soldaten in einen Graben gestoßen hatte. Dem Mann hatte das Risiko missfallen, das sein Monarch eingegangen war, denn mit seinem scharlachroten Federbusch war Ludwig das ideale Ziel für jeden Musketier. Des Nachts, sagte der König, müssten Berichte erstellt und Papiere gelesen werden. Was er da tue, erkundigte sich die Königin eines Tages in der Kutsche, dass er bis vier Uhr morgens beschäftigt sei? Er lese Depeschen, antwortete Ludwig und wandte sich von ihr ab, sodass nur seine Cousine, La Grande Mademoiselle, ihn lächeln sah.

Claudine fiel auf, wie sich Laune und Erscheinung ihrer Herrin von Tag zu Tag änderten. Den Großteil des Tages verbrachte sie schlafend. Das Reisen ermüde sie, erklärte die Marquise. Dann ging sie zur Beichte, und hinterher wirkte sie deutlich sorgloser. *Vermutlich hat sie einen angenehmen Beichtvater*, dachte Claudine, *der mehr an Absolution denn an Buße glaubt.* Eines Morgens bat die Marquise Claudine, ihr eine Extraportion Schwarzwurzcreme aufs Gesicht zu schmieren, da ihre Haut vom Wetter rau geworden sei. *Der König könnte offenbar eine Rasur vertragen*, dachte Claudine, während sie der Marquise die Creme auf die geröteten Wangen rieb. *Ich frage mich, wann die Königin ahnen wird, was hier vor sich geht.* Schließlich kam die Königin tatsächlich dahinter, doch nicht durch Beobachtung von Madame de Montespans Verhalten, sondern durch einen anonymen Brief.

Madame de Montausier erwies sich der Situation mehr als gewachsen. »Das sind alles nur haltlose Gerüchte«, sagte sie. »Die Marquise hat jede Nacht neben mir geschlafen. Deshalb würde ich es wohl als Erste erfahren, wenn sie etwas anderes als unschuldig wäre.« Mit Tränen in den Augen und in verletztem Tonfall fragte Athénais, wie die Königin auch nur einen Augenblick glauben könnte, dass sie Ihre Majestät betrügen würde? Es gäbe einfach viel zu viele eifersüchtige Menschen bei Hofe, die nichts anderes im Sinn hätten, als Ärger zu verursachen. Claudine dachte: *Wollen mal sehen, was geschieht, wenn sie nach dem Feldzug wieder nach Paris zurückkehren – einem Feldzug, der mehr Urlaub als Krieg war. Man kann eine Liebe erst dann als groß und wahr bezeichnen, wenn sie auch auf vertrautem Grund und Boden überlebt.*

29.

Wie kurz ist doch der Weg zwischen Triumph und Niederlage. Athénais war sich der Zerbrechlichkeit ihrer geheimen Liebe bewusst, zumal der König sich alle Mühe gab, sie auch geheim zu halten. Athénais hatte sich das Leben einer königlichen Mätresse anders vorgestellt. Die Ankunft der Mätresse des Königs sollte mit Fanfaren verkündet werden; sie sollte die große Staatstreppe hinunterkommen, und an ihrem Hals sollten Diamanten funkeln. Als Grund für diese Geheimhaltung nannte man ihr ihren unberechenbaren Gemahl, der sich womöglich zu etwas Peinlichem hinreißen lassen könnte, wie zum Beispiel, den König zum Duell zu fordern. Aber da war noch mehr: Ludwig war tief in seinem Herzen ein frommer Mann, fest davon überzeugt, dass ein und dieselbe Sünde unterschiedlich schwer wiegen konnte. Ehebruch war eine Sache, zumal er der Königin ja auch nicht ihre ehelichen Rechte verwehrte. *Doppelter* Ehebruch jedoch war etwas vollkommen anderes – jedenfalls für ihn –, und in diesem Fall wurde die Sünde dadurch vergrößert, dass er einen anderen Mann betrog. Moralisch war diese Einstellung unhaltbar.

Aber selbst das war noch nicht alles. Das Ganze hatte auch etwas mit Furcht zu tun. Die Liebesbeziehung mit Louise war bequem und süß gewesen; die Beziehung zu Athénais jedoch zog bis dahin unbekannte Forderungen nach sich. Etwas zu besitzen war Teil von Ludwigs Leben;

selbst besessen zu werden bedeutete Gefahr. Spätestens seit Ludwigs unerwartet scharfer Reaktion auf eine beiläufige Bemerkung wusste Athénais, dass sie sich auf dünnem Eis bewegte; dabei hatte sie im konkreten Fall gar nicht die Absicht gehabt, der Königin gegenüber unhöflich zu sein, doch manchmal ging die Zunge eben mit ihr durch. Am nächsten Tag fuhr der König mit Louise aus Fontainbleau zur Jagd. Jeder wusste, was das zu bedeuten hatte: Das Paar würde im Unterholz verschwinden, wann immer es die Lust dazu verspürte. Als Jägerin konnte Athénais nicht mit Louise mithalten, die sogar ohne Sattel ritt. So blieb sie von der Jagdleidenschaft des Königs ausgeschlossen, denn sie war eine Kreatur der Salons, der gepflegten Konversation, der Musik und des Tanzes.

Athénais sah nicht, wie die beiden aus Fontainbleau aufbrachen, aber sie konnte sich Louises Gesichtsausdruck vorstellen, ihren süßen, eingebildeten Blick, mit dem sie Ludwig an ihre Seite band. Jetzt sprachen alle wieder nur nett über die Herzogin, nachdem sie die vergangenen Monate bei der Erwähnung ihres Namens lediglich mit den Schultern gezuckt hatten. Athénais hatte das Gefühl, das Schicksal würde ihr unter den Fingern zerrinnen. Mit Leib und Seele konzentrierte sie sich auf die Notwendigkeit, den König an sich zu binden. An diesem Punkt hörte sie dann, wie Claudine den Namen von Madame Voisin erwähnte. Der Name war auch ihr gerade durch den Kopf gegangen, und Claudine griff lediglich Athénais' Gedanken auf, als sie hinter ihr stand, das Spiegelbild ihrer Herrin betrachtete und deren Locken auf der Stirn arrangierte.

»Madame Voisin? Die Wahrsagerin?«, sagte Athénais in einem Tonfall, als wäre die Frau das Letzte, was ihr im Augenblick in den Sinn kommen würde.

»Man hat mir erzählt, dass sie äußerst wirkungsvolle Liebespulver herstellt«, sagte Claudine. »Pulver für jede Gelegenheit. Wenn Ihr wollt, dass jemand Euch liebt ... Wenn Ihr wollt, dass jemand aufhört, Euch zu lieben ...«

»Wie sollte ich dem König denn ein Pulver verabreichen?« Ein neues Bild erschien vor Athénais' Auge: das eines rothaarigen Priesters auf der Türschwelle, und sie hörte Madame Voisin, die von einer Macht größer als der des Gebets erzählte. Damals war sie davon angewidert gewesen, doch nun erregte es sie unterschwellig.

»Natürlich«, fuhr Claudine fort, »gibt es da noch eine andere Möglichkeit.«

Athénais blickte dem Spiegelbild ihrer Zofe in die Augen – Augen, die seltsam glasig wirkten wie die von Madame Voisin. »Eine andere Möglichkeit?«

Claudine lächelte. »Ihr erinnert Euch doch sicherlich an Vater Mariette, nicht wahr, Madame? Er hat gesagt, er könne Euch mit Eurem Schicksal helfen.«

»Woher weißt du das? Du warst nicht dabei.«

»Es heißt, seine Zeremonien seien ausgesprochen effektiv.«

Schluss mit diesem Zögern, dachte Athénais. Entweder würde es funktionieren oder nicht. Sie sagte: »Ich bin nicht sicher, ob ich die Reise zu Madame Voisins schrecklichem kleinen Haus in der Vorstadt noch einmal ertragen könnte.«

»Das braucht Ihr auch nicht, Madame. Vater Mariette kennt den Weg nach Saint-Germain.«

Es war fast Mitternacht im Apartment von Athénais' Schwester, Madame de Thianges. Vater Mariette hatte erklärt, dies sei die beste Zeit für solch eine Zeremonie. Er kam mit einem anderen Mann, klein und ausgemergelt, den er als Monsieur Lesage vorstellte. Lesage trug eine Tasche bei sich, in der sich Vater Mariettes Geräte für die Messe befanden: die mit Drachen bestickte Robe, Weihrauch, ein Kelch und eine Flasche Wein. Ehrfürchtig stellte er den

Wein auf den Tisch, der als Altar hergerichtet war. Der Wein stammte aus der Kirche Saint-Séverin, wo Vater Mariette tagsüber die Messe hielt.

Vater Mariette blickte Athénais mit Augen an, deren Farbe an gebrannten Karamell erinnerte. Sein Gesicht war so bleich wie eine Pflanze, die in Dunkelheit gewachsen ist, sein Haar feuerrot. Athénais kam der Gedanke, ihn zu fragen, ob er Henna verwende, doch er erklärte ihr gerade, dass dies hier eine ernste Angelegenheit sei, ernst und gefährlich. Aufmerksam beäugte er zunächst Athénais, dann Gabrielle und schließlich Claudine, als versuche er abzuschätzen, wie ernst sie es meinten. Zu guter Letzt wandte er sich wieder an Athénais. »Marquise de Montespan, habt Ihr Euren Teil getan?«

Das hatte sie. Claudine trat mit einem Tablett vor, auf dem zwei kleine, blutige Taubenherzen lagen, die sie im Küchenabfall gefunden hatte. Vater Mariette nahm sie ihr ab und stellte sie auf den Tisch neben den Wein und den Kelch. Lesage half ihm, die Drachenrobe über das Habit zu ziehen, und schwang dann das Weihrauchfass. Der Raum füllte sich mit dem schweren, süßlichen Geruch des Weihrauchs. Mit geschlossenen Augen stand Vater Mariette wie erstarrt vor dem Tisch.

Kurz darauf intonierte er ein Gebet in einer Sprache, die keine der Frauen kannte, doch die geheimnisvollen Worte schienen eine Macht auszustrahlen, die wie ein dunkler Fluss durch die Adern strömte. Die Leichtigkeit, die Athénais noch vor wenigen Minuten empfunden hatte, als Vater Mariette die Drachenrobe angelegt und sich das Haar zurechtgelegt hatte, war einer wachsenden Spannung gewichen. Sie fühlte die sich verändernde Atmosphäre im Raum, als materialisiere sich irgendeine unsichtbare Präsenz in ihrer Mitte.

Vater Mariette öffnete die Augen wieder. Er schaute zu

Athénais und sagte leise: »Sie ist jetzt bei uns: die Göttin Astaroth. Sie hört uns zu. Sagt Ihr, was Ihr wünscht. Kommt zum Altar.«

Athénais kniete nieder. Inzwischen war sie von dem Weihrauch leicht benommen, den Lesage um sie herum verteilte. »Ich wünsche mir die Liebe des Königs«, sagte sie und blickte zu dem Kelch auf dem Tisch. »Ich wünsche mir, dass er nur mich und keine andere liebt.«

Vater Mariette flüsterte: »Das ist nicht alles, was Euch im Kopf herumgeht; da ist noch mehr. Sprecht alles aus. In der Gegenwart von Astaroth seid Ihr sicher.«

Ja, da war noch mehr. Louise de La Vallière soll verschwinden; der König soll nicht mehr an sie denken; die Königin ...

»Ja«, hakte der Priester nach, »die Königin ...?«

»Die Königin soll keine Kinder mehr bekommen. Ich soll den König heiraten; meine Kinder sollen den Thron erben, und ich soll an der Seite des Königs regieren ...«

Athénais war entsetzt über die Kraft, mit der sie diese Worte aussprach, als kämen sie nicht aus ihr, sondern irgendwo anders her. Dieser überwältigende Hass, dieses alles verzehrende Verlangen nach Macht, das ihr niemals würde genommen werden können. Sie fühlte die lauschende Präsenz um sie herum, sah, wie Gabrielle sich bekreuzigte, und hörte Claudine eine Beschwörung oder ein Gebet murmeln. Dann blickte sie wieder zu Vater Mariette und sah Verständnis in seinen Augen.

»Mein Kind, du hast gesagt, was du sagen musstest. Astaroth hat dir zugehört.«

Vater Mariette stand vor dem Altar und hob die Hände wie zum Segen. Er goss etwas Wein in den Kelch und reichte ihn Athénais zum Trinken. Dann nahm er den Teller mit den Taubenherzen, hielt ihn hoch über seinen Kopf und rief: »O Astaroth, erhöre unsere Gebete. Mögen zwei Herzen zu einem werden; mögen sie im gleichen Takt schlagen und niemals auseinander gehen. O Astaroth, erhöre unsere Gebete.«

Athénais hörte ein lautes Schluchzen und sah, wie Claudine von ihren Gefühlen überwältigt wurde. Sie hatte die Hände vors Gesicht geschlagen, und ihre Schultern zitterten. Vater Mariette trat zu ihr und legte ihr sanft die Hand auf den Kopf, auf dass die Göttin ihr verletztes Herz heilen möge. Die Uhr schlug Eins.

»Himmel, ist es wirklich schon so spät?«, rief Vater Mariette. »Ich muss gehen.«

Lesage half ihm aus seiner Robe und räumte Wein und Kelch weg. Dann wickelte er den Teller mit den Taubenherzen in ein Tuch, denn Vater Mariette hatte versprochen, sie bei einer Messe in Saint-Séverin zu segnen.

Der Priester drehte sich zu Athénais um und verneigte sich. »Madame la Marquise de Montespan, ich hoffe, dass Ihr zufrieden seid.« Als er eine gefüllte Geldbörse entgegennahm, verneigte er sich erneut, gab den drei Frauen einen weiteren Segen und ging – wohin, wussten sie nicht; ja, sie wussten nicht einmal, ob er die Nacht in Saint-Germain logierte oder über die mondbeschienene Straße wieder nach Paris zurückfahren wollte.

Gabrielles Gesicht war noch immer blass, als sie sagte: »Nun, Athénais, ich hoffe, du bist zufrieden, und dass wir an deinem Glück teilhaben werden.«

Athénais drehte sich um und drückte ihre Schwester an die Brust. Allmählich ließ die Spannung nach, und sie lachte. »Nun, wir werden sehen, ob er ein ehrlicher Schuft ist oder nicht. Wie heißt es doch? Trau niemals einem Rothaarigen.«

»Das war ein teures Abenteuer«, sagte Gabrielle. »Ich könnte mir vorstellen, dass wir das nicht allzu oft wiederholen werden.«

»Nie wieder«, bestätigte Athénais, doch tief in ihrem Herzen wusste sie, dass ihre Wünsche gehört worden waren, dass es eine Präsenz im Raum gegeben *hatte*, dass sie über ihre Rivalinnen triumphieren und ihr rechtmäßiges Schicksal sich erfüllen *würde* ... und dass ihr Leben sich für alle Zeit verändert hatte.

30.

Der Spiegel lügt niemals, doch der Spiegel spielt dem Verstand Streiche. In der freien Zeit, da er die französischen Lehrlinge nicht unterrichten musste, experimentierte Andrea mit Spiegelkästen und Winkelspiegeln. Monsieur du Noyer bemerkte nicht, wenn er sich kurz in das kleine Studio zurückzog, das er sich eingerichtet hatte. Immerhin hatte Andrea die Manufaktur vor einer ungewissen Zukunft bewahrt, und auch für ihn war es eine Erleichterung, seine Landsleute endlich los zu sein. Nachdem die Venezianer nun verschwunden waren, musste auch du Noyer zugeben, dass sie eine Qual gewesen waren, ein Haufen Primadonnen, die durch die großzügigen Geschenke des Finanzministers auch noch in ihrer Arroganz ermutigt worden waren. Du Noyer hatte Monsieur Colbert erklärt, er dürfe nicht zulassen, dass die Männer ihren Wert überschätzten. Sie seien ohnehin schon verdorben, und ihre Leistung habe deutlich nachgelassen. So müsse nur einer von ihnen krank werden, und alle würden sofort die Werkzeuge niederlegen – aus Furcht vor einer Epidemie, wie sie sagten. Dann war da noch das Problem der *femmes galantes*, wie Monsieur Colbert sie nannte, die sich an den Wachen vorbeischlichen und die Arbeit noch mehr behinderten. Nachts war die Manufaktur das reinste Bordell gewesen, und dabei waren sie so laut, dass sich sogar die Nachbarn über den Lärm beschwerten.

Die jungen französischen Glasbläser, die Andrea ausbildete, legten eine vollkommen andere Einstellung an den Tag. Sie waren nicht nur da, um sich die Taschen zu füllen, sie betrachteten sich selbst als Teil eines neuen Industriezeitalters, durch das die ganze Nation zu neuem Wohlstand finden würde. Sie arbeiteten mit voller Aufmerksamkeit und frei von jenen Schuldgefühlen, welche die Venezianer befallen hatten.

Andrea hatte nichts mehr von den anderen Spiegelmachern seit ihrer Rückkehr gehört. Es war du Noyer gewesen, der ihn darüber informiert hatte, dass man seinen Vater und seinen Bruder unter Hausarrest gestellt hatte; doch als die Gilde der *specchiai* dagegen protestiert und gedroht hatte, keine Spiegel mehr herzustellen, hatte man sie wieder freigelassen, allerdings erst, nachdem sein Vater Andrea öffentlich zu einem Verräter an der Republik erklärt hatte. Nachts wachte Andrea immer wieder mit Schuldgefühlen auf. Der Gedanke, dass er erst im Tod dafür würde Buße tun können, war ihm bis dato nie gekommen.

Der Winter wich dem Frühling, und der König, so hörte Andrea, führte wieder Krieg in den Niederlanden. Als Ersatz für die nicht gezahlte Mitgift der Königin hatte Ludwig bereits die spanischen Provinzen eingenommen, doch er wollte mehr. Leidenschaftlicher Patriotismus lag in den Stimmen der französischen Arbeiter, wann immer sie über die letzten Kriegsberichte diskutierten, aber es gab auch Uneinigkeit, vor allem in der Frage, ob der König die neu eroberte Franche-Comté* im Rahmen des Friedensvertrags hätte aufgeben sollen. Alle stimmten sie jedoch darin überein, dass Frankreich einen wahrhaft großen und glorreichen König besaß sowie brillante Generäle in Gestalt von Condé und Turenne. Sie würden den Spaniern und Holländern schon zeigen, wer der Herr Europas war.

---

* die Freigrafschaft Burgund – Anm. des Übersetzers

Andrea überließ die Männer ihrem nationalen Pathos und zog sich in sein Studio zurück. Seit er in den Treibsand der Liebe geraten war, versuchte er, sich dadurch zu retten, dass er sich auf jenen Teil seines Lebens konzentrierte, den er so gut kannte, jenen Teil, der festen Regeln folgte, ihn aber trotzdem immer wieder überraschen konnte: die Spiegel, die die Welt reflektieren. Andrea hatte ein langes Rohr mit zwei Parallelspiegeln an jedem Ende konstruiert, die er auf einer Versammlung der Akademie der Wissenschaften vorstellte. Die Herren blickten nacheinander durch das Rohr und zeigten sich skeptisch, aber interessiert.

Einer der Zweifler sagte, er könne den Nutzen eines solchen Instruments nicht erkennen, es sei denn, man wolle durchs Schlafzimmerfenster spähen, um festzustellen, ob die Frau Gemahlin einen Liebhaber hat. Andrea erwiderte, das »Sehrohr« könne sich besonders im Krieg als nützlich erweisen, da man damit das Land von den Zinnen aus beobachten könne, ohne Gefahr zu laufen, dass einem der Kopf weggeschossen wird. Die Akademiemitglieder lächelten. Einer von ihnen erklärte väterlich, dass Monsieur Allegré ja einige interessante Ideen habe, es käme ihm jedoch zugute, parallel zu solch einer Demonstration erklärende Dokumente zu verteilen. Andrea verstand und fühlte sich keineswegs beleidigt. Er kehrte in sein Studio zurück und begann eine neue Abhandlung zu schreiben mit dem Titel: »Der seltsame Fall des Brennspiegels – die Wahrheit über die Geheimwaffe des Archimedes.«

In Versailles wurde gefeiert. Offiziell sollte mit dem *Grande Divertissement Royale* der Friedensvertrag von Aachen gefeiert werden. In Wahrheit war das Ganze jedoch eine Hommage an die neue Mätresse des Königs; das wussten die Eingeweihten. Die Luft an diesem Abend knisterte förmlich von verschlüsselten Nachrichten. Die Worte vom *Triumph von*

Bacchus und Amor hatten nichts mit irgendwelchen Friedensverträgen zu tun – *Chantons tous de l'amour le pouvoir adorable.* Jene, die Bescheid wussten, tauschten wissende Blicke. Sie schauten zum König und zur Königin und dann zur Marquise de Montespan, die – so sagten sie – förmlich zu strahlen schien. Der König war tatsächlich wie verhext.

Andrea beobachtete, wie der königliche Zug am Eingang des Gartentheaters eintraf. Bei der zwergenhaften, hochschwangeren Frau mit blondem Haar, die über und über mit Juwelen behangen war, handelte es sich – so erkannte er – um die Königin. Mürrisch hatte sie die Mundwinkel nach unten gezogen. Der dichte Federbusch auf dem Hut des Königs war inmitten eines Haufens Höflinge zu entdecken, die ihn umschwärmten wie Bienen einen Honigtopf. Und dort, links vom König, war das Gesicht, das Andrea nie vergessen würde: Athénais. Sie trug ein goldenes Kleid bestreut mit Diamanten wie Regentropfen, die in der Sonne funkelten. Der Triumph der Liebe ließ sie strahlen. Eine Sekunde lang blickte sie in Andreas Richtung und schaute mit ihren azurblauen Augen direkt in die seinen, doch er vermochte nicht zu sagen, ob sie ihn erkannte. Sie schien in der Tat blind vor Liebe zu sein.

»Wie wunderbar. Was für eine Herzensbrecherin«, sagte eine Stimme neben Andrea. Sie gehörte Francesco Francini, dem Brunnenbauer.

Andrea biss sich auf die Lippe und beobachtete weiter Athénais. Ja, da war dieses rasche Drehen des Kopfes, an das er sich so gut erinnerte, doch machte ihre neue Rolle die Bewegungen noch erhabener. Falls es je eine Frau gegeben haben sollte, die zur Mätresse des Königs geboren war ...

»Willst du dir das Stück ansehen?«, fragte Francini.

»Ich weiß nicht, wie uns das gelingen sollte. Sie haben ja sogar die ausländischen Gesandten fortgeschickt«, erwiderte Andrea. Am Torbogen des Freilufttheaters wurde ein Mitglied der schwedischen Delegation grob von einem Soldaten weggezerrt, der gerade erst vom Schlachtfeld zurückbeordert worden war. Der schwedische Gesandte protestierte auf Französisch, fluchte auf Schwedisch, machte dann auf dem Absatz kehrt und zog mit seinem Gefolge davon. Der Gesichtsausdruck des Soldaten verriet selbstgerechte Streitlust; erneut hatte er einen ausländischen Feind erfolgreich zurückgetrieben.

»Es ist leicht, wenn es dir nichts ausmacht, dass wir nur eingeschränkte Sicht haben werden«, sagte Francini. »Wir können uns einen Weg durch die Seitenflügel hinein suchen.«

An der mit Laub bewachsenen Kolonnade vorbei, die zusätzlich mit Wandteppichen verhangen war, um das Publikum vom Garten abzusondern, befand sich eine Freifläche an einem Hang neben den Seitenflügeln. Von hier aus konnten die beiden Männer den vorderen Teil der Bühne einsehen sowie die ersten Zuschauerreihen. Zwei der Schauspieler mit riesigen Perücken und bemalten Gesichtern waren bereits dort und beobachteten die Zuschauer durch den Spalt, den auch Andrea und Francini nutzen wollten.

»Das ist doch eigentlich ein recht guter Platz, oder?«, sagte Francesco.

»Solange Ihr uns nicht in den Weg kommt, soll es mir egal sein«, erwiderte einer der beiden Schauspieler. Er hielt einen Ebenholzstab in der Hand.

»Wir werden mucksmäuschenstill sein, Monsieur Molière. Mein Freund hier ist gerade erst aus Italien eingetroffen.«

»Dann wird er das Possenspiel genießen.«

Das stimmte. Die langen, verschlungenen Monologe des Stückes wurden immer wieder von Tänzen und Liedern unterbrochen, die für Andreas Geschmack das einzig wirklich Unterhaltsame waren. Wenn er zu den ersten Zuschauerreihen blickte, sah er, dass auch das Publikum so dachte. Der König hatte ein aufmerksames, aber auch ein wenig gelangweiltes Gesicht aufgesetzt, während George Dandin deklamierte. Seine Hoheit, der zwei Plätze weiter saß, rutschte unruhig hin und her und schaute sich immer wieder die anderen Zuschauer an. Die Königin wirkte mürrischer denn je, was von ihrem kantigen, habsburgischen Gesicht auch noch betont wurde. Nur Athénais de Montespan, die bei den anderen Hofdamen rechts von der königlichen Familie saß, wirkte amüsiert ... Es war, als gingen ihr tausend schöne Gedanken durch den Kopf. Sie lächelte den König an, der sie daraufhin so liebevoll anschaute, dass das Ganze den Eindruck erweckte, als lebten die beiden in einer eigenen Welt. Andrea erinnerte sich daran, wie er sie in jener Sommernacht im Garten von Saint-Cloud auf die gleiche Art und Weise angeschaut hatte. Was für ein Narr war er doch gewesen ... wie lächerlich.

»Der nächste Teil wird dir besser gefallen«, sagte Francini, der Andreas ungeduldige Bewegung als Langeweile gedeutet hatte. »Jetzt kommt der Wettstreit zwischen Bacchus und Amor.«

»Chantons tous de l'amour le pouvoir adorable ...«, sangen die Harlekine für die Nymphen. Die in Weinranken gehüllten Gefolgsleute des Bacchus sprangen auf die Bühne, um ihren Gott mit dem *attraits glorieux* zu preisen, der die ganze Welt seiner Macht unterworfen hatte.

»Nein, die Liebe ist die größte Freude. Jeder, der ohne Liebe ist, lebt ein trostlos Leben«, sangen die Gefolgsleute des Amor.

»Leben ohne Trinken gleicht dem Tod«, erwiderten die Anhänger des Bacchus.

Die Harlekins vollführten Purzelbäume vor den Nymphen, die Bacchanten schlugen Räder, und die jeweiligen Sänger versuchten, den gegnerischen Chor zu übertönen.

Dann trat ein Schäfer vor, um den Streit zu schlichten, denn – so sagte er – Bacchus und Amor könnten doch ganz gut miteinander; man dürfe sie nicht trennen. Diese Erklärung sorgte für Heiterkeit unter den Zuschauern. Gläser wurden gehoben, um einen Toast auf die beiden Götter auszubringen. Der König drehte sich lachend zu Athénais um. Die Königin starrte stur geradeaus.

Francini sagte: »Vermutlich trauert sie den Tagen mit Mademoiselle de La Vallière hinterher, obwohl es heißt, mit Louise sei es noch nicht ganz vorbei. Wie würde es dir gefallen, König zu sein und unter drei Frauen wählen zu können? Eine macht allerdings schon genug Ärger ... jedenfalls sage ich das immer Signora Francini, wenn sie wieder mal eifersüchtig ist.«

Außerhalb des Kreises von Kerzenleuchtern im Theater wurde es zunehmend dunkler. Die Luft kühlte deutlich ab, und auf dem Gras schlug sich Tau nieder. Andrea lehnte sich zurück, stützte sich mit den Händen hinter sich ab und spürte den feuchten Saum eines Rockes auf seinen Fingern, als eine Frau an ihm vorüber ging. Sie blieb stehen, als suche sie nach der besten Stelle, von wo aus sie sich das Stück ansehen konnte; dann setzte sie sich aufs Gras links von den beiden Italienern. Ihr Kleid lag voluminös auf ihrer Hüfte und war an der Taille eng geschnürt, und als sie das Fichu von den Schultern zog, sah Andrea, welch üppigen Busen sie besaß.

Philène sang gerade: »Es ist Eure göttliche Grazie, die meinen Blick gefangen hält.«

Ja, die Art, wie die Frau den Kopf hielt, hatte in der Tat etwas Graziles an sich, das Andrea an die Marquise erinnerte. Das Fichu lag nun auf dem Boden, und sie hatte sich ein wenig abgewendet, als wolle sie die Zuschauer beobachten, gleichzeitig jedoch ihre Figur besonders gut zur Schau stellen. Andrea war sich bewusst, dass sie ihn bemerkt hatte, und neugierig wartete er darauf, was sie als Nächstes tun würde.

»Solltet Ihr Euch entscheiden, den ersten Zug zu machen«, sang Climene, »so mag es möglich sein, dass ich Euch folge.«

Andrea lächelte – die Frau stand kurz davor, den ersten Zug zu machen. Die Wolke, die bis gerade den Mond verborgen hatte, zog weiter, und nun konnte Andrea die Frau deutlich erkennen, als sie den Kopf zu ihm drehte. Jetzt verstand er auch, warum er bei aller Faszination einen Hauch von Unbehagen verspürt hatte. Natürlich, er hatte sie erst nur unterbewusst erkannt. Sie schaute ihn mit ihren entnervenden Augen an wie eine Katze. Seit jener Zeit in Saint-Cloud hatte sie sich sehr verändert. Sie strahlte Selbstsicherheit aus, wusste um ihre Ausstrahlung. Das Glück der Marquise hatte auch Claudine gut getan. Einen schier endlos scheinenden Augenblick starrten sie einander an. Keiner von ihnen sagte ein Wort, als sie sich an ihre letzte Begegnung in der Dunkelheit erinnerten. Dann stand Andrea auf und ging. Er hörte Climene singen: »Erwartet ein süßes Ende der Schmerzen, die Euch quälen.« Tircis erwiderte: »Ich erwarte keine Heilung.«

Keine Heilung ... Der rationale Mann, der Forscher, Wissenschaftler, der Sezierer von Mysterien hatte sich selbst etwas vorgemacht, als er geglaubt hatte, Amor von sich fern halten zu können. Amor erwischte einen stets, wenn man es am wenigsten erwartete.

31.

Er erwischte einen stets, wenn man es am wenigsten erwartete. Claudine wusste, dass sie die Nacht in Saint-Cloud zu ihrem Vorteil nutzen musste; es durfte keine Mauer der Wut zwischen ihnen bleiben. Die Veränderung von Madame, seit diese den Mann ihrer Träume festgenagelt hatte, war ihr nicht entgangen. Es konnte kein Zweifel bestehen, dass die Natur bestimmte Männer für bestimmte Frauen vorgesehen hatte, und wenn man die Gelegenheit nicht beim Schopf packte, wenn man sich den Mann durch die Finger schlüpfen ließ und sich jemand anderem zuwandte, würde man es den Rest seines Lebens bereuen.

Claudine war die selbstzufriedene Ausstrahlung von Athénais aufgefallen, nachdem der König ihrem Charme erlegen war. Zweifel an seiner Liebe hegte sie keine mehr. Louise de La Vallière blieb in ihren Apartments. Die Höflinge sahen, wie der König Louise zweimal am Tag besuchte ... doch ihre Gemächer grenzten an die Apartments, wo Athénais nun logierte. Der König trat seiner vormaligen Mätresse ausgesprochen charmant und versöhnlich gegenüber und zog dann weiter. Louise ließ er mit seinem Jagdmantel oder einem Hund zurück, der ihm hinterhergelaufen war. »Die arme Louise«, hatte Claudine einmal gesagt, nachdem sie eines Abends beobachtet hatte, wie Mademoiselle de La Vallière Athénais beim Ankleiden geholfen hatte, »zu Eurer Zofe degradiert zu sein.«

»Nichts da von wegen ›arme Louise‹«, hatte die Marquise entgegnet. »Ich bin äußerst charmant zu ihr, und das gilt auch für den König. Es mangelt ihr an nichts. Sie ist Herzogin. Und was ist so schlimm daran, meine Zofe zu sein? Hast du je Grund zur Beschwerde gehabt?«

»Natürlich nicht, Madame«, erwiderte Claudine. Dann fügte sie hinzu: »Es ist schon seltsam, wie sich alles verändert hat, seitdem wir uns mit Vater Mariette getroffen haben.«

»Vater Mariette ist nichts«, schnappte Athénais, doch Claudine sah die Nervosität in den Augen ihrer Herrin. *Seht Ihr, Madame*, dachte sie. *Das sollte Euch nur daran erinnern, dass ich Dinge über Euch weiß, die andere besser nicht wissen sollten. Es ist gut, dass wir das klargestellt haben.*

Für den nächsten Tag hatte Claudine den Schneider bestellt, während die Marquise ausgegangen war. Sorgfältig ging sie die Stoffe und Muster durch und wählte ein paar hübsche und tief ausgeschnittene Kleider, die ihre Figur besonders vorteilhaft betonten. Nachdem der Schneider gegangen war, schnitt sie den Kragen ihres grauen Kleides auf. »Jetzt fangen wir an«, sagte sie zu sich selbst. »Es ergibt keinen Sinn, bei Hofe zu leben und wie eine Nonne umherzulaufen.«

Und, dachte sie, *nach der Nacht des Divertissement ergibt es ebenfalls keinen Sinn, sich wie eine Hofschönheit zu kleiden und den Mann nicht zu bekommen, den ich haben will.* Claudine war es leid, sich der Annäherungsversuche von Pagen und Lakaien zu erwehren oder auch dann und wann eines Höflings, der sich von ihrem Dekolleté angezogen fühlte. Aber wie sollte sie jemanden verführen, der ihr den Rücken zukehrte, kaum dass er sie erkannt hatte? Es war an der Zeit, es auf eine andere Art zu versuchen.

In Saint-Séverin verlief der Tag nach bestimmten Regeln. Nach der Frühmesse zog Vater Mariette sich zurück, um in der Heiligen Schrift zu lesen und über die Natur der Ewigkeit zu meditieren. Um zehn war er dann wieder in der Kirche, und man konnte seine rothaarige, schwarz gewandete Gestalt durch den Wandelgang unter den hohen gotischen Säulen gleiten sehen. Lichtstrahlen, die durch die dicken Buntfenster fielen, malten farbige Flecken auf seine blasse Haut. Um elf ging Vater Mariette in den Beichtstuhl, setzte sich hinter das mit einem Vorhang verhangene Fenster und erwartete die Prozession der Bußfertigen. Dieser Teil des Tages hielt nur wenige Überraschungen für ihn bereit; inzwischen war er es gewohnt, von den Perversitäten der Menschen zu hören. Dabei musste er hauptsächlich langweiliges Stöhnen über armselige Eifersüchteleien über sich ergehen lassen, verlegenes Gemurmel über das Verlangen nach der Frau eines anderen oder neidisches Grummeln über das Glück eines Nachbarn. Nur manchmal brachte ein reumütiger Mörder oder Vergewaltiger Leben in diese Ödnis; für diese Sünder konnte er sich dann langwierige, schwere Bußübungen ausdenken.

An diesem schwülen Tag Mitte August empfand Vater Mariette es als besonders unerträglich, in der stickigen Dunkelheit des Beichtstuhls zu hocken, während die Bußfertigen ihre Münder nahe ans Gitter hielten und ihm ihre Sünden mit dem Gestank von Knoblauch, faulen Zähnen, Armut und Dreck entgegenhauchten. *Es gibt so viel Elend in dieser Stadt*, dachte er, als ein Dieb ihm gestand, Brot für seine Kinder gestohlen zu haben. *Arme und Reiche leben Tür an Tür, und der Futterneid wächst täglich.* Vater Mariette sinnierte über die alles verändernde Kraft des Geldes, während er in gleichem Maße Bußübungen und Absolution erteilte.

»*Mea culpa*, Vater, ich habe gesündigt ...« Er hörte eine Frauenstimme am Gitter, und noch bevor sie ein weiteres Wort sagte, vermutete er schon, dass ihn eine unzüchtige Geschichte erwartete. Sie fuhr fort: »Vater, ich liebe einen Mann, der mich aber nicht liebt. Er hat nur Augen für eine andere Frau, und ich werde sterben, wenn er meine Liebe nicht erwidert …«

Neid und Lust, um nur zwei der Todsünden zu nennen, dachte Vater Mariette. *Und Wut. Und Stolz in der Annahme, dass der Mann ihre Liebe erwidern solle, und Gier nach dem, was sie nicht haben kann. Damit bleibt nur Faulheit.* Das reichte, um damit arbeiten zu können.

»Vater Mariette, ich möchte, dass Ihr mir helft.« Vater Mariette, der bis jetzt träge auf seinem Stuhl gelegen hatte, setzte sich auf. Das war äußerst ungewöhnlich. Die Beichte sollte anonym sein, zum Schutz beider Seiten, doch bevor er die Frau dafür tadeln konnte, fuhr sie fort: »Ihr habt der Marquise de Montespan bei der Erfüllung ihres Wunsches geholfen. Ich war in jener Nacht dabei. Nun möchte ich, dass Ihr auch mir mit Eurer ›besonderen‹ Messe helft.«

Vater Mariette legte den Kopf dicht ans Gitter und sah dahinter das Gesicht einer jungen Frau. »Wovon redet Ihr?«, murmelte er. »Wer seid Ihr? Was tut Ihr hier?«

Er sah sie durchs Gitter hindurch lächeln. »Ich bin die Zofe von Madame de Montespan, und ich möchte, dass Ihr für mich die gleiche Messe zelebriert.«

»Das hier ist nicht der geeignete Ort, um über solche Dinge zu sprechen. Ihr könntet Euch das ohnehin nicht leisten.«

»Vielleicht könnte ja jemand anders die Messe für mich zelebrieren. Vielleicht sollte ich mal den Bischof fragen, hm?«

Vater Mariette lief ein Schauder über den Rücken. Diese junge Frau war gefährlich, und auch wenn man seinen Worten mehr Glauben schenken würde als ihren, durfte er keinerlei Zweifel an seinem Verhalten aufkommen lassen. Er sagte: »Wenn Ihr wirklich auf dieser Messe besteht, dann trefft mich heute Nacht im Beinhaus.«

Mit etwas Glück, dachte er, *wird sie zu viel Angst haben, zu kommen.* Doch als er zur verabredeten Stunde im Beinhaus erschien – nur um nachzusehen –, war sie bereits da und wartete auf ihn.

32.

Colberts schlimmste Befürchtungen waren Wirklichkeit geworden. Das kleine Lustschloss auf dem flachen Land sollte das Juwel in Ludwigs Krone werden. Ganze Sümpfe – und auch die königlichen Schatztruhen – mussten trockengelegt werden, um diesen Traum zu verwirklichen. Colbert hat den König angefleht, stattdessen die Arbeiten am Louvre zu beenden. Solch ein Schloss, inmitten der Hauptstadt, sei der einzig richtige Platz für den König von Frankreich, argumentiert er. Ein Monarch müsse von seinem Volk gesehen werden. Falls er frische Luft und zu jagen wünsche, könne er nach Fontainbleau, Chambord, Vincennes oder Saint-Germain gehen. Diese Schlösser bedürften nur ein paar Instandsetzungsarbeiten. Aber dieses neue Schloss um das alte Jagdhaus herum zu bauen, erfordert Summen, die Colbert erbleichen lassen. Es bereitet ihm geradezu körperliche Schmerzen, zusehen zu müssen, wie das Geld, das durch die neu entstandene Industrie in Frankreich hereinkommt, sofort wieder aufgebraucht wird. Und nachdem der König ihn zum *Surintendant des Bâtiments*, zum Obersten Bauaufseher ernannt hat, muss er nicht nur die Ausgaben bewilligen, sondern auch regelmäßig ausführliche Berichte über die Fortschritte beim Bau dieses unnötigen Schlosses anfertigen. Während der König in den Niederlanden auf Feldzug war, hat Colbert ihm geschrieben und höflich nachgefragt, ob es ihm bei all den anderen Dingen, um die er sich kümmern musste, nicht lieber sei, kürzere Berichte über die Arbeiten in Versailles zu bekommen. Die Antwort war eine rasch gekritzelte Anmerkung in seinem eigenen Brief: »Lang – jedes noch so kleine Detail.«

Colberts Unzufriedenheit wird von den Höflingen geteilt. Das Leben am Hof und in der Stadt Saint-Germain ist bequem. Ein Ruf nach Versailles bedeutet das Hausen in improvisierten Räumlichkeiten, lange Schlangen vor den wenigen vorhandenen Aborten, Stolpern über Arbeiter und ihre Parapherealien, frühmorgens von Hämmern geweckt zu werden und das Einatmen von Baustaub. Dass der König dies alles ebenfalls ertragen muss, ist auch kein Trost. Dann aber macht sich allgemeine Erleichterung breit, als Ludwig erklärt, auf der Höhe der Bauarbeiten *nicht* in Versailles logieren zu wollen. Zweimal die Woche inspiziert er die Baustelle mit Monsieur Le Vau und die Gärten mit Monsieur Le Notre. Sie sind seine Generäle auf seinem Feldzug, das schönste Schloss Europas zu erschaffen.

Le Vau und Le Notre verstehen das Streben des Königs nach Perfektion, zumal sie damit freie Hand haben, ihr Genie zur Schau zu stellen. Athénais de Montespan wiederum versteht den Traum. Ludwig erschafft nicht nur ein Märchen, sondern einen Mythos. Das Schloss soll ein Tempel des Sonnengottes werden. Sie hat die Gartenpläne gesehen, die Pläne für den Brunnen der Leto, der Mutter des Gottes, und für die Fontäne des Apollo. Und nach der Fertigstellung des Schlosses wird Athénais ihren Platz an seiner Seite annehmen und in göttlichem Licht erstrahlen, ganz anders als Louise, die Wurzeln geschlagen hat wie Daphne, die sich in einen Lorbeerbaum verwandelt hatte und von deren Blättern Elend tropft.

Doch die triumphierende Athénais ist auch verletzlich. Sie ist so sehr in Ludwig verliebt, dass allein sein Anblick sie schon vor Lust schwächt. Es ist seine Gewohnheit, sie nachmittags in ihrem Apartment zu besuchen, seinen Hut auf den Tisch zu werfen und so sein langes, extravagant gelocktes Haar zu enthüllen – eine Perücke trägt er nur zu offiziellen Anlässen. Eine Zeit lang lachen und reden sie miteinander, oft auch zum Schaden verschiedener Höflinge, die sich mit einer Petition an ihren Herrscher gewandt haben. Dann folgt eine Pause. Sie blicken einander an, und Ludwig sagt lächelnd: »Kommt zu mir, Madame.« Sie gehen zum Bett und fallen einander in die Arme. Manchmal verlängern sie den Augenblick, indem sie sich gegenseitig ausziehen; manchmal fallen sie schlicht übereinander her und lieben sich voll angekleidet. Sie schreit auf, als würde sie vor Liebe sterben, und sieht Tränen in seinen Augen. Sie liegen nebeneinander, als könne nichts sie jemals trennen, doch schon bald nimmt er wieder seine Rolle als König ein. Da ist eine Kabinettsversammlung, auf der er erscheinen muss, und wenn er frisch gekämmt und in ordentlicher Kleidung das Apartment verlässt, hat der Mann, der vor wenigen Minuten noch von seiner Leidenschaft überwältigt wurde, eine andere Persönlichkeit angenommen.

Athénais bereitet es ebenfalls Freude, ihm dabei zu helfen, seinen Traum Wirklichkeit werden zu lassen. Bei ihrem ersten Besuch auf der Baustelle in Versailles durchfuhr sie ein Schauder der Macht. Tausend Arbeiter schwärmen umher, bewegen Steinblöcke, schieben Karren voller Holz, hämmern, sägen und brüllen bei der Erschaffung von Ludwigs Traumschloss, der nun auch ihr gehört. Athénais mischt sich nicht in Le Vaus Arbeit ein, aber das hält sie nicht davon ab, ihrer Fantasie freien Lauf zu lassen und sich allerhand Tand auszudenken. So gibt es da einen reizenden kleinen Italiener, der die Verantwortung für die Brunnen trägt und sich mit leuchtenden, aufmerksamen Augen Athénais' Ideen anhört.

»Monsieur Francine, ich sehe einen Baum vor meinem geistigen Auge, mit bronzenen Ästen und silbernen Blättern, aus denen kleine Wasserstrahlen sprudeln wie ein endloser Strom von Tränen.«

»Das klingt sehr hübsch, Madame la Marquise«, sagt Francini. »Doch Silber würde beschlagen. Zinn wäre für diesen Zweck geeigneter, zumal es in der Sonne genauso glitzert.«

So nimmt Athénais erste Schöpfung für Versailles Gestalt an, und gleichzeitig wird sie sich einer weiteren Schöpfung in ihrem Innern bewusst. Ihr Leib hat auf die Fülle der königlichen Liebe geantwortet, und nun trägt sie ein Kind unter dem Herzen: einen Sohn für Ludwig. Eines Tages würden ihre Träume sich erfüllen und ihre Kinder über Frankreich herrschen. Schon jetzt – und es ist kaum zwei Wochen her, dass sie die Schwangerschaft bemerkt hat – spürt sie den Kleinen in sich. Er wird Augen und Mund des Königs haben. Athénais erschafft einen neuen König.

»Deine Madame de Montespan ist wirklich etwas Besonderes«, bemerkte Francini zu Andrea, als dieser eintraf, um mit Charles Le Brun, dem königlichen Dekorateur, Art und Ausstellung der Spiegel zu besprechen.

»Was meinst du mit ›meine‹ Madame de Montespan?«

»Das ist nur so eine Floskel. Die Madame de Montespan des Königs. Sie hat Stil.«

Andrea überkam ein Gefühl der Erleichterung. Natürlich wusste niemand etwas, und es würde auch nie jemand erfahren, und außerdem: Was gab es da eigentlich zu wissen? Vielleicht konnte er von Glück sagen, dass er sein Verlangen nicht hatte erfüllen können. Wäre es anders gewesen, es wäre ihm schwer gefallen, sich *nicht* jemandem anzuvertrauen oder mit seinem Erfolg zu prahlen. Doch niemand wusste, was geschehen war, außer Athénais selbst und ihrer Zofe. Keine von beiden würde das Geheimnis verraten, da war er sicher.

»Beim Divertissement hat sie in der Tat Stilgefühl bewiesen.« Andrea saß neben Francini auf dem Beckenrand der Leto-Fontäne und blickte in Richtung Kanal über die Wiesen hinweg zu den weit entfernten Bäumen. Die Nachmittagssonne hatte einen goldenen Dunstschleier über das Land gelegt.

Francini wirkte besorgt. »Der Schwan soll das Bassin des Apollo werden, und just in diesem Augenblick wird an dem Sonnengott, seinem Streitwagen und seinen vier Pferden gearbeitet. Stell dir nur einmal vor, wie viele Düsen das Ganze benötigen wird. Und hier, hier wird Leto mit einer Heerschar Bauern stehen, die alle Wasser speien. Dann sind da noch dreißig, vierzig weitere Fontänen ... Ich komme schon nicht mehr mit dem Zählen nach. Es soll auch Kaskaden im Gartenballsaal geben, und der Spiegelteich wird sich über zwei Morgen hinweg erstrecken. Dafür müssen wir sogar den großen Kanal verlängern. Aber wo soll all das Wasser herkommen, frage ich dich? Pferdepumpen arbeiten Tag und Nacht, um es von Clagny hierher zu schaffen. Das reicht aber nicht, und das sage ich ihnen auch immer wieder. Wie stellen sie sich das bloß vor, wenn erst einmal *alle* Fontänen auf voller Leistung laufen?«

Mürrisch ließ er den Blick über die Landschaft schweifen. »Aber das ist natürlich nicht dein Problem, sondern meines und das von Monsieur Le Notre. Du musst nur dafür sorgen, dass deine Schmelzöfen brennen und das Glas gedreht wird.«

Das stimme im Großen und Ganzen, pflichtete Andrea ihm bei. Er fühlte sich nicht besorgt genug, um einen Wettstreit darüber anzufangen, was nun das kapriziösere Element war: Feuer oder Wasser. Jeder, der an den Schmelzöfen arbeitete, wusste um deren Unberechenbarkeit. Man schürte sie bis zur Weißglut; dann gab man weiteren Brennstoff hinzu, und plötzlich ließ unbemerkte Feuchtigkeit im Holz das

Feuer spritzen. Sie nannten das »Schmollen«, denn wenn so etwas geschah, war der Ofen eine Zeit lang nutzlos für die Glasbläser.

Zurück in der Manufaktur fand Andrea Monsieur du Noyer im Hof. Du Noyer sprach mit einem Mann in Schwarz mit hohem schwarzem Hut, der Uniform eines Arztes; allerdings handelte es sich nicht um den schroffen Kerl, der Luca behandelt hatte. Einer der Arbeiter, Guillaume, sei krank geworden, erklärte du Noyer, und die Symptome waren ein wenig verwirrend. Sie deuteten auf eine Vergiftung hin, doch der junge Mann hatte das Gleiche gegessen wie die anderen und schien auch keine Feinde zu haben. Er litt unter Erbrechen und Durchfall, und einige Zeit zuvor hatte er sich über Schwindel, verschwommene Sicht und ein Zittern in den Händen beklagt, das auch Auswirkungen auf seine Arbeit gehabt hatte. Inzwischen konnte er nicht einmal mehr klar sprechen.

Andrea erinnerte sich an ein seltsames, unzusammenhängendes Gespräch, das er erst vor wenigen Wochen mit dem jungen Mann geführt hatte. Dabei hatte er sich an ein paar der älteren Arbeiter in Murano erinnert gefühlt, Männer im Ruhestand, die man in benommen-verwirrtem Zustand auf der Piazza antreffen konnte. Es hieß, ihre Gehirne seien am Ofen geschmolzen, oder wenn man es etwas fantasievoller ausdrücken wollte, sie hätten den Teufel im Glas gesehen. Doch bei einem jungen Arbeiter waren derartige Symptome äußerst ungewöhnlich, auch wenn Guillaume eine Hühnerbrust und damit nicht genug Luft für einen Glasbläser hatte. Deswegen hatte man ihn mit dem Mischen von Quecksilber und Zinn beauftragt, eine Arbeit, die er in den vergangenen Wochen auch zufrieden stellend erledigt hatte. Irgendwann aber hatte sich das geändert. Als Andrea ihn daraufhin ob seiner schlampigen Arbeit getadelt hatte, war er wütend geworden und hatte einen Haufen unsinniger Entschuldigungen abgeliefert – so erinnerte Andrea sich an irgendetwas von wegen dem Mond und Quecksilber. Wie war das noch? Der Mond und Quecksilber seien das Gleiche, hatte Guillaume gesagt. Sie seien rund und silbern, und beide trieben sie Männer in den Wahnsinn.

Andrea hatte ihn einen Narren genannt und seine Erklärungen als dummes Gewäsch bezeichnet. Nun kamen ihm die Worte wieder in den Sinn. Guillaume hatte seinen ganzen Arbeitstag damit verbracht, Quecksilber auf eine Zinnfläche aufzutragen; seine Hände hatten von Myriaden Silbertropfen geglitzert. Manchmal hatte er gedankenverloren mit dem Quecksilber in der Schüssel gespielt, hatte auf die schimmernde Oberfläche eingedrückt und dann zugesehen, wie sie wieder zusammengeflossen war.

»Doktor«, sagte Andrea, »wenn Guillaume aus Versehen Quecksilber verschluckt hätte, hätte ihn das vergiften können?«

Der Arzt schüttelte den Kopf. Hätte er größere Mengen davon zu sich genommen, antwortete er, hätte ihm das natürlich nicht gut getan; aber das hätte bedeutet, dass er schon vorher verrückt gewesen wäre. Nein, in kleineren Dosen besäße Quecksilber sogar einen medizinischen Wert. So würde beispielsweise die Syphilis damit behandelt. Würden sie so etwas tun, wenn sie glaubten, dass Patienten davon sterben könnten?

Du Noyer machte ein teilnahmsloses Gesicht. Andrea dachte: *Er fragt sich das auch, aber er wird nichts sagen.* Du Noyer schüttelte dem Arzt die Hand und sagte: »Tut für Guillaume, was Ihr könnt. Die Gesundheit unserer Arbeiter ist uns wichtig.«

Er ging davon und ignorierte Andreas Ruf: »Monsieur du Noyer, bitte ...«

Andrea zog sich in sein kleines Studio im hinteren Teil des Hofes zurück. Er starrte auf die Zeichnungen und Zahlen an der Wand, welche die Lichtbrechung auf einem Spiegel darstellten. Dort hing auch ein Plan, den er für Monsieur Colbert entworfen hatte: Mit Hilfe einer bestimmten Anordnung für Spiegel würde der Minister in der Lage sein, Bittsteller schon beim Eintreffen zu sehen und sie den Weg die Treppe hinauf zu verfolgen. Monsieur Colbert hatte die Idee als Zeitverschwendung abgelehnt. Er wisse bereits, sagte er, dass ihn alle hassten und erst einen schmeichlerischen Gesichtsausdruck aufsetzten, wenn sie seine Amtsstube erreichten.

Auf dem Tisch lagen viereckige Spiegelstücke, die silbern schimmerten, wie Quecksilber. Andrea nahm eines davon und blickte hinein. Klar und wahrheitsgetreu, sauberes Glas, kühles Quecksilber, in reinigenden Flammen geschmiedet. War dieser perfekte Spiegel wirklich die Quelle irgendeiner Art von Gift? Bezahlten sie mit ihrem Leben für die Eitelkeit der Menschen? Am besten war es wohl, gar nicht darüber nachzudenken. Dennoch kam Andrea der Gedanke: *Dieser Arzt hat davon erzählt, wie Sypheliten mit Quecksilber behandelt werden ... aber wie viele von ihnen werden geheilt und wie viele verfallen dem Wahnsinn und sterben?*

33.

Die Straße nach Versailles ist von Bäumen versperrt. Auf langen, von Pferdegespannen gezogenen Karren liegen mit Ketten befestigte Pappeln. Die Blätter schleifen durch den Straßenstaub, und die Ballen sind von Säcken geschützt. In Vaux-le-Vicomte finden sich dunkle, frisch ausgehobene Löcher – unzählige Wunden, wo man die Bäume der Erde entrissen hat. Würde die Nachricht von der Entweihung seines Schlossgartens Fouquet in seiner Zelle erreichen – es würde ihn kaum kümmern, schließlich kommt er eh nicht heraus, und selbst das Tageslicht bleibt ihm größtenteils verwehrt. Die Gärtner in Vaux-le-Vicomte sind jedoch in Tränen ausgebrochen, als sie zusehen mussten, wie man ihre Bäume entwurzelt hat.

Versailles braucht Bäume. Große, ausgewachsene Bäume. Der König wird keine zwanzig Jahre warten, bis ein Setzling zur vollen Größe herangewachsen ist. Er will sie jetzt. Er steht in der Blüte seines Lebens, und die Natur muss sich seinem Willen beugen. Er baut seinen Traum in einem Land ohne Bäume; deshalb müssen sie von woanders kommen. Die Prozession bewegt sich mit schier unendlicher Langsamkeit, und die Wagenräder knarren unter dem Gewicht. Staubwolken steigen auf, als die Baumkronen über die Erde schleifen, und sämtlicher Verkehr kommt zum Erliegen. Nur jene zu Pferd, die querfeldein reiten können, kommen weiter.

Der Marquis de Montespan hatte mehrere Umwege genommen, erst nach Fontainbleau, wo man ihm sagte, der König sei bei der Marquise. Nachdem er hatte feststellen müssen, dass dies eine Fehlinformation gewesen war, ritt er nach Versailles, wo er auch auf den Zug der wandernden Bäume traf. Der Aufseher erklärte ihm, Ludwig sei nicht in Versailles; im Augenblick sei das Schloss ohnehin nur eine einzige große Baustelle. Er schlug vor, dass Monseigneur ihn in Saint-Germain suchen solle. Montespan gab seinem Pferd die Sporen. Der Brief, den er dringendst abliefern wollte, brannte ihm förmlich ein Loch in die Tasche.

David und Bathseba – es war unglaublich, wie gut die biblische Geschichte auf seine Situation passte. Hier war er nun, diente seinem König auf irgendeinem abgelegenen Außenposten, schwebte fast täglich in Lebensgefahr, und warum das alles? Damit der König sich mit seiner Frau vergnügen konnte. Der Marquis konnte es gar nicht erwarten, Ludwigs Gesicht zu sehen, wenn er den Brief las. Das wäre mehrere Jahre in der Bastille wert. Montespan ritt weiter. Sein Gesicht war rot vor Wut – vor gerechter Wut, sagte er sich selbst. Noch nie hatte man einem Ehegatten ein solches Unrecht angetan.

Im Hof von Saint-Germain mussten die Wachsoldaten beiseite springen, als der Reiter in vollem Galopp durchs Tor preschte. Montespan zügelte sein Pferd vor dem Haupteingang, nahm die Perücke von einem Haken am Sattel, stülpte sie sich auf den Kopf und warf die Zügel einem Soldaten zu, der ihn gerade fragen wollte, was er hier zu suchen habe. Montespans Augen funkelten mit solch wahnsinniger Wut, dass niemand mehr das Bedürfnis verspürte, ihn weiter auszufragen, als er brüllte: »Marquis de Montespan ... Meine Frau ist, was ich ›hier zu suchen‹ habe!«

Der Marsch des Marquis durch die Staatsgemächer stellte ein sensationelles Unterhaltungsprogramm für jeden dar, der nicht Ziel seines Zorns wurde. Laut brüllte er nach dem neuen David, er solle sich zeigen, während er links und rechts die faszinierten Höflinge anstarrte. »Er hat sich wie Alceste der Misanthrop gekleidet; selbst seine Fingernägel sind schwarz von Dreck«, sagte Saint-Cyr, bevor er loseilte, um die Marquise zu warnen.

Oben, im Apartment von Madame de Montausier, hörten sie ihn, bevor sie ihn sahen. Ein lauter Schrei ertönte – »Wo ist die Kupplerin des Königs?« –, und der Marquis platzte in den Raum und richtete anklagend den Finger auf die Herzogin. »Da ist sie ja, die Puffmutter, die alte Vettel«, und er schob sein Gesicht nahe an ihres heran und schüttete einen Schwall Schimpfwörter über sie aus.

Auf der Terrasse war Athénais bereits von La Grande Mademoiselle vor dem maßlosen Verhalten ihres Gatten gewarnt worden. Nach außen hin gelassen, machte sie einen Scherz darüber, doch die Farbe war aus ihrem Gesicht gewichen, und sie spürte, wie ihr Magen sich vor Spannung zusammenzog. Von einer ihrer Damen gestützt kam Madame de Montausier über den Rasen auf sie zu. Sie war kreidebleich und konnte kaum sprechen, so hatte es ihr den Atem verschlagen. »Athénais«, stieß sie hervor, »Euer widerwärtiger Ehemann hat mich auf das Wildeste beschimpft und mich zutiefst beleidigt. Wäre ein Mann bei uns im Zimmer gewesen – er hätte den Marquis zum Fenster hinausgeworfen!«

Sie sank auf eine der Bänke und ließ ihren Tränen freien Lauf. »Das ist zu viel!«, rief La Grande Mademoiselle. »Wo ist der König?« Sie raffte die Röcke und rannte zum Schloss.

Athénais legte den Arm um Madame de Montausier, die zitterte, als wäre ihr bitterkalt. »Ich habe Mordlust in seinen Augen funkeln sehen«, sagte Madame de Montausier. »Wärt Ihr mit mir im selben Raum gewesen, er hätte Euch an Ort und Stelle erschlagen.«

»Nein, er hätte nur umso lauter gebrüllt«, widersprach Athénais. »Er ist ein ungehobelter Schreihals, weiter nichts.«

»Er rast förmlich vor Eifersucht, und das befähigt ihn zu einem Mord. Ihr müsst vorsichtig sein, Athénais. Er würde Euch niederstechen, ohne nachzudenken. Ich kann sein Gesicht nicht vergessen ... wie ein Dämon in einem Albtraum.«

»Beruhigt Euch. Vergesst ihn. Schaut. Da kommt unser Chevalier, und er sieht so aus, als würde er vor Neuigkeiten platzen.«

Saint-Cyr verneigte sich vor den Damen. »Der Marquis hat die Vorstellung seines Lebens abgeliefert«, sagte er. »Molière will ihn in seiner Truppe haben.«

»Wie könnt Ihr nur darüber lachen?«, rief Madame de Montausier. »Der Mann ist wahnsinnig und gewalttätig.«

»Aber er ist wie ein Sommersturm vorbeigezogen, und somit könnt Ihr wieder atmen. Der König hat nach den Wachen geschickt, doch der Marquis ist bereits wieder davongestürmt ... nach Paris, nehme ich an.«

»Nun weiß es also die ganze Welt«, sagte Athénais. »Er hat das nur getan, um mich zu beschämen.«

»Meine liebe Marquise, jener Teil der Welt, der zählt, hat es ohnehin gewusst. Es ist Zeit, dass Ihr auch offiziell die Mätresse werdet, die *maitresse declarée* ... und dass Ihr Euch von Eurem lächerlichen Ehemann trennt. In Eurem Zustand ... ich weiß, dass es eigentlich ein Geheimnis sein sollte, aber hier gibt es schrecklich aufmerksame Leute ... in Eurem Zustand würde Euch alles andere zum Nachteil gereichen. Es ist wunderbar, in einem verzauberten Land voller Feste und Feuerwerk zu leben, aber es gibt auch harte Tatsachen, Felsen im Meer der Fantasie, die Euren Traum zunichte machen könnten, und ein eifersüchtiger Ehemann, der das Kind für sich beansprucht, ist solch ein Fels.«

»Chevalier, Ihr seid gewandt wie eh und je.«

»Ihr wisst, dass ich Recht habe, Marquise.«

Um des Traumes willen war es notwendig, die gefährlichen Klippen der Realität zu umsegeln. Athénais erinnerte sich an den Abend des Grande Divertissements, an jenen außergewöhnlichen Augenblick, da sie und der König nach dem Theater, dem Fest und dem Tanz in den frühen Morgenstunden über die dunklen Gartenwege in Richtung Schloss gewandert waren. Die Luft war voll vom Geschnatter der Gäste und dem Quaken der Frösche im Grand Canal. Als sie das Wäldchen verließen, sahen sie das Schloss und die Statuen davor in einem unwirklich, phosphoreszierenden Licht. Als sie wie verzaubert darauf blickten, explodierte ein goldenes Feuerwerk und erhellte das ganze Land. Das Wasser in den Brunnen schien Feuer zu fangen, und dann, als die Flammen erloschen, schossen tausend Raketen kreischend in den Himmel, explodierten wie Kanonenschüsse und zeichneten in strahlend heller Schrift das königliche Monogramm an den Nachthimmel. Frösche und Höflinge wurden gleichermaßen von diesem Feuerwerk zum Schweigen gebracht. Athénais' Augen füllten sich mit Tränen, teils von der schieren Pracht, teils vom beißenden Geruch des Schießpulvers und dem Rauch.

Der König drehte sich zu ihr um und sagte leise: »Für Euch, Madame. Dies ist unsere verzauberte Insel.«

Im Osten sandte die Sonne ihre ersten Strahlen über den Horizont und ließ das Licht der künstlichen Nachtsonne verschwimmen.

34.

Das war nicht das Letzte, was sie vom Marquis gehört hatten, der sich fest vorgenommen hatte, einen noch weit größeren Skandal zu verursachen. Sein Plan war, über seine Frau die Person des Königs zu attackieren. Mehrere Wochen lang zog Montespan durch die Bordelle von Paris, bis er eine eiternde Wunde auf seinem Glied bemerkte; dann begab er sich nach Saint-Germain in das Apartment von Madame de Montausier, wo Athénais gerade ihre morgendliche Schokolade trank.

Diesmal hatte niemand den Marquis bemerkt, denn rasch und leise war er durch das Schloss geeilt. Auf der Treppe war ihm Andrea begegnet, der gerade mit Ausmessen im Apartment der Königin fertig war, und der junge Venezianer erinnerte sich sofort an den Marquis. Das cholerische Gesicht war unverkennbar, die funkelnden Augen und die schmuddelige Perücke. Montespan starrte mitten durch ihn hindurch, während er die Treppe hinaufmarschierte. Andrea ging weiter nach unten, blieb aber stehen, als er Francesco Francini traf, der sich sofort lautstark und ausführlich darüber erregte, dass er seine fünfzig Fontänen in Versailles hatte im Stich lassen müssen, nur um hier etwas zu erledigen, was auch jeder Rohrleger hätte tun können. Die Abflüsse von Neptuns Grotte in den Gemächern des Königs waren verstopft.

Francini stapfte zur Grotte, und Andrea hatte fast den Fuß

der Treppe erreicht, als er eine Frau schreien hörte. Zwei Höflinge, die in ihren mit Schleifen und Spitzen verzierten Kniestrümpfen nach oben stiegen, gingen gelassen weiter; von einer gehobenen Augenbraue und einem Schulterzucken abgesehen zeigten sie keine Reaktion. Dass hier offensichtlich eine Frau in Not war, schien sie nicht im Mindesten zu berühren. Die Frau schrie wieder, diesmal lauter. Andrea rannte die Treppe hinauf, nahm zwei Stufen auf einmal und erreichte schließlich den ersten Stock.

Die Türen zum linken Apartment waren weit geöffnet, und eine Frau sprang schreiend heraus: »Wache! Zu Hilfe!« Andrea eilte in den Salon und sah eine derart groteske Szene, dass er es kaum glauben konnte. Mit geöffneter Hose, die Perücke zu Boden geworfen, riss Montespan an den Unterröcken der Marquise, die er halb sitzend, halb liegend in einem Stuhl gefangen hielt. Claudine klammerte sich wie ein Affe an seinen Rücken, riss an seinem Haar und drosch auf seinen Kopf. Eine ältere Frau hatte die Hände vor die Brust geschlagen und kreischte wie ein Pfau. Montespan schüttelte Claudine ab und schlug sie ins Gesicht. Sie fiel zu Boden, hielt sich das Auge, und Montespan wandte sich wieder der Marquise zu. Er zog ihr die Röcke über die Hüfte und entblößte ihre Strumpfhalter. Andrea erreichte die ineinander verschlungenen Leiber und riss Montespan am Kragen zurück wie einen Kampfhund. »Nimm deine Finger von mir!«, schrie Montespan und schlug nach Andrea. Der Schlag traf Andrea auf den Mund, und als er zurücktaumelte, doch ohne Montespan loszulassen, erschienen zwei der königlichen Wachen, die von dem Lärm angezogen worden waren. Sie sahen die kämpfenden Männer, packten sie beide und rissen sie voneinander los.

»Dieser Rabauke hat mich angegriffen!«, brüllte Montespan.

Blass und zitternd erhob sich die Marquise vom Stuhl und

strich ihre in Unordnung geratenen Röcke glatt. »Mein Gemahl ist wahnsinnig geworden«, sagte sie, »und hat versucht, mich zu vergewaltigen.« Madame de Montausier sank schluchzend auf einen Stuhl, während die Wachen den sich wehrenden Marquis zu Boden zwangen und ihn an den Armen hielten.

»Nehmt eure Hände von mir, ihr Abschaum!«, schrie Montespan. »Ich habe nichts Falsches getan. Ich wollte nur meine ehelichen Rechte geltend machen, die mir zustehen, auch wenn meine Frau unpässlich ist.«

»Halts Maul!«, sagte einer der Soldaten, und der andere fügte formeller hinzu, wie es dem Rang des Arrestierten entsprach: »Wenn Monseigneur le Marquis uns bitte in aller Ruhe begleiten würde.«

Montespans Augen funkelten noch immer, als er sich aufrappelte und von den Soldaten in den Wachraum geführt wurde. Schweigen legte sich über den Salon, und alle drei Frauen schauten Andrea an. Montespan hatte ihm den Hemdsärmel zerrissen, und Blut tropfte aus einer Wunde an seiner Lippe. Dann begann die Marquise mit dem Lobgesang auf sein rechtzeitiges Erscheinen und seinen Mut. Tränen traten ihr in die Augen, und ihre Stimme zitterte, als sie sagte: »Signor Andrea, ich kann Euch nicht genug dafür danken, dass Ihr mich gerettet habt. Wärt Ihr nicht da gewesen ... Gott allein weiß, was dann geschehen wäre. Ich danke Euch aus tiefstem Herzen.«

»Signor Andrea ist ein Held«, sagte Claudine und errötete. »Kommt. Lasst mich Euch das Blut vom Gesicht wischen.«

»Das ist nicht der Rede wert«, erwiderte Andrea und wischte sich mit dem Handrücken übers Gesicht.

»Nein, das reicht nicht«, widersprach Claudine, zog ein Taschentuch aus ihrem Mieder und tupfte ihm damit die Lippen ab. Andrea drehte die Augen zur Seite, um ihrem

Blick auszuweichen, und so schaute er direkt die Marquise an, die trotz – oder vielleicht gerade wegen – ihrer Tortur ein lebhaftes Funkeln in den Augen hatte. *Was ist das nur mit diesen beiden Frauen, die einen zur Raserei treiben können,* dachte er. *Das sind zwei Hexen.*

Inzwischen füllte sich Madame de Montausiers Apartment mit Höflingen, die den Grund für den Aufruhr erfahren wollten. »Das seht Ihr doch«, sagte die Marquise. »Dieser tapfere Ehrenmann ist verletzt worden. Gleiches gilt für meine Zofe, und die Herzogin steht unter schwerem Schock.«

In diesem Augenblick fiel Madame de Montausier, von ihren Hofdamen umsorgt, in Ohnmacht. Andrea nutzte die Ablenkung und schickte sich an davonzuschleichen.

»Bleibt noch eine Weile«, sagte die Marquise.

»Ihr seid nun in Sicherheit, Madame la Marquise. Es besteht kein Grund, mich aufzuhalten.« Er verneigte sich und drehte sich zur Tür um, wo die zwei extravagant gekleideten Höflinge standen, die vorhin die Schreie ignoriert hatten und nun die Szene interessiert betrachteten. »Ihr hättet mehr gesehen, wärt Ihr früher erschienen«, bemerkte Andrea, als er an ihnen vorüberging, und hörte einen von ihnen murmeln: »Frechheit!« Er erreichte die Treppe, die er vor wenigen Minuten hinuntergestiegen war, und das Erlebte verursachte einen Tumult in seinem Geist. Dass er ausgerechnet da gewesen war, als das Drama seinen Anfang genommen hatte ... Ob es nun Zufall oder Schicksal war, was ein Netz um ihn herum spann, er hatte das beunruhigende Gefühl, dass hier irgendeine rätselhafte Kraft am Werke war, die ihn immer tiefer in unbekanntes Gebiet hineinzog.

Montespan wurde rasch ins Gefängnis von Le For-L'Eveque eingeliefert. Zwar verurteilte man ihn für ein Verbrechen, bei dem man keine direkte Verbindung zu der Beziehung des

Königs mit der Marquise herstellen konnte, aber das war bei Hofe ohnehin allgemein bekannt.

Das Drama kam Athénais sehr gelegen. Nachdem sie sich von dem Angriff erholt hatte, interpretierte sie das Geschehen in Form der Geschichte des priapeischen Ogers zur schockierenden Unterhaltung ihrer Schwester und Saint-Cyrs. Auch in Claudines Augen funkelte Tage später noch die Kampfeslust. Sie hatte dem Marquis gegen den Kopf geschlagen und ihn in den Arsch getreten. Danach hatte sie sich schon seit Jahren gesehnt, und nun trug sie als Beweis auch noch Kampfesnarben in Form von Kratzern seiner dreckigen Fingernägel und einem blauen Auge mit sich herum. Madame de Montausier jedoch erlitt einen Nervenzusammenbruch. All die Jahre als Précieuse, in denen sie exquisite Wortspiele gespielt und sich an romantischer Poesie erfreut hatte, waren durch die grauenhafte Szene wie ausgelöscht. Einst war sie eine Inspiration für Dichter gewesen. *Guirlande à Julie* war als Lobgesang auf sie geschrieben worden. Nun bekam sie die Beleidigungen einfach nicht mehr aus dem Sinn, die der Marquis auf sie hatte herabregnen lassen: Kupplerin, Vettel, alte Kuh. Er hatte den feinen Schleier heruntergerissen, den sie um ihr Leben gelegt hatte, und sie mit einem überwältigenden Gefühl von Hässlichkeit zurückgelassen. Wenn sie in den Spiegel sah, war es, als hielte der Marquis ihn ihr vor. Jahrelang hatte sie nur die leuchtenden Augen und das Lächeln ihrer Jugend gesehen. Nun zeigte das Glas ihr einen Mund, der einer Dörrpflaume glich, eine von Altersflecken übersäte Haut und den Hals einer Eidechse. »Alte Vettel«, murmelte sie. »Hässliche alte Fledermaus.«

35.

Es ist Frühling, und die Gärtner in Versailles holen einen Blumentopf nach dem anderen aus dem Treibhaus. Das Wetter ist noch immer kalt, doch der König hat beschlossen, dass Frühling sei, und so muss die Luft von Blütenduft erfüllt sein. Colbert schreibt an den Intendant de Galères in Marseilles und bittet ihn verzweifelt um Jonquillen. Eine Wagenladung von dreitausend Stück plus zweitausend Hyazinthen trifft aus dem Süden ein. Sie werden in den Gärten des neuen Pavillons gepflanzt, den Le Vau in dem am weitesten vom Schloss entfernten Areal anlegt. Der Pavillon ist im chinesischen Stil gehalten, die Fassade mit weißen und blauen Porzellanfliesen verkleidet: Das ist das Trianon de Porcelaine, ein abgeschiedener Ort für den König und seine neue Liebe. Dort werden sie den schweren Duft der Blumen atmen, gemischt mit dem Tuberosenparfüm der Marquise.

Athénais hat einen Sohn zur Welt gebracht, der an Zieheltern gegeben worden ist. Die Königin würde niemals dulden, dass er sich unter demselben Dach wie sie befindet. Sie selbst hat viel Pech bei der Kindsgeburt gehabt. Da war der einzige Thronerbe, der Dauphin, gefolgt von zwei Totgeburten. Seit La Montespan ihr die Liebe ihres Gemahls gestohlen hat, kennt ihr Körper nur noch Schicksalsschläge.

Colbert hat einen weiteren Brief vom König erhalten, worin er seinem Minister die Bestellung von siebenhundert Spiegeln befiehlt. Wäre dieser Auftrag von einem seiner

Untertanen oder gar einem ausländischen Fürsten gekommen, es wäre ein Coup für die Spiegelmanufaktur gewesen; aber Spiegel für den König wurden mit Geld bezahlt, das besser anderswo Verwendung gefunden hätte, zum Beispiel für die Verstärkung der Flotte. Beinahe hätte Colbert sich für sein Können beim Eintreiben von Geld verflucht, denn Ludwig hat inzwischen das Gefühl, Zugriff auf schier unerschöpfliche Geldquellen zu haben.

Der Befehl wird an die Spiegelmanufaktur weitergeleitet. Andrea wird abermals nach Versailles beordert, um das Ganze mit dem königlichen Dekorateur zu diskutieren, der offensichtlich falsch Maß genommen hat. Als er dort eintrifft, sieht er fasziniert, wie weit der Bau schon fortgeschritten ist, und gern lässt er sich auf eine Tour zu Francinis Fontänen führen. Es ist Frühling, und nach dem langen, dunklen Winter herrscht allerorten Rastlosigkeit.

Aus der Notwendigkeit heraus hatte Andrea inzwischen Reiten gelernt. Aus Monsieur du Noyers Stall in der Manufaktur borgte er sich die Graue: Mouette. Der erste Teil der Reise durch die älteren Straßenzüge war stets der gefährlichste, da Andreas Kopf dort fast auf einer Höhe mit den Fenstern im ersten Stock war und er ständig damit rechnen musste, dass irgendjemand, der zu faul war, eine Schüssel oder Nachttopf hinunterzutragen, ihm den Inhalt ins Gesicht schüttete. So tat er das Gleiche, was alle taten, wenn sie sahen, wie sich ein Fenster öffnete: Er rief: *»Faites attention!«*, bevor überhaupt klar war, was der Hausbewohner beabsichtigte. Sekunden später konnte es schon zu spät sein.

Jenseits der Tuillerien kam er in fast freies Land. Nur ein paar Villen und Gärten befanden sich hier, durch die eine breite Avenue hindurchführte. Die Straße führte bis zu einer Abzweigung, wo es links nach Saint-Cloud ging, das sich in all seiner Pracht auf einem Hügel über der Seine erhob, und rechts nach Saint-Germain-en-Laye. Andrea überquerte die

Brücke bei Saint-Cloud und bog in Richtung Versailles ab. Diese Straße war weit weniger befahren als die nach Saint-Germain, und um diese Uhrzeit war sie sogar menschenleer. Die Luft war klar, und der Tau auf den Wiesen funkelte im Sonnenlicht. Die Vögel sangen, als wollten sie ihre Herzen zum Platzen bringen, und Andrea überkam ein Gefühl der Freude, das sich mit ihrem messen konnte. Er begann, eines der Lieder zu singen, das er noch aus jener Zeit in Venedig kannte, die nun schon ewig her zu sein schien: *dolcissimo usignolo.* Ihm fiel auf, dass das Lied plötzlich irgendwie fremd auf ihn wirkte. Inzwischen hatte er sich so sehr an den französischen Lebensstil gewöhnt, dass er schon auf Französisch dachte. Selbst wenn er erschrak, griff er eher nach einem französischen Wort – *ca suffit!* statt *Basta*! Doch die kleine Wolke der Reumut ob der verlorenen Vergangenheit wurde rasch von dem Gefühl vertrieben, dass es ihm im Augenblick wirklich gut ging. Er besaß das Privileg, am Bau des großartigsten Schlosses in ganz Europa beteiligt zu sein, ja, der ganzen Welt. Seine Position empfand er als gesichert, denn schließlich stand er in der Gunst des Ministers. Du Noyer hatte ihm sogar die Heirat mit einer seiner Nichten vorgeschlagen, welche – so du Noyer – Monsieur Colbert mit einer großzügigen Mitgift ausstatten würde. Andrea hatte nicht anders gekonnt, als bei diesen Worten zu lächeln, denn der Plan implizierte, dass du Noyers Bruder eine Menge Geld sparen würde. Mouette zuckte mit den spitzen Ohren; ihr Zaumzeug klimperte, und ihre Hufe schlugen dumpf auf die Erde. Nach all der Unruhe in vergangenen Jahren entwickelte sich das Leben nun zum Besten. Das leichte, kaum merkliche Gefühl der Unzufriedenheit, von dem Andrea nicht wusste, wo es hergekommen war, war verschwunden.

In Versailles fand Andrea den königlichen Dekorateur Monsieur Le Brun hoch oben auf einem Gerüst. Le Brun trug eine von Farbflecken übersäte Baumwolljacke und pinselte gerade an einem von Ludwigs Beinen herum. Ein Gehilfe stand etwas unterhalb auf dem Gerüst und arbeitete am Hintergrund des epischen Gemäldes. Konzentriert legte Le Brun die Stirn in Falten, als er den Umriss des königlichen Schenkels malte. Schließlich blickte er zu Andrea hinunter und rief: »Was führt Euch denn hierher, Monsieur de la Glace?«

»Noch mehr Messungen für noch mehr Spiegel«, antwortete Andrea.

»Ohne Zweifel wolltet Ihr einfach nur mal einen Tag raus aus Paris«, sagte Le Brun, »und natürlich wollt Ihr auch meine neueste Arbeit begutachten. Kommt rauf; dann könnt Ihr es besser sehen.«

Andrea kletterte die Leiter zu der Plattform hinauf, auf der Le Brun arbeitete, und betrachtete das Bild des Königs. Deutlich sah er die Anspielungen auf Apollo: den Lorbeerkranz, die goldene Aura und das Symbol einer Lyra zu Ludwigs Füßen. Ihm fiel auf, dass die Gestalten anderer Götter und Göttinnen deutlich kleiner als Ludwig waren. »Das ist zweifelsohne ein großartiges Werk«, sagte er, »aber findet Ihr es nicht auch seltsam, wie viel größer der König in seinen Gemälden wirkt?«

»Natürlich ist er groß dargestellt«, erwiderte Le Brun ungeduldig. »Von Statur ist er größer als jeder andere in Frankreich. Ihr erwartet doch nicht, dass er auf einem Gemälde kleiner dargestellt wird als die restlichen Figuren, oder? Die natürliche Größe des Königs spielt dabei überhaupt keine Rolle. Wärt Ihr ein Künstler, würdet Ihr mich verstehen.«

Das Gesicht des Königs war im Halbprofil dargestellt, und seine Züge besaßen etwas Klassisches. »Es ist allerdings noch nicht so, wie ich es haben will«, sagte Le Brun. »Ich habe noch viel zu tun. Bleibt, und sprecht ein wenig mit mir, André de la Glace. Seit drei Tagen hocke ich hier oben, und wenn niemand mit mir spricht, werde ich noch wahnsinnig. Mein Gehilfe sagt nie ein Wort.«

Andrea beobachtete, wie Le Brun sich wieder dem königlichen Schenkel zuwandte. »Als Künstler muss man auch Anatom sein«, erklärte er. »Ich kenne die Muskelstruktur genau; ich kann sie mit meinem Pinsel fühlen. Um das zu können, muss man sich jahrelang Leichen mit abgezogener Haut ansehen. Früher hatte ich in Salzwasser eingelegte Arme und Beine in meinem Atelier. Mein Wirt hat mich für einen Kannibalen gehalten. Er konnte einfach nicht verstehen, warum ich stinkendes, totes Fleisch brauchte, um Schönheit malen zu können. Versteht Ihr eigentlich etwas von Kunst?«

»Als Junge habe ich bei einem Künstler in Venedig gelernt«, antwortete Andrea, »aber mein Vater wollte, dass ich Spiegelmacher werde wie er und sein Vater vor ihm. Künstler gebe es zuhauf in Italien, hat er immer gesagt, während die Gilde der Spiegelmacher jenen vorbehalten sei, die das Wissen geerbt hatten. Anatomie habe ich also nie gelernt. Stattdessen bin ich in die Manufaktur gegangen.«

»Und Ihr seid sehr gut in Eurem Handwerk. Also hat Euer Vater Recht gehabt, auch wenn Ihr das damals vielleicht nicht geglaubt haben mögt.« Le Brun lächelte. »Und da Eure Spiegel die Welt um sie herum wiedergeben, erschafft auch Ihr eine Art von Gemälde. Allerdings haben sie einen Fehler: Sie sind nicht groß genug. Stellt Euch einmal vor, ein ganzes Bild zu sehen, ohne dass es von irgendwelchen Verbindungslinien unterbrochen wird.«

»Es ist unmöglich, Glas größer zu blasen«, erklärte Andrea. »Dann wäre es zu dünn, als dass man es noch benutzen könnte.«

»Mit formbaren Materialien ist nichts unmöglich. Denkt einmal darüber nach, mein Junge.« Le Brun wandte ihm sein gerötetes Gesicht zu und schloss bedeutungsvoll ein Auge. »Stellt Euch nur einmal vor, welcher Ruhm und welche

Reichtümer Euch erwarten, solltet Ihr die Lösung für dieses Problem finden. Dort draußen treibt ein Samenkorn im Wind, das nur auf einen Geist wartet, der es zum Blühen bringt.«

Später am Morgen, nachdem er und Le Bruns Gehilfe über Plänen und Messergebnissen gebrütet hatten, ging Andrea in den Garten hinaus, durch die Parterreanlage und die große Treppe zum Brunnen der Leto hinunter, von wo aus er ein Dutzend Männer sehen konnte, die den Grand Canal vergrößerten. Von dort ging er nach links durch ein kleines Wäldchen im frischen grünen Licht, das durch die gerade aufgegangenen Blätter fiel, und vorbei an den Fontänen, die erst bei Ankunft des Königs sprudeln würden, nun jedoch – ohne Publikum – nur dunkle Teiche waren, in denen sich der Himmel spiegelte. Der Pfad führte Andrea zu einem weiteren Wald, und er wanderte eine breite Allee entlang; die zusammengewachsenen Baumkronen über ihm erinnerten ihn an das Gewölbe einer Kathedrale. Dieser Teil des Gartens war wild wie zur Erinnerung an die Kräfte der Natur, die außerhalb der Ordnung herrschten, welche der Gärtner dem Park kraft seines Willens aufgezwungen hatte. Der Weg führte zu einer weiteren Allee, die Andrea zu einem freien Areal brachte, wo die Reflektionen auf einer stillen Wasserfläche ihn beinahe blendeten; Bäume und Himmel spiegelten sich in der glatten, metallischen Oberfläche. Andrea blickte in diesen riesigen natürlichen Spiegel, rückte langsam immer näher an den Rand heran und beugte sich schließlich darüber hinweg, um sein eigenes Spiegelbild zu studieren. Das Bild war dunkler als in einem Quecksilberspiegel, doch von beunruhigender Klarheit. Er berührte die Oberfläche mit der Hand und beobachtete, wie sein Gesicht sich in Wellen auflöste, bevor es sich wieder glättete und ihn erneut anstarrte. Hinter sich hörte er Schritte, doch er drehte sich erst um, als sie ganz nahe waren, so versunken war er in diesen seltsamen, stillen See. Wer dort gekommen war und ihn nun beobachtete, war die Zofe der Marquise.

»Mademoiselle des Oeillets«, sagte Andrea und stand auf. Sein erster Gedanke war zu gehen, und er verneigte sich flüchtig; doch so leicht war das nicht, ihr einfach den Rücken zuzukehren und davonzugehen. Schweigend blickte sie ihn an, und dieses Schweigen nahm ihn in Beschlag. Andrea zögerte, denn sie schien etwas sagen zu wollen, und in diesem Augenblick verlor er den Schwung, mit dem er sich nach der höflichen Verbeugung hatte entfernen wollen. Um das Schweigen zu beenden, sagte er schließlich: »Ich hoffe, Ihr habt Euch vollends erholt, Mademoiselle.«

Sie lächelte. »Wie Ihr sehen könnt, sind sowohl die blauen Flecken als auch die Kratzer verschwunden.«

Ihr Blick wanderte genau wie Andreas zu ihrem Busen, der von einem grau-weißen Spitzenmieder sowohl eingeschlossen als auch betont wurde. Ein flüchtiges Bild erschien vor Andreas geistigem Auge, ein Bild von heißem, weichem Fleisch im Dunkeln, und als er Claudine in die Augen blickte, sah er, dass sie die gleiche Erinnerung hatte. Das Blut war ihr in die Wangen gestiegen, und sie murmelte: »Was in der Vergangenheit auch geschehen sein mag, ich hatte nie die Absicht, dich zu beleidigen. Ich möchte nicht, dass du weiter böse auf mich bist, Andrea.«

»Es ist vorbei ... vergessen. Ich danke Euch für die Entschuldigung, Mademoiselle«, erwiderte Andrea steif und wandte sich zum Gehen. Doch nach nur wenigen Schritten hörte er klar und deutlich eine Stimme in seinem Kopf: »Warum gehst du weg, du Narr?« Er schaute zu Claudine zurück, und sie blickte ihn so intensiv an, dass sie ihn zu sich hinzog wie ein Fischer, der einen Lachs einholt, oder wie eine Katze, die mit ihrem Blick einen Vogel auf der Stelle bannt, um dann die Krallen in ihn zu schlagen. Andreas

Mund war wie ausgetrocknet; sein Puls ging schneller, und schließlich verspürte er ein wachsendes Verlangen, als die Stimme in seinem Kopf sagte: »Diese Frau will dich.«

Nun stand er unmittelbar vor ihr, und einen Augenblick lang schien es, als schwiege die Welt um sie her und wartete; dieser eine Fleck neben dem Spiegelsee war der Mittelpunkt des Universums. »Willst du ein wenig mit mir gehen?«, fragte Andrea und streckte die Hand aus. Arm in Arm gingen sie neben dem Wasser her, bis sie den Wald erreichten.

36.

Die Zofe summt vor sich hin, als sie die heiße Schokolade probiert, bevor sie sie der Marquise bringt. Süß und stark, denkt sie, wie ihr Liebhaber. Der Geschmack ist so süß wie seine Zunge in ihrem Mund. *Nun, Madame, jetzt habe ich den Mann, für den Ihr einst eine* petit amour *empfunden habt. Lasst mich Euch erzählen, Madame, wie er Euch mit mehr Befriedigung erfüllt als eine ganze Gallone heiße Schokolade und seine süßen Säfte durch den Körper strömen ... und Gott sei Dank ist es kurz vor meiner Monatsblutung geschehen, sonst wäre ich jetzt in Schwierigkeiten.* Claudine leckte sich über die Lippen, um die Spuren der Schokolade zu beseitigen, stellte die Tasse auf das Emailtablett und brachte das Ganze ins Schlafgemach der Marquise. Da lag sie, das Haar zerzaust auf dem Kissen, die Augen glänzend von ihrer Nacht mit dem König. Verschlafen beobachtete sie, wie das Mädchen sich ihrem Bett näherte.

»Ich bin schrecklich erschöpft«, sagte Athénais. »Ich weiß nicht, ob ich noch die Kraft habe, meine Schokolade zu trinken. Stell sie einfach irgendwo hin, wo ich sie riechen kann.«

Claudine stellte das Tablett auf den Tisch neben dem Bett. Sie bemerkte ein Kissen auf dem Boden und hob es auf. Ohne Zweifel war das Bett vergangene Nacht arg in Anspruch genommen worden, aber egal wie lange und leidenschaftlich die Treffen auch sein mochten, der König war morgens nie da, wenn sie eintraf. Zu diesem Zeitpunkt hatte er stets schon durch zwei weitere Betten gemusst: erst durch das der Königin und zu guter Letzt durch sein eigenes, wo er sich dann auch zum *grand levée* erhob. In diesem Augenblick, während seine Mätresse träge in ihrem zerwühlten Bett lag, warteten ihm hundert Höflinge auf, um ihm dabei zuzusehen, wie er ein frisches Hemd anzog und eine Jacke für den Morgen wählte. Sicherlich hatte er sich jetzt schon eine Reihe von Scherzen anhören müssen, und mehrere Höflinge hatten bereits um seine Gunst gebuhlt.

So ist das, Madame, dachte Claudine. *Wir Frauen müssen die Nachwirkungen der Leidenschaft alleine tragen, während die Männer sich hinterher nicht anders als Hunde verhalten: Zunächst werden sie von ihrer Lust dazu getrieben, sich um der Gunst ihrer Geliebten willen dieser hilflos zu unterwerfen; doch sind sie erst einmal befriedigt, eilen sie rasch davon, nehmen die Witterung wieder auf und bellen die Passanten an, um allen zu beweisen, dass sie ihr eigener Herr sind.*

Über ihren eigenen Liebhaber dachte sie allerdings nicht so. Er war bei ihr geblieben, hatte mit ihr unter den Bäumen gelegen, bis es ihnen auf der kalten Erde zu ungemütlich geworden war, und schließlich war sie es gewesen, die gesagt hatte, sie müsse nun gehen, sonst würde man sie vermissen. Nur mit süßem Widerwillen hatte er sie ziehen lassen und ihr das Versprechen abgerungen, dass sie sich wiedersehen würden. Deutlich sah sie jedoch die Hindernisse, die ihnen im Weg standen. Sie wusste, dass Paris und Saint-Germain nur wenige Meilen voneinander entfernt lagen, doch wenn eine Zofe sich einen Liebhaber nahm, geschah das auf eigene Gefahr. Eine schwangere Zofe war nutzlos, soweit es die Herrin betraf. Claudine würde vorsichtig sein müssen. Sie durfte ihren Mondzyklus nicht aus dem Auge verlieren; vielleicht sollte sie sich sogar von Madame Voisin beraten lassen, was die Verwendung vorbeugender Kräuter betraf. In der

Zwischenzeit würde sie alles in ihrer Macht Stehende tun, dass Andrea von Mal zu Mal, da er sie sah, mehr in ihren Bann geriet, bis er sich ein Leben ohne sie nicht mehr würde vorstellen können.

»Wo bist du gestern hingelaufen, Claudine?«, fragte die Marquise und setzte sich im Bett auf, nachdem der Duft der heißen Schokolade sie ausreichend geweckt hatte. »Ich wollte deinen Rat in Bezug auf die Arrangements am Trianon de Porcelaine, aber du bist einfach verschwunden.«

»Ich bin ein wenig spazieren gegangen, Madame. Irgendwann war ich dann müde, habe mich unter einen Baum gesetzt und bin eingeschlafen.«

»Und mit *wem* hast du unter dem Baum gesessen?«

»Oh, Madame, das ist nicht fair. Ich war allein.«

»Hm«, sagte die Marquise ungläubig, doch sie war viel zu sehr mit ihren eigenen Gefühlen beschäftigt, als dass sie weiter nachgefragt hätte. Sie hatte sich um dringendere Sachen zu kümmern wie zum Beispiel, was sie heute Morgen anziehen sollte, was zum Mittagessen und was Abends, um den Hof in Erstaunen zu versetzen. Das waren keineswegs frivole Fragen, denn das Wohlbefinden der königlichen Mätresse wurde nach ihrem Äußeren beurteilt.

Athénais war zu einer Partie Karten mit Henriette, Saint-Cyr und zwei, drei weiteren leidenschaftlichen Spielern gegangen. Stundenlang beschäftigten sie sich mit den Karten, denn es war nicht nur ein Spiel, sondern auch ein Wettstreit des Geistes und der irrationalen Emotionen, die ihre Handlungen unterschwellig mitbestimmten. Dieser Wettstreit fand seinen Höhepunkt bei der Fehlerauswertung. Warum hatte der Chevalier einen Buben ausgespielt, wo er sie doch mit einem Ass hätte übertrumpfen können? Das sei der Fehler von Madame Henriette, erklärte Saint-Cyr. »Sie hat mich unter dem Tisch getreten und so abgelenkt.« Kein wahrer

Kartenspieler dürfe sich je ablenken lassen, erwiderte Athénais. Saint-Cyr solle sich einmal Dangeau ansehen, der dem allgemeinen Geplapper nicht die geringste Aufmerksamkeit schenkte. »Er sitzt einfach nur da, geht voll und ganz im Spiel auf und gewinnt jedes Mal.«

Während ihre Herrin an jenem Nachmittag Karten spielte, war Claudine mit ihrem eigenen Spiel beschäftigt. Sie hatte die Vorhänge im Schlafgemach der Marquise halb zugezogen und zum ersten Mal seit Monaten ihr dunkles Glas aus der Samttasche geholt. Sie machte sich Sorgen. Was für eine Zukunft hatte sie mit Andrea? Liebte er sie? Würden sie zusammen glücklich werden? Sie starrte tief ins Glas und wartete auf die vertrauten Gefühle. Es lag vor ihr und schimmerte dunkel. Dann überkam Claudine ein Gefühl, als würden Tausende von Insekten über ihre Haut krabbeln, kleine, sich bewegende Partikel. Die Glasoberfläche schlug Wellen. Flackernde rote und goldene Fäden gingen von einem stecknadelgroßen Lichtpunkt in der Mitte aus. Claudine durfte an nichts denken; ihr Geist musste leer sein; sie griff nach einer anderen Ebene, und der Raum um sie herum löste sich auf. Sie war in einem Universum des Nichts.

Claudine hörte weder, wie die Tür sich öffnete und wieder schloss, noch vernahm sie die Schritte. Sie war sich gar nicht bewusst, dass sich außer ihr noch jemand im Raum befand, bis ein Schatten in ihr Blickfeld fiel. Unvermittelt wurde sie aus ihrer Trance gerissen und schrie erschrocken auf. Sie blickte nach oben – in die Augen des Königs. Sie waren so schwarz und glänzend wie der Spiegel.

»Was tust du da, Claudine?«, fragte er, doch sie wusste, dass er es bereits erraten hatte.

Natürlich war schon der Versuch verboten, in die Zukunft zu sehen beziehungsweise die Hilfe der Geister in Anspruch zu nehmen. Das widersprach den Lehren der Kirche. Die

Wahrsagerei galt als eine Form der Hexerei, die der König verabscheute, wie Claudine wusste. Verwirrt schob sie das Glas in die Tasche zurück. »Es ist nichts, Majestät, nur ein hübsches Stück Glas. Ich habe versucht, mein Gesicht darin zu betrachten.«

Plötzlich kam ihr der Gedanke, wie seltsam es war, dass der König sie mit Namen ansprach. Er blickte sie weiter an, und seine Augen leuchteten mit einer Aufmerksamkeit, die sie nun verstand. Sie schaute in die Schwärze seiner Augen und wusste, dass sie sich einen Augenblick später auf derart gefährlichem Gebiet wiedergefunden hätte, dass man am besten gar nicht darüber nachdachte. »Bitte, entschuldigt mich, Majestät. Ich komme zu spät zu Madame la Marquise.« Sie machte einen Knicks und ging vorsichtshalber weit um ihn herum zur Tür. Beinahe rechnete sie damit, dass er ihr den Weg versperrte, doch er rührte sich nicht, als könne er sich das Warten leisten.

Nachdem sie erst einmal draußen war, eilte Claudine rasch davon; schließlich geriet sie außer Atem und blieb kurz an einem Fenster stehen. Sie fühlte sich von der unterbrochenen Trance und der merkwürdigen Begegnung mit dem König wie benommen. Und welch ironischer Zeitpunkt dafür: ausgerechnet einen Tag, nachdem sie mit ihrem Liebhaber gegangen war. Als sie ihre Gedanken endlich wieder gesammelt hatte, dachte sie: *Kommt einer, kommen sie alle.*

37.

Der Zauberer wedelte mit seinem Zauberstab, und sofort wuchs ein Schloss aus Porzellan in die Höhe, umgeben von einer Parterreanlage voll Jasmin, der die Luft mit einem solch starken Duft erfüllte, dass alle, die den Garten betraten, in Ohnmacht fielen. Sie vergaßen die Welt draußen, während sie dem wundervollen Gesang von tausend Nachtigallen lauschten, und die Zeit stand still und umhüllte sie mit ewiger Schönheit und Harmonie.

»Ich denke, tausend Nachtigallen sind ein wenig übertrieben«, bemerkte der Chevalier de Saint-Cyr. »Ihre exquisiten Stimmen würden zu einer Kakophonie verschmelzen, sodass man sich die Ohren zuhalten müsste.«

»Ich will auf keinen Fall weniger als hundert haben«, sagte Athénais. »Es verdirbt die Geschichte, wenn es – sagen wir – nur ein halbes Dutzend Vögel sind.«

»Warum nicht eine perfekte Nachtigall, die der Zauberer aus Rubinen und Brillanten erschaffen hat, eine Nachtigall mit einer Stimme so erhaben, dass alle, die sie hören, ihre Heimat vergessen, ihre Frauen und Ehemänner, nur um ihr ewig lauschen zu können?«, schlug Madame de Thianges vor.

»Dann, eines Tages, wird ihre Mechanik wie bei allen musikalischen Apparaturen versagen, und jene, die ihr verfallen waren, werden krank vor Kummer und vergehen inmitten des Jasmins«, sagte Saint-Cyr.

Henriette schrie plötzlich auf, und Athénais und Saint-Cyr drehten sich zu ihr um. Ihr Gesicht war so bleich wie das der Gestalten auf einem Renaissancegemälde, und die Schatten unter ihren Augen betonten die Augenhöhlen. Offensichtlich litt sie unter Schmerzen. »Ich hatte ein schreckliches Stechen in der Seite, bitte entschuldigt«, sagte sie. »Fahrt mit der Geschichte fort.«

Doch nun waren alle abgelenkt. Jeder hatte seinen eigenen Ratschlag parat, wie sie die Schmerzen lindern könnte: Sie solle sich auf den Boden legen, den entsprechenden Stellen mit Heizpfannen Wärme zuführen oder sich vom Arzt ein Brechmittel verabreichen lassen. Henriette sagte: »Nein. Bitte. Kümmert Euch nicht darum«, legte sich auf eine Couch und schloss die Augen.

Athénais blickte zu Saint-Cyr, dieser wiederum zu Madame de Thianges, und ohne ein Wort zu sagen, übermittelten sie den jeweils anderen ihre Gedanken. Henriette hatte eine furchtbare Zeit mit Seiner Hoheit hinter sich, der ihr die Hauptschuld an der Verbannung seines Favoriten gab, des Chevalier de Lorraine. Seine Eifersucht war sogar noch gesteigert worden, als Henriette sich in Staatsangelegenheiten eingemischt hatte zwischen ihrem Bruder, dem König von England, und ihrem Schwager, dem König von Frankreich. Er, des Königs Bruder, war von jeglichen Entscheidungen ausgeschlossen; ja, man hatte ihn noch nicht einmal darüber informiert, dass seine Frau Verhandlungen führte. Jeden Tag in Saint-Cloud erwachte Henriette aus einem Traum in einen Albtraum, wenn sie in das hasserfüllte Gesicht ihres Gemahls blickte. Kein Wunder, dass sie Magenschmerzen hatte. Zwar litt sie schon seit Jahren darunter, doch nun waren sie akut geworden, denn ist ein Mensch unglücklich, leidet der Magen als Erstes darunter. So verliehen die drei anderen ihrer Sorge Ausdruck, nachdem Henriette gegangen war, doch es schien keine Lösung für dieses Problem zu geben. Seine

Hoheit und Madame waren immerhin verheiratet, bis dass der Tod sie schied.

Der innere Kreis des Hofstaats besuchte Versailles nun öfter. Das Schloss befand sich noch immer im Bau, doch die Gärten besaßen bereits eine erfreulich angenehme Gestalt. Eine Reihe offener Salons waren durch Alleen miteinander verbunden, die mit jungen Bäumen bepflanzt waren. Während der Sommermonate konnte man hier ein Leben von perfekter Eleganz führen – und das im Freien. Es gab viel zu bewundern: die Grotte der Thetis zum Beispiel, deren Fontänen den Unvorsichtigen auflauerten; das Labyrinth mit seinen bemalten Tierstatuen, die von den Fabeln La Fontaines inspiriert waren; die Menagerie mit einem Elefanten, Löwen, Hirschen und Straußen und nicht zuletzt den parfümierten Garten des kleinen Porzellanschlosses.

Es war an einem jener Tage, da die Marquise und der König sich in das Cabinet de Parfum des Trianon de Porcelaine zurückgezogen hatten, um den Duft der Tuberosen und des Jasmin einzuatmen, da Claudine durch den Garten in Richtung Spiegelteich wanderte. Der große Teich war inzwischen ihr gewohnheitsmäßiger Treffpunkt mit Andrea geworden – jedenfalls bei den unregelmäßigen Gelegenheiten, da sie sich beide gleichzeitig in Versailles befanden. In ihrem Mieder hatte sie den letzten Brief von ihm versteckt, einen Brief voller süßer Phrasen, die in ihr die Sehnsucht weckten, ihn in der Einsamkeit des Spiegelteichs noch einmal zu lesen.

Als sie sich der Fontäne des Apollo näherte, sah sie die unverkennbare Gestalt Seiner Hoheit. Klein und extravagant gekleidet schritt er inmitten seiner Spaniels einher, die aufgeregt um seine hochhackigen Schuhe wimmelten, als wollten sie ihn zu Fall bringen. Neben ihm ging sein kleiner Vertrauter, der Chevalier de Saint-Eustace, sowie ein weiterer junger Mann, den Claudine bis jetzt noch nie gesehen hatte. Sie machte einen Knicks, als Seine Hoheit näher kam, und erwartete, dass er an ihr vorbeigehen würde, doch stattdessen blieb er stehen und winkte zum Gruß. »Wenn das nicht Mademoiselle des Oeillets ist. Das kann nur bedeuten, dass auch die Marquise heute hier ist.«

»Das ist sie in der Tat, Monseigneur. Sie verbirgt sich mit dem König im parfümierten Garten.«

»Wie rührend«, sagte Seine Hoheit. »Welch Freude man doch in einem Garten finden kann.« Er ließ den Blick über die Alleen schweifen, die künstlichen Wäldchen, die Fontänen und die gerade erst errichteten Statuen von Göttern und Göttinnen. »Und was das für ein Garten ist«, fuhr er fort, »auch wenn er unglücklicherweise keinerlei Aussicht bietet. Wenn ich an Saint-Cloud und das Panorama denke, das sich einem dort von der Terrasse bietet, den Blick auf die Seine, die Türme von Paris und das Land drumherum. Aber ... na ja, er braucht keine Aussicht. Er *ist* die Aussicht. *La vue, c'est Moi.* Wie geht es meiner lieben Freundin, der Marquise?«

»Es geht ihr außerordentlich gut, Monseigneur. Sie blüht in Versailles förmlich auf.«

Seine Hoheit trat einen Schritt auf Claudine zu und sagte: »Es gibt da etwas, worüber ich gerne mit Euch sprechen würde, eine delikate Angelegenheit vielleicht.«

Er berührte sie leicht am Arm, um anzudeuten, dass sie sich ein Stück von den anderen entfernen sollten. Ein Schock durchfuhr Claudine bei seiner Berührung. *Nicht auch noch Seine Hoheit, oder? Kommt einer gerannt, kommen sie alle.* Und die Ironie war noch, dass sie ausgerechnet einen Brief von Andrea im Mieder stecken hatte, der ihr inzwischen von dem vergeblichen Verführungsversuch Seiner Hoheit erzählt hatte. Aber nein, Seine Hoheit führte offenbar etwas anderes im Sinn, denn als sie ein Stück davongingen, sagte er: »Die Marquise sieht wunderschön aus, und der König hat für niemand anderen mehr Augen.«

»In der Tat, Monseigneur.«

»Natürlich ist es Liebe, aber Liebe wird manchmal von ein wenig Magie unterstützt.« Er stand vor Claudine und schaute sie unverwandt an. Seine Augen waren so hart und glänzend wie Schiefer, und seine Zunge zuckte immer wieder zwischen den Lippen hervor wie die einer Schlange.

Irgendjemand hat die Messe mit Vater Mariette verraten, dachte Claudine. Doch nach außen hin ließ sie sich nichts anmerken, als sie erwiderte: »Die Liebe ist eine Magie an sich. Da braucht es keiner weiteren mehr.«

Seine Hoheit lächelte. »Ihr seid ein kluger kleiner Fratz, Mademoiselle; aber Ihr wisst, wovon ich rede. Wie auch ein paar andere Damen bei Hofe hat die Marquise sich einige Zauberpulver bei einer gewissen weisen Frau besorgt. Ich bin schon lange neugierig und würde diese Pulver gerne einmal versuchen; doch Ihr könnt Euch gewiss den Skandal vorstellen, sollte ich oder einer meiner Höflinge dieses Etablissement besuchen. Ich erzähle Euch das nur, weil ich weiß, wie diskret Ihr seid.«

»Ich enttäusche nie jemandes Vertrauen, Monseigneur«, sagte Claudine. Sie fühlte sich sichtlich erleichtert. Also hatte es doch nichts mit Vater Mariette zu tun, sondern nur mit den Liebestränken von Madame Voisin. Entweder wollte Seine Hoheit, dass jemand sich in ihn verliebte, oder er wollte seine Potenz steigern. Und Madame Voisin verfügte über Pülverchen für sämtliche Liebesdinge.

»Ich bin gelegentlich auf Botengänge zu einer gewissen Dame geschickt worden, aber ich sollte wirklich nicht sagen, was für Pulver ich dort geholt habe.«

»Ich verlange ja nicht von Euch, dass Ihr irgendwen verratet. Ich möchte nur, dass Ihr auch mir etwas mitbringt, wenn Euch die Marquise das nächste Mal dorthin schickt. Der Chevalier wird Euch eine entsprechende Notiz bringen. Ihr braucht nicht einmal zu wissen, was Ihr für mich holen sollt.«

Claudine lächelte, blickte Seine Hoheit kokett an und klimperte mit den Wimpern. »Vermutlich vermag ich es mir noch nicht einmal vorzustellen, zumal ich sicher bin, dass Ihr, Monseigneur, keinerlei Probleme mit Eurer Manneskraft habt.«

Seine Hoheit lachte schallend und schlug Claudine spielerisch auf den Rücken. »Das ist in der Tat das Geringste meiner Probleme, Mademoiselle Méchante. Nun denn, vergesst nicht, kein Wort zu irgendjemandem, besonders nicht zur Marquise. Ich fürchte, Ihr mangelt es an Eurer Diskretion.«

Seine Hoheit verneigte sich übertrieben; dann gesellte er sich wieder zu seinen Gefährten, und gemeinsam schlenderten sie zum Grand Canal, während ihre Schoßhündchen aufgeregt um sie herumsprangen. Claudine legte die Hand auf ihr Mieder, wo Andreas Brief sicher verborgen war, und dachte: *Wie er lachen wird, wenn ich ihm das erzähle.* Denn seinem Geliebten ein Geheimnis anzuvertrauen hieß nicht, jemandes Vertrauen zu missbrauchen, und deshalb wollte seine Hoheit auch auf keinen Fall, dass sie es der Marquise gegenüber erwähnte; ihm war klar, dass der König dann sofort davon erfahren würde.

Während sie zum Spiegelteich wanderte, dachte sie über den außerordentlichen Mangel an Vertrauen nach, den die Marquise in die Liebe des Königs hatte. Bei so viel Schönheit und Geist – warum musste sie da auf Madame Voisins Medizin zurückgreifen? Sie musste doch wissen, dass sie seine Liebe besaß, und doch ... trotz ihrer zur Schau getragenen Selbstsicherheit war sie im Innern zutiefst unsicher. Sie wollte ihn für sich allein haben, während er die Bedeutung des Begriffs »Monogamie« nicht zu kennen schien. Dass sie gleichzeitig mit der Königin und mit Louise schwanger geworden war – besonders mit Louise, wo Ludwig geschworen hatte, sie aufgegeben zu haben –, stellte eine besondere Demütigung dar.

Claudine erreichte den Spiegelteich und setzte sich ins Gras, den Rücken gegen einen Baum gelehnt. Sie zog den Brief aus ihrem Mieder und las ihn erneut. *Mia cattiva gattina*, mein ungezogenes Kätzchen ... Claudine liebte die Art, wie Andrea Italienisch und Französisch miteinander vermischte; das verstärkte noch die Romantik der Worte. Sie blickte auf das Spiegelbild der Wolken, das übers Wasser trieb, und dachte an ihn.

38.

Andrea war mit den Gedanken nicht bei der Arbeit. Manchmal überlegte er sich eine Entschuldigung, um entweder Saint-Germain oder Versailles zu besuchen, je nachdem, wo der Hof sich gerade aufhielt; dann wieder schrieb er in Gedanken Liebesbriefe. Wenn er frei hatte, saß er in seinem Studio inmitten der Spiegelstücke, hatte Feder und Papier vor sich liegen, und die Bilder vor seinem geistigen Auge, die ihn zuerst an eine bösartige Katze erinnert hatten, riefen nun Gedanken an ein liebebedürftiges kleines Kätzchen wach. Er war sich über seine Gefühle für sie einfach nicht im Klaren. Wenn er Briefe an sie schrieb, überkam ihn eine Woge der Zärtlichkeit, und wenn sie zusammen waren, empfand er ein drängendes Verlangen. Das musste wohl Liebe sein. Und doch war es ein Gefühl, das kam und ging wie Ebbe und Flut – als würde er wie eine Frau vom Mond beherrscht. Bisweilen hatte er das Gefühl, wahnsinnig werden zu müssen, wenn er nicht bei ihr sein konnte, dann wieder, wenn er in seine Arbeit versunken war, glich es mehr einem lästigen Insekt, das er am liebsten erschlagen hätte. Die heilige, sein ganzes Wesen durchdringende Freude, die er in seiner Liebe zu Athénais empfunden hatte, war verschwunden. Vielleicht veränderte die Liebe sich mit dem Alter und der Erfahrung; vielleicht war sie auch von Frau zu Frau verschieden. Die Liebe zu Claudine war etwas vollkommen anderes als die Tändelei, die er vergangenen Winter mit der

Frau des Uhrmachers in Marais angefangen hatte. Letztere hatte er kennen gelernt, als ihn eine seltsam verzierte Uhr im Schaufenster in den Laden ihres Gemahls gelockt hatte. Die Uhr sei nach einer griechischen Sage gestaltet, hatte sie erklärt. *Die Zeit verschlingt uns alle – deshalb müssen wir das Beste aus unserem Leben machen, solange wir noch jung sind.* Die Einladung in ihren Augen war unverkennbar gewesen, und beide hatten sie die Affäre genossen, bis die Uhrmachersfrau wegen ihres Gatten schließlich ein schlechtes Gewissen bekam

Monsieur du Noyer war sichtlich enttäuscht von der unverbindlichen Antwort, die Andrea ihm auf das Angebot gegeben hatte, seine Nichte zu heiraten. Er konnte sich vorstellen, wie du Noyer mit seinem Bruder sprach. Sicherlich waren sie inzwischen zu dem Schluss gekommen, dass Italiener unzuverlässig seien. Sie mochten sich ja wie Franzosen kleiden, wie Franzosen sprechen, aber unter dieser Oberfläche waren sie immer noch Ausländer. Die Nichte hatte noch einmal Glück gehabt; nur um die Mitgift war es schade, denn Monsieur Colbert hatte einen Narren an Andrea gefressen und wäre mit Sicherheit großzügig gewesen.

»Ich kann es kaum erwarten, wieder deine süßen Lippen zu küssen und noch vieles andere mehr«, schrieb Andrea und malte ein paar Herzen neben seine Unterschrift. Zusammen mit der königlichen Post würde sie den Brief bereits morgen erhalten, und in ein paar Tagen würden sie wieder zusammen sein. Andrea erinnerte sich an sie beide in Versailles, wie es beim ersten Mal gewesen war, als sie am Spiegelteich entlang und in die Wälder gegangen waren, wo sie sich dann rasch einen Platz gesucht hatten, an dem niemand sie hatte stören können. Küssend waren sie zu Boden gesunken, und seine Hände hatten sich einen Weg durch ihre Unterröcke gesucht. Scherzhaft hatte sie daraufhin seiner Hand einen kleinen Klaps versetzt, doch kurz darauf war jeglicher Widerstand vergessen, und sie klammerte sich an ihn und stieß Schreie der Lust aus. Sie erwies sich als äußerst einfallsreich, was das Finden neuer Treffpunkte betraf, denn so, sagte sie, könnten sie sich stets erinnern: Dies sei gewesen, als sie hinter Monsieur de La Quintinies Schuppen gelegen hatten, oder dies, als sie sich im Hain neben der Menagerie geliebt und den Löwen brüllen gehört hatten. Eine Situation war einmal ein wenig beunruhigend gewesen, nämlich als Claudine ihn über die gewundenen Pfade des Labyrinths bis zu einer Steinbank im Zentrum geführt hatte. Sie hatte gerade auf ihm gesessen, als sie Bellen und das Lachen von Männern gehört hatten. »Seine Hoheit!«, hatte sie gekeucht. »Lass uns von hier verschwinden.«

Seltsamerweise riefen diese Begegnungen, deren Intensität davon abhing, wie weit Claudine in ihrem monatlichen Zyklus fortgeschritten war, nie die Erinnerungen an jenes erste Mal im Schloss von Saint-Cloud wach. Damals war es allerdings auch dunkel gewesen; Andrea hatte sie nicht gesehen, und sie war nackt gewesen. Nun liebten sie sich bei Tageslicht, wobei sie von ihren Kleidern behindert wurden, und Andrea konnte Claudines Gesicht sehen, als sie »Nein!« schrie, nachdem er sie gebeten hatte, sich auszuziehen. »Sollte jemand vorbeikommen, könnte ich mich nie rechtzeitig wieder anziehen.« Und bei einem Treffen konnten sie sich überhaupt nicht lieben, denn egal wo sie auch hingingen, überall schien es von Gärtnern und Arbeitern nur so zu wimmeln. Andrea zählte an den Fingern ab, wie oft sie sich geliebt hatten. Zweimal hatten sie sich in den Wäldern am Spiegelteich gesehen, einmal hinter de La Quintinies Schuppen, einmal an der Menagerie und einmal im Labyrinth, wo sie jedoch unterbrochen worden waren.

39.

Henriette ist gestorben. Der Hof kocht vor Gerüchten förmlich über. Hatte sie nicht gesagt, wenn sie sterben würde, dann nur, weil sie vergiftet worden sei? Als wahrscheinlichster Kandidat für eine solche Tat gilt der Chevalier de Lorraine, denn er genießt den Ruf der Skrupellosigkeit und beherrscht sowohl Seine Hoheit als auch dessen Hof in Saint-Cloud. Um dem Gerede bei Hof Einhalt zu gebieten, wird an einem Abend im August eine Autopsie vorgenommen. Die Ärzte verkünden, Henriettes Leber und Lunge seien so verrottet, dass es an ein Wunder grenze, dass sie überhaupt so lange gelebt habe. Doch Zweifel bleiben bestehen. Hatte sie an ihrem letzten Abend nicht solch schreckliche Schmerzen verspürt, dass nur Gift die Ursache dafür hat sein können? Die Ärzte mochten ja von natürlichen Ursachen reden, aber der englische Gesandte ist fest davon überzeugt, dass sie ermordet worden ist. Der Chevalier de Lorraine wird bei Hofe gesehen; er wirkt äußerst selbstzufrieden.

Claudine erinnerte sich an ihr Gespräch mit Seiner Hoheit und fragte sich, was in der Bestellung für Madame Voisin wohl gestanden hatte, die ihr von Saint-Eustace gebracht worden war. Im Geiste sah sie noch immer Madame Voisins Gesicht, als sie den Brief gelesen hatte, den geistesabwesenden Ausdruck in ihren Augen, als sie zu Claudine geblickt und gesagt hatte: »Das wird einige Zeit dauern. Ihr werdet später noch einmal zurückkommen müssen, und ich will im Voraus bezahlt werden.«

Und Madame Voisin hatte eine wirklich große Summe von ihr verlangt, fast das gesamte Geld, das Saint-Eustace ihr gegeben hatte. Aber wer hatte die Bestellung aufgegeben? Seine Hoheit oder jemand anderer? Und wer hätte Henriette das Gift verabreichen können? Schließlich war sie ständig von ihren Hofdamen umgeben gewesen, die ihr allesamt treu ergeben waren ... oder? Es war besser, dem Urteil der Ärzte zu glauben, nämlich dass Madame an Fäulnis in ihren Eingeweiden gestorben war. *Wäre es anders*, dachte Claudine, *wäre ich der Komplizenschaft bei einem Mord schuldig.* Es wäre wohl am klügsten, wenn sie dazu schweigen würde.

Nach Henriettes Tod blieb ein Schatten über dem Hof in Saint-Germain zurück, und hinter vorgehaltener Hand wurde viel über den Kauf und Verkauf von Leben gesprochen. In Paris sprach der Feind der Schatten mit Colbert. Nicolas de La Reynie, Polizeileutnant, hatte die Dunkelheit mit Talglaternen erhellt, die in regelmäßigen Abständen die neu gepflasterten Straßen säumten. Seine Männer nahmen die Verbrecher fest, die von der Nacht profitierten. Er hatte einen Berg von Akten angelegt, in denen Gerichtsverhandlungen, Urteile, Strafzumessungen, abgesessene Haftzeiten und Entlassungen dokumentiert waren. Bis dato waren Verbrecher oft schlicht vergessen worden, sodass sie noch Jahre im Gefängnis verbrachten, obwohl sie ihr Strafe schon längst verbüßt hatten. La Reynie leuchtete selbst in die dunkelsten Ecken hinein. Niemand kannte sich in der Pariser Unterwelt besser aus als er.

Besonders ein Verfahren hatte seine Aufmerksamkeit erregt – oder besser ein »halbes« Verfahren, denn gegen die beiden Angeklagten schien keine Strafe verhängt worden zu sein, obwohl es sich bei dem Delikt um ein Kapitalverbrechen handelte. Die Akte stammte aus dem Jahre 1668 und kam von der Strafkammer in Tournelle. Einer der Angeklagten war der Abbé Mariette, der Pfarrer von Saint-Severin, der andere ein gewisser Adam Lesage. Man warf ihnen vor, blasphemische Messen zelebriert zu haben – bei mehreren Gelegenheiten und für eine gewisse Zahl von Aristokraten. Mariette und Lesage waren im Frühjahr 1668 von der Polizei aufgegriffen worden, weil sie ohne guten Grund noch zu später Stunde unterwegs gewesen waren. In einer Tasche führten sie die für eine Messe notwendigen Utensilien mit sich sowie ein paar übel riechende Pulver. Vater Mariette behauptete, bei einem Sterbenden gewesen zu sein, doch später gestand er im Verhör seine Blasphemie. La Reynie fand es seltsam, dass in der Akte keine vollständige Abschrift dieses Geständnisses zu finden war.

Der Präsident der Strafkammer war Monsieur de Mesmes. Sein Name kam La Reynie bekannt vor. Ja, sagte Colbert, als La Reynie ihn danach fragte, Monsieur de Mesmes sei manchmal bei Hofe anzutreffen. Er sei der Vater von Madame de Vivonne, welche wiederum die Schwägerin von Madame de Montespan war.

La Reynie überkam ein so starkes Gefühl, etwas Großem auf der Spur zu sein, dass ihn die Nase juckte. Also unterhielt der Präsident der Strafkammer, die nur unzureichende Beweise gegen den Priester und seinen Komplizen gefunden hatte, Beziehungen zu den höchsten Kreisen bei Hofe, und das Geständnis des Priesters war verschwunden. Die beiden Schurken waren einfach so zu den Gefängnistoren hinausgeschlüpft. La Reynie verspürte das starke Verlangen, sich den Priester für weitere Verhöre noch einmal zu schnappen, obwohl er sich bewusst war, dass er selbst dadurch in Schwierigkeiten geraten könnte – in *große* Schwierigkeiten –, zumal diese Leute über ein weites Netz an Beziehungen verfügten. Die einzige Möglichkeit, wie La Reynie mehr über die Komplizen des Priesters in Erfahrung bringen konnte, bestand darin, ihn auf freiem Fuß zu lassen. Zwar wusste er nicht, was dabei herauskommen würde, wenn er Abbé Mariette unter Beobachtung hielt, aber es war immer gut, so viel Wissen wie möglich anzuhäufen.

Die Marquise war wieder schwanger. Inzwischen war das fast schon ein jährliches Ereignis. Claudine wurde zu Madame Voisin geschickt, um von dieser ein Mittel gegen morgendliche Übelkeit zu besorgen. Diese Gänge zu der weisen Frau führten Claudine nach Paris und damit zu Andrea. Solche Treffen zu arrangieren war mittlerweile äußerst schwierig, denn als Schwangere war Madame de Montespan noch anspruchsvoller als ohnehin schon. Als Claudine einmal erwähnt hatte, dass auch sie gern heiraten und Kinder bekommen würde, war eine regelrechte Explosion die Folge gewesen. Wie könne sie nur daran denken, sie im Stich zu lassen, hatte die Marquise zu wissen verlangt, ausgerechnet jetzt, wo sie so verwundbar war, *enceinte**. Und das bei all diesen weiblichen Geiern, die um das Schloss kreisten ...

»Keine von ihnen wird ihre Krallen in den König schlagen«, sagte Claudine, »denn er liebt nur Euch. Und ich kenne jemanden, der mich liebt, und würde ihn gern heiraten.«

»Und das würdest du auch ohne meine Erlaubnis tun?«, erwiderte die Marquise. »Das ist jetzt nicht der richtige Zeitpunkt, um darüber zu diskutieren, dass du mich verlassen willst. In ein, zwei Jahren wird das anders sein. Dann werde ich dir eine wunderbare Hochzeit ausrichten. Wer ist überhaupt der Mann, hinter dem du her bist?«

»›Hinterher sein‹ ist nicht die richtige Bezeichnung, Madame. Der Herr liebt mich ebenfalls, und wenn wir nicht vorsichtig sind, werden wir in aller Eile heiraten müssen.«

---

* enceinte = schwanger – Anm. des Übersetzers

»Also habe ich eine Zofe ohne Moral. Nun, dann wirst du wohl oder übel Madame Voisin um Rat fragen müssen. Ich brauche deine Hilfe, und ich wäre sehr, sehr enttäuscht von dir, wenn du mich jetzt im Stich lassen würdest. Du bist die Einzige, auf die ich mich verlassen kann.«

Claudine dachte: *Außer mir würdest du schlicht niemanden finden, der deine Launen mitmacht.* Gleichzeitig aber freute es sie auch, dass man sie für unentbehrlich hielt. Sie sagte: »Ich könnte doch heiraten und trotzdem Eure Zofe bleiben.«

»Nicht mit kreischenden Babys, nein«, widersprach die Marquise.

Du kannst noch nicht einmal das Weinen deiner eigenen Kinder ertragen, dachte Claudine. *Du bist ganz zufrieden damit, wenn sie in die Obhut der Witwe Scarron gegeben werden und du sie nur einmal in der Woche mit dem König besuchen und anlächeln musst. Keine Unordnung, kein Mangel an Schönheitsschlaf, nur die Freude, dir deine hübschen kleinen Schöpfungen eine Stunde lang anzusehen, und dann geht es wieder zu einem Kartenspiel ins Schloss zurück.*

Sie liehen sich Monsieur du Noyers graue Stute, Mouette, für den Weg zu Madame Voisins Haus. Claudine hockte seitlich hinter Andrea, bis sie sich beschwerte, dass die Sattelkante sie in lebenswichtige Teile drückte. So ritt sie, während Andrea neben ihr ging und das Pferd am Zügel führte. Sie beobachtete ihn, während sie sich an Mouettes Mähne festkrallte, fasziniert von der Form seines Rückens, die sich unter dem Hemd abzeichnete, dem langen, lockigen Haar, das besser war als jede Perücke, seinem leichtfüßigen Gang und dem wunderbaren Lächeln, das er ihr von Zeit zu Zeit zuwarf. Sie dachte über die gegenwärtige Situation mit der Marquise nach. Sollte sie Andrea ohne Zustimmung ihrer Herrin heiraten, würde es keine Mitgift geben. Würde sie jedoch noch ein, zwei Jahre warten, wäre nicht nur die Mitgift üppig, die Marquise würde ihr auch eine prachtvolle Hochzeit ausrichten. Claudine musste dies mit ihrem Bedürfnis in Einklang bringen, dafür zu sorgen, dass es auch eine Hochzeit *gab*, und dass sie Andrea durch die Verzögerung nicht verlieren würde ... Es gab genug Harpyien, die nur darauf warteten, sich auf ihn stürzen zu können. Tatsächlich kamen sie just in diesem Augenblick an einem Flittchen vorbei, das ihm schöne Augen machte.

Andrea wartete im Foyer auf Claudine, während diese Madame Voisin in jenem abgeschotteten Raum konsultierte, wo sogar tagsüber die Vorhänge zum Schutz vor der Sonne zugezogen waren. Die alte Hexe lächelte Claudine an, doch ihr Blick wirkte geistesabwesend, als wären ihre Gedanken nach innen gerichtet. Schließlich sagte sie: »Wie ich sehe, seid Ihr eine von uns. Das erkenne ich an Euren Augen. Ihr könnt in die andere Welt schauen.«

»Das mag ja sein, aber ich brauche kein Glas, um vorherzusehen, was geschehen wird, sollte ich schwanger werden, bevor es Madame la Marquise genehm ist. Sie hat mich nach einer Medizin gegen ihre morgendliche Übelkeit geschickt. Ich will ein Mittel, das dafür sorgt, dass mir morgens gar nicht erst übel wird.«

»Ein mit Essig getränkter Schwamm während des Aktes und eine Spülung danach sind die billigsten Verhütungsmittel«, erklärte Madame Voisin. »Meine Kräuterpillen sind teuer, denn sie kommen aus der Neuen Welt, und Ihr müsst sie zur rechten Zeit nehmen, damit sie Wirkung zeigen. Aber wenn das so wichtig für Euch ist ...«

Schweigend schaute sie Claudine eine Zeit lang an; dann fragte sie: »Spinnt Ihr ein Netz für diesen jungen Mann? Ich sehe, dass er in irgendeiner Gefahr schwebt. Ich höre das Knistern von Flammen ...«

»Ich bin wegen der Morgenübelkeit hier«, unterbrach

Claudine sie ungeduldig. »Ich will mir nicht die Zukunft vorhersagen lassen.«

»Das war auch nicht *Eure* Zukunft. Es ist die des jungen Mannes, um die ich mir Sorgen mache. Ich könnte noch mehr dazu sagen, aber Ihr glaubt offensichtlich, schon genug zu wissen. Eines Tages aber werdet Ihr zu mir gelaufen kommen und fragen: ›Madame Voisin, warum habt Ihr mir nichts gesagt?‹«

Madame Voisin verließ den Raum, um die Zutaten abzumessen; kurz darauf kehrte sie mit ein paar kleinen, in Papier gewickelten und mit Wachs versiegelten Päckchen zurück. Claudine zählte den Preis für beide Mittel vom Geld der Marquise ab. »Bitte, bestellt der lieben Marquise meine besten Grüße. Ich hoffe, es geht ihr bald wieder besser. Vielleicht verspürt sie dann auch wieder Lust, vorbeizukommen und mich zu konsultieren.«

»Ich werde es ihr ausrichten«, sagte Claudine, obwohl sie sich deutlich daran erinnerte, dass allein schon der Gedanke an den weiten Weg die Abscheu der Marquise erregt hatte. Sie öffnete die Tür zum Foyer und wäre fast mit Vater Mariette zusammengestoßen.

Er zuckte unwillkürlich zusammen, fasste sich jedoch rasch wieder und sagte: »Ah, Mademoiselle des Oeillets, ich hoffe, es geht Euch gut.«

Claudine errötete bei der Erinnerung an ihre letzte Begegnung am Beinhaus und der Tatsache, dass Andrea sie neugierig beobachtete. »Es geht mir gut, Vater«, sagte sie.

Vater Mariette nickte in Richtung Andrea, drehte sich wieder zu Claudine um, hob die Augenbrauen und flüsterte: »Ist das derjenige?«

»Diskretion, Vater Mariette«, erwiderte Claudine. »Das ist am besten für uns beide.«

Er lächelte, verneigte sich knapp und verschwand dann in Madame Voisins Konsultationszimmer.

»Wer war dieser Priester?«, erkundigte sich Andrea, als Claudine sich wieder zu ihm gesellte.

»Das war nur Vater Mariette. Ich habe ihn schon früher hier gesehen.«

»Er mag ja eine Soutane tragen, aber er gefällt mir nicht. Und ich möchte hinzufügen«, fuhr er fort, während sie hinaus und zu Mouette gingen, »dass mir das alles hier nicht gefällt. Da drüben kauert ein Kerl in der Ecke und beobachtet das Haus. Mir gefällt nicht, dass du hierher kommst. Es ist nicht sicher hier.«

»Wenn du dabei bist, bin ich sicher«, erwiderte Claudine. »Du kannst mich in Zukunft ja begleiten.«

»Und es stinkt hier nach Katzen«, sagte Andrea. »Lass uns hoffen, dass diese Pulver gegen Morgenübelkeit hilft, damit wir nicht mehr zurückkommen müssen.«

Claudine lächelte zu Andrea hinunter, als dieser ihr in den Sattel half. *Der liebe, süße Mann*, dachte sie. *Wie alle weiß er nicht, was sich unter der Oberfläche verbirgt.*

40.

Es war einmal ein König, der unter einer Verwirrung der Worte litt. Wenn jemand das Wort »Feuer« sagte, hörte er »Wasser«, und er fragte sich, warum sein Pferd entsetzt zurücksprang, wenn er es an die Flammen führte, um dort seinen Durst zu stillen. Wenn das Wort »Krieg« gesprochen wurde, hörte er das Wort »Ruhm«. So ritt er in goldenem Brokat und rotem Federbusch aufs Feld, und je mehr seine Kleider mit Blut und Schlamm befleckt waren, desto größer der Ruhm. Er brauchte nur einen Feind, gegen den er kämpfen konnte. In einem kleinen Land neben dem seinen lebte ein Volk, das viel fleißiger war, als ihm gut tat. Sie waren stets ernst, ganz in Schwarz gekleidet, und ihr Verstand arbeitete wie eine Rechenmaschine. Ihre Kapitäne, die Komfort nicht kümmerte, gingen auf lange Reisen und kehrten mit Schiffen voller Gold und Gewürzen wieder zurück. Ihr Land war eben, und in nur wenigen Stunden konnte man es zu Pferd durchqueren. Die Männer waren geübter im Geldzählen als im Kampf, und es schien Bel-Amour, dem großen König, dass sie nur darauf warteten, zum Werkzeug seines Ruhms zu werden.

Der Hof begleitete ihn, um Zeuge des Glorreichen Krieges gegen die Niederländer zu werden, und die Menschen, durch deren Länder die königliche Prozession in ihren prachtvollen Kutschen zog, glaubten wahrlich, Märchengestalten zu sehen. Der König ritt auf seinem feurigen Pferd neben einer goldenen Kutsche, in der nicht eine, sondern drei Königinnen saßen. In der Kutsche selbst herrschte eine angespannte Stimmung. Louise de La Vallière kauerte bedrückt in der Ecke, während die König vor Eifersucht das Gesicht verzog und die beiden anderen Frauen anfunkelte, besonders die hochschwangere Madame de Montespan, die bei jedem Schlagloch zusammenzuckte.

In Versailles wurde ein anderer Krieg gefochten: der gegen die Natur. Der Meister der Brunnenbauer, Francisco Francini, hatte zutreffend vorausgesagt, dass die Wasservorräte nicht für die großen Kaskaden ausreichen würden, trotz eines ausgeklügelten Wiedergewinnungsverfahrens. Mehr noch, in den *étang** von Clagny wurden die Abwässer eines nahen Dorfes eingeleitet, und auch Tierkadaver waren kein seltener Anblick. Nun da die vergoldeten Fontänen der Leto und des Apoll installiert und das Théâtre d'Eau mit seinem Fontänenballett einsatzbereit waren, wurde die Wasserfrage allmählich akut. Ein Aufseher wurde ernannt, dessen einzige Aufgabe darin bestand vorherzusehen, welchen Teil des Gartens der König als Nächstes besuchte, damit die Fontänen rechtzeitig angeschaltet werden konnten. Der König war von diesem willkürlichen Arrangement nicht gerade begeistert, und selbst während des Krieges gegen die Niederländer fand er noch Zeit, Colbert zu schreiben und seinem Ärger über den ständigen Zusammenbruch der Großen Kaskade Ausdruck zu verleihen.

Das kleine, flache Land neben Frankreich erwies sich als genauso widerspenstig wie die Wasserversorgung von Versailles. Der große König überließ den Krieg seinen Generälen und zog mit dem Hof in komfortablere Quartiere. Ma-

* étang = Teich. Hier sind die Versorgungsteiche gemeint, aus denen über Pumpen die Fontänen und Kaskaden im Schlosspark gespeist werden. – Anm. des Übersetzers

dame de Montespan gab ihr neugeborenes Kind im Haus der Witwe Scarron ab, die – so bemerkte die Marquise verärgert – sich allmählich so aufführte, als wäre sie die leibliche Mutter der Kinder. Claudine wiederum verstand nicht, warum die Marquise diese Charade überhaupt aufrecht erhielt, zumal die Königin nun schon mehrmals deutlich gesehen hatte, dass ihre Nebenbuhlerin vor Fruchtbarkeit geradezu platzte. Und war es nicht langsam an der Zeit, dass auch die Hochzeitspläne ihrer Zofe zur Sprache kamen, nun da die Marquise sich der Zuneigung des Königs sicher sein konnte?

Das sagte Claudine auch zu Andrea, als sie eines Tages die Löwenjungen beim Spielen in der Menagerie beobachteten. Vergangenen Sommer hatten sie die Löwen brüllen hören, als sie im Gras neben der Menagerie gelegen hatten, und nun blinzelten drei Löwenjungen mit ihren goldenen Augen in die Sonne. Claudine blickte zu Andrea hinauf und sagte: »Was wäre, wenn auch ich ein Junges hier drin hätte?«, und legte ihre Hand auf den Bauch.

Sie rechnete damit, dass er besorgt das Gesicht verziehen würde; stattdessen lächelte er sie an und erwiderte: »Und? Hast du ein Junges da drin?«

Sie antwortete: »Das könnte immer passieren«, und er lächelte wieder und küsste sie auf den Nacken, die Hand auf ihrer Brust, bis sie sich fast instinktiv gemeinsam auf den Weg ins Wäldchen machten.

»Ich möchte dich nackt sehen«, sagte Andrea.

»Wenn du dein eigenes Bett hast«, erwiderte sie. »Bis dahin wirst du dich damit zufrieden geben müssen, nur Teile von mir zu sehen.« Und sie hob den Rock so langsam wie einen Theatervorhang, während ihr Ein-Mann-Publikum sich vor sie kniete. *Nun*, dachte sie, *ist es nur noch eine Frage, Madame in der richtigen Stimmung zu erwischen.*

»Wo wart Ihr, und was habt Ihr gemacht?«, fragte Monsieur Le Brun, als Andrea im Salon des Mars eintraf. Le Brun lehnte über einem Schreibtisch und studierte Baupläne. Auf einem Gerüst an der Wand hockte einer seiner Künstler und arbeitete an dem Gemälde eines Kindes, das mit gezücktem Schwert Krieg spielte. »Euren zerwühlten Kleidern und dem Ausdruck auf Eurem Gesicht nach zu urteilen«, fuhr Le Brun fort, »glaube ich es allerdings erraten zu können. Nun, falls Ihr Euch für einen Augenblick konzentrieren und Euch die Pläne auf diesem Tisch ansehen könntet ... Das hier betrifft auch Euch. Wohlan, was seht Ihr?«

Andrea betrachtete die detaillierte Zeichnung; dann antwortete er: »Das ist eine lange Galerie mit vielen kleinen Bogenfenstern ... oder sind das Türen?«

»Das solltet wohl besser Ihr mir sagen, Monsieur de la Glace. Das sind weder Fenster noch Türen; das sind Spiegel. Siebzehn Stück, um genauer zu sein. Jeder besteht aus achtzehn Spiegelscheiben und ist in einen vergoldeten Rahmen eingearbeitet. Vor jedem hängt ein Kronleuchter von der Decke, und gegenüber befindet sich je ein Fenster von exakt der gleichen Größe. Und wo könntet Ihr nun eine solche Galerie in diesem schönen Schloss finden? Kommt. Ich werde es Euch zeigen.«

Gemeinsam gingen sie durch eine Reihe von Gemächern nach Westen. Zum Schutz vor dem Staub der Steinmetzarbeiten presste Le Brun sich ein Taschentuch vor den Mund, und fluchend suchte er sich einen Weg um die Gerüste, Schubkarren, Schutthaufen und Löcher in den Bodenbrettern herum. Ein Gehilfe eilte ihm mit den Bauplänen unter dem Arm hinterher.

»So langsam glaube ich«, sagte Le Brun, »dass dieses Schloss niemals fertig wird. Kaum sieht es so aus, als hätten wir endlich die endgültigen Pläne, taucht eine neue, größere

Variation am Horizont auf. Das wird kein Schloss; das wird eine Stadt!«

Sie erreichten die Tür, die hinaus auf die Terrasse führte, die sich entlang der gesamten Westfront hinzog, zwischen den beiden Salons am Ende der Gemächer an der Süd- und Nordseite des Flügels. Von der Balustrade aus konnte man den gesamten Garten bewundern. Der Ausblick ging über die Parterreanlage hinweg zum Brunnen der Leto, die Treppe hinunter, an der großen Allee entlang zum Brunnen des Apoll bis hin zum Großen Kanal und in der Ferne auf einer Seite zum Trianon de Porcelaine, dessen Ziegel in der Sonne glitzerten. Auf der anderen Seite lagen Monsieur de La Quintinies Gemüsegärten und dahinter die Menagerie. Im Zentrum der mit Marmor ausgelegten Terrasse, auf der Andrea und Le Brun standen, sprudelte eine Fontäne. Zwei weiße Tauben wuschen ihre Federn in der Gischt.

»Das ist eine der schönsten Stellen, um den Garten zu betrachten«, bemerkte Le Brun. »Aber sie wird um der Herrlichkeit Seiner Majestät willen geopfert. Die Galerie wird ein angemessener Tribut an den mächtigsten König der Welt sein. Nach den Niederlanden wird der König seinen Blick auf die Franche-Comté und die Pfalz richten. Und ich werde auf ewig hier sein und seine großen Siege auf eine Decke nach der anderen malen. Wie Ihr seht, brauchen wir also diese *grande galerie*.«

Die Tür zum Kriegssalon öffnete sich, und der König trat auf die Terrasse hinaus, begleitet von einem jungen Mann mit glattem, selbstgefälligem Gesicht.

»Jules Hardouin Mansart, der Neffe des großen Mansart«, murmelte Le Brun. »Der junge Architekt hat es mehr als eilig, in die Fußstapfen des verstorbenen Le Vau zu treten.«

In einer eleganten Geste legte der König die Hand an den Hut, als er sich ihnen näherte. Andrea hatte ihn seit jenem

Tag in Saint-Germain nicht mehr aus der Nähe gesehen, da er die Spiegel ausgemessen und von der Marquise geträumt hatte. Dieser Traum hatte sich in einen Nebel der Reue ob der eigenen Dummheit aufgelöst, doch er erinnerte sich an das Gefühl von damals, nämlich dass der König ihn in jenem Augenblick für sich beansprucht hatte. Es war die Art gewesen, wie Ludwig ihm in die Augen geschaut hatte, als verlange er seine Loyalität im selben Augenblick, da er Venedig für immer verloren hatte.

Er bezweifelte allerdings, dass der König sich auch an ihn erinnerte, doch Le Brun hatte ihn bereits als Monsieur de la Glace aus der Vorstadt Saint-Antoine vorgestellt, und Ludwig lächelte ihn an. »Aber natürlich. Unser geschätzter Spiegelmacher. Wie Ihr seht, verlangen wir mehr und mehr von Euch. Wie viele Spiegel haben wir bis jetzt bestellt, Monsieur Le Brun?«

»Fünftausend, Sire.«

»Und wie viele brauchen wir für die Galerie?«

»Ungefähr fünfhundert, Sire.«

»Nicht mehr? Aber es ist die Wirkung, die zählt, nicht die Quantität.«

Der Gehilfe hielt dem König die Baupläne hin, sodass dieser sie studieren konnte. Schließlich sagte der König: »Sollen wir Spiegel oder Fenster auf der gegenüberliegenden Seite einsetzen? Wenn wir dort Spiegel haben, werden wir Spiegelungen ad infinitum sehen. Seine Hoheit, mein Bruder, hundertmal multipliziert. Das wäre wirklich extraordinär. All diese Bilder nur von den Leuchtern erhellt. Was meint Ihr, Monsieur de la Glace?«

Andrea blickte über den Garten hinweg, der im Licht der Nachmittagssonne golden schimmerte. Am liebsten hätte er geantwortet, es sei eine Schande, diese schöne Terrasse abzureißen, und außerdem: Besaß der König nicht schon genug prachtvolle Räumlichkeiten? Doch trotz der Zwanglosigkeit des Treffens und dem freundlichen Gesichtsausdruck des Königs wäre niemand so dumm gewesen, das Schicksal auf diese Art herauszufordern. So antwortete Andrea: »Schaut Euch an, wie die Sonne die Terrasse erhellt, Euer Majestät. Und nun stellt Euch vor, wie ihre Strahlen durch die offenen Fenster fallen und golden auf die Spiegel treffen. Das Silber der Spiegel würde sich in Gold verwandeln und die gesamte Galerie im Glanz der Sonne erstrahlen.«

Andrea sah, wie Le Brun, der hinter dem König stand, fröhlich die Lippen schürzte, und auch der König lachte. »Bravo, Ihr verfügt über das typische Auge eines Italieners für die Schönheiten der Natur. Aber natürlich ist das die einzige Antwort auf meine Frage: Die Natur soll die Schönheit unserer Architektur erleuchten. Ihr hättet doch nichts anderes gedacht, oder, Messieurs?«

»Natürlich nicht, Sire«, antworteten Le Brun und Hardouin Mansart im Chor.

Ludwig lachte wieder und sagte zu Andrea: »Wann werden wir Euren Spiegel in der Sonne sehen, den, der brennt? Werdet Ihr ihn für das nächste Fest bereithaben?«

»Ja, Euer Majestät«, antwortete Andrea, obwohl er nicht ganz sicher war, was der König meinte.

»Gut, es wird am Feiertag des heiligen Ludwig stattfinden, vorausgesetzt, die Sonne scheint. Aber ich sehe keinen Grund, warum sie das nicht tun sollte. Arrangiert alles mit Monsieur du Noyer.« Er schaute ihn mit jenem unverwandten Blick an, der bedingungslosen Gehorsam verlangte. »Nun denn, Chevalier des Brennenden Spiegels«, sagte er, »das wäre also abgemacht.« Dann legte Ludwig Andrea einen Augenblick lang die Hand auf die Schulter und hinterließ ein Gefühl von Hitze und Energie, das auch noch anhielt, nachdem er die Hand zurückgezogen hatte. Wie in Trance schaute Andrea dem König hinterher, als dieser die Terrasse entlangspazierte, gefolgt von Hardouin Mansart und Le Brun, bis die Türen des Kriegssalons für ihn geöffnet wurden und er wieder hineinging.

So wurde also eine Demonstration des Brennspiegels in Versailles arrangiert. In der Spiegelmanufaktur fertigten Andrea und ein Gehilfe hundert Einzelspiegel nach exakten Maßen. Dazu konstruierten sie einen runden Rahmen von mehr als zwei Metern im Durchmesser und befestigten darin die Spiegel mit einem Netz justierbarer Drähte. Nachdem das Instrument fertig war, montierten sie es auf einen Karren im Hof und positionierten es gegenüber einer Steinmauer. Lichtpunkte tanzten über die Mauer, während sie jeden einzelnen Spiegel justierten, bis die Lichtstrahlen alle auf einen Punkt konzentriert waren. Dann stellte Andrea ein Brett in den Lichtstrahl, und sie warteten. Nach ein paar Minuten stieg Rauch von der Stelle auf, wo der Strahl auf das Holz traf, und schließlich war eine Flamme zu sehen. Die Spiegelmacher, die sich versammelt hatten, um das Experiment zu verfolgen, brachen in Jubel aus, und einer von ihnen rief: »Und jetzt steckt Versailles in Brand!«

Am Festtag des heiligen Ludwig, um ein Uhr nachmittags, versammelte sich der Hofstaat am Großen Kanal, um zu hören, wie ihnen der Erste Sekretär der Akademie der Wissenschaften die Theorie des Brennspiegels erklärte, ein Vortrag, der mit der Geschichte von Archimedes begann, wie dieser die römische Flotte in der Bucht von Syrakus verbrannt hatte. In der Hitze schimmerten die Gesichter der Höflinge vor Schweiß; ihre schmerzenden Füße waren in den Lederschuhen geschwollen, und ihre Kleider klebten ihnen am Leib. Doch niemand fühlte sich in der Lage, den Ort dieses wissenschaftlichen Experiments zu verlassen, das der italienische Spiegelmacher entwickelt hatte, Monsieur André de la Glace. Gerüchteweise hieß es, der König habe ihn zum Chevalier ernannt.

»Chevalier? Seid Ihr sicher?«

»Ja, er ist als Ritter des Brennenden Spiegels bekannt.«

»Das ist ein Scherz!«

»Nein, das ist wahr ... Ich habe es von Le Brun gehört.«

Andrea, der sich des Geflüsters der versammelten Höflinge nicht bewusst war, konzentrierte sich auf den Erfolg des Experiments. Er hob das schwarze Tuch, welches das Instrument bedeckt hatte, damit die Sonne auf die Spiegel fallen konnte. Hundert Schritt entfernt lag in der Mitte des Großen Kanals ein als Opfer gedachtes Boot, dessen Außenwände und Mast frisch geteert waren. Andrea richtete die Spiegel aus, sodass sie auf den Bug fokussiert waren. Nun hieß es nur noch warten. Einen Augenblick lang herrschte erwartungsvolles Schweigen; dann begannen die Höflinge erneut zu plappern. Sie hatten erwartet, dass das Boot vom einen Augenblick auf den anderen in Flammen aufgehen würde. Irgendjemand gähnte laut, schluckte es jedoch sofort wieder herunter, als er bemerkte, dass der König ohne das geringste Zeichen von Ungeduld aufmerksam auf das Boot starrte.

Plötzlich stieg eine Rauchfahne von der Stelle auf, auf die der Lichtstrahl gerichtet war. Erleichtert beobachtete Andrea, wie der Rauch einem grauen Geist gleich in Kringeln gen Himmel stieg. Wäre dieses Schauspiel misslungen, hätte er sich vor dem Hof lächerlich gemacht und das Missfallen des Königs erregt. Der Schweiß, der ihm über die Stirn lief, war nicht nur auf die Sonne, sondern auch auf Angst zurückzuführen. Der Rauch wurde immer dichter, und schließlich blitzte eine erste Flamme auf, der kurz darauf eine weitere folgte. Das geteerte Holz knisterte und knackte, und eine größere Flamme schoss empor und verschwand wieder. Schließlich brannte das Boot lichterloh.

Nun hörte Andrea auch den Beifall. Er drehte sich um und blickte in eine verschwommene Masse von Gesichtern, die ob des Erfolgs dieser nachmittäglichen Unterhaltung allesamt auf ihn gerichtet waren. Der Sekretär der Akademie der Wissenschaften verkündete: »Das Experiment ist abgeschlossen. Ist es Euer Wunsch, Sire, dass das Boot weiterbrennt?«

Klatschen und Rufe. »Verbrennt es!«, rief einer der Höflinge.

Die Stimme des Königs brachte ihn zum Schweigen. »Das reicht. Löscht die Flammen.«

Andrea und sein Gehilfe bedeckten die Spiegel mit dem schwarzen Tuch; dann drehte er sich um, nahm den Beifall entgegen und verneigte sich vor dem König. Es schien, als stünde er einen Augenblick lang im Mittelpunkt der Aufmerksamkeit, als der König ihm großmütig den Arm entgegenstreckte und an den Hofstaat gewandt verkündete: »*Voilà* ... die Macht der Spiegel!«

Anschließend ging Andrea die Szene in Gedanken noch einmal durch, den Augenblick seines Triumphs. Unter den applaudierenden Höflingen hatte sich auch die Marquise befunden, deren Brillanten mit den Spiegeln um die Wette funkelten. Kurz hatte sie seine Aufmerksamkeit auf sich gezogen und ihn amüsiert angelächelt – ein Lächeln, das ihm mehr bedeutete, als die umstehenden Höflinge auch nur hätten ahnen können.

Es gab auch noch ein paar andere Gesichter, die Andrea erkannte ... und viele, die er nie zuvor gesehen hatte. Besonders eines hinterließ einen nachhaltigen Eindruck bei ihm – ein brutales Gesicht mit kalten, gewalttätigen Augen. Es gehörte einem Mann Mitte zwanzig mit dickem Nacken und breiten Schultern, der unter seinem Brokatmantel an einen Bullen erinnerte. Er stand im Kreis des Königs, doch im Gegensatz zu den anderen Höflingen zeigte sich kein schmeichlerisches Lächeln auf seinem Gesicht, wenn er mit Ludwig sprach; stattdessen drückte sein Mund weiter Stolz und Unzufriedenheit aus. Andrea fragte Francini nach dem

Mann, worauf Francini antwortete: »Oh, das ist unser Kriegsminister, der Marquis de Louvois. Einen härteren Kerl als ihn gibt es nicht. Ständig hält er nach neuen Feinden Ausschau. Monsieur Colbert verabscheut ihn.«

Als hätte er bemerkt, dass die beiden Italiener über ihn sprachen, drehte Louvois den Kopf in ihre Richtung. Andrea fühlte sich von dem Hass, den dieser Mann ausstrahlte, förmlich überwältigt. Leise murmelte er an Francini gewandt: »Ich glaube nicht, dass er mich mag.«

»Er mag niemanden«, sagte Francini. »Es ist also besser, ihm aus dem Weg zu gehen. Jeder, der Monsieur Colberts Gunst genießt, steht bei ihm in Ungnade. An diesem Hof, Andrea, kann man nur überleben, wenn man weiß, wen man meiden muss.«

41.

Was Athénais betrifft ... die Brillantenmarquise, la Reine Sultane, sie kennt die Namen, mit denen man sie belegt, für gewöhnlich jedoch nicht in ihrer Gegenwart. La Belle Armide, die schöne Zauberin, und aus irgendeinem Grund Quanto. Letzteres ist ein kleiner Scherz von Madame de Sévigné. Quanto – wie viel? Eine wichtige Frage, egal ob sie sich nun auf Brillanten oder die Liebe bezieht. Im Falle des Königs ist das eine der Ausdruck des anderen.

Von Athénais' Gemächern hat man die beste Aussicht auf den Marmorhof vor dem Schloss. Es ist beinahe so, als befände man sich in einem Theater, besonders wenn der König bei ihr ist. Dann ist es eine Komödie. Sie sitzen nebeneinander am offenen Fenster und lachen über die Kleider, Haltungen und die Affektiertheit der Höflinge, die unten vorbeidefilieren.

»Da ist der Herzog von Vendome. Er hat sich noch immer nicht ganz davon erholt, dass er sich selbst unter den Tisch getrunken hat. Er kann kaum einen Fuß vor den anderen setzen. Man muss ihm einen Pagen mit einem Nachttopf hinterherschicken, damit er nicht einfach in die Ecken pisst.«

»Oh, was haben wir denn da? Der Marquis d'Effiat. Hast du je einen solch lächerlich großen Hut gesehen? Das sieht ja aus, als säße ein Strauß auf seinem Kopf.«

Und so geht es immer weiter. Ihr Lachen ist deutlich zu hören, wenn an einem schönen Tag die Fenster geöffnet sind. Athénais weiß zu erheitern, und sie weiß auch, dass der König bei Laune gehalten werden muss, um seine inneren Dämonen im Zaum zu halten. Sie kennt sein Bedürfnis, in einer Atmosphäre der Schönheit, der Wohlgerüche und anderer Empfindungen zu leben. In ihren Gemächern drängen sich Vasen mit Jasmin und Tuberosen, und der Duft der Tuberosen folgt ihnen sogar, wenn sie mit der Gondel fahren, die der venezianische Gesandte dem König geschenkt hat und die nun zwischen Schloss und Trianon de Porcelaine auf dem Großen Kanal kreuzt. Blumenduft erfüllt den gesamten Garten. Monsieur Bouteux, der Gärtner, tauscht täglich die Blumentöpfe aus, sodass es immer etwas Neues zu sehen gibt. Gerüchten zufolge verfügt er über zwei Millionen Blumentöpfe.

Athénais vermag noch immer die Leidenschaft des Königs zu wecken, so stark wie am ersten Tag. Monsieur Colbert muss seine Steuerlisten beiseite legen und Diamantenhändlern hinterherjagen, wenn der König es sich in den Kopf setzt, die Marquise mit noch mehr Schmuck zu behängen. Die Hofgerüchte konzentrieren sich meist auf das Feuer der Liebe, welches »die Schöne« noch immer im König zu entfachen weiß. Es hat den Anschein, als würde es auf ewig weiterbrennen. In ihrer Schönheit ist die Marquise der Spiegel für Ludwigs Sonne.

Es gibt jedoch auch Augenblicke der Unruhe, besonders während der Schwangerschaften der Marquise. Ludwig mag es nicht, seines Vergnügens beraubt zu werden, und Athénais vermutet, dass die Königin ihre Hofdamen zu Flirts mit Ludwig ermuntert, und das nur, damit die Marquise sich unsicher fühlt, wenn sie am verwundbarsten ist. Louise de La Vallière ist inzwischen in ein Kloster eingetreten, wo man sie unter dem Namen Schwester Louise de la

Miséricorde kennt. Aber es gibt noch andere, alle jünger als die Marquise, die nichts lieber tun würden, als sie von ihrem Podest zu stoßen. Und da ist auch noch eine ältere Frau. Athénais ärgert sich allmählich ernsthaft über die Amme, Madame Scarron, die schier endlos mit dem König über das Wohl der Kinder konferiert. Bisweilen gewinnt ihr Temperament die Oberhand, und dann staunen die Leute über die Dinge, die sie dem König sagen kann. Jeder andere wäre in solch einem Fall vom Hof verbannt worden, doch Quanto wird stattdessen mit noch mehr Juwelen behangen.

Und was Claudine betrifft ... Sie ist unentbehrlich, was ihren Heiratswunsch in einem ungünstigen Licht erscheinen lässt. Zudem ist es auch noch der Spiegelmacher, den sie heiraten will, wie Athénais inzwischen erfahren hat. Wäre es einer der Hofdiener gewesen oder wenigstens einer der Schauspieler, mit denen sie sich früher öfter getroffen hatte, Claudine hätte immer noch dann und wann aushelfen können. In solch einem Fall hätte sie noch immer die kleinen Aufgaben erledigen können, die die Marquise nur ihr anvertrauen kann. Wäre sie jedoch erst einmal mit dem Italiener verheiratet, würde sie in Paris leben, hätte ein Dutzend Kinder am Hals, und das wär's dann gewesen. Athénais ist sich allerdings bewusst, dass es noch andere Gründe dafür gibt, warum sie eine Ehe Claudines mit Andrea eher missbilligt als mit einem anderen Diener.

Und wie empfindet Claudine ob der wiederholten Vereitelung ihrer Hochzeitspläne? Am Morgen eines besonders schwülen Tages war der Funke der Rebellion in Claudine erwacht. Beim Reinigen des Satingewandes ihrer Herrin ging sie weit weniger sorgfältig vor als üblich. Sie tupfte einen Fettfleck mit Alkohol ab, doch auf eine Art, als wolle sie den Fleck noch vergrößern. *»Merde«*, murmelte Claudine vor sich hin. »*Putain**. *Putain* Madame. Erwartet sie etwa von mir, dass ich wie in einem Kloster lebe? Nein, sie weiß, was ich tue, und es kümmert sie nicht, wenn ich in Sünde lebe. Aber so ist sie nun einmal. Sie will, dass ich genauso eine *putain* bin wie sie.«

Claudine hatte auch ihr eigenes Kleid ausgezogen, das als Nächstes einer Alkoholbehandlung unterzogen werden würde. Somit trug sie nur noch ihr Mieder und den Unterrock, hatte sich aber einen von Madames Morgenmänteln übergezogen für den Fall, dass man sie stören würde. Plötzlich hörte sie die Krallen von des Königs Schoßhündchen auf dem polierten Parkett im Salon nebenan, und kurz darauf tapste das Tier schwanzwedelnd herbei. »Ah, Malice«, sagte Claudine. »Wo hast du dein Herrchen gelassen?« *Malice*, dachte sie, *ein passender Name für einen Hund bei Hofe.*

Dann hörte sie den König nach dem Tier rufen, und rasch zog sie den Morgenmantel zu, als er das Schlafgemach betrat. *Wenn der kleine Hund hier rumschnüffelt, ist der große Hund nicht weit*, dachte sie. »Ich fürchte, Madame la Marquise ist nicht zugegen, Sire«, sagte sie. »Sie ist mit Madame de Thianges und dem Herzog von Vivonne spazieren gefahren.«

»Ich weiß«, erwiderte der König und setzte sich in den Sessel. Er lehnte sich zurück und streckte die Beine aus; sein Blick war unverwandt auf Claudine gerichtet.

»Bitte, entschuldigt, Euer Majestät, aber ich muss weiterarbeiten. Ich habe viel zu tun«, sagte Claudine.

»Das ist ein sehr schöner Mantel, den du da trägst. Habe ich ihn nicht schon einmal irgendwo gesehen?«

»Ohne Zweifel habt Ihr das. Er gehört der Marquise.«

»Er steht dir gut, Claudine.«

Claudine erwiderte nichts darauf, sondern konzentrierte

---

* putain = Hure – Anm. des Übersetzers

sich wieder auf den Fettfleck. Es folgte ein kurzes Schweigen; dann sagte der König: »Warum bist du nicht freundlich zu mir?«

»Euer Majestät, es gibt ein Einvernehmen zwischen mir und jemandem.«

»Gibt es nicht auch ein Einvernehmen zwischen uns, Claudine?«

Ein Einvernehmen darüber, dass Madame la Marquise wie jeden Monat ein paar Tage indisponiert ist, dachte Claudine.

Der König stand auf, rief nach Malice, als wolle er gehen, schob den Hund dann jedoch mit dem Fuß hinaus und schloss die Tür. »Malice wird über uns wachen«, sagte er. »Komm zu mir, *ma mignonne.**«

»Nein.«

Der König bewegte sich auf sie zu. Claudine war sich des schrumpfenden Abstands zwischen ihnen ebenso bewusst wie der Anziehungskraft seines Wesens. Wie bei einem Bild nahm sie die Form seines Gesichts wahr, die runden Wangen, gerötet von all den Stunden, die er auf der Jagd verbracht hatte, den sinnlichen Mund und die Locken, die ihm über die Schulter fielen. Sie sah, wie er innehielt, die Jacke auszog und sie über einen Stuhl legte. Sie sah, wie er sie anlächelte, sah das Leuchten in seinen Augen, als er vor ihr stand, die Schnüre ihres Morgenmantels löste – Madames Morgenmantel – und ihn öffnete. Noch immer rührte sie sich nicht, auch nicht, als er die Hand auf ihre Brust legte, als er sich vorbeugte, um sie auf den Mund zu küssen, und auch nicht, als er sie zu sich zog, sodass sie seine Erektion an ihrem Bauch spüren konnte. Sie bewegte sich nicht, weil sie von Lust erfüllt war, einem Verlangen, sich Seiner Majestät zu unterwerfen. Sie gestattete ihm, sie aufs Bett und sich neben

---

* ma mignonne = mein kleiner Liebling – Anm. des Übersetzers

sie zu legen sowie ihr über die Schenkel bis zum Unterleib hinaufzustreicheln. Als er sich dann auf sie schob, machte sie die Beine für ihn breit, und er murmelte: *»Dans l'horizontal, tout le monde est égal.«**

* »In der Horizontalen sind alle gleich.« – Anm. des Übersetzers

42.

Francini demonstrierte seinen beiden Zuschauern das Théatre d'Eau in all seiner Pracht. Andrea und Claudine saßen auf den grasbewachsenen Stufen des Auditoriums, um von dort die Fontänen zu bewundern. Vor der Bühne aus fein geharktem Sand sprudelten vier kleine Fontänen, während im hinteren Teil zwei Doppelreihen Springbrunnen das Wasser hoch in die Luft schossen, und rechts und links ergossen sich Wasserstrahlen aus den Mündern von Delfinen und Cupidos. Die vom Wind aufgewirbelte Gischt machte die Luft angenehm kühl. Francini lachte, als die Wasserstrahlen ihre volle Höhe erreichten.

»Ein recht ansehnliches Schauspiel, was meint Ihr?«, sagte er.

Claudine starrte verträumt auf die Fontänen und die Bühne. Sie war ausgesprochen zurückhaltend gewesen, als sie sich mit Andrea getroffen hatte, und hatte Andreas Kuss gedankenverloren entgegen genommen. Als er fragte: »Was denkst du?«, lächelte sie nur und zuckte mit den Schultern.

»Dir geht doch irgendwas im Kopf herum«, sagte er.

»Ich schaue mir die Bühne an und denke daran zurück, wie es war, als ich noch mit dem Komödientheater umhergezogen bin. Hauptrollen habe ich allerdings nie gespielt, nur Kolombinen und Schäferinnen. Auch war ich nicht lange dabei ... Sie haben mir immer gesagt, ich könne mir den Text nicht merken, aber das stimmte nicht. Manchmal habe ich mich einfach nur zu sehr in die Rolle hineinversetzt, und dann habe ich mir gedacht: Nein, das würde sie jetzt nicht sagen. Natürlich war dann alles ruiniert. Aber von Zeit zu Zeit überkommt mich halt die Nostalgie, wenn ich mir ein Theaterstück anschaue ... oder einfach nur eine Bühne wie die hier.«

»Die Bühne ist da und wartet auf dich. Nimm sie in Besitz«, sagte Andrea.

»Ich habe alles vergessen, was ich je gelernt habe«, erwiderte Claudine.

»Das ist egal. Geh einfach rauf. Francesco und ich werden dir zuschauen und im richtigen Moment applaudieren.«

Claudine lachte. »Dann seid ihr das perfekte Publikum. Ich konnte Leute noch nie leiden, die auf ihren Händen sitzen.«

Sie ging zur Bühne, die durch das abfließende Wasser aus den Fontänen vom Zuschauerraum getrennt war. Claudine überquerte den kleinen Kanal, ging ein paar Mal auf und ab, blieb dann in der Mitte stehen und wandte sich ans Publikum. Einen Augenblick lang stand sie einfach nur da, dachte nach und sagte dann: »Das ist aus *Le Mariage Forcé*.«*

»Brava!«, rief Francini.

»Ruhig jetzt. Ich habe doch noch gar nicht angefangen.«

Claudine legte die Hände auf die Brust und begann zu singen: *»Si l'amour vous soumet a ses lois inhumaines ...«*

»Das wird dir gefallen«, flüsterte Francini zu Andrea.

»Falls die Liebe dich an seine unmenschlichen Gesetze bindet,
wähle jemanden voller Charme zu lieben.
Lass die Ketten, die du trägst, Fesseln der Schönheit sein,
Und da wir sterben müssen ...«

---

* »Die Zwangsehe« – Anm. des Übersetzers

Claudine hielt unvermittelt inne. »Nein, das ist zu düster.«

»Wir können es schon ertragen«, rief Francini. »Weitermachen!«

»Und da wir sterben müssen, lass uns in Schönheit sterben.«

»Brava!«, jubelte Francini.

Claudine verneigte sich und sagte: »An viel mehr kann ich mich nicht erinnern. Anschließend folgte ein Tanz.«

Sie bewegte sich seitwärts, streckte dabei die Füße und hob die Arme zu einem eleganten Bogen; nach einem Hüpfer trat sie dann einmal vor und wieder zurück. Eine Zeit lang schien sie die Zuschauer vergessen zu haben, so sehr war sie in ihre Vorstellung versunken. Was Andrea betraf, so würde sich die Szene, die sich ihm bot, auf ewig in sein Gedächtnis brennen: Claudine, die inmitten der Fontänen auf dem hellen Sand tanzte, das Grün der Buchenhecke im Hintergrund. Sie drehte Pirouetten, ihre Röcke wirbelten um sie herum, und ihre kleinen Füße bewegen sich immer schneller und schneller; dann sprang sie in weiten Sätzen über die Bühne. Plötzlich hielt sie inne und drückte sich die Hand auf den Bauch.

»Was ist los?«, rief Andrea besorgt.

»Nichts. Ich hab nur Seitenstechen«, antwortete Claudine, doch ihr Gesicht war weiß, und der geistesabwesende Blick, den Andrea schon an diesem Morgen bemerkt hatte, war wieder zurückgekehrt.

»Ich weiß, was das ist. Bei acht eigenen Kindern sollte ich das wohl auch wissen«, murmelte Francini, als Andrea zu Claudine trat.

»Das liegt einfach nur daran, dass ich schon so lange nicht mehr getanzt habe«, erklärte Claudine.

»Brava la diva!«, rief Francini. »Jetzt muss ich aber die Fontänen abstellen, bevor wir den *étang* vollständig leeren. Für das nächste Mal werden wir Euch ein größeres Publikum besorgen, Signora.«

Nachdem Francini gegangen war, sagte Claudine: »Ich hätte das nicht tun sollen. Ich bin viel zu sehr außer Übung. Lass uns ein Stück gehen.«

Langsam gingen sie über den schattigen Waldweg zu einer Lichtung, wo eine vergoldete Fontäne in der Sonne glitzerte. »Bist du glücklich?«, fragte Claudine in beiläufigem Tonfall.

»Natürlich bin ich glücklich«, antwortete Andrea. Er sah keinen Grund, warum er es nicht sein sollte. Den Arm um Claudines Hüfte gelegt, spürte er die Wärme ihres Körpers durch die Korsettstangen hindurch und wanderte mit ihr durch einen magischen Garten. Sie erreichten das Bassin der Ceres und hielten vor der Göttin an, die inmitten von Weizenbündeln im Zentrum des Teiches lag, umgeben von dicklichen, vergoldeten Cupiden. Auf dem Rand des Bassins befanden sich Tauben, Eichhörnchen und winzige Ameisen, alle aus Metall geformt und bemalt.

»Die Göttin der Fruchtbarkeit«, bemerkte Andrea und lächelte, bis er Claudines entsetztes Gesicht bemerkte. »Was ist? Den ganzen Morgen bereitet dir schon irgendetwas Kopfzerbrechen«, sagte er und fügte dann hinzu, als er in ihre geschwollenen Augen blickte: »Du bist schwanger, nicht wahr?«

Claudine nickte. »Ja«, sagte sie und brach in Tränen aus.

Hinterher war der Grund für ihr Elend nur allzu klar, doch zu diesem Zeitpunkt wirkte Claudines Mutlosigkeit nur übertrieben. Andreas Herz machte einen Sprung bei dem Gedanken, dass neues Leben in ihr heranwuchs. Sein eigenes Kind, sein Sohn, sein Grund zu leben ... zu leben und Leben zu geben. Vor seinem geistigen Auge sah er den Jungen bereits, wie er auf der Piazza in Murano spielte, wo auch er gespielt hatte. Auch sah er schon den Stolz seines Vaters ob dieser neuen Generation voraus. Vielleicht würde das die Wunden der Vergangenheit heilen. Zum ersten Mal seit Jahren fühlte er sich wieder zu seinen Wurzeln hingezogen.

»Warum weinst du? Ich werde dich nicht im Stich lassen«, sagte er und nahm Claudine in den Arm. »Wir werden heiraten, ob es der Marquise nun gefällt oder nicht. Du hast doch wohl nicht gedacht, ich würde dich oder das Kind im Stich lassen, oder?«

Claudine hob den Kopf und blickte ihm in die Augen. »Meinst du das wirklich ernst?«

»Natürlich. Das mit der Mitgift ist nicht so wichtig. Außerdem glaube ich nicht, dass es der Marquise überhaupt irgendwann ›passen‹ wird. Warum sollten wir also warten, bis du uralt bist?«

Claudine lachte und wischte sich die Tränen ab. »Wer weiß? Vielleicht rückt sie ja doch noch eine Mitgift raus, nun, da wir sie faktisch zwingen, einer Ehe zuzustimmen. Lass uns von hier weggehen; hier wird es mir zu öffentlich.«

In der Tat lenkten sie die neugierigen Blicke mehrerer Höflinge auf sich, die um die Fontäne schlenderten. Andrea und Claudine wanderten durch das Wäldchen zu einer eher abgeschiedenen Lichtung, wo eine Bank unter den Bäumen stand. Nachdem sie sich gesetzt hatten, fragte Claudine erneut: »Bist du glücklich?«

»Natürlich.«

Sie lehnte den Kopf gegen seine Schulter. »Ich freue mich schon, es Madame zu erzählen«, sagte sie. »Ich werde es ihr noch heute sagen, falls ich sie dazu bringen kann, mir einen Moment ihrer kostbaren Zeit zu schenken. Wann werden wir uns wiedersehen?«

»Ich kehre in drei Tagen zurück.«

»Dann können wir auch mit den Planungen für die Hochzeit beginnen. Wo sollen wir uns treffen?«

Andrea wollte antworten, am Spiegelteich, in Erinnerung an ihre frühesten Treffen, doch irgendetwas schien an dieser Wahl nicht richtig zu sein. »An der Fontäne des Apoll«, schlug er deshalb vor.

»Dann also an der Fontäne des Apoll«, erwiderte Claudine und küsste ihn auf die Lippen.

»Spürst du da schon etwas?« Andrea legte ihr die Hand auf den Bauch.

»Sei nicht dumm. Dazu ist es noch viel zu früh.«

»Wann wird es denn soweit sein?«, fragte er, und dieses »Wann« schloss noch eine ganze Reihe von anderen Fragen mit ein: Wann war das Kind empfangen worden? Wann wird es sich zum ersten Mal regen? Wann wird es geboren?

»Ich muss jetzt gehen«, sagte Claudine plötzlich verwirrt. »Madame wird schon auf mich warten.«

»An der Fontäne des Apoll, zur Mittagszeit!«, rief Andrea ihr hinterher und blieb noch eine Weile im Schatten der Bäume sitzen, während er versuchte, seine neuen Lebensumstände zu verarbeiten. Ehemann, Vater, Haushaltsvorstand. Nun erkannte er, dass die Träume, denen er in der Vergangenheit hinterhergejagt war, nichts als Schimären waren. In der unmittelbaren Zukunft warteten die Arbeit und eine Familie auf ihn. Er verließ die luftigen Höhen der Möglichkeiten und kehrte auf die Erde der Gewissheit zurück. Nun fand er langsam zur Zufriedenheit.

43.

Seine Hoheit glaubt an die Ausschweifung. Das ist alles, was ihm im Leben geblieben ist. Da er weder an der Regierung teilnehmen noch auf dem Schlachtfeld kämpfen darf, bleibt ihm nichts anderes zu tun übrig, als so viel wie möglich vom Geld seines Bruders auszugeben – und das auf möglichst haarsträubende Art. Er genießt es, wenn Ludwig beim Anblick seines neuesten Kostüms unwillkürlich zusammenzuckt. Heute ist er in schickes Rosa gekleidet, goldbestickt und mit Silberfäden durchwirkt. Volants zieren die Knie seiner Hose, vermischt mit purpurroten Schleifen. Spitze umschäumt seinen Hals; seine Ärmel gleichen den Kaskaden von Saint-Cloud, und Perlen- und Rubinohrringe verheddern sich mit seiner Perücke.

Seine Hoheit wird von seinen engsten Freunden begleitet, dem Marquis d'Effiat und dem Chevalier de Saint-Eustace. Der Marquis wird von seinem schweren Hut mit dem Busch Straußenfedern förmlich niedergedrückt, und der Chevalier ist in seinem grünen Jagdanzug sogar noch beengter. Die Hunde Seiner Hoheit sind mit rosa und roten Schleifen geschmückt, passend zum Kostüm ihres Herrn. Eigentlich hätte er zusammen mit dem König vor dem Mittagessen die Messe besuchen müssen, doch er hat beschlossen, eine Panne mit ihrer Kutsche vorzutäuschen. So verbringt die kleine Gruppe die verbliebene Zeit mit einer Tour durch die Gärten, die – so verkündet Seine Hoheit – trotz der harten Arbeit und des Einfallsreichtums der Gärtner jenen von Saint-Cloud noch immer unterlegen seien. »Das macht die Lage. Versailles hat einfach keine«, erklärt er dem nickenden d'Effiat. »Das ist einer der größten Fehler meines Bruders. Und seht Euch nur diese armseligen Fontänen an. Die meiste Zeit kann man sie nur mit verringertem Druck laufen lassen. Sie haben einfach nicht genug Wasser hier, wisst Ihr? Es gibt da einen kleinen Mann, der immer vor dem König herrennt, um sie auf volle Leistung zu stellen, und dann schaltet jemand sie wieder ab, kaum dass Ludwig vorbeigegangen ist. Das soll ein Garten sein? Also bitte!«

Der Marquis, der das alles schon oft gehört hat, nickt weiter wie ein Spielzeughund auf einem Jahrmarkt. Sie schlendern die Allée Royale in Richtung des Apollbrunnens hinunter. Das vergoldete Abbild des Sonnengottes scheint mit seinem von vier Pferden gezogenen Streitwagen förmlich aus dem Wasser zu springen, während vier Tritonen auf den Gehäusen von Meeresschnecken blasen, um den Sonnenaufgang zu verkünden.

Seine Hoheit bleibt stehen, um Apollos Pracht in vollen Zügen zu genießen. »Hierbei«, sagte er, »handelt es sich in der Tat um eine Statue, die ich gerne mitnehmen würde. Seht Euch doch nur einmal den Körperbau an ... wunderbar.«

»Dort drüben kann man noch einen anderen Körperbau bestaunen«, flüstert Saint-Eustace.

»Wo?«, fragt Seine Hoheit und sieht dann Andrea neben der Fontäne. »Wenn das nicht unser kleiner Monsieur Ne Me Touches Pas* ist. Offensichtlich wartet er auf jemanden.«

»Sollten wir diesen italienischen Rüpel nicht verhaften lassen?«, fragt Saint-Eustace ein wenig nervös.

---

* Ne Me Touches Pas = Fass mich bloß nicht an. – Anm. des Übersetzers

Seine Hoheit lächelt. »Im Gegenteil. Ich glaube, ich weiß, auf wen er wartet. Das könnte lustig werden.«

Andrea war ein wenig zu früh am Brunnen des Apoll eingetroffen, und so vertrieb er sich nun die Zeit damit, die Statue aus sämtlichen Richtungen zu betrachten. Vor allem im Entwurf der kleinen Figuren auf dem Brunnenrand hatte Le Brun sich von seiner extravagantesten Seite gezeigt. Das Gesicht des Apoll erinnerte Andrea an ein Gemälde, an dem er Le Brun einmal hatte arbeiten sehen. Das klassische Profil zeigte eine gewisse Ähnlichkeit mit dem König. Der goldene Leib war nackt bis auf ein achtlos um die Hüfte geschlungenes Tuch, dessen eines Ende sich der Sonnengott überdies über die Schulter geworfen hatte. Apoll beugte sich vor und hielt die Zügel der vier Pferde, die aus dem Wasser stiegen, ganz der vollkommene Pferdemensch. Tatsächlich glich er auch darin dem König, der selbst ein Schlachtross mit nur einer knappen Bewegung im Zaum halten konnte.

Andrea hörte das Kläffen von Hunden, hob den Blick und sah, wie Seine Hoheit mit zweien seiner Höflinge auf ihn zukam. Flucht war die beste Verteidigung, und so wandte er sich zum Gehen, um die Peinlichkeit eines Zusammentreffens zu vermeiden. Seine Hoheit rief ihm jedoch schon zu. Nervös wartete Andrea und rechnete dabei sogar damit, von den Männern Seiner Hoheit angegriffen zu werden ... aber nein, da stand Seine Hoheit vor ihm und schaute ihn so freundlich an, als hätte es ihr letztes Zusammentreffen nie gegeben.

»Wenn das nicht unser Spiegelmann ist«, sagte Seine Hoheit in herzlichem Tonfall. »Ich denke jedes Mal an Euch, wann immer ich in einen Spiegel schaue. Es sind wahrhaft Kunstwerke.«

»Ihr seid zu freundlich, Monseigneur.« Als Andrea sich diskret verneigte, bemerkte er Saint-Eustaces fragenden Gesichtsausdruck. Er schien ebenso wie der Mann, der Seiner Hoheit in jener Nacht in Saint-Cloud eine blutige Nase verpasst hatte, nicht so recht zu wissen, was er mit der unerwarteten Freundlichkeit Seiner Hoheit anfangen sollte.

»Was haltet Ihr von dem Apoll? Ich habe gesehen, wie Ihr ihn bewundert habt. Ist er nicht stattlich?«

Andrea lächelte. »Das ist die beste Skulptur im Garten.«

»Natürlich. Der König glaubt, sie stelle ihn selbst dar. Le Brun hat ihn davon überzeugt. Also, ich finde, das Gesicht sieht ihm ganz und gar nicht ähnlich. Tatsächlich ...« Und an dieser Stelle legte Seine Hoheit eine Kunstpause ein und schaute Andrea ins Gesicht. »Tatsächlich würde ich eher sagen, dass es in seiner klassischen Schönheit mehr Euch als Ludwig gleicht.« Seine Augen funkelten boshaft, als er Andreas Unbehagen sah. »Aber in anderer Hinsicht ähnelt der König dem Apollo wirklich«, fuhr er fort. »Zum Beispiel, was seine Liebe zur Musik betrifft. Das ist offensichtlich. Musik folgt ihm, wo immer er hingeht, als wäre er eine Wanderoper. Und dann ist da noch seine Jagdleidenschaft, egal ob es dabei um Frauen oder Hirsche geht. Meine gute Freundin, die Marquise de Montespan, hat sich vollkommen von ihm umgarnen lassen.«

»Ich denke nicht, dass das für meine Ohren bestimmt ist ...«, begann Andrea, um Seine Hoheit davon abzuhalten, weiter Gerüchte zu verbreiten, doch der kleine Mann zwinkerte ihm schlicht mit seinen dunklen Augen zu.

»Der Appetit des Königs und seine Potenz sind beeindruckend. Die gute Marquise hat sich als Venus gesehen, und nun ist sie zur Ceres geworden, fruchtbar wie die Erde. Und als wäre das noch nicht genug, erwartet ihre Zofe auch noch ein Kind. Also ich bitte Euch!«

Die Augen Seiner Hoheit waren hart wie Diamant und fest auf Andrea gerichtet, um jede noch so kleine Änderung in seinem Gesichtsausdruck wahrzunehmen. »Welche Zofe?«, murmelte Andrea, der nicht begreifen konnte, worauf Seine Hoheit hinauswollte.

»Mademoiselle des Oeillets natürlich. Die, mit der Ihr im Labyrinth geflirtet habt. Das Labyrinth ist ein trügerischer Ort. Liebende glauben dort oft, ein ruhiges Plätzchen gefunden zu haben; dabei übersehen sie dann die Lücken in den Hecken. Aber Ihr solltet stolz darauf sein, dass der König den gleichen Geschmack hat wie Ihr.«

»Schwanger?«

»Der König braucht eine Frau nur anzuschauen, und sie empfängt. Ihr habt doch nicht geglaubt, es sei Euer Kind, oder? Ich hoffe, das kleine Biest hat Euch dahingehend nicht getäuscht.«

Andrea hatte das Gefühl, einen Schlag in die Magengrube bekommen zu haben. Er ballte die Fäuste und verspürte das nahezu unwiderstehliche Verlangen, Seiner Hoheit erneut eine blutige Nase zu verpassen, doch dann hätte Seine Hoheit nur triumphiert. So sagte er stattdessen: »Bitte, entschuldigt mich. Ich will nichts mehr davon hören.« Dann machte er auf dem Absatz kehrt und wünschte sich mit aller Leidenschaft, dies schon vorher getan zu haben. Im Fortgehen hörte er Seine Hoheit frohlocken: »Das war nett. Das hat mir gefallen. Und nun, Messieurs, ist es wohl an der Zeit zum Abendessen.«

Diese giftige kleine Schlange, dachte Andrea; doch das Gift war bereits in seine Ohren gedrungen, und so sehr er sich auch einzureden versuchte, dass Seine Hoheit ihm nur einen üblen Streich hatte spielen wollen, schwelte der Zweifel in ihm. Er entfernte sich von ihrem Treffpunkt, bis Seine Hoheit und dessen Freunde verschwunden waren; dann kehrte er wieder zurück und wartete mit dem Rücken zur Statue, die ihm nun nur noch ein Abbild arroganter Macht zu sein schien.

Andrea sah Claudine die *grande allée* hinunter auf ihn zueilen. Sie war ein wenig außer Atem, als sie ihn erreichte, und wedelte sich mit der Hand frische Luft zu. Wie immer, erklärte sie: Kaum habe man etwas vor, da würde etwas anderes von einem verlangt.

»Wer hat etwas von dir verlangt? Die Marquise oder der König?«, fragte Andrea.

Ihren Augen sah er an, dass sie zumindest ahnte, worauf er damit hinauswollte; dennoch fragte sie verdutzt: »Was meinst du damit?«

»Lass uns irgendwo hingehen, wo wir ungestörter sind«, sagte Andrea und ging in Richtung Wald.

Claudine folgte ihm und rief: »Lauf nicht so schnell, Andrea. Warte auf mich.« Kurz blickte er über die Schulter zu ihr zurück, ging aber weiter. »Wie höflich!«, rief Claudine. »Was ist bloß in dich gefahren?«

Unter den Bäumen westlich des Spiegelteichs blieb Andrea stehen und wartete auf Claudine.

Schließlich kam sie keuchend heran und fragte: »Was ist los mit dir? In meinem Zustand kann ich dir nicht hinterher rennen.«

»Es ist genau dein Zustand, worüber ich mehr von dir wissen will«, sagte Andrea. »Lüg mich nicht an ... Bist du mit dem König ins Bett gegangen?«

»Wie kannst du es wagen!« Claudines Augen funkelten wie die einer wütenden Katze. »Wie kannst du so etwas nur sagen? Wer hat dir das erzählt?«

»Dann haben wir also tatsächlich etwas zu besprechen, Claudine.«

»Nein, das haben wir nicht! Ich will nur wissen, wer dir solch dumme Gedanken in den Kopf gesetzt hat.« Sie baute sich vor ihm auf, hob trotzig das Kinn und stemmte die Fäuste in die Hüfte.

»Es heißt, du würdest ein Kind vom König erwarten. Stimmt das?«

»Irgendein Feind verbreitet Gerüchte über mich. Natürlich stimmt das nicht. Es macht mich nur wütend, dass du das glaubst.« Sie fing an zu weinen und schlug sich mit den Fäusten auf die Brust.

»*Doucement, doucement**, sonst kommt gleich jeder angerannt«, sagte Andrea und packte sie an den Armen.

»Gut! Dann würdest du dich wenigstens dafür schämen, dass du mich so behandelt hast«, schluchzte Claudine, ließ sich zu Boden sinken und schlug die Hände vors Gesicht. Andrea setzte sich neben sie und wartete, bis ihr Schluchzen nachgelassen hatte.

»Das ist einfach nicht wahr«, sagte sie schließlich. »Wer hat dir das erzählt?«

»Seine Hoheit.«

»Seine Hoheit! Was weiß der schon? Der König sagt ihm gar nichts, und die Marquise würde ihm auch nie etwas erzählen.«

In sanftem Tonfall fragte Andrea: »Wer würde so etwas dann verbreiten?«

Leise antwortete Claudine: »Diese Schlampe de Thianges.«

»Dann war da also wirklich etwas«, sagte Andrea mit noch sanfterer Stimme.

»Hör auf damit!«, schrie Claudine. »Das war nichts!«

»Dieses ›Nichts‹ scheint dich sehr aufzuregen. Aber ich kann verstehen, wie es dazu kommen konnte, Claudine. Der König betritt das Apartment von Madame de Montespan wann immer er will, und vielleicht ist Madame de Montespan dann einmal aus zum Kartenspielen, indisponiert oder schwanger. Und dann bist du da. Was wäre leichter für einen Mann wie ihn, zu dem niemand Nein sagen kann? Du hättest dich ihm unmöglich verweigern können, nicht wahr, Claudine?«

---

* »Sei leise« – Anm. des Übersetzers

»So war das nicht«, sagte sie und brach erneut in Tränen aus.

»Wann ist es passiert, Claudine?« Zorn stieg in Andrea auf. »Und wie oft? Geht das immer noch weiter? Ist das sein Kind, das du unter dem Herzen trägst? Oder weißt du es nicht?«

»Es ist dein Kind, da bin ich sicher«, antwortete sie in unerschütterlichem Tonfall.

»Ich weiß nicht, ob ich dir glauben soll. Der König hält es für seines. Zumindest hat Seine Hoheit das gesagt.«

»Seine Hoheit ist ein notorischer Unruhestifter und eifersüchtig auf den König. Du solltest kein Wort von dem glauben, was er sagt.«

»Aber du hast selbst zugegeben, beim König gelegen zu haben. Mit den unterschiedlichsten Worten hast du das eingestanden. Weiß Madame de Montespan davon?«

»Was kümmert das Madame? Besser ich als irgendeine Dame von Macht und Einfluss.«

Allmählich fügten sich die Einzelteile eines komplexen Puzzles in Andreas Kopf zusammen. Die Marquise kümmerte das nicht, weil sie Claudine kontrollierte, und so behielt sie durch sie auch die Kontrolle über den König. »Wie denkt der König über das alles?«, fragte er.

»Er denkt, dass es ein großes Geheimnis zwischen uns sei, und dass Madame ihn umbringen würde, sollte sie es je herausfinden.«

»Er ist also so gutgläubig wie alle Männer«, bemerkte Andrea. »Was für Narren wir doch sind, dass wir uns immer wieder von den Frauen täuschen lassen.«

Claudine sprang auf, das Gesicht bleich vor Zorn. »Ja, was für Narren ihr doch seid ... Ihr denkt mit euren Eiern statt mit euren Köpfen. Und dann gebt ihr uns die Schuld daran, dass wir euch nachgegeben haben. Ihr macht die Regeln und erwartet von den Frauen, sie wie die Nonnen zu befolgen, während ihr selbst noch nicht einmal die Absicht habt, euch daran zu halten. In dieser Welt außerhalb der Konvente und besonders hier am Hof *müssen* wir zu Täuschungsmanövern greifen, wenn wir überleben wollen.«

Bevor sie sich zum Gehen wandte, feuerte sie noch einen letzten Schuss ab. »Übrigens ... Wie das Schicksal es will, war es die Täuschung wert.«

Andrea blickte ihr hinterher, als sie mit aufgeregt raschelnden Röcken den Pfad hinunterging. Er rief ihr nach, doch sie drehte sich nicht um. Andrea blieb noch eine Zeit lang, wo er war. Er lehnte sich an einen Baumstamm und versuchte, das Ende ihrer Liebe zu verarbeiten.

44.

In den darauf folgenden Tagen wurde Andrea ständig von Gedanken an Claudine abgelenkt. Einerseits war sie eine kleine Hure, die versucht hatte, ihn zu übertölpeln und zur Ehe zu verführen, ohne ihm zu sagen, *wessen* Kind sie unter dem Herzen trug. Andererseits war sie schlicht das Opfer eines verdorbenen Hofes, wo jeder sich bedingungslos den Launen des Königs unterwarf. Andrea dachte an jenes erste Mal zurück, als sie ihm am Spiegelteich hinterhergeblickt und ihn so wieder zu sich gezogen hatte, wo er doch gerade hatte gehen wollen; noch einmal sah er sie durch das lange Gras nahe der Menagerie auf sich zukommen, einen Korb mit Speisen unter dem Arm, die sie aus der Hofküche stibitzt hatte. Er erinnerte sich daran, wie sie im Theâtre d'Eau mit den Geistern ihrer Vergangenheit getanzt hatte. Er hatte sie gekannt und doch nicht gekannt, denn er war nicht ständig mit ihr zusammen gewesen – so zum Beispiel, wenn sie ihre Pflichten als Zofe erfüllt hatte, Pflichten, zu denen auch die Befriedigung des Königs gehörte. Wenn er mit seinen Gedanken an diesem Punkt anlangte, ballte Andrea jedes Mal die Fäuste, und Verzweiflung bemächtigte sich seiner. Was würde dem Kind geschehen – seinem Kind, wie er einmal geglaubt hatte?

Dann, eines Morgens, wachte er mit dem heftigen Verlangen auf, sie wiederzusehen. Dass ihre Liebe in Streit und Bitterkeit enden sollte, kam ihm wie ein Verrat an dem vor, was vorher gewesen war. Statt im Zorn wäre es angebrachter, wenn sie sich im Geiste christlicher Vergebung voneinander trennen würden. Wieder einmal lieh er sich die graue Stute, Mouette, und ritt nach Versailles. Es war am Spätnachmittag eines schönen Sommerabends. Das Laub der Bäume war von kräftigem Dunkelgrün, denn die Jahreszeit neigte sich bereits ihrem Ende zu. Andrea dachte an eine andere Reise zum Schloss zurück, eine Reise im Frühling, als die Blätter sich gerade erst entfaltet hatten und alles auf der Welt in Ordnung zu sein schien. Tatsächlich fiel es ihm im Augenblick schwer, weiter bedrückt zu sein, da die Sonne auf ihn hinabschien und ihm Kopf und Rücken wärmte. Er stellte sich Claudine vor, in Tränen aufgelöst und zerknirscht, wie sie ihn anflehte, ihr noch eine Chance zu geben, und wie er dies großmütig in Betracht zog. Nein, ermahnte er sich selbst, er durfte nicht darüber nachdenken, was passieren könnte, und doch konnte er den Optimismus nicht leugnen, der langsam in ihm aufstieg.

In Versailles fragte niemand Andrea, was er dort verloren hatte. Ständig kamen und gingen viel zu viele Handwerker: Zimmerleute mit Brettern, Steinmetze mit ihren Werkzeugtaschen, Maler mit ihren Pinseln, Klempner und Stuckateure. Zudem waren noch unzählige Menschen für die Schlossküche unterwegs – Wasserträger, Milchmädchen, Käsemacher, Fischhändler, Metzger, Bäcker –, ganz zu schweigen von jenen, die direkt mit dem Schloss verbunden waren: Diener, Gärtner, Pagen, Laufburschen und Höflinge. Solange man nicht in Lumpen herumlief oder sich wie ein Wahnsinniger gebärdete, schenkte einem niemand allzu viel Aufmerksamkeit.

Andrea kannte sich gut genug im Schloss aus, dass er nicht nach dem Weg zu Madame de Montespans Gemächern fragen musste. Er wusste, dass sie sich rechts vom Marmorhof befanden, und erreichte sie ohne Probleme. Die Tür zum

Vorzimmer stand offen, doch als Andrea hineinging, traf er auf das erste Hindernis. Eine große Frau in Schwarz und mit einem zänkischen Gesicht, die am Fenster gesessen hatte, stand auf und sagte: »Kann ich Euch behilflich sein, Monsieur?« Ihr Gesichtsausdruck verriet, dass Hilfe das Letzte war, das sie Andrea geben wollte.

»Ich suche Mademoiselle des Oeillets, Madame«, antwortete Andrea und sah, wie die Miene der Frau sich verfinsterte, als hätte man einen dunklen Vorhang davor gezogen.

»Mademoiselle des Oeillets ist nicht hier«, sagte die Wächterin des Vorzimmers.

»Wann wird sie denn zurück sein?«, erkundigte sich Andrea.

»Sie wohnt nicht mehr hier. Mademoiselle des Oeillets ist aus den Diensten von Madame de Montespan ausgeschieden.« Die Frau betonte ihre Worte, als wäre Andrea von schlichtem Gemüt.

»Aha«, erwiderte Andrea, der sich von dieser Information ein wenig vor den Kopf geschlagen fühlte. Als die Frau ihn ungeduldig anblickte, fügte er hinzu: »Wo könnte ich Mademoiselle des Oeillets denn finden? Wisst Ihr das?«

»Das kann ich Euch nicht sagen«, antwortete die Frau, ließ Andrea aber im Unklaren darüber, ob sie es nicht *konnte* oder nicht *wollte*.

»Wärt Ihr in diesem Fall bitte so freundlich, Madame, bei der Marquise de Montespan nachzufragen, ob sie bereit wäre, mich zu empfangen?«

»Ich fürchte, Madame la Marquise ist im Augenblick indisponiert.«

»Das bedaure ich sehr, Madame. Aber ich würde wirklich gern den Aufenthaltsort von Mademoiselle des Oeillets erfahren. Wüsstet Ihr vielleicht, wo oder bei wem ich an diese Information gelangen könnte?«

»Ich würde Euch vorschlagen, einen Brief zu schreiben«,

antwortete die Frau in finsterem Ton, der Andrea verriet, dass sie das Gespräch damit als beendet betrachtete.

»Vielen Dank für Eure Hilfe, Madame. Au revoir.« Andrea wandte sich rasch ab, um seinen aufkeimenden Zorn zu verbergen, und murmelte vor sich hin: »Du bist jedenfalls eine Frau, die der König auf keinen Fall ficken wird.«

Auf dem Großen Kanal waren die beiden goldenen Gondeln vertäut, die der venezianische Gesandte dem König geschenkt hatte; daneben lungerte einer der Gondoliere herum. Andrea grüßte ihn auf Italienisch und sagte: »Plötzlich habe ich Heimweh nach Venedig.«

»Ah«, erwiderte der Mann. »*Venezia* ... Mir kommt es so vor, als wäre sie auf der anderen Seite der Welt. Ich vermisse sie auch. Die Reise hierher war mörderisch. Wir mussten die Gondeln über die Alpen schleppen ... durch den Schnee! Wir waren ständig außer Atem. Zwei meiner Kameraden sind an Erfrierungen gestorben, und ein anderer ist in einen Abgrund gestürzt. Aber da habt Ihr's: Wie für sie zerronnen, so für den König gewonnen – Gott schenke ihren Seelen Frieden. Diese Gondeln sind des Königs größte Freude. Abends fahren sie damit aus, manchmal mit einer Gruppe, manchmal nur er und La Montespan; sie fahren den ganzen Kanal hinunter bis zum kleinen Porzellanschloss, um dort den Duft der Blumen zu genießen. Oft bleiben sie bis Mitternacht dort, und ich selbst habe sie schon die ganze Nacht dort verbringen sehen, wo sie dem Lied der Nachtigall gelauscht haben ... Nun, jedenfalls haben sie das so gesagt ...«

»Welch angenehmer Zeitvertreib.« Andrea lächelte. »Ist damit zu rechnen, dass sie auch heute Abend mit den Gondeln fahren?«

Der Mann zuckte mit den Schultern. »Wer weiß? Auf jeden Fall müssen wir uns in unseren niedlichen venezianischen Seemannsuniformen bereit halten, denn wir könnten ja gebraucht werden. Ich würde Euch ja den Kanal hinunter fahren, aber sollte ich nicht da sein, wenn plötzlich der König oder einer seiner Gäste vorbeikommen, wäre der Teufel los.«

»Schon gut, ich gehe ganz gern zu Fuß.« Andrea verließ den Großen Kanal und wandte sich in Richtung der nördlichen Gärten. Auf der großen Parterreanlage vor dem Schloss flanierten Höflinge, bildeten kleine Gruppen und lösten sie wieder auf ... wie ein Spatzenschwarm auf Insektenjagd. Unter der Parterreanlage befand sich eine große dunkle Höhle, wo Männer Erde und Schutt in Karren schaufelten. Sie arbeiteten mit nacktem Oberkörper, glänzend vor Schweiß, und ihre Gesichter waren dreckverschmiert. Leiter des Ganzen war Francesco Francini.

»Weshalb dieser neuerliche Aufruhr?«, erkundigte sich Andrea.

»Sie legen Reservoirs an, unterirdische Reservoirs, die sich über die gesamte Länge der Terrasse erstrecken, um die Kaskaden der Parterreanlage darüber mit Wasser zu versorgen. Es ist eine einzige Katastrophe. Wir haben Wasser sowohl aus den Teichen im Süden als auch aus Clagny geholt; aber es reicht noch immer nicht. Wir schlagen hier die Schlacht von Versailles. Der König zieht in den Krieg, und wir bleiben hier und kämpfen gegen die Elemente. Einen Sieg werden wir erst errungen haben, wenn alle Wasserspiele gleichzeitig mit voller Leistung laufen und die Fontänen ihre volle Höhe erreichen. Dann haben wir die Natur unserer Kunst unterworfen.«

Andrea schlenderte zum Drachenbrunnen, aus dessen Fontäne bereits Wasser bis zu einer Höhe von elf Metern spritzte. War der König anwesend, hatte Francini geprahlt, würde sie sogar auf fast dreißig Meter gehen. Aus dem offenen Maul des verwundeten Drachen spritzte das Wasser gen Himmel. Um ihn her waren Cupiden angeordnet, die ihre

Bögen gehoben und Pfeile eingelegt hatten; sie ritten auf Schwänen, aus deren Schnäbeln ebenfalls Wasser zischte. Laut Francini basierte die Statue auf der Legende, wie Apollo die Python erschlug, tatsächlich aber symbolisierte der Drache die dunklen Mächte des Chaos, die der König in der Zeit der Fronde überwunden hatte. Nun kontrollierte der Monarch ganz Frankreich bis hin zum Leben jedes Einzelnen und sorgte überall für Ordnung. *Der König kontrolliert auch mich*, dachte Andrea, *nur dass mein Leben dadurch in wilde Unordnung geraten ist.*

Die Sonne sank allmählich zum Horizont. Andrea dachte darüber nach, was er als Nächstes tun sollte. Natürlich hätte er einen Brief an die Marquise schreiben können, nur eine Antwort würde er vermutlich nicht bekommen. Eine andere Möglichkeit war, sich ihr zu nähern, wenn sie ihre Gemächer verließ, doch sollte sie sich in Gesellschaft des Königs befinden, bedeutete das möglicherweise schrecklichen Ärger für ihn und Claudine und vielleicht auch für die Marquise. Und was wollte er eigentlich? Es war etwas zerbrochen, das nicht wieder zusammengefügt werden konnte. Doch die Angelegenheit war noch nicht abgeschlossen. Andrea musste vor allem herausfinden, wie viel die Marquise von alledem wusste und was mit Claudine geschehen war. Die Antworten auf diese Fragen würde niemand einem Brief anvertrauen.

Andrea hörte Trompeten und Unruhe auf der Terrasse. Der König zeigte sich wie jeden Abend. Er und seine auserwählten Gästen wanderten die *grande allée* zum Großen Kanal hinunter, gefolgt von einem Musikensemble. Während man dem König und der Marquise in eine Gondel half, stiegen die Musiker auf ein Floß, das in der Nähe vertäut lag. Die seltsame Prozession zog weiter, und die Gondolieri manövrierten ihre Fahrzeuge geschickt über das funkelnde Wasser, dicht gefolgt von dem Floß, auf dem Monsieur Lully die Violinen führte; atemberaubend schöne Musik erfüllte die Luft. Jene Höflinge, die man nicht auf die Boote geladen hatte, blickten dem Schauspiel hinterher, bis alle in der Ferne verschwunden waren, und wandten sich dann ihren eigenen Amüsements zu.

Andrea ging ebenfalls davon, als plötzlich eine Stimme rief: »Wenn das nicht der Ritter des Brennenden Spiegels ist!« Eine Hand fasste ihn an der Schulter. Als Andrea sich umdrehte, sah er den Chevalier de Saint-Cyr, dessen wettergegerbtes Gesicht nur von einer tiefen bleigrauen Furche verunstaltet wurde, die über seine rechte Wange lief. Er legte die Hand an die Narbe, als er sah, dass sie Andrea aufgefallen war, und erklärte: »Die habe ich mir bei Maastricht im Dienste Seiner Majestät zugezogen. Ich kann Euch jedoch sagen, dass von dem Mann, der sie mir beigebracht hat, nicht mehr viel übrig ist.«

»Das ist ja wirklich der Ritter des Brennenden Spiegels!«, rief das Mädchen, das ihn begleitete.

»Darf ich Euch meine Nichte vorstellen? Mademoiselle de la Claise«, sagte Saint-Cyr. »Meine ruhmreichen Taten auf dem Schlachtfeld beeindrucken sie nicht im Mindesten. Wenn ein junger Mann allerdings ein Boot in Brand steckt, bewegt sie das zutiefst.«

»Da war mein Herz wohl schneller als mein Verstand; deshalb habe ich einfach ausgesprochen, was ich fühle, anstatt vorher nachzudenken«, sagte das Mädchen, das kaum älter als fünfzehn zu sein schien.

»Da wart Ihr nicht die Einzige. Ich habe ähnlich empfunden, als ich darauf gewartet habe, dass das Holz Feuer fing«, erwiderte Andrea.

»Kommt mit uns in den Bosquet de la Girandole«, sagte Saint-Cyr. »Wir haben dort einen Tisch für ein paar Freunde und uns decken lassen. Uns war nach einer kleinen *fête champêtre* zumute, einem Picknick.«

Wie leicht es doch war, alles in nur wenigen Augenblicken

zu vergessen, wenn man Speis, Trank und gute Gesellschaft hatte, wenn ein hübsches Gesicht einen bewundernd anschaute und wenn Scherze die Nachtluft erfüllten, die wie ein warmes Streicheln war. Andrea war ein wenig schwindelig vom Wein und der Kameradschaft Saint-Cyrs und der anderen Musketiere. Es war eine angenehme Zeit, die Andrea dort verbrachte, während der Himmel immer dunkler wurde und der Mond sich über Versailles erhob. Nachdem sie sich voneinander verabschiedet hatten, wanderte Andrea zum Großen Kanal zurück, um seinen Kopf freizubekommen. Die Gondeln und das Floß lagen wieder an ihren Molen, und von den Gondolieri war keine Spur zu sehen. Die Versuchung war einfach zu groß. Ohne lange darüber nachzudenken, stieg Andrea in eine Gondel, löste das Tau und stieß sich in den Großen Kanal ab.

Er benutzte den langen Stecken so, wie er es von den Gondolieri in Venedig gelernt hatte, und der Wein, den er getrunken hatte, behinderte ihn dabei mitnichten, im Gegenteil: Er verlieh ihm ein Geschick, wie es nur aus blindem Selbstvertrauen entspringen kann. Die Gondel bewegte sich durch das Wasser wie ein magisches Gefährt; ihr Bug schnitt durch das sich spiegelnde Mondlicht. Zu beiden Seiten des Kanals versperrten ordentlich aufgereihte Limonenbäume den Blick auf die kleinen, künstlich angelegten Wäldchen, in denen die Nachtigallen sangen. Andrea schätzte, dass es dort Hunderte dieser Vögel geben musste. In der Nähe hörte er das Quaken von Fröschen als Kontrapunkt. Er fühlte sich an einen verzauberten Abend in Saint-Cloud erinnert, als er den Nachtigallen am Manoir der Marquise gelauscht hatte. Nun glitt er auf einen anderen verborgenen Ort zu: das Porzellanschloss, das man extra für die Marquise errichtet hatte.

Am Duckdalben nahe dem Trianon de Porcelaine verließ er die Gondel. Die Fliesenverkleidung des Gebäudes glitzerte im Mondlicht, und auf dem Dachsims hoben sich die Silhouetten von Porzellanvögeln vor dem Nachthimmel ab, die dort hockten, als würden sie sich von einem langen Flug ausruhen. Vor dem Trianon befand sich ein gepflasterter Hof mit einem Wachhaus auf der einen und einer Kapelle auf der anderen Seite. Kein Licht brannte in den Fenstern; das Gebäude schien verlassen zu sein. Leise ging Andrea weiter, bis er mitten auf dem Hof stand. Niemand rief ihn an. Die Nachtigallen sangen weiter ihr Lied, und er ging näher an das Gebäude heran. Er roch den Duft von Jasmin und folgte seiner Nase auf die andere Seite des Gebäudes, durch ein eisernes Gittertor und in den Garten. Blühende Kletterpflanzen bedeckten die Wände; in den Ecken standen als Hocker zurechtgemacht Baumstümpfe, Pflanztöpfe mit kleinen Orangenbäumen, Frangipani und Tuberosen, und an jedem Gitterbogen rankte sich weißer Jasmin empor, dessen Duft Andreas Lunge füllte und ihm in die Poren drang. Eine Zeit lang setzte er sich in eine Laube, bis ihn der schwere Duft ein wenig benommen machte. *Wie können sie nur so viel Süße ertragen*, fragte er sich. Als er ein offenes Terrassenfenster entdeckte, ging er in das Miniaturschloss.

Er befand sich in einem Salon, dessen Wände gänzlich mit Porzellanfliesen verkleidet waren. Das Mondlicht fiel schräg durch die Fenster und auf den polierten Boden. Andrea war sich noch eines anderen Lebewesens im Raum bewusst. Er hörte leise Geräusche: ein Rascheln, ein Kratzen, ein leises Gackern. Als er einen Vorhang beiseite zog, hinter dem sich ein Alkoven verbarg, blickte er in das kleine, runde, verschlafene Auge eines Stars, der auf einem Ast in einem Vogelkäfig hockte. Andrea zog einen weiteren Vorhang auf, hinter dem sich ein zweiter Käfig verbarg, diesmal voller Kanarienvögel, die ihm verschlafen zublinzelten und aufgeschreckt von Sitzstange zu Sitzstange hüpften. Nachtigallen draußen, Käfigvögel drinnen ... So konnte man im Porzellanschloss zu jeder Tages- und Nachtzeit Vogelgezwitscher hören.

Eine Doppeltür am anderen Ende des Salons stand halb offen. Vorsichtig ging Andrea darauf zu und spähte in den angrenzenden Raum. An den Wandbehängen konnte er erkennen, dass es sich um ein Schlafgemach handelte, und er blickte genau auf das Bett, dessen Seidenvorhänge zu beiden Seiten zurückgezogen waren. Mit plötzlichem Entsetzen bemerkte er einen Mann, der seinen Blick erwiderte. Als er sich bewegte, bewegte der Mann sich ebenfalls ... ein Spiegel. Andrea sah sein eigenes Bild in einem Spiegel, der sich über die gesamte Breite des Bettes erstreckte und gut zwei Meter hoch war; Seide rahmte ihn ein wie ein Bild.

Im Bett bewegte sich jemand, und Andrea sah, wie sich ein dichter, üppiger Haarschopf vom Kissen löste. Eine Hand schob das Haar zurück und enthüllte das Gesicht der Marquise, die ihn im Mondlicht anblinzelte wie einer der Vögel. »Was soll das?«, fragte sie. »Hatten wir eine Verabredung?«

Sich still und heimlich wieder aus dem Raum zurückzuziehen, stand nun außer Frage. »Ja, wir hatten eine Verabredung ... vor ein paar Jahren«, antwortete Andrea.

Die Marquise setzte sich auf, die Augen vor Staunen weit aufgerissen. »Was tust du hier?«

Ja, was eigentlich? Andrea wusste nicht, was er darauf erwidern sollte außer: »Es hat mich hierher gezogen.«

»Warum hat dich niemand gesehen? Wo war der Concierge? Was ist mit dem Wachmann?«

»Ich habe keine Menschenseele gesehen.«

»Ohne Zweifel sind sie allesamt besoffen – und du auch, nehme ich an. Hast du getrunken?«

»Nein. Aber ich glaube fast, ich träume.«

Die Marquise lächelte. »Das ist immer eine gute Entschuldigung für überstürztes Handeln.« Sie blickte ihn an, als versuche sie, in seinen Gedanken zu lesen; dann sagte sie: »Du bist doch nicht hierher gekommen und hast Böses im Sinn, oder?«

»Natürlich nicht, Marquise. Wie könnte ich? Das müsst Ihr doch wissen.«

Die Marquise legte sich wieder in die Kissen zurück; ihre Wachsamkeit war gedämpft von Schläfrigkeit, die sie noch immer in den Knochen spürte. »Jetzt erinnere ich mich«, murmelte sie. »Der Sohn des Holzschnitzers ... der sich den Weg durch den Dornenwald bahnt, um die Prinzessin im Manoir zu retten. Und ich bin durch den dunklen Wald gewandert und habe mich verirrt. Das alles ist schon so lange her ... Du hast dich verändert, Andrea.«

»Und Ihr seid so schön, dass es mich ängstigt.«

Sie lachte. »Ich erinnere mich auch an deine unerhörten Komplimente. Was das angeht, hast du dich nicht verändert. Aber da du schon einmal hier bist, kannst du dich ruhig setzen und mir sagen, was du wissen willst. Ich habe von einer meiner Damen gehört, dass du dich nach Claudine erkundigt hast.«

Andrea schaute sich nach einem Stuhl um, auf dem keine Kleider lagen. Die Marquise trug nur ein dünnes Nachtgewand, wie er nun sah. Ihr Kleid hatte sie sorglos über einen Stuhl geworfen, zusammen mit ihren Strümpfen. Auf dem Boden daneben lagen ihre Unterröcke. Am Fenster fand sich ein Schuh – offenbar hatte sie ihn mit beachtlicher Kraft einfach vom Fuß getreten. Nie hatte ein Schlafgemach dringender einer Zofe bedurft als dieses hier. Andrea fand einen bestickten Hocker und ließ sich darauf fallen; die unerwartete Begegnung hatte ihn ganz benommen gemacht. Der vertraute Duft der Tuberose stieg ihm in die Nase. Das Gesicht der Marquise wirkte blass im Mondlicht, doch ihre Augen schimmerten dunkel. Eine Hand hatte sie auf das Bettlaken gelegt – lange, schlanke Finger, so perfekt wie die einer Skulptur.

»So. Unsere Claudine war also ein böses Mädchen«, sagte die Marquise. »Ich bin gar nicht erfreut darüber – und auch

Seine Majestät findet nicht mein Wohlgefallen, wenn ich das so sagen darf.«

»Wir wollten heiraten. Ich dachte, ich wäre der Vater des Kindes. Habt Ihr gewusst, dass der König bei Eurer Zofe gelegen hat?«

Die Marquise nickte ein wenig verärgert. »Ja, aber erst, als es zu spät war, und dann musste ich mich in das Unvermeidliche fügen.«

»Wo ist sie jetzt?«

»Willst du sie noch immer heiraten, Andrea? Was, wenn so etwas noch einmal geschehen sollte? Sie ist in einem Konvent, wo sie ihr Kind auf die Welt bringen kann, ohne dass irgendjemand spekuliert, wer denn nun der Vater ist. Unter den gegebenen Umständen halte ich dies für das Beste. Die andere Lösung wäre gewesen, dich zu heiraten, was sie auch getan hätte, wäre da nicht das lose Mundwerk Seiner Hoheit gewesen. Ich frage also noch einmal: Willst du sie immer noch heiraten?«

»Ich bin mir nicht mehr sicher. Ich weiß gar nichts mehr. Sie hat mich betrogen.«

»Ah, der Stolz eines gehörnten Mannes«, sagte Athénais, gähnte und hob die Hand vor den Mund. »Nun, wenigstens stürmst du nicht durch die Staatsgemächer und denunzierst den König ...«

Die seltsamen Umstände seines Treffens mit der Marquise – allein, ohne den König – beunruhigten Andrea schon von Anfang an, und er wurde das Gefühl nicht los, dass sie jeden Augenblick überrascht würden. »Wo ist der König heute Nacht?«, fragte er. »War er vorhin bei Euch?«

Die Marquise setzte sich unvermittelt wieder auf; ihre Wangen waren rot vor Zorn. »Musstest du das wirklich fragen? Er ist bei dieser Zwergin mit den schwarzen Zähnen. Wenn königliches Blut ruft, kommt königliches Blut. Weil er ihr früher versprochen hat ... Im einen Augenblick haben wir noch gemeinsam die Düfte des Gartens genossen ... Wir werden die ganze Nacht hier bleiben, sagte ich ... Nicht heute, erwiderte er, ich habe es Madame la Reine versprochen. Dann geh, sagte ich, ich werde hier bleiben. Wenn du ein hässliches Gesicht vorziehst, einen dummen Geist, wenn du den Gestank fauliger Zähne dem Duft des Jasmin vorziehst, dann geh. So ist er gegangen ... und noch dazu in sehr schlechter Laune.«

Andrea lachte. »Marquise, es war Eure scharfe Zunge, die ihn vertrieben hat, nicht sein Verlangen nach der Königin.«

»Er hat doch schon einen Erben! Warum geht er dann immer noch zu ihr? Warum versuchen diese dreckigen, religiösen Eiferer nach wie vor, ihn mir zu entfremden? Andrea, allein daran zu denken macht mich schon wieder wütend. Hol mir die Karaffe Wein von der Truhe da drüben, und schenk dir auch ein Glas ein.«

Als er die halb mit Rotwein gefüllte Karaffe an sich nahm, bemerkte Andrea zwei Gläser, beide gebraucht. Er lächelte vor sich hin, als er sich vorstellte, wie der König zur Stärkung einen Schluck Wein zu sich nahm, bevor er seine Absicht verkündete, zur Königin zu gehen. Doch als er sich wieder umdrehte, sah er, dass die Marquise aufgestanden war, sich einen Morgenmantel über das Nachthemd gezogen hatte und nun am Fenster stand. Zwei schimmernde Tränen kullerten ihr über die Wangen.

Andrea hielt kurz inne und fragte sich, ob diese Tränen die Vorboten eines Sturms waren, und vor seinem geistigen Auge sah er bereits Weingläser durch die Luft fliegen. Zögernd streckte er der Marquise das Glas entgegen. »Du musst nicht weinen, Athénais«, sagte er. »Du hast alles, was du dir je erträumt hast.«

Die Marquise trank ihren Wein und blickte Andrea nachdenklich an, während auch sie versuchte, ihren Kummer zu begreifen. Sie wurde mit Liebe und Reichtum doch geradezu überschüttet! Warum war sie dennoch so von Unsicherheit geplagt, als könne das Schloss am nächsten Morgen bereits verschwunden sein wie ein Traum?

»Erinnerst du dich noch daran«, fuhr Andrea in vertraulichem Tonfall fort, »dass ich dir einmal gesagt habe, ich würde alles tun, um dich glücklich zu machen? Damals hast du mir erklärt, das sei ein gefährliches Versprechen.«

Die Marquise stellte das Weinglas auf die Fensterbank und murmelte: »Warum hältst du dein Versprechen dann nicht?«

Einen Augenblick lang starrte Andrea sie verständnislos an; dann bewegte er sich auf sie zu und hielt wieder inne, als könne er nicht glauben, was sie gerade gesagt hatte. Athénais lächelte ob seiner zitternden Unsicherheit, schlang die Arme um seinen Hals und zog ihn zu sich heran. Ihr Mund öffnete sich unter dem seinen; sie schmeckte nach Wein. Sie schob die Hände in sein Hemd und strich über seine Brust; ihre Berührung brannte wie Feuer auf seiner Haut. Sie flüsterte: »Halt dein Versprechen. Mach mich glücklich.« Dann ließ sie den Morgenmantel von ihren Schultern gleiten, hob das Nachthemd über den Kopf und stand nackt vor ihm.

Hinterher konnte Andrea sich nur an einen verschwommenen Rausch der Leidenschaft erinnern: das Drängen des Blutes, das durch seine Adern rauschte, ihre ineinander verschlungenen Glieder, ihre verschlingenden Münder. Dann der außergewöhnliche Anblick, als er auf den Knien war, rittlings auf ihr, und sie zu sich hob, um sich in ihrem Fleisch zu verlieren; plötzlich sah er sein Gesicht im Spiegel, von Verlangen verzerrt. Während sie sich auf und ab bewegten, mal er oben, mal sie, bewegten auch ihre Zwillinge sich im Glas auf und ab, bis sie vom Schweiß des anderen überströmt erschöpft beieinander lagen, außer Reichweite ihrer Spiegelbilder.

»Bist du jetzt glücklich?«, fragte Andrea schließlich.

»Ja.«

»Dann bin ich es auch. Athénais, sollte ich in diesem Augenblick sterben, ich wäre trotzdem glücklich.«

Sie lagen ineinander verschlungen im Bett, und Andrea lachte, als er sich an das Spiegelbild ihrer Leidenschaft erinnerte. »Ich hätte nie gedacht, dass der König Spiegel auf diese Art einsetzen würde ...«

»Pssst.« Einen Augenblick glaubte Andrea, dass sie wütend über seine Worte war, doch sie hob schlicht die Hand, um ihn zum Schweigen zu bringen. »Ich habe eine der Wachen husten hören. Das tun sie jedes Mal, um zu zeigen, dass sie noch auf dem Posten sind. Geh durch den Garten raus, und halte dich vom Kanal fern. Du solltest jetzt besser gehen, bevor es hell wird.«

Andrea zog sich wieder an und beugte sich vor, um sie zu küssen, bis sie ihn von sich schob. »Jeden Augenblick, den du noch länger hier bleibst, wird es gefährlicher für dich«, erklärte sie. »Du musst jetzt gehen.« Athénais ging mit ihm zur Tür, durch die er gekommen war, und sagte: »Durch das Tor am Ende des Gartens.«

»Werden wir uns wiedersehen?«

Sie lächelte. »Die heutige Nacht ist nie geschehen, Andrea; aber ich werde immer an dich denken. Ich werde mich an den Mann erinnern, der sein Versprechen gehalten hat.«

Der parfümierte Garten machte Andrea noch benommener, als er ohnehin schon war. Er fand das Tor und öffnete es leise. Er hörte Stimmen neben dem Kanal, und als er den Schutz der Gartenmauer verließ, sah er zwei Wachen die Gondel untersuchen. Vorsichtig schlich er in Richtung Wald und betete zu Gott – welcher es auch sein mochte –, er möge die Männer vor den Folgen ihrer Sünden schützen.

DRITTER TEIL

Kröten und Diamanten

Versailles und Paris
1675–80

45.

Unter der Maske der Menschlichkeit, die Fratze der Bestie. Le Brun mag diese Phrase. Sie illustriert perfekt, was er mit seinem Bild sagen will. Der menschliche Edelmut der Sieger, die tierische Fratze der Besiegten. Man kann es in ihren Augen sehen, den gequälten Gesichtern, die Münder vor Entsetzen verzerrt. Colbert untersucht die Bilder für die *grande galerie* und unterbreitet ein paar Vorschläge. Da die Gesandten der Besiegten demnächst ohne Zweifel zu einer Audienz in Versailles eintreffen werden, schreibt er, wäre es vielleicht ganz gut, sie nicht ganz so abstoßend darzustellen. Le Brun solle den Ruhm des Königs hervorheben, ohne seine Feinde zu demütigen. Widerwillig überarbeitet Le Brun die Bilder.

Der Krieg in den Niederlanden hat sich über viel zu viele Jahre hingezogen und die Staatskasse geleert; aber das ist kein Grund, mit dem Bauen aufzuhören. In der Zwischenzeit ist auch ein weiterer Krieg ausgebrochen, ein Krieg zwischen niemand anderem als zwischen Gott und dem Teufel. Diese Schlange im Gras, diese Renegatin, die Athénais aus der Obskurität geholt und in die Welt des Reichtums eingeführt hat, die Witwe des drittklassigen Poeten Scarron versucht, ihre Position beim König zu untergraben. Athénais hat schon eine Vorstellung davon, was sie im Schilde führt – die Gespräche mit dem König über seine Kinder sind nun auf das Gebiet der Religion abgeschweift, und Athénais' einstige Freundin hat geschickt auf die Unmöglichkeit hingewiesen, dass Ludwig gleichzeitig der christlichste König Frankreichs und ein doppelter Ehebrecher sein könne.

Dies ist ein Krieg, der aufflammt und abflaut, je nachdem, wie viel Energie die Beteiligten für die Kämpfe aufwenden. Die Marquise setzt ihr gesamtes Waffenarsenal ein, um ihre Position zu sichern. Sie verlangt eine Heimstatt, die ihr und ihren Kindern geziemt, und der junge, stets eilige Architekt Hardouin Mansart ist dazu bestimmt worden, dieses Heim zu entwerfen. Das neue Schloss erhebt sich in Clagny nahe den Toren von Versailles. Athénais richtet ihre Aufmerksamkeit von den Kämpfen mit La Scarron auf die Überwachung mehrerer tausend Arbeiter, die am Haus und den Gärten zu Werke sind. Das ist eine Zurschaustellung der Macht, doch es reicht nicht aus, um die nachlassende Leidenschaft des Königs neu zu entfachen. Dazu braucht es anderer Waffen. Athénais ruft Mademoiselle des Oeillets aus dem Konvent zurück.

So kommt es, dass an einem kühlen Frühlingstag eine demütige Claudine sich wieder dem Haushalt von Madame la Marquise anschließt, während ihr Baby in einem nahen Dorf untergebracht wird. In den Monaten, die sie im Konvent verbracht hat, hat sie sich bescheidenere Kleidung angewöhnt; ihr Busen wird von gestärktem Leinen eingeschnürt, und ihr Haar verbirgt sich unter einer Leinenhaube, wie die Holländerinnen sie tragen. Unter dem gestärkten Stoff kocht sie vor Wut, doch aus einem anderen Grund als ihre Herrin. Sie stand so kurz vor der Heirat – und dann hat kein anderer als der König ihre Träume zunichte gemacht. Claudine ist ihm genauso wenig geneigt wie Madame de Montespan der Witwe Scarron, zumal er sich bei den ein, zwei Gelegenheiten, da sie sich über den Weg gelaufen sind, ausgesprochen distanziert verhalten hat, als wäre ihm der Mann vollkommen unbekannt, der in ihrem Bett gelandet ist. Aber was soll man auch vom christlichsten aller Könige anderes erwarten?

Die Marquise ist ebenfalls wütend, allerdings ob der Dreistigkeit der Scarron, Gott zu Hilfe zu rufen. Der Teufel war schon in der Vergangenheit effektiv, und er wird es auch in der Zukunft wieder sein. Claudine wird ihre Vertreterin bei einer Messe sein und auch die notwendigen Pulver kaufen, um das abkühlende Verlangen des Königs wieder auflodern zu lassen. Es gilt, keine Zeit zu verschwenden, denn Gott ist im Aufstieg begriffen, und Ludwig hat in der Fastenzeit den Verlockungen des Fleisches abgeschworen, ohne Zweifel ermutigt von der Witwe Scarron. Athénais muss nach außen hin den Anschein erwecken, dass sie diesem gottgefälligen Tun zustimmt, und so zieht sie sich nach Clagny zurück, um zu beten, zu fasten und lange Gespräche mit ihrem Beichtvater zu führen.

Trotz der neu gepflasterten Straßen und der Arbeit der Straßenfeger, die La Reynie eingestellt hat, stank die Luft in Paris nach dem Urin von Mensch und Tier, der in die Erde unter den Pflastersteinen gesickert war. Im Sommer war der Gestank schlimmer, doch auch jetzt, im März, musste Claudine sich ein Taschentuch vor die Nase halten, besonders in der Nähe jener abgeschiedenen Ecken, die bei Pissern so beliebt waren. Und der Geruch bei Madame Voisin war schlimm genug, um einen würgen zu lassen. Ihr Katzenrudel hatte sich um ein Vielfaches vergrößert. Die Tiere waren überall, auf Tischen und Stühlen, streunten über die Fensterbänke, kratzten sich die Flöhe aus dem Fell und miauten und maunzten wie des Teufels Geschöpfe.

Madame Voisin empfing Claudine in ihrem Beratungszimmer wie einen alten Freund. Sie erkundigte sich nach der Gesundheit von Madame de Montespan und lächelte Claudine zuckersüß an. Mademoiselle des Oeillets sei ihr stets herzlichst willkommen, sagte Madame Voisin, egal ob sie nun im Auftrag der Marquise gekommen sei oder um ihrer selbst willen. Wie könne sie ihr helfen? Natürlich könne sie sich absoluter Diskretion sicher sein.

Diskretion sei in der Tat wichtig, erwiderte Claudine. Sie bräuchten Liebes- und Potenzpulver – selbstverständlich unter strengster Geheimhaltung.

»Natürlich. Aber da ist doch noch etwas anderes, hm?«, hakte Madame Voisin nach.

»Madame la Marquise wünscht, dass eine Messe für sie gelesen wird. Und es bedarf auch noch einiger anderer Pulver ... jener Pulver, die Leid verursachen.«

»Ihr meint ein *poudre de succession*?« Madame Voisin blickte Claudine leidenschaftslos an.

»Aber kein allzu starkes. Nur, um jemandem eine Lektion zu erteilen ... heftige Kopfschmerzen für jemanden, der mir Unrecht getan hat, zum Beispiel.«

»Ihr müsst bei der Bemessung solcher Pulver äußerst vorsichtig sein, sonst wird mehr als nur ein heftiger Kopfschmerz die Folge sein. Und was die Messe betrifft ... Wann hat die Marquise Zeit, daran teilzunehmen?«

»Sie hat mich gebeten, für sie als Stellvertreterin zu fungieren, und die Messe soll so rasch wie möglich stattfinden. Es gilt, keine Zeit zu verschwenden.«

»Vater Mariette ist nicht hier, er ist in Saint-Séverin, aber der Abbé Guibourg wohnt derzeit bei mir – ein Meister in dieser Art von Zeremonien. Er wird allerdings ein wenig Zeit für die Vorbereitungen benötigen.«

Claudine legte eine Börse mit Goldmünzen auf den Tisch. »Die Angelegenheit ist äußerst dringend«, sagte sie.

Hinterher wünschte sich Claudine, sie hätte auf Vater Mariette gewartet. Der Abbé Guibourg war eine abstoßende Erscheinung mit fetten, hängenden Wangen, einer Nase, die von Krankheit oder zu viel Tabakschnupfen halb zerfressen war, und einem Glasauge, das an eine Ziege erinnerte. Auch roch er wie ein Ziegenbock. Die Zeremonie wurde in der Kapelle abgehalten, die an Madame Voisins Haus grenzte; ein lasterhaft aussehender Chorknabe unterstützte den Abbé dabei.

Der Abbé verlangte von Claudine, sich zu entkleiden – um die Wirkung der Messe zu verstärken, wie er sagte. Zwei Kohlebecken brannten neben dem Altar, der mit einem schwarzen Tuch verhüllt war, auf dem gestickte goldene Sterne, Pyramiden und Flammenzungen prangten. Claudine lag auf dem Altar und dachte darüber nach, was sie für die Madame alles auf sich nahm. Sie hörte, wie der Abbé etwas in einer fremden Sprache intonierte, und sie vernahm die Namen Astaroth und Asmodeus. Sie lag dort, die Augen geschlossen und den Geist vom Wein vernebelt, den Madame Voisin ihr vorher gegeben hatte, um ihr Mut zu machen. Claudine hörte das Atmen des Abbé, ein Zischen und Pfeifen eines alten Mannes, der Luft durch von Schleim verstopfte Atemwege presste. Er würgte und spuckte dicht neben ihrem Kopf. *Wie charmant*, dachte Claudine. Sie hörte das Reiben einer Hand auf Stoff, immer schneller und schneller. Sie öffnete die Augen. Es war, wie sie vermutet hatte: Der Abbé hielt sein Teil durch die Robe umklammert und starrte lüstern auf ihre nackten Brüste.

Claudine setzte sich auf. Trotz des Weins war ihr Geist mit einem Mal wieder klar, und sie sagte: »Ich werde nicht zulassen, dass Ihr über mir ejakuliert, Ihr dreckiger alter Mann. Ein Spritzer, und ich bin weg von hier.«

»Bitte, Mademoiselle, Ihr brecht den Zauber«, protestierte der Abbé, und seine Erektion ließ sofort nach.

»Vater Mariette hat es geschafft, ohne auf seinen Schwanz zurückgreifen zu müssen. Entweder lest Ihr jetzt eine ordentliche Messe, oder es gibt kein Geld.«

»Wie Ihr wünscht. Ich hoffe nur, dass die Wirkung nicht

davon beeinträchtigt wird.« Der Abbé murmelte etwas zu seinem Chorknaben, der daraufhin eine dunkelrote Flüssigkeit in einen Silberkelch goss. Der Abbé nahm den Kelch, hielt ihn über Claudines Leib und führte ihn dann an die Lippen. Der Geruch erinnerte Claudine an einen ungewaschenen Metzger.

Nach der Zeremonie trat Claudine wieder ins Freie hinaus. Sie war den Tränen nahe, fühlte sich missbraucht und war nicht in der Stimmung, sofort zur Marquise zurückzukehren. Eine Zeit lang schlenderte sie einfach die Straße entlang; dann sah sie einen Ponykarren, der zu vermieten war, und fragte den Fahrer, ob er sie in die Faubourg Saint-Antoine bringen könne. Sie einigten sich auf einen Preis, und Claudine setzte sich auf die hölzerne Bank und ließ sich durchschütteln, während der Karren über das Pflaster rumpelte. Seit jenem Tag in Versailles hatte sie Andrea nicht mehr gesehen, doch nun schien er der Einzige zu sein, der sie zu trösten vermochte, der Mann, den sie noch immer als ihren Geliebten betrachtete. In der Spiegelmanufaktur erklärte man ihr, dass Andrea geschäftlich unterwegs sei. Claudine wartete eine Stunde lang, doch der Tag war bereits weit fortgeschritten, und sie musste vor Einbruch der Dunkelheit wieder in Versailles sein. So hinterließ sie ihm eine Nachricht und machte sich auf den Weg in Richtung Louvre, wo sie gerade noch die letzte Kutsche nach Versailles erwischte. *Was immer der Teufel für die Marquise getan haben mag*, dachte Claudine, *mir hat er nicht sehr viel geholfen.*

Andrea kehrte eine Stunde später wieder zurück und fand Claudines rasch hingekritzelte Nachricht. Wie alle ihre Briefe war die Notiz voller Fehler und schwer zu lesen; doch die Botschaft war klar: Claudine hatte Angst, und sie musste ihn unbedingt sehen. Bei Madame Voisin war etwas Unangenehmes vorgefallen. Claudine flehte ihn an, Verbindung mit ihr aufzunehmen, ihr entweder einen Brief zu schreiben oder zu ihr zu kommen. Andrea könne sie in Versailles finden; sie stünde wieder in Diensten von Madame.

Andrea dachte eine Weile darüber nach. Als Folge der Nacht, die er mit der Marquise verbracht hatte, hatte er ein Netz von Lügen um sich herum gewoben. Er war nicht sicher, ob er weiter würde heucheln können, wenn er beiden Frauen gegenüberstand, zumal deren Verhalten unter den gegebenen Umständen vollkommen unvorhersehbar war. Doch Claudine bat ihn um Hilfe, und ihr nicht zu antworten hätte ein kaltes Herz erfordert. Er war sich durchaus bewusst, dass die Herzlosigkeit des Hofes allmählich auch in seine Seele einsickerte, und würde er Claudine und alles ignorieren, was er seiner *cattiva gattina* in unzähligen Briefen geschrieben hatte, bedeutete das, dass er endgültig einer von ihnen geworden war. Es sei jedoch mehr falscher Stolz, was ihn zurückhielt, redete er sich ein – falscher Stolz und die Angst vor noch mehr Ärger. Schließlich schrieb er einen Brief, versiegelte ihn und schob ihn zwischen die Depeschen, die von der Spiegelmanufaktur nach Versailles gingen.

Zwei Tage später war der Brief in Versailles eingetroffen, hatte seinen Adressaten jedoch nicht erreicht. Er lag mit einem Vermerk auf einem Stapel im Büro von Monsieur de Louvois, des Postzensors.

46.

Ein großes, ausgelassenes Hoffest begleitete die Exekution der Marquise de Brinvilliers, welche für Verbrechen, über die jeder mit wohligem Schaudern sprach, zuerst geköpft und dann verbrannt wurde. Das war *das* Gesprächsthema im Sommer 1676. Ihr Vater und ihre beiden Brüder waren durch Gift gestorben und die Gesundheit ihres Ehemanns ruiniert. Sie hatte auch an Menschen experimentiert, die sie in den Hospitälern besucht hatte. Unter der Folter hatte sie gestanden und die Art der Gifte offenbart, die sie benutzt hatte: Antimon, Arsen und ein Kraut aus Italien, das ihr Apotheker ihr empfohlen hatte. Bevor sie zum Richtplatz gebracht wurde, weinte sie ob der Qualen, die ihr La Reynies Folterknechte zugefügt hatten, und ob der Ungerechtigkeit des Ganzen. Immerhin, so sagte sie, täten alle Höhergestellten das, was sie getan hatte, wenn es ihren Zielen diente. Es kam ihr unfair vor, dass man ausgerechnet an ihr ein Exempel statuierte.

Le Brun hatte die Hinrichtung verfolgt und ein Porträt der Marquise kurz vor ihrem Tod gemalt. Er brachte es in seiner Mappe nach Versailles, um es dem König zu zeigen. Nun stand es auf einer Staffelei in der Mitte des Salon des Mars. Andrea betrachtete die blassen, nach oben gerichteten Augen, den halb offen stehenden Mund und die in ihrem Elend heruntergezogenen Mundwinkel. »Das ist der gleiche Gesichtsausdruck wie bei Euren Soldaten, die in der Schlacht fallen«, bemerkte er.

»Es ist immer das Gleiche«, erwiderte Le Brun, »die Qual und der Unglaube, dass so etwas ausgerechnet einem selbst widerfährt. Mit Priestern und Gebeten bereiten wir uns darauf vor, und doch können wir das Stadium der Nichtexistenz einfach nicht verstehen.«

»Aber nach dem Tod kommen wir entweder in den Himmel oder ins Fegefeuer«, sagte Andrea.

»Ihr seid wahrlich ein simpler Geist, Monsieur de la Glace. Was mich betrifft, so liegt meine Unsterblichkeit in meiner Arbeit. Das ist das Wenigste, dessen ich mir sicher sein kann.«

»Das ist ja auch der Grund, warum der König Versailles erbaut.«

Le Brun blickte ihn spöttisch an. »Der König weiß, dass ihm seine Frömmigkeit Unsterblichkeit bescheren wird. Er baut Versailles zum Ruhme Frankreichs. Der König und Frankreich sind so eng miteinander verbunden, dass sie nicht getrennt werden können. Jeder Franzose trägt ein Stück des Königs in sich. Ihr aber seid Ausländer; Ihr könnt das nicht verstehen.«

»Ich lebe jetzt seid über zehn Jahren in Frankreich, und ich glaube schon, dass ich eine grobe Vorstellung davon habe.«

Le Brun lachte. »Ihr habt doch nicht etwa den Eindruck, Franzose geworden zu sein, oder?«

»Ganz als Italiener fühle ich mich allerdings auch nicht mehr.«

»Nun, dann gehört Ihr weder hierhin noch dorthin; Ihr schwebt im Äther der Unzugehörigkeit. Aber eines kann ich Euch sagen«, fügte er in bestimmtem Tonfall hinzu, »Ihr werdet nie einer von uns sein.«

»Der Meister hat gesprochen«, sagte Andrea. »Ich verneige mich vor Eurem überlegenen französischen Verstand.«

Le Brun war zur Staffelei und dem gequälten Gesicht der

Marquise de Brinvilliers zurückgekehrt. Nachdem er sie eine Zeit lang nachdenklich betrachtet hatte, sagte er: »Ist es nicht seltsam, dass wir in Qual wie in Ekstase einen ähnlichen Gesichtsausdruck haben? Armors Pfeile können uns aussehen lassen, als müssten wir die schrecklichste Folter über uns ergehen lassen. Wir können von Glück sagen, dass wir uns in solchen Augenblicken nicht selbst sehen können. Stimmt Ihr mir da nicht zu, Monsieur de la Glace? Wo wir gerade dabei sind ... Was ist eigentlich aus Eurer kleinen Zofe geworden?«

»Wir haben uns zerstritten.« Andrea hatte das Gesicht vom aufmerksamen Blick des Künstlers abgewandt.

»Das ist also der Grund, warum wir Euch heutzutage so selten sehen. *Tant pis.* Sie sind im Augenblick ohnehin nicht hier. Die Marquise unterzieht sich einer Kur in Bourbon-l'Archambault. Sie ist mit ihrer Nichte in einem Achtspänner gefahren, gefolgt von sechs ihrer Damen in einem weiteren Achtspänner, einem Maultiertross mit ihrem Gepäck und gut einem Dutzend Reiter. Das war eine königliche Prozession, als wäre sie die wahre Königin Frankreichs. Sie wird ohne Zweifel schöner denn je zurückkehren ... *und* den Höhepunkt ihrer Herrschaft erleben, sobald sie den König wieder zurückerobert. Die Macht, die sie über Ludwig hat, ist geradezu überirdisch. Ich kann förmlich *sehen*, wie sie auf übernatürliche Art von ihr ausstrahlt.«

Le Brun lächelte Andrea mit geübter Teilnahmslosigkeit an. »Ein Streit mit der Zofe, hm? Was Herzensangelegenheiten betrifft, seid Ihr sehr verschlossen. Kommt, und seht Euch einmal die Terrasse an. Man hat mit dem Bau der Galerie begonnen, die Eure Spiegel beherbergen wird. Das ist Euer Stück Unsterblichkeit.«

Von Zeit und Zeit wunderte Andrea sich über Claudines Schweigen, nachdem er ihr den Brief geschickt hatte. Der Brief hatte nichts enthalten, wovon sie sich hätte beleidigt fühlen können, aber vielleicht hatte die Marquise ihn zuerst gesehen und vernichtet. Oder Claudine hatte es sich anders überlegt und wollte ihn nun doch nicht wiedersehen.

Von Zeit zu Zeit dachte Andrea auch an die Marquise und an die Nacht, die sie gemeinsam im Trianon de Porcelaine verbracht hatten. Er fragte sich, ob sie auch noch an ihn dachte und ob er eines Tages einen Brief von ihr erhalten würde. Doch von ihrer Seite kam nur Schweigen, was auch eine Botschaft war: Die unersättliche Leere in ihr, die nur durch all die Zeichen des Königtums gefüllt werden konnte, war größer als jede Liebe, die sie vielleicht einmal für ihn empfunden hatte. Jene Nacht, hatte sie gesagt, sei nie geschehen, auch wenn die Erinnerung daran auf beunruhigende Weise in seinem Geist weiterlebte.

In der Spiegelmanufaktur trafen immer mehr Bestellungen ein. Zuerst waren sie nur aus der Königsfamilie gekommen, dann von den *grands seigneurs*, dem niederen Adel, der *grande bourgeoisie* und so weiter, bis es schließlich so aussah, als wolle ganz Paris Spiegel an den Wänden hängen haben. Die Manufaktur nahm zwei weitere Lehrlinge an, die Andrea ausbildete. Dann wurde einer der besten Spiegelmacher krank, der seit der Abreise der Venezianer in der Manufaktur gearbeitet hatte. Er litt unter den gleichen Symptomen wie Guillaume und wurde frühzeitig in den Ruhestand geschickt; doch er gab seine Arbeit nur widerwillig auf. Manchmal kehrte er zurück und plapperte unzusammenhängendes Zeug vor sich hin. Da er jedoch niemanden bei der Arbeit störte, schenkte ihm kaum jemand Aufmerksamkeit, bis er wieder ging.

Andrea begann mit der Arbeit an einem neuen Experiment, das Monsieur du Noyer mit Misstrauen betrachtete. »Stellen wir uns einmal vor«, erklärte Andrea, »man könnte Glas schlicht auf eine flache Oberfläche gießen, anstatt es zu blasen. Dann wäre man in der Lage, einen riesigen Spiegel aus einem Stück herzustellen.« Du Noyer war fest davon überzeugt, dass das Experiment zum Scheitern verurteilt war. Wie solle man das Glas denn auf Temperatur halten, wenn man es auf eine große Oberfläche auftrug? Genau das wolle er mit dem Experiment herausfinden, antwortete Andrea. »Sollte uns das gelingen, werden wir allen anderen Manufakturen weit überlegen sein.«

»Um Konkurrenz müssen wir uns nicht sorgen«, erwiderte Monsieur du Noyer, »solange Monsieur Colbert Minister ist und wir unser königliches Privileg behalten. Aber macht ruhig weiter mit Eurem Experiment, solange sich das nicht auf die Abwicklung der Bestellungen auswirkt.«

So konstruierte Andrea eine Metallplatte mit erhöhten Seiten, um das geschmolzene Glas festzuhalten, und einem fest montierten Roller, der das Material gleichmäßig verteilen sollte. Mit einem geschmeidigen Material wie Ton hätte das auch ohne Probleme funktioniert, doch Glas war in Bezug auf die Temperatur zu empfindlich. Das Glas kühlte zu rasch aus und brach beim Ausrollen. Auch waren Wellen an jenen Stellen zu erkennen, wo sich die Geschwindigkeit – und sei es nur ein klein wenig – verändert hatte, mit der der Roller über die Platte geführt worden war. Du Noyer schüttelte den Kopf ob dieser sinnlosen Zeitverschwendung.

»Habt Geduld, Monsieur«, sagte Andrea. »Was glaubt Ihr wohl, wie viele Jahre es gedauert hat, bis die Menschen die Kunst des Glasblasens gelernt haben? Irgendwann wird es funktionieren, und dann wird niemand mehr glauben, dass es je eine andere Art der Spiegelherstellung gegeben hat.«

»Ich will aber nicht bis zum nächsten Jahrhundert warten. Erst einmal müssen wir die Spiegel für die *grande galerie* fertig stellen. Und jeder Spiegel muss perfekt sein, denn jeder einzelne Spiegel wird vom König persönlich inspiziert. Ihr wärt besser beraten, Eure Experimente erst einmal hintanzustellen und Euch auf die Arbeit zu konzentrieren.«

Andrea gehorchte, setzte die Experimente in seiner Freizeit jedoch fort. Zwar betrachtete er du Noyers vorsichtige Zurückhaltung als übertrieben, aber er war auch nicht mehr der trotzige junge Mann, der ständig mit seinem Vater aneinander geraten war. Inzwischen hatte er erkannt, dass Traditionen und Neuerungen in Harmonie miteinander sein mussten. Das eine konnte ohne das andere nicht existieren.

47.

Die Aktenstapel in der Amtsstube von Monsieur Nicolas de La Reynie wurden von Tag zu Tag höher. Seit dem Fall Brinvilliers vor zwei Jahren hatte er Beweise zu Giftmorden gesammelt. Es gab ein ganzes Netzwerk von Mördern, die in den unterschiedlichsten Verkleidungen operierten: als Apotheker, Wahrsager, Alchemisten oder Kolporteure von Messen. Ein sorgloses Wort eines dieser Verbrecher einem Agenten von La Reynie gegenüber hatte die Untersuchungen in Gang gesetzt. Die Personen, die daraufhin festgenommen und verhört worden waren, hatten rasch anderen die Schuld in die Schuhe geschoben, wenn sie glaubten, damit der Folter ein Ende bereiten zu können. La Reynie saß in seiner Amtsstube, den Kopf auf die Hände gestützt, und verzweifelte ob der Abgründe der menschlichen Natur. In ganz Paris wurden Leben gekauft und verkauft. Niemand war sicher. Der Mann, der Licht in die Dunkelheit gebracht und dessen Patrouillensystem die Verbrecher von der Straße verjagt hatte, erkannte nun, dass die wahre Gefahr für die Bürger sich in ihren Heimen verbarg, bei ihren Verwandten. Im Laufe der Untersuchungen war die Namensliste immer illustrer geworden. Sie reichte von der Metzgerehefrau, die die Brutalität ihres Gatten leid war, bis hin zur Comtesse, deren kranker und überaus reicher Onkel sich hartnäckig weigerte zu sterben. Inzwischen näherte sich La Reynie immer mehr dem engsten Kreis um den König. Es sei wirklich eine Ironie, schrieb La Reynie an Louvois, dass sich in dem Garten Eden, den der König in Versailles erschuf, so viele Schlangen verbargen.

Soweit es Athénais betraf, war die einzige Schlange im Garten die Witwe Scarron, die sich inzwischen Marquise de Maintenon schimpfte, nach dem Gut, das sie dank der Großzügigkeit des Königs hatte kaufen können. La Maintenon, das wusste Athénais, goss Gift in die Ohren des Königs; ständig predigte sie ihm von den Freuden der Moralität. Athénais hatte Ludwig mit ihrem Körper beherrscht; die Maintenon versuchte, seinen Geist zu dominieren. Madame Voisins Pulver schienen ihre Wirkung zu verlieren. Einst hatten sie die Leidenschaft des Königs entfacht, nun schienen sie ihm nur noch Kopfschmerzen zu bereiten. Die Marquise spürte den kalten Hauch der Unsicherheit; sie hatte das Gefühl, all ihre innere Kraft zu verlieren. Und Claudine war alles andere als hilfreich. Sorglos frisierte sie das Haar ihrer Herrin, während sie ständig von irgendwelchen Pariser Schauspieltruppen plapperte. Man hätte meinen sollen, dass ihre frühe Bühnenerfahrung ihr die Flausen aus dem Kopf getrieben hatte, aber nein, unablässig redete sie von dieser oder jener Schauspielerin und erklärte, dass sie die Rolle ja völlig anders gespielt hätte. Athénais ermahnte sich zur Geduld; schließlich war das Mädchen ja nur so ruhelos, weil sie ihre Heiratspläne zunichte gemacht hatte.

Die Terrasse wurde nun von einem großen, gewölbten Dach eingeschlossen, vierzig Meter hoch und dreiundsiebzig Meter lang. Die Bogenfenster waren noch immer offen und somit den Elementen ausgesetzt, um den Staub der Bauarbeiten fortzuwehen. Dennoch hatten Le Bruns Männer am einen Ende der Galerie schon damit begonnen, Ludwigs Siege an die Wand zu malen. Einen Abschnitt nach dem anderen würden sie sich die gesamten dreiundsiebzig Meter durcharbeiten. Zudem führte der König bereits die ersten Besucher herum, auch wenn das Ganze im Wesentlichen noch eine Baustelle war. Die Zimmerleute hämmerten und sägten noch immer, die Steinmetze meißelten, die Stuckateure verputzten und die Vergolder vergoldeten; alle hatten sie ihre Aufmerksamkeit stur auf ihre Arbeit gerichtet, die ihnen wichtiger war als alle Pracht der Besucher.

»Man könnte glauben, wir würden hier ein Theater leiten«, beschwerte sich Le Brun. »Jeder will hierher und sich die Arbeiten anschauen. Die Leute gaffen uns an, als wäre das hier ein Zirkus. Vor allem kann ich keine gut gemeinten Ratschläge mehr hören – als ob diese Kretins überhaupt etwas beurteilen könnten, wo noch alles mit Gerüsten verbaut ist! Auch Eure Spiegel starren sie an und glauben, Fehler zu entdecken, wo nur Staub auf dem Glas liegt oder ein Fingerabdruck die Oberfläche verunziert. Ich würde den ganzen Haufen rauswerfen, würde der König mich lassen.«

Andrea war gekommen, um den ersten, vollständigen Spiegelbogen zu begutachten. Er reichte vom Boden bis unter die Decke wie ein großes silbernes Fenster, das den Raum und das echte, gegenüberliegende Fenster widerspiegelte, und er besaß einen fast überirdischen Glanz. Jeder Spiegel wurde im Schmelzofen geboren, bevor der Atem des Glasbläsers ihm Leben einhauchte und eine Quecksilbermischung ihm Sehkraft verlieh, die durch die anschließende Politur noch verfeinert wurde. Andrea stellte sich die ganze Wand voll gespiegelter Fenster vor, eines nach dem anderen, siebzehn Stück insgesamt und alle im Sonnenlicht strahlend. »Das wird der großartigste Anblick ganz Europas sein«, sagte er.

»Aber natürlich«, pflichtete Le Brun ihm bei. »Schließlich ist es die Arbeit von Genies – meines, das des Königs und sogar Eures, mein lieber André. Dieser Anblick wird Fremde mehr erstaunen als sämtliche Siege Seiner Majestät auf dem Schlachtfeld.«

Andrea lächelte. Welcher Spiegel das Werk welchen Mannes war, konnte man noch nicht einmal erraten, doch irgendeinen von ihnen hatte er gefertigt, kurz nachdem er von Claudines Verrat erfahren hatte – vor einem dieser Gläser hatte er sie und den König immer und immer wieder verflucht. »Möge der König sich so sehen, wie er wirklich ist«, sagte er.

Am Ende des großen Hofes von Versailles führte die Straße in einer Richtung nach Paris und Saint-Cloud, in der anderen nach Saint-Germain. Andrea war erst ein paar Minuten in Richtung Paris geritten, als er eine von sechs Pferden gezogene, offene Kutsche auf dem Weg nach Versailles sah. Er wartete am Straßenrand, um sie vorbeizulassen. Er konnte drei Personen darin erkennen: zwei Frauen und dazwischen ein Junge. Eine der Frauen war Madame de Montespan. Als sie näher kamen, bemerkte er, wie sehr die Marquise sich in den vergangenen fünf Jahren verändert hatte. Sie hatte ordentlich an Gewicht zugelegt. Ihr Gesicht war noch immer schön, doch Nacken und Kinn waren dicker geworden, sodass ihr geschwungener Hals nicht mehr deutlich zu erkennen war. Sie war in Blau mit jeder Menge Spitze gekleidet. Neben ihr saß der Junge, schlank und blass und ungefähr neun Jahre alt, und daneben wiederum die andere Frau, ganz in Schwarz und mit einem silbernen Kruzifix auf dem Busen. Abgesehen vom Schaukeln der Kutsche rührten sich die beiden Frauen nicht, starrten bloß vor sich hin. Der Junge blickte ebenfalls geradeaus; er sah nervös aus. Dann konnte Andrea die Gesichter von allen dreien deutlich erkennen. Die Frau in Schwarz besaß ausgeprägte Gesichtszüge und lange Wimpern, die dunkle, kluge Augen umrahmten. Sie strahlte eine Kühle und Selbstbeherrschung aus, an der es

Madame de Montespan mangelte. Als die Kutsche näher kam, blickte Athénais in Andreas Richtung, und er schaute wieder in ihre azurblauen Augen. Die Gefühle, die darin zu lesen waren, hatten jedoch nichts mit Athénais' einstiger Ausstrahlung zu tun. Andrea war entsetzt. Die Marquise war verzweifelt. Sie war wütend, sie war besiegt, und sie hatte Angst. Andrea hob den Hut, denn er hatte einen Hauch von Erkennen inmitten der inneren Unruhe gesehen, doch da war die Kutsche schon an ihm vorbei.

Andrea ritt nach Paris weiter, und auch seine Gedanken waren in Unruhe geraten. Der Anblick des Jungen – er musste der älteste Sohn der Marquise gewesen sein, Ludwig – hatte in ihm die Sehnsucht nach einem eigenen Sohn geweckt, den Wunsch, Claudines Kind möge das seine sein. Inzwischen musste er knapp fünf Jahre alt sein, sodass man ihm seine Abstammung schon ansehen konnte. Doch Claudines Schweigen deutete darauf hin, dass der König in der Tat der Vater war und dass Ludwig das Kind anerkannt und alles Notwendige für seine Erziehung in die Wege geleitet hatte. Andrea dachte an die vorbeifahrende Kutsche zurück und an den Gesichtsausdruck der Marquise. Unglauben war darauf zu erkennen gewesen – Unglauben ob der Dinge, die mit ihr geschahen. Sie war wie die Prinzessin im Zauberwald gewesen, für die Brillanten von den Blättern fielen, und dann hatte sie mehr gewollt und den Zauberbaum geschüttelt, bis die Brillanten sich schließlich in Kröten verwandelt hatten.

Wieder zurück in der Spiegelmanufaktur setzte einer der Männer Andrea aufgeregt davon in Kenntnis, dass Monsieur du Noyer ihn zu sehen wünsche. Andrea fragte sich, warum der Mann wegen solch einer alltäglichen Bitte derart erregt war, und ging gelassen zu du Noyers Schreibstube. Du Noyer saß an seinem Schreibtisch und studierte ein Bestellbuch. Als er von seiner Arbeit aufblickte, sagte er: »Kommt rein und setzt Euch. Würdet Ihr bitte die Tür hinter Euch schließen?«

Nun wusste Andrea, dass etwas nicht stimmte; doch wenngleich Noyer ihn nervös machte, war sein Gewissen rein. Du Noyer lehnte sich im Stuhl zurück und blickte Andrea einen Augenblick lang schweigend an. Dann sagte er: »Ein paar Wachtmeister von Monsieur de La Reynie haben sich vorhin nach Euch erkundigt. Habt Ihr eine Ahnung, warum sie das tun sollten?«

»Das ist mir ein vollkommenes Rätsel«, antwortete Andrea. »Was wollten sie?«

»Sie haben mich ausgiebig über den Tod von Guillaume befragt und auch über die Krankheit von Maurice. Sie haben eine genaue Beschreibung der Symptome verlangt und mich gefragt, was ich für die Ursache hielte. Dann haben sie mich nach Euch ausgefragt – über Euer Temperament, Eure Beziehung zu den Männern, ob Ihr Euch mit ihnen zerstritten habt, ob Ihr regelmäßig zur Messe geht, womit Ihr in Eurem Atelier experimentiert habt und so weiter.«

Andrea blickte du Noyer erstaunt an; er war tatsächlich Verdächtiger bei irgendeinem Verbrechen.

»Offenbar hat Maurice in den Tavernen ziemlich viel geredet und schwere Vorwürfe gegen Euch erhoben. Er hat erzählt, Ihr hättet ihn vergiftet und auch Guillaume umgebracht.«

»Das glaubt Ihr doch sicher nicht, oder?«

»Ich habe den Wachtmeistern gesagt, Maurice sei verrückt, und dieses Hirngespinst sei das Produkt eines kranken Geistes. Daraufhin haben sie angedeutet, er sei wegen des Gifts verrückt geworden. Immer wieder sind sie auf Euch zurückgekommen und darauf, dass Ihr Italiener seid, als wären Ausländer in ihren Augen gleich doppelt verdächtig.«

Eisige Kälte breitete sich in Andreas Herz aus. Er lebte

jetzt schon sehr lange in Frankreich, und nun verdächtigte man ihn ausgerechnet deswegen, weil er kein Franzose war – das war ein Affront. »Hier haben viele Italiener gelebt«, sagte er, »und sie haben mit ihren Talenten dazu beigetragen, Frankreich reich zu machen. Sollen wir jetzt alle wie Verbrecher behandelt werden?«

»Ich berichte Euch nur, was sie gesagt haben. Das heißt nicht, dass ich mit ihnen einer Meinung bin«, entgegnete du Noyer. »Ihr müsst wissen, dass Paris von diesen Gerüchten von wegen Gift geradezu überquillt. Sie haben schon Dutzende Leute verhaftet, und nun folgen sie jeder noch so kleinen Spur. Sie haben mich gefragt, wen Ihr bei Hof kennt, und ob Ihr dort irgendwelche Liebschaften hattet. Dann haben sie mich aufgefordert, Euch nichts davon zu erzählen; sie würden wieder zurückkommen.«

Andrea packte die Stuhllehnen, als der Raum sich plötzlich um ihn zu drehen begann. Du Noyers Gesicht verschwamm vor seinen Augen. Er hörte ihn fragen: »Fühlt Ihr Euch nicht wohl?«

»Ich bin nur schockiert«, antwortete Andrea und versuchte, wieder gleichmäßig zu atmen. Die Vorstellung, von La Reynies Männern befragt zu werden, war ausgesprochen beunruhigend. Ab welchem Punkt wurde das Verhör zur Folter? »Danke, dass Ihr es mir erzählt habt«, sagte Andrea. »Es ist gut, sich vorbereiten zu können. War sonst noch etwas?«

»Nein, das war alles. Es tut mir sehr Leid«, sagte du Noyer. »Ich bin sicher, dass diese Vorwürfe jedweder Grundlage entbehren, doch in der gegenwärtigen Atmosphäre allgemeiner Hysterie kann sich jeder plötzlich auf der Anklagebank wieder finden.«

Andrea stand auf und sagte mit einem schwachen Lächeln: »Ich werde mich jetzt ein wenig hinlegen, um mich von dem Schrecken zu erholen.«

»Es tut mir Leid«, wiederholte du Noyer und fügte noch

hinzu, als Andrea die Tür erreichte: »Ach, übrigens – sagt Euch der Name Madame Voisin etwas?«

»Nie von ihr gehört«, antwortete Andrea.

»Das ist gut. Offensichtlich haben sie geglaubt, Ihr hättet etwas mit ihr zu tun gehabt. Es ist wirklich eine scheußliche Angelegenheit, die bis zum Hof reicht.«

Als Andrea die Schreibstube verließ, kehrte plötzlich eine Erinnerung wieder zurück. Madame Voisin ... Das war die Frau mit den Katzen. Claudine hatte mit kleinen Päckchen unter dem Arm ihr Haus verlassen. Natürlich war er dort gewesen. Jetzt erinnerte er sich an den Namen, und ein Schauder lief ihm über den Rücken, als würde sich ein kalter, stählerner Käfig um ihn herum schließen.

48.

Claudine hatte endlich den großen Sprung gewagt. Zu guter Letzt war es recht einfach gewesen. Sie hatte einen der Schauspieler dazu gebracht, ihr einen Termin beim Theaterdirektor des Guenegaud zu verschaffen, wo Molières Truppe seit dem Tod des Dramatikers ihre Zelte aufgeschlagen hatte. Claudine rezitierte einen von Dorianas Monologen aus *Tartuffe*. Dabei untersuchte der Direktor seine Fingernägel, als wären diese von größerem Interesse. Dann sang sie ein Lied aus *George Dandin*. Der Direktor lächelte mitfühlend, und bevor Claudine die letzte Note gesungen hatte, fragte er: »Was könnt Ihr sonst noch?«

»Ich kann die Kostüme flicken, Flecken entfernen und sie auch umnähen.«

»Sehr nützlich.« Er seufzte. »Was noch?«

»Ich kann die größte Marquise des Landes spielen«, und als der Direktor sie daraufhin weiter väterlich anlächelte, stürzte sich Claudine in eine ungestüme Szene. Beinahe wörtlich gab sie wieder, was sie von Athénais gehört hatte, als sie, Claudine, das Kleid ihrer Herrin ruiniert hatte. Der Theaterdirektor lachte. »Nicht schwer zu erraten, wer das wohl sein mag!«, sagte er. »Ihr könnt Euch uns anschließen, Ma'mselle, solange Ihr Euch um die Kostüme besser kümmert als um die Kleider von Madame de Montespan.«

Den Schutz des Hofes aufzugeben fiel Claudine allerdings schwerer, als sie erwartet hatte. Die Marquise hatte ihr Geld gegeben, und vom König bekam sie eine Pension für ihr Kind, aber das Leben draußen war dennoch eine Herausforderung. Woher sollte sie wissen, wer ehrlich war und wer nur versuchte, sie zu neppen? Claudine zog aus einer Wohnung aus, nachdem die Wirtin eine Wuchermiete gefordert hatte, und aus einer anderen, nachdem sie hatte feststellen müssen, dass jemand ihr Zimmer durchsucht hatte. Schließlich fand sie eine Wohnung nördlich des Palais Royal. Sie lag in einem sauberen und gut gepflegten Haus, und die Wirtin war freundlich, sowohl zu ihr als auch zum Kind.

Claudines Sohn war inzwischen fünf Jahre alt. Er hatte geweint, als sie ihn von seinen Pflegeeltern nahe Versailles fortgeholt hatte, und im ersten Monat hatte ihm die stinkende Luft von Paris ganz und gar nicht gepasst. Die Zofe der Wirtin kümmerte sich manchmal um ihn, wenn Claudine im Theater war; doch bisweilen war er auch allein, und Claudine überkam plötzlich eine Übelkeit erregende Vision, während sie mit dem Textbuch neben der Bühne stand. So stellte sie sich vor, wie er auf die Fensterbank kletterte oder auf der Straße herumlief, wo man ihn entführen konnte. Ihre Wirtin hatte ihr von der wachsenden Zahl der Kindesentführungen erzählt. Die Kinder würden als Sklaven verkauft, hatte sie gesagt, in Schwarzen Messen geopfert oder gar von Kannibalen gefressen. Claudine schauderte bei diesem Gerede. Paris war ganz offensichtlich ungesund und auch nicht gerade sicher für ein Kind. Es wäre besser, ihn wieder nach Versailles zu schicken.

Manchmal kamen Briefe von der Marquise mit Bestellungen für parfümierte Handschuhe oder Schleifen und gelegentlich auch eine Bestellung für weitere Pulver von Madame Voisin. Dann, eines Tages, erhielt Claudine einen Brief, der offenbar in großer Eile geschrieben worden war. Ob Claudine wohl sofort zu Madame Voisin laufen könne, um so viel Pulver wie möglich zu holen ...? Sofort, schrieb die Marquise, hieß der Augenblick, da sie den Brief gelesen hatte.

Als wäre ich noch immer deine Zofe, dachte Claudine; doch in all den Jahren, da sie der Marquise gedient hatte, war es ihr zur Gewohnheit geworden, Athénais' Befehlen blind zu folgen. So sagte Claudine der Wirtin, sie würde für ein paar Stunden fort sein, und machte sich auf den Weg zu Madame Voisin – ein Weg, den sie in den vergangenen Monaten schon mehrmals gegangen war, und jedes Mal hatte Madame Voisin sie fast wie eine Tochter behandelt. Jene, die über geistige Kräfte verfügten, hatte sie gesagt, seien miteinander verbunden. Einmal hatte sie sogar vorgeschlagen, dass Claudine ihre Partnerin werden solle. »Nicht, so lange dieser alte Ziegenbock von Abbé in der Nähe ist«, hatte Claudine geantwortet.

Als sie sich an diesem Tag der Villa näherte, fühlte sie, dass etwas nicht stimmte. Anstatt festgehakt zu sein, schlugen die Fensterläden im Wind. Ihr Instinkt sagte Claudine, sie solle umkehren, doch dann sah sie ein paar von den Katzen, die vor der Tür kläglich maunzten. Madame Voisins Lieblingstier, eine hübsche Weiße, lief auf Claudine zu wie auf einen Freund. Claudine hob sie hoch, und die Katze schmiegte sich in ihre Arme und blickte mit grünen Augen zu ihr hinauf. »Mignonne, du hast die gleichen Augen wie ich«, sagte Claudine. Dem lauten Miauen nach zu urteilen waren die Katzen nicht gefüttert worden. Die Vordertür stand halb offen. Claudine ging hinein und sah sich einem Mann in der blauen Uniform von Monsieur de La Reynies Wachtmeistern gegenüber.

»Kommt herein, Ma'mselle«, sagte er. »Wir haben Euch erwartet.«

Überall im Haus waren Männer und durchwühlten es wie eine plündernde Armee. Der Wachtmeister, der Claudine an der Tür in Empfang genommen hatte, stellte ihr immer wieder dieselben Fragen: Name? Beruf? Grund fürs Hiersein? Wie lange kannte sie Madame Voisin schon? Schließlich unterbrach ihn ein anderer Wachtmeister, der ihnen schon längere Zeit zuhörte. »Das wissen wir alles. Ihr solltet jetzt besser mit uns kommen, Ma'mselle. Wir müssen Euch noch weitere Fragen stellen.«

Claudine saß reglos in der geschlossenen Kutsche, die beiden Wachtmeister ihr gegenüber. Sie beobachteten sie wie zwei Katzen, die eine Maus gefangen hatten und nun die Vorstellung genossen, mit ihr zu spielen. Der, den Claudine an der Tür getroffen hatte, war gedrungen und dunkel und sah brutal aus, der andere war hell, dünnlippig und hochnäsig. Dem Anschein nach waren die beiden es gewohnt, zusammenzuarbeiten. Als die Kutsche hielt, sah Claudine, dass sie auf einem Hof angelangt waren; der Entfernung nach zu urteilen, die sie zurückgelegt hatten, mussten sie sich irgendwo in der Nähe des Palais Royal befinden.

Claudine wurde von den Männern in ein Zimmer gebracht. Hier überkam sie das plötzliche Verlangen, ihre Blase zu entleeren. Einer der Männer holte einen Nachttopf, und Claudine bat die beiden, den Raum für einen Augenblick zu verlassen. »Ihr seid hier nicht bei Hofe«, sagte der Dunkle, und so standen die beiden Wachtmeister in der offenen Tür und unterhielten sich, während Claudine sich erleichterte. Der Dünnlippige drehte sich zu ihr um, als sie ihre Röcke wieder zurechtrückte, und fragte: »Ist Ma'mselle jetzt bereit für uns?«

Dann begann das Verhör. Warum war sie bei Madame Voisin gewesen? Welche Eigenschaften besaßen die Pulver? Wie lange kannte sie Madame Voisin schon? Wie oft hatte die Marquise Madame Voisin besucht? Es war offensichtlich, dass sie bereits einen Teil wussten und ihren Verdacht nun bestätigt haben wollten.

Madame de Montespans Brief an sie, so erfuhr Claudine, war wie alle Post von und nach Versailles durch die Amtsstube von Monsieur de Louvois gegangen. Deshalb hatten sie sie auch erwartet. Madame Voisin, Vater Mariette, der Abbé Guibourg und mehrere ihrer Komplizen waren bereits verhaftet worden und hatten zu reden begonnen. Deshalb schlugen sie vor, Mademoiselle des Oeilletes könne es sich wesentlich einfacher machen, wenn sie ihnen uneingeschränkt alles sagte, was sie wusste, bevor sie auf radikalere Verhörmethoden würden zurückgreifen müssen.

Claudine wiederholte ihre Antworten immer und immer wieder. Die Pulver hätten nur etwas mit weiblichen Monatsbeschwerden oder Morgenübelkeit zu tun. Die üblichen Behandlungsmethoden wie Aderlass und Abführmittel seien vielen Frauen zu rigoros; deshalb griffen sie auf Madame Voisins Kräutermedizin zurück.

»Würdet Ihr die Milz einer Kröte als ›Kraut‹ bezeichnen?«, fragte der dünnlippige Wachtmeister, und der Dunkle fügte hinzu: »Wenn das alles nur mit weiblichen Beschwerden zu tun hat, warum hat der König dann diese Pulver verabreicht bekommen?«

»Darüber weiß ich nichts. Ich habe dem König nie etwas gegeben«, antwortete Claudine.

Der Dünnlippige stellte ein unerwartet breites Lächeln zur Schau und entblößte seine von Tabak gelben Zähne. »Nichts, Ma'mselle? Da haben wir aber etwas anderes gehört.«

Die Marquise habe eine Schwarze Messe mit dem Abbé Guibourg zelebriert, erklärte der Dunkle.

Das sei nicht wahr, widersprach Claudine ihm sofort. Die Marquise habe den Abbé Guibourg nie gesehen.

»Der Abbé sieht das anders«, sagte der Wachtmeister. »Er hat erklärt, eine Messe über ihrem nackten Leib gefeiert zu haben.«

»Das ist völliger Unsinn«, sagte Claudine. »Der Abbé lügt. Und ich habe ihn auch nie gesehen.«

Die beiden Männer blickten einander an. Dann sagte der Dünnlippige: »Es ist auch besser, dass Ihr ihn nie getroffen habt, Ma'mselle, denn der Abbé ist ein äußerst unangenehmer Zeitgenosse. Bei diesen Messen, die er zelebriert ... Wisst Ihr, woher das Blut stammt?«

»Ich weiß nichts von irgendwelchen Messen.«

»Es gibt einen blühenden Handel mit Babys, lebenden wie tot geborenen, und mit kleinen Kindern. Ich bin sicher, Ihr habt davon gehört. Ein paar von ihnen landen beim Abbé. Er schneidet ihnen die Kehle durch und füllt das Blut in einen blasphemischen Kelch ... Ma'mselle? Ihr scheint Euch nicht wohl zu fühlen.«

Claudine war halb vom Stuhl gefallen und würgte. »Ich habe selbst ein Kind«, sagte sie schließlich.

»Dann wisst Ihr ja, wie wichtig es ist, dass Ungeheuer wie der Abbé nicht frei herumlaufen. Wir müssen zusammenarbeiten, um sicherzustellen, dass solche Bestien verhaftet und bestraft werden, Ma'mselle. Wir glauben, dass Ihr uns nicht alles sagt, was Ihr wisst.«

»Ich habe Euch nicht mehr zu sagen. Madame de Montespan hat mich zu Madame Voisin geschickt, um Pulver für sie zu holen – für ihre Gesundheit! Das ist alles.«

Die beiden Männer sprachen kurz miteinander; dann drehte der Dunkle sich wieder zu Claudine um und sagte: »Ihr habt einen italienischen Liebhaber. Er hat Madame Voisin mit Euch besucht.«

»Nur um mir Gesellschaft zu leisten. Außerdem habe ich ihn seit Jahren nicht mehr gesehen. Er ist nicht mehr mein Liebhaber.«

»Oh«, sagte der Dünnlippige in gespieltem Mitgefühl, »was für eine Schande.«

»Nachdem er Madame Voisin mit Euch besucht hat, ist es

zu einigen unangenehmen Vorfällen in der Spiegelmanufaktur gekommen«, sagte der Dunkle. »Er besucht Giftmischer, und dann sterben Arbeiter in der Manufaktur. Das ist doch ein seltsamer Zufall, meint Ihr nicht?«

»Er hat geglaubt, dass Quecksilber dafür verantwortlich sei. Das Schicksal der Männer hat ihn sehr mitgenommen.«

»Giftmischer weinen viele Tränen. Das ist Teil ihrer List.«

Claudine brach in Tränen aus. Einer der Wachtmeister – sie sah nicht welcher – summte eine Melodie vor sich hin. »Wo ist Euer Italiener jetzt?«, fragte der Dunkle plötzlich.

»Ich habe ihn seit Jahren nicht gesehen. Ich nehme an, er ist noch immer in der Spiegelmanufaktur. Warum geht Ihr nicht dorthin und fragt ihn selbst?«

»Macht Euch keine Sorgen; wir sind ihm auf der Spur. Monsieur de Louvois hat ein persönliches Interesse an dieser Angelegenheit. Es missfällt ihm außerordentlich, wenn Ausländer auf verbrecherische Art in Frankreich aktiv werden.«

Die beiden Männer schienen sich bei dem Verhör allmählich zu langweilen. Der Dunkle gähnte laut, und der Dünnlippige starrte an die Decke. Einen Augenblick herrschte Schweigen, und Claudine fühlte sich an Katzen erinnert, die mangelndes Interesse an der Beute vortäuschten, um sich sofort wieder auf die Maus zu stürzen, sollte diese zu entkommen versuchen.

»Zeit zum Essen«, sagte der Dunkle schließlich. »Was sollen wir mit ihr tun?«

»Entschuldigt mich, Messieurs«, sagte Claudine. »Auf mich wartet zu Hause ein Kind, und das muss ebenfalls essen.«

»Daran hättet Ihr früher denken sollen«, erwiderte der Dunkle, »doch um des Kindes willen wollen wir freundlich sein. Wir wissen ohnehin, wo Ihr wohnt; also versucht nicht, Euch davonzumachen, sonst seid Ihr schneller hinter Schloss und Riegel, als Ihr gucken könnt.«

»Ich danke Euch ja so sehr«, sagte Claudine und ging zur Tür, bevor die beiden Wachtmeister ihre Meinung ändern konnten. *»Au revoir, Messieurs ... et bon appétit.«*

Anstatt mit den Männern zu essen, war Andrea wieder in seine Unterkunft zurückgekehrt, ein paar Straßen von der Spiegelmanufaktur entfernt. Seit dem Auftauchen von La Reynies Wachtmeistern herrschte eine gespannte Atmosphäre zwischen ihm und seinen Kollegen. Du Noyer hatte ihm versichert, dass niemand die Gerüchte glaube, doch in Andreas Vorstellung wurde bereits hinter seinem Rücken geflüstert. Darauf verstanden die Italiener sich schließlich gut, nicht wahr? Und Gift ist ihre bevorzugte Waffe.

Andrea saß am Wohnzimmerfenster, von wo aus er auf die Straße schauen konnte, und las den Brief, der vor zwei Wochen aus Venedig gekommen war. Er war von seinem Bruder Frederico. Ihr Vater war krank; er hatte einen Schlaganfall erlitten, der ihn fast getötet hätte. Er hatte sich aber so weit erholt, dass er wieder laufen konnte, wenn auch mit Mühe; seine linke Seite war so gut wie gelähmt. Er war fest entschlossen, wieder in die Manufaktur zu gehen, doch seine Familie fürchtete um seine Gesundheit. Und er hatte von Andrea zu reden begonnen, dessen Namen er seit Jahren nicht einmal erwähnt hatte. Dem alten Mann hatten die Tränen in den Augen gestanden, und obwohl er zu stolz war, dies zuzugeben – Frederico war sicher, dass er Andrea vermisste. So war das nun einmal: Wenn das Leben sich seinem Ende zuneigte, wollte man die Wunden der Vergangenheit heilen.

Andrea spürte, wie ihm die Tränen in den Augen brannten, als er den Brief las. Er hatte ihn beantwortet, kaum dass er ihn erhalten hatte. Zu du Noyer hatte er nichts gesagt, denn er wusste noch immer nicht, was er tun sollte. Wenn er nach Venedig zurückkehrte, würde er Frankreich dann je wiedersehen? Andrea blickte auf die geschäftige Straße hinunter. Eine Kutsche und ein Karren versuchten, aneinander vorbeizufahren, und obwohl sie genug Platz hatten, war zwischen den Fahrern ein erbitterter Streit über die Vorfahrtsrechte entbrannt. Das Klappern von Hufen und das Rattern eisenbeschlagener Räder auf den Pflastersteinen, das Rufen der Straßenhändler, die Anspannung zu vieler Menschen, die auf demselben, engen Raum zusammengepfercht waren – dies alles war Andrea inzwischen ins Blut übergegangen. Und dann war da noch die Atmosphäre bei Hofe, die auf andere Art geladen war; dort drängten sich zu viele Menschen um ein strahlendes Zentrum – wie Motten, die um eine Kerze flatterten. Das berauschende Gefühl, bei der Erschaffung des prachtvollsten Schlosses der Welt dabei zu sein, inmitten großartiger Künstler und meisterhafter Handwerker ... und in der Mitte dieses Schlosses, von dem auch er ein Teil geworden war, wuchs die *grande galerie* Spiegel um Spiegel. Wie Andrea zum König stand, zählte weniger als das, was er für die Galerie empfand. Würde er aufbrechen, bevor auch der siebzehnte Spiegel komplett war, bedeutete das, ein Wunder zu versäumen, wie man es nur einmal im Leben zu sehen bekam.

In Paris oder in Venedig leben ... Immer wieder dachte Andrea darüber nach, während er aus dem Fenster schaute. Er bemerkte eine Frau, die über die Straße eilte, den Kopf unter einer Kapuze verborgen. Als sie unter dem Fenster herging, verschwand sie außer Sicht; dann hörte Andrea Stimmen unten, gefolgt von Schritten auf der Treppe und einem Klopfen an der Tür. Er öffnete. Claudine stand vor ihm.

»Darf ich hereinkommen?«, fragte sie.

Einen Augenblick konnte er sie nur anstarren. Er blickte in die katzenhaften Augen, auf die blasse Haut und den Mund, den er so gut gekannt und der stets so herausfordernd gelächelt hatte. Nun aber bebten die Lippen unsicher. Instinktiv trat er vor, um sie zu umarmen; dann aber erinnerte er sich an das fünfjährige Schweigen zwischen ihnen.

Claudine blickte ihn fragend an und betrat den Raum. »Darf ich mich setzen? Ich bin müde von der Reise«, sagte sie.

Andrea führte sie zu einem Stuhl am Fenster und nahm selbst auf dem Fenstersitz Platz. »Claudine«, sagte er, »ich kann es einfach nicht glauben. Fünf Jahre höre ich kein Wort von dir, und nun ... Was führt dich her?«

»Wenn ich mich recht entsinne, warst du es, von dem nichts zu hören war«, entgegnete sie. »Ich habe dir eine Nachricht hinterlassen; daran musst du dich doch erinnern. Du hast nie zurückgeschrieben oder versucht, dich mit mir zu treffen.«

»Ich habe dir geschrieben. Ich habe dir nach Versailles geschrieben, und du hast mir nie geantwortet«, protestierte er. »Daraus habe ich dann meine Schlüsse gezogen.«

»Der Brief hat mich nie erreicht«, sagte Claudine. »Wie ich herausgefunden habe, kann man sich auf die Post in Versailles nicht verlassen. Gut ein halbes Dutzend Schnüffler lesen dort einfach alles. Ich dachte, du wärst immer noch wütend auf mich.«

»Das war ich auch.« Da sie die Kapuze inzwischen zurückgeschlagen hatte und das Tageslicht ihr voll ins Gesicht schien, sah Andrea die Schatten unter Claudines Augen und die Falten um ihren Mund. Dennoch hatte sie sich bei weitem nicht so sehr verändert wie die Marquise. Sie war noch nicht geschlagen.

Andrea setzte an: »Erzähl mir, wie es dir ergangen ist, seit ...«, doch sie fiel ihm ins Wort.

»Später, Andrea. Du schwebst in großer Gefahr. Sie werden dich verhaften.«

»Wer? Und warum?«

»Hast du noch nichts von dieser Giftaffäre gehört? Weißt du nichts von den Verhaftungen?«

»Ich weiß, dass einer unserer Arbeiter verrückt geworden ist und mich der Giftmischerei bezichtigt hat und dass La Reynies Männer mich verdächtigen, weil ich Italiener bin, und weil man mich Madame Voisins Haus betreten sah. Es macht mich rasend, dass ich in ihren Augen schon deshalb verdächtig bin, weil ich nicht in Frankreich geboren wurde.«

»Es ist nicht nur das«, sagte Claudine. »Im Grunde geht es hier einzig und allein um Louvois. Er versucht, Colberts Stellung zu untergraben, und dafür ist ihm jedes Mittel recht. Deshalb zeigt er auch so großes Interesse an diesem Fall. Ein paar von Colberts Freunden bei Hofe sind ebenfalls mit den Giftmischern in Verbindung gebracht worden. Eine von Colberts Nichten ist mit einem Neffen der Marquise de Montespan verheiratet.«

Andrea zuckte mit den Schultern. »Was haben Colberts Freunde bei Hofe mit mir zu tun?«

Claudine seufzte verzweifelt. »Die Errichtung und der Erfolg der Spiegelmanufaktur sind Colberts Verdienst. Er hat dich aus Venedig geholt. Du bist sein Protegé. Denk doch nur einmal an dein Experiment mit dem Brennspiegel zurück. Ich war an jenem Tag ebenfalls dort. Ich habe gesehen, wie Louvois dich angeschaut hat. Damals habe ich geglaubt, er sei nur eifersüchtig, weil du so hübsch bist, während er das Gesicht eines Schweines besitzt. Jetzt weiß ich, dass er vorhat, die Manufaktur zu vernichten und sie als seine eigene wieder aufzubauen. Er ist erst glücklich, wenn er etwas zerstören kann – ohne ihn hätte der Krieg nicht so lange gedauert.«

Andrea erinnerte sich an die Feindseligkeit, die Louvois an jenem Tag ausgestrahlt hatte. »Fast glaube ich dir, Claudine«, sagte er.

»Das solltest du auch«, entgegnete sie entschlossen. »Du musst Paris sofort verlassen ... nicht nur Paris, sondern

Frankreich. Deine Unschuld wird dir nicht helfen. Wenn sie dich erst mit ihren Folterinstrumenten bearbeiten, wirst du alles gestehen. Mach, dass du hier wegkommst, bevor es zu spät ist.«

»Wenn ich gehe«, sagte Andrea, »musst du mit mir kommen. Ich kann dich nicht hier zurücklassen. Auch du schwebst in Gefahr.«

»Nach all dieser Zeit, ist das so eine Art Heiratsantrag?« Claudine lachte und weinte zugleich.

»Was ist mit dem Jungen?« Andrea konnte die Frage nicht länger zurückhalten; sie beschäftigte ihn, seit Claudine den Raum betreten hatte.

Claudines Miene erstarrte. »Darüber zerbrichst du dir am meisten den Kopf, nicht wahr? Was willst du über den Jungen wissen?«

»Ist er mein Sohn?«

Claudine zögerte einen Augenblick; dann sagte sie: »Ja, ich bin mir sicher. Er ähnelt dir schon sehr.«

Nun lachte er, drückte Claudine an seine Brust, küsste ihre Hände und atmete den vertrauten Duft ihrer warmen Haut und des Parfüms ein. Jetzt übte Claudine eine andere Macht auf ihn aus: die der Mutter seines Kindes. »Wie heißt er?«

»Louis Francois.«

Andrea zuckte unwillkürlich zurück, als hätte man ihm ins Gesicht geschlagen. »Du sagst, er sei mein Sohn, und doch hast du ihn nach dem König benannt. Und du bezeichnest ihn als meinen Sohn?«

»Ich musste ihn Louis nennen. Wie hätte ich mit einem Namen wie André eine Pension für ihn bekommen können?«, entgegnete Claudine.

»So zahlt der König also für das Wohl *meines* Sohnes?«

»Ja. Warum auch nicht? Er hat genug Geld.«

Andrea brach in lautes Lachen aus. »Ich liebe dich«, sagte

er. »Meine *cattiva* Claudine kennt wirklich alle Schliche. Ich will meinen Sohn sehen. Bring ihn her, und wir werden zusammen von hier fortgehen.«

Claudine sah verunsichert aus. Man würde sie verhaften, sollte sie zu fliehen versuchen, sagte sie, und dann würde man auch ihn fassen.

»Dann geh ohne jedes Gepäck, als wolltest du mit dem Jungen ... mit Francois nur auf den Markt«, Andrea zögerte bei dem Namen. »Ich werde uns einen Platz in der Kutsche nach Lyon besorgen. Von da aus geht es dann weiter nach Nizza und nach Italien.«

»Ich werde dir deinen Sohn bringen.« Claudine küsste ihn leidenschaftlich auf den Mund, die Finger in sein Haar geschoben. Dann seufzte sie, ein langes, sehnsuchtsvolles Geräusch, zog sich wieder von ihm zurück, blickte ihm in die Augen und sagte: »Ich dachte, du wärst inzwischen verheiratet. Hat es denn sonst niemanden in deinem Leben gegeben?«

»Ein, zwei Schwärmereien ... alles ohne Bedeutung.«

»Ich bin sicher, es wird sie freuen zu hören, dass es nur Schwärmereien ohne Bedeutung waren. Männer!« Sie schüttelte den Kopf und lachte.

»Ich werde jetzt zu Monsieur Colbert gehen, um mir von ihm die Erlaubnis zur Abreise zu holen«, sagte Andrea. »Versprichst du mir, dass du wiederkommst?«

»Ich verspreche es.«

»Ich werde warten.«

Andrea lauschte auf Claudines Schritte, die auf der Treppe immer leiser wurden; dann ging er zum Fenster und blickte ihr hinterher, wie sie die Straße hinunterging. Misstrauisch ließ er den Blick die Straße entlangwandern und hielt nach möglichen Verfolgern Ausschau, doch niemand schien sich um die einsame Frau im grauen Mantel zu kümmern.

In der Haupthalle von Monsieur Colberts Amt hing ein Porträt von ihm mit seinem Amtsstab in der Hand. Mit seinen listigen dunklen Augen schaute er den Künstler an, als wolle er dessen Talent abschätzen. Das war der Colbert, an den Andrea sich erinnerte, ein anderer Colbert als der, den er nun in der Amtsstube sah. Der Minister war dicker geworden, sein Haar grau, doch es waren nicht nur die Zeichen des Alters, auch sein Eifer schien gedämpft zu sein. Statt des durchdringenden Blicks, den Andrea erwartet hatte, als Colbert von seinen Papieren zu ihm hinaufschaute, schaute er in ein Paar trüber Augen, die an einen beschlagenen Spiegel erinnerten. Eine tiefe Traurigkeit ging von dem Mann hinter dem Schreibtisch aus.

Colbert hörte zu, während Andrea ihm die familiären Umstände erklärte, die ihn zwangen, wieder nach Venedig zurückzukehren. Er würde einige Zeit fortbleiben, sagte Andrea, je nachdem, wie sich der Gesundheitszustand seines Vaters entwickelte.

Colbert nickte und sagte: »Ihr werdet nicht wieder zurückkehren.«

»Vermutlich nicht, Monseigneur.«

»Dann werdet Ihr auch nicht erleben, wie die *grande galerie* vollendet wird.«

»Das ist unwahrscheinlich.«

»Natürlich hat die Familie Vorrang. Das ist das oberste Gesetz der Menschheit. Wann wollt Ihr aufbrechen?«

»Sofort, wenn es möglich ist.«

»Dann will ich Euch nicht aufhalten. Dessaix, würdet Ihr bitte die entsprechenden Papiere vorbereiten?«

»Sofort, Monseigneur.«

Kurz verzog sich das Gesicht des Ministers vor Schmerz. »Würdet Ihr mich bitte entschuldigen, Messieurs«, sagte er und verließ den Raum.

Dessaix blickte ihm mitleidig hinterher und vertraute Andrea an: »Monsieur Colbert fühlt sich nicht wohl. Er leidet unter schrecklichen Bauchschmerzen. Er arbeitet zu viel und legt noch nicht einmal zum Essen eine Pause ein. Und er trägt die ganze Last des Staates auf seinen Schultern.«

»Es tut mir Leid, das zu hören«, sagte Andrea. »Er hat mich stets freundlich behandelt.«

Dessaix lächelte. »Unter seinem kalten Äußeren verbirgt sich ein warmes Herz. Das ist eines der Probleme: Er empfindet viel zu leidenschaftlich. Jede Stimmungsschwankung des Königs zeigt Auswirkungen auf ihn. Vor zehn Jahren hat er vor den übertriebenen Kosten von Versailles gewarnt, doch der König hat auf der Errichtung des Schlosses bestanden, Monsieur Colbert mit der Bauaufsicht beauftragt und ihn dann wegen der hohen Kosten kritisiert.«

»Der König verlangt Perfektion, und Perfektion kostet Geld.«

»Dennoch liebt der König Monsieur Colbert auf seine eigene Art. Vor ein paar Monaten war der Minister ans Bett gefesselt, und der König hat ihn besucht. Er hat ihm gesagt: ›Colbert, es ist die Traurigkeit, die die Menschen krank macht. Seid fröhlich, und Ihr werdet wieder gesund.‹«

Andrea lachte. »Der König klingt weiser als die Herrn Doktoren.«

»Monsieur Colbert wäre fröhlich wie ein Spatz, könnte er den König davon überzeugen, weniger Geld auszugeben«, sagte Dessaix und unterbrach sich dann abrupt, als der Minister in den Raum zurückkehrte.

»Bereitet Ihr die Papiere vor?«, fragte Colbert.

»Sofort, Monseigneur.«

Colbert ließ sich auf den Stuhl an seinem Tisch fallen. »Ich werde Euch eine Abfindung und Geld für die Reise geben«, sagte er zu Andrea. »Wenn Ihr nach Venedig kommt, geht zum französischen Botschafter. Ich werde ihn anweisen, Euch eine Pension auszuzahlen.«

»Ich bin Euch sehr dankbar, Monseigneur.«

»Natürlich«, sagte Colbert, und das Funkeln kehrte in seine Augen zurück, »werdet Ihr uns alles hinterlassen, woran Ihr in der Manufaktur gearbeitet habt. Es wurde ja von unserem Geld finanziert. Das schließt alle Aufzeichnungen betreffs Eures flachen Glases mit ein sowie die Konstruktion, die Ihr dafür gebaut habt.«

»Monsieur du Noyer hält dieses Experiment für Zeitverschwendung, aber abgesehen davon kann ich ohnehin nichts mitnehmen.«

»Monsieur du Noyer ist viel zu beschäftigt, die Bestellungen einzuhalten, als dass er in die Zukunft schauen könnte.«

Dessaix legte die Entlassungspapiere und einen Beutel mit Geld auf den Tisch. Der Minister unterzeichnete die Papiere, versah sie mit seinem Siegel, stand auf und reichte sie Andrea zusammen mit der Börse. »Nun bleibt mir nur noch, Euch eine gute Reise zu wünschen, Monsieur. Ich hoffe, Ihr werdet Eure Entscheidung nicht bedauern.«

»Ich werde bedauern, Euch nicht wiederzusehen«, sagte Andrea.

»Ich bin sicher, Ihr werdet andere Menschen weit mehr vermissen«, erwiderte der Minister mit einem kühlen kleinen Lächeln. »Adieu, Andrea. Gott sei mit Euch.«

Wieder in seiner Unterkunft, packte Andrea seine Taschen und legte etwas Geld für die Concierge beiseite. Es war früher Abend, die blauen Stunden zwischen Tageslicht und Dunkelheit. Andrea zündete ein paar Kerzen an und schrieb einen Brief an Monsieur du Noyer, in dem er sich für seine übereilte Abreise entschuldigte. Es klopfte an der Tür. Andreas Herz setzte einen Schlag aus, so sehr war er darin vertieft, die Gründe für seinen Aufbruch darzulegen. Zitternd öffnete er die Tür. Beinahe erwartete er, La Reynies Männer davor zu sehen.

Auf der Schwelle standen ein Junge und die Concierge. »Eine Dame hat diesen Jungen gebracht und mir gesagt, Ihr würdet ihn erwarten«, sagte die Frau.

»Warum ist sie nicht geblieben? War es dieselbe Dame, die schon vor ein paar Stunden hier gewesen ist?«

»Nein, Monsieur, es war ihre Wirtin. Sie hat auch einen Brief für Euch abgegeben.«

Andrea nahm den Brief, den Blick auf den Jungen gerichtet, der zu ihm hinaufschaute. Die Wimpern des Kindes waren dunkel und außergewöhnlich lang, die Augen grau mit einem dunklen Ring um die Iris. Sein Haar war hellbraun und fiel ihm in Locken bis auf die Schultern. »Woher hast du diese Augen?«, murmelte Andrea, auf den der Blick des Jungen nahezu hypnotisch wirkte.

»Er hat wundervolle Augen, nicht wahr?«, sagte die Concierge. »Das ist mir als Erstes an ihm aufgefallen. Hier ist auch noch eine Tasche mit Kleidern, die die Dame gebracht hat.«

Sie reichte Andrea einen kleinen Rucksack. Er blickte zu dem Jungen hinunter. »Das ist alles, was du auf dieser Welt hast, stimmt's?«

»Mama hat sie gepackt«, sagte der Junge und zeigte zum ersten Mal ein Gefühl, denn seine Lippen zitterten leicht.

»Er wird Hunger haben«, sagte die Concierge. »Ich lasse ihm etwas von dem Eintopf bringen, den ich unten gerade gekocht habe.«

»Danke, Madame, das ist sehr freundlich von Euch. Und jetzt komm rein, junger Mann.«

Der Junge betrat das Wohnzimmer und schaute sich neugierig um. Er ging zum Fenster und spähte auf die Straße hinunter; dann schweifte sein Blick über den Stuhl, den Tisch, den Kamin und die große Truhe in der Ecke. Schließlich sah er zu Andrea und musterte ihn von Kopf bis Fuß. Er fragte: »Bist du mein Papa?«

»Ja«, antwortete Andrea und setzte sich neben ihn.

»Dann werde ich dich Papa nennen«, sagte der Junge und schlang seine kleinen Ärmchen um ihn.

Andrea blinzelte die Tränen zurück und fragte: »Wie soll ich dich nennen?«

»Mein Name ist Louis Francois«, antwortete der Junge in feierlichem Ernst.

»In Italien würde man dich Luigi Francesco rufen.«

Das Kind lachte und rümpfte die Nase. »Das hört sich komisch an.«

»Du wirst dich daran gewöhnen.«

»Wie ist Italien so?«

»Wir gehen nach Venedig. Das ist anders als der Rest von Italien. Das ist eine Stadt im Meer. Die Straßen sind Kanäle voller Wasser, und anstelle von Pferden und Karren fahren wir mit Booten. Die Häuser ragen aus dem Wasser, und man vertäut die Boote an den Wänden. Die Lagune ist ruhig und schimmert wie ein Spiegel, und der Himmel ist wie eine große Schüssel, die über das Meer hinweg bis zum Horizont reicht.«

»Können wir morgen gehen?«, fragte der Junge.

»Ja. Aber es wird mehrere Wochen dauern, bis wir dort sind. Es ist eine lange Reise über Land.«

Der Junge blickte ihn nachdenklich an, während er dies alles verarbeitete, und schwieg eine Zeit lang. Andrea öffnete den Brief. Er war schnell geschrieben worden, die Wörter abgekürzt. Claudine stand unter Hausarrest; sollte sie versuchen, ihr Quartier zu verlassen, würde man sie in den Kerker sperren. Die Wirtin würde ihm seinen Sohn bringen. Er solle sofort mit dem Jungen aufbrechen. Das Wort »sofort« war doppelt unterstrichen. Claudine beendete den Brief mit den Worten: »Nach allem, was ich in Paris gesehen und gehört habe, habe ich Angst um mein Kind. Er wird ein besseres Leben mit dir in Venedig haben. Kümmere dich um ihn. Ich liebe dich. Claudine.«

Kein Wort davon, dass sie später nachkommen wolle. Offenbar rechnete Claudine mit dem Schlimmsten. »Mama schreibt, dass sie dich liebt«, sagte Andrea. »Sie sagt, dass du in Venedig glücklich wirst.«

Die Concierge brachte eine Schüssel Linseneintopf, und Andrea setzte den Jungen an den Tisch. Sein Kinn reichte nur bis zur Tischkante, und so holte Andrea ein Buch und ein paar Kissen als Sitzunterlage. Sie aßen ihre Suppe und schauten einander gelegentlich über den Tisch hinweg an. Nachdem sie fertig waren, setzte Louis Francois seine Erkundung des Raumes fort. Am Schreibtisch blieb er stehen, schaute sich Papier und Stifte an und griff nach der Zeichnung eines Gesichts, an der Andrea gearbeitet hatte; es handelte sich um ein Porträt von Le Brun, das Andrea aus dem Gedächtnis angefertigt hatte.

»Der sieht nicht sehr glücklich aus«, bemerkte das Kind.

»Das ist er auch nicht. Er hat gekämpft und nichts dabei gewonnen.«

»Mal mir was«, forderte Louis Francois ihn auf. »Mal mir ein Pferd.«

Andrea setzte sich an den Schreibtisch und zeichnete einen Pferdekopf mit geblähten Nüstern und fliegender Mähne.

»Nein, mal mir ein ganzes Pferd.«

»Das reicht für einen Tag«, sagte Andrea.

»Nein, ich will ein ganzes Pferd. Mal!«, befahl Louis Francois und hielt Andrea einen Stift entgegen.

»Entschuldige, aber wo waren das ›Bitte‹ und das ›Danke‹? Für wen hältst du dich, kleiner Mann?« Fast hätte er gesagt: »Für den König?«, hielt dann aber inne und schaute sich den Jungen einmal genauer an. Das vorgeschobene Kinn, der trotzig erhobene Kopf ... War der König als Kind auch so gewesen?

Louis Francois senkte den Kopf und sagte: »Tut mir Leid, Papa. Malst du mir was? Bitte.«

»Für heute ist es genug, Francois. Jetzt ist es an der Zeit für dich, ins Bett zu gehen. Wir haben morgen eine lange Reise vor uns.«

Später schaute er noch einmal nach dem Jungen, der auf einer Seite des Bettes schlief. Im Kerzenlicht wirkte seine Haut fast durchscheinend, wie ein Heiligenschein. *Da kommen Kinder in Wirklichkeit her*, überlegte Andrea, *nicht von uns, sondern aus dem Himmel.* Er beobachtete den Jungen beim Träumen. Die Augäpfel rollten unter den geschlossenen Lidern. Dann zog Andrea sich aus und kletterte auf der anderen Seite ins Bett. Eine Zeit lang blieb er noch wach und lauschte dem leisen Atmen neben sich. In diesem Augenblick sagte eine Stimme in seinem Innern: *Er ist eine eigene kleine Persönlichkeit; niemand hat das Recht, ihn nur nach seinem Vater zu beurteilen.*

Bei Tagesanbruch machten sie sich auf den Weg. Pony und Karren waren da, wie Andrea angeordnet hatte, um sie nach Südwesen über die Seine und zum Stadttor nahe Saint-Germain-des-Prés zu bringen, von wo die Kutschen in Richtung Süden abfuhren. Der Himmel klärte sich auf. Die Geräusche der erwachenden Stadt waren überall um ihn herum: das Klappern von Rädern auf den Pflastersteinen, die Rufe der Wasserträger, das Stimmengewirr der Menschheit, die gerade wieder das Bewusstsein erlangte. Die Hufe des Ponys schlugen in rhythmischem Trott aufs Pflaster; das Geschirr klirrte und klingelte, und der Fahrer räusperte sich ständig. Francois saß neben Andrea, klammerte sich an dessen Ärmel fest und schaute sich voller Staunen um.

Dann begannen die Glocken zu läuten. Als sie an der Bastille vorbeifuhren, ertönte deren Glocke tief und hallend wie eine riesige Kreatur, die sich in ihrem Bau rührte. Die große Glocke des Louvre stimmte in das Geläut mit ein, und kurz darauf meldeten sich auch die restlichen Glocken der Stadt wie ein Chor, der die Sonne begrüßte. Sie fuhren an Notre-Dame vorbei, und ihre Ohren dröhnten vom Lärm; dann ging es über die Pont-Neuf und an der Statue von LeVert Galant vorüber. Ihr Karren wurde langsamer, als sie sich an den Straßenhändlern vorbeischlängeln mussten, die gerade ihre Stände auf der Brücke aufbauten. Das schräg einfallende Licht betonte Schatten und Konturen in den Gesichtern der Menschen. Als sie das linke Ufer erreichten, stimmten auch die Bronzeglocken von Saint-Germain-des-Prés in den Choral mit ein.

Francois drehte sich zu Andrea um und fragte: »Gehen wir wirklich weg?«

»Ja«, bestätigte ihm Andrea, doch er wusste, dass ein Teil von ihm bleiben würde, dass die Glocken von Venedig ihn an Paris erinnern würden, so wie die Glocken heute ihn an jenen Morgen vor so vielen Jahren erinnerten, als ein junger Mann sich aufgeregt und selbstbewusst auf den Weg nach Saint-Germain gemacht hatte, ohne auch nur zu ahnen, dass er dort in ein Märchen geraten würde. Es waren einmal ein Holzfällersohn und eine schöne Prinzessin, und eine kluge weiße Katze. Und ein König, der eine Welt aus Spiegeln schaffen wollte.

Epilog

November 1684

Ein stahlgrauer Morgen. Auf dem Gelände von Versailles fegen die Gärtner das Laub von den Alleen, das die unordentliche Natur bei einem ihrer Stürme dort verteilt hat. In der *grande galerie* polieren ein Dutzend Männer das Parkett, bevor sie die Teppiche auslegen. Die *galerie* wird rechtzeitig bereit sein; das ist eine Frage des Stolzes für Charles Le Brun, der für seine Armee von Stuckateuren, Malern, Bildhauern und Kunstschmieden einen exakten Zeitplan entworfen hat. Die Einweihung ist auf den 15. November festgelegt. Zwei Tage vorher geht ein Brief an den König, der sich mit seinem Hof in Fontainbleau aufhält, um ihn darüber zu informieren, dass alles seinen geplanten Gang geht und der siebzehnte Spiegel eingebaut ist. Der König schreibt zurück und verleiht seiner Freude Ausdruck.

Le Brun kann es sich leisten, seine Arbeit noch einmal in Ruhe zu bewundern, bevor sein Königreich dem Souverän übergeben und seine Armee aufgelöst wird. Selbst an einem grauen Novembertag ist die *galerie* voller Licht, das in den Spiegeln und Kristallleuchtern widerscheint. Die silbernen Möbel glänzen; die vergoldeten Kapitelle und Simse leuchten förmlich. Mehrere Zofen legen die weiß-goldenen Brokatvorhänge an den Fenstern zurecht. Le Brun blickte zur gewölbten Decke empor und sieht sein Meisterstück: dreißig Kompositionen, die Ludwigs Siege darstellen. In der Mitte steht der junge Ludwig mit einem Lorbeerkranz. Seine goldene und silberne Rüstung spiegelt das Gold und Silber der Möbel unten. »Du und ich, wir sind in Unsterblichkeit miteinander verbunden«, sagt Le Brun zu dem Porträt. Jeder Arbeiter und Künstler besitzt ein Stück Unsterblichkeit in der *galerie*, vom großen Tuby bis zu ... Le Brun hält kurz in seinen Gedanken inne, als das Bild eines Spiegelmachers vor seinem geistigen Auge erscheint, der vor dem ersten eingebauten Spiegel steht und nicht sein Spiegelbild, sondern das Glas mit äußerster Konzentration betrachtet. *André de la Glace*, denkt Le Brun. *Das war doch so eine seltsame Angelegenheit. Es hatte irgendwas mit der Zofe der Montespan zu tun – wie war ihr Name noch? – und dem König. Damals war das ein ziemlicher Skandal.*

Am Abend verwandelt die *galerie* sich im Licht von tausend Kerzen in eine andere Welt. Die Spiegelbilder der Flammen zittern in den Spiegeln, sodass der Eindruck entsteht, alles könne sich jeden Augenblick in einen nicht fassbaren Traum auflösen. Dann erscheinen die Höflinge, und die *galerie* nimmt ihre Leben in sich auf. Ihre Seide, ihr Samt und ihre Juwelen erscheinen in den Spiegeln, und die Hitze ihrer Leiber erhöht die Temperatur der ohnehin schon von den Kerzen erwärmten Luft.

Sie sind alle da: die königlichen Prinzen, die *ducs et pairs*, die *ducs d'épées* und ein Heer von Marquises, Comtes und Comtesses, Baronen und Chevaliers. Es gibt nicht eine Seele bei Hofe, die die Einweihung der *grande galerie* von Ludwig dem Großen würde versäumen wollen. Wie Schauspieler in einem Drama haben sie alle ihre Rollen zu spielen.

Im Vorfeld sind sie mit einer Komödie unterhalten worden: *Le Bourgeois Gentilhomme*, ein Stück, das die meisten bereits gesehen haben, doch seit Molières Tod hat es nur wenig wirklich Neues am Theater gegeben. Die kleine Comédienne der Kompanie von Guenegaud pflegte die Zuschauer bei jeder Katastrophe auf der Bühne auf eine Art anzuschauen, die den anderen Schauspielern das Rampenlicht stahl, das Publikum jedoch erfreute. Le Brun schaute im Programmheft nach. Mademoiselle des Oeillets, natürlich, wer auch sonst?

Im Drama der Einweihung fehlen einige der Hauptdarsteller noch. Die Königin ist verschieden. Sie ist ein Jahr zuvor gestorben, ein Opfer der Unfähigkeit der königlichen Ärzte. Sie wird nicht sonderlich vermisst. Und die säuerliche, schwarz gewandete Gestalt des Obersten Ministers Colbert sieht man auch nicht mehr. Auch er ist im vergangenen Jahr gestorben. Louvois hat seinen Platz eingenommen. Nun stolziert er in seinem Brokatmantel durch die Menge, schaut hochmütig da und nickt herablassend dort. Seine Arroganz gerät nur ins Wanken, als er an einer Frau mittleren Alters vorbeikommt, die in unauffällige braune Seide gekleidet ist und deren Augen ihn fragend anschauen. Von plötzlicher Demut erfüllt, verneigt er sich tief, und als er den Kopf wieder hebt, tauschen die beiden einen verschwörerischen Blick aus. Beide haben sie auf ihre Art eine Verbindung zum König. Madame de Maintenon geht weiter. Sie gleitet durch die Menge, bis sie eine extravagant gekleidete und hoffnungslos übergewichtige, ehemalige Reine Sultane erblickt, der sie kalt zunickt, bevor sie weitergeht. Athénais blickt ihr verächtlich hinterher und sagt zu ihrer Schwester: »Wie ich höre, macht sie ihm im Bett nicht sonderlich viel Freude. Sie ist steif wie ein Brett und spröde wie Lehm in der Sommerhitze.«

»Pssst, Athénais, bitte«, sagt Gabrielle de Thianges. Madame de Maintenon ist noch nicht außer Hörweite.

Athénais konnte nicht ausgeschlossen werden; immerhin ist sie die Mutter der Kinder des Königs, doch sie umgibt noch immer die Aura eines ungelösten Skandals. Niemand weiß, ob La Montespan in der *affaire des poisons* schuldig oder unschuldig war, denn sie ist nie zu einem Verhör einbestellt worden. Doch der König erinnerte sich an die Kopfschmerzen, unter denen er gelitten hatte, und schlimmer noch als der Gedanke an Gift war die Vorstellung, dass sie ihm ohne sein Wissen Aphrodisiaka verabreicht hatte. Das war eine tödliche Beleidigung, die um jeden Preis vor dem Pöbel geheim gehalten werden musste. So bleibt Athénais weiterhin das Verhör erspart, und sie lebt von einer beachtlichen Pension. Ein paar Gesichter aus der Zeit der *affaire des poisons* sind nicht länger am Hof: Die Comtesse des Soissons, die Marquise d'Alluye und mehrere andere sind auf Lebenszeit aus Frankreich verbannt worden oder geflohen, bevor die Todesstrafe sie hat ereilen können. Ihre Namen werden nicht mehr erwähnt. Es ist, als hätten sie nie existiert.

Nun ist der König am Eingang der *galerie* eingetroffen, begleitet von seinem ältesten Sohn, dem Dauphin, und seinem Bruder, dahinter der Rest seiner Kinder. Der König trägt ein Gewand aus Gold und Silber; seine Perücke ist prachtvoll gelockt. Seine Hoheit funkelt vor Schmuck. Die königliche Gesellschaft macht sich auf den Weg durch die *galerie*. Und da ist der erste Spiegelbogen. Er schimmert im Kerzenlicht wie ein großes, spiegelndes Auge. Der König bleibt davor stehen und erinnert sich an jenen Ludwig vor so vielen Jahren, der vor einem venezianischen Spiegel steht und das Abbild seines Gesichts im Glas betrachtet. Nun schaut er in den Spiegel, und ein anderes Gesicht erwidert seinen Blick. Er steht einem deutlich älter gewordenen Mann gegenüber, bei dem der Puder die Falten nur noch hervorhebt, und dessen Mund verkniffen ist. Ihm gefällt nicht, was er sieht. Mit den Spiegeln muss etwas nicht stimmen. Sie sind zu klar. Da ist sie also nun, seine große *galerie des glaces*, und was zeigt sie ihm in jedem ihrer siebzehn Bögen, die ganzen dreiundsiebzig Meter entlang? Ein Gesicht, das er lieber nicht sehen würde. Die Prozession zieht weiter, und der König spielt seine Rolle in der Inszenierung des heutigen Abends perfekt. Seine Haltung ist edel und majestätisch, jeder Zoll der mächtigste Monarch Europas. Die Höflinge verneigen sich in einer fließenden Wellenbewegung, als er an ihnen vorübergeht, und an jedem Spiegel wird sein Blick widerwillig, aber zwanghaft zum Bild gezogen. Sie liegt dort vor ihm, die Wahrheit, enthüllt von der strahlenden Quecksilberoberfläche. Er kann alles und jeden besiegen, nur nicht die Zeit.

Das graue Novemberwetter hat den gesamten Kontinent erfasst. Die Kanäle von Venedig schimmern wie polierter Stahl. Es hat ein paar stürmische Tage gegeben, doch nun ist es ruhig in der Lagune. Eine Menschenmenge hat sich auf dem Platz vor der Basilika Santa Maria e Donato versammelt. Sie sind aus einem freudigen Grund gekommen, einer Taufe. Umgeben von ihrer Familie hält die junge Frau freudestrahlend das mit Rüschen verzierte Bündel in den Armen. Der Mann neben ihr ist mittleren Alters, aber noch immer gut aussehend, und er lächelt vor Stolz. Neben ihm hält sich ein Junge von etwa neun Jahren an seinem Ärmel fest. Einer der Freunde des Jungen ruft: »Ciao, Francesco!«, und er lässt den Ärmel los und rennt ihm hinterher.

Ciao! Ein Wort, das einen Neuanfang bezeichnet. Der Mann erinnert sich daran, wie er nicht lange nach seiner Rückkehr an einem warmen Sommertag über diesen Platz gegangen ist. Die Stimme einer Frau, rau und scharf, ruft ihm zu: »Ciao, Signor Andrea!« Er hatte sich umgedreht und eine dunkelhaarige junge Frau gesehen, die ihm zuwinkte. Das Erste, was ihm aufgefallen war, waren ihre weißen Zähne, wenn sie lächelte, und dann, als er näher ging, ihre bernsteinfarbenen Augen. Sie trug ein blau-rot gemustertes und mit Spitze abgesetztes Kleid, und als Andrea an ihr hinunterblickte, um die ganze Erscheinung zu betrachten, sah er ihre roten Schuhe und die weißen Seidenstrümpfe.

»Erinnert Ihr Euch nicht an mich, Signor Andrea?«, verlangte die Frau zu wissen, als er näher kam. »Ich habe Euch immer nach Spiegeln gefragt.«

Dann erinnerte er sich an das dunkelhaarige kleine Mädchen und ihre kleinen Freunde, die immer vor der Manufaktur gewartet hatten, um ihn um Spiegelsplitter anzubetteln. Verwirrt und ein wenig ungläubig schaute er sie einen Augenblick an und sagte: »Aber du bist gewachsen ...« Sie lachte ob der Albernheit dieser Bemerkung, und Andrea fuhr fort: »Ihr seid zu einer sehr schönen Frau herangewachsen, Signorina.«

Ihr Lachen verstummte, und sie erwiderte verärgert: »Und Ihr seid alt geworden.« Und sie machte sich davon. Doch am nächsten Tag war sie wieder auf dem Platz, und dann in der Kirche, und bald überall. In ihrer Hochzeitsnacht sagte Andrea: »Überall bin ich hingereist, nur um herauszufinden, dass du die ganze Zeit hier warst.«

»Nicht die ganze Zeit, aber jetzt ... Das war der einzig richtige Zeitpunkt für dich, da du endlich aufgehört hast, zum Horizont zu blicken.«

Trotzdem ist es seltsam, wie seine Frau Giulietta sowohl Teil seiner Vergangenheit als auch seiner Gegenwart zu sein scheint. Ihre bernsteinfarbenen, katzenhaften Augen erinnern ihn an Claudine. Und sie besitzt Temperament. In ihrer Wut kann sie genauso aufbrausend sein wie die Marquise. Zudem ist sie außergewöhnlich extravagant. Andrea zittert bei dem Gedanken an die Rechnungen, wann immer sie und ihre beiden besten Freundinnen zum Einkaufen nach Venedig übersetzen. Sie mag nicht den Titel tragen, aber sie ist von Natur aus eine *principessa*. Und nun ist sie die Mutter seines Kindes.

Andrea tut es nur Leid, dass sein Vater nicht mehr lebt, um

seinen neuen Enkel zu sehen. Aber immerhin hat er Francesco gesehen. Der Junge wächst, und manchmal überrascht er seinen Vater mit seinem Verhalten, das von liebevoller Zuneigung bis hin zu unverhohlenem Trotz reicht. »Mach dir keine Sorgen um ihn, Andrea«, hatte sein Vater nachsichtig erklärt, als Francesco einmal mit den Füßen gestampft hatte, weil er seinen Willen nicht durchsetzen konnte. »Du warst genauso schwierig, als du noch jung warst.«

Die Zufriedenheit mit seinem Leben ist etwas Neues für Andrea. Er hatte geglaubt, mit zunehmendem Alter käme die Reue, doch tatsächlich scheint seine ruhelose Seele endlich Frieden gefunden zu haben. Venedig hat den Abtrünnigen wieder aufgenommen, trotz all der Drohungen mit Vergeltungsmaßnahmen. Die gesamte Börse mit Colberts Louidors war an die Beamten gegangen, und zum Schluss hatte man sich darauf geeinigt, dass schon viel Wasser unter der Seufzerbrücke entlanggeflossen sei. Andrea hat inzwischen die Leitung der Manufaktur übernommen und ändert deren Kurs. Die Nachfrage nach Spiegeln ist gesunken, seit die Franzosen selbst welche herstellen können; doch niemand vermag Glas in solch ausgefeilte und kunstvolle Formen zu blasen wie die Männer von Murano. Andrea entwirft einige der Trinkgläser und Vasen selbst, alle im blumigen Stil von Le Brun. So gibt es eine große, auf einem Fuß ruhende Schüssel, auf die Schlachtszenen gemalt sind. Man nennt sie den »kriegerischen Kelch«.

Manchmal denkt Andrea: Wärst du in Venedig nicht von so viel Schönheit umgeben, würdest du die Pracht von Versailles vermissen. Hier sind die Gebäude das Werk vieler Generationen, Monumente vieler Menschen. Versailles ist das Monument eines einzigen Mannes. Sein Bild trägt Andrea noch immer im Geiste mit sich: der Sonnenkönig, den man Ludwig den Großen inzwischen nennt. Und es ist der Sonnenkönig, der Andrea in seinen Träumen wie eine goldene

Ikone immer wieder heimsucht. Eines Nachts sah er im Schlaf, wie Le Bruns Statue des Apoll sich aus der Fontäne erhob, und dann – wie es in Träumen oft der Fall ist – fand eine Metamorphose statt, und Andrea war in einen Panzer aus Gold gehüllt. Er war in einer Haut aus kostbarem Metall, einer goldenen Rüstung, die nur Öffnungen für seine Augen besaß. Aber es war keine Rüstung; das Gold war tatsächlich zu seiner Haut geworden und hielt das Fleisch gefangen. In diesem Augenblick erkannte Andrea, dass er nicht länger er selbst war, sondern Ludwig, und der Leib, der darum kämpfte, sich aus der Enge des Goldes zu befreien, war so sehr damit verschmolzen, dass er nicht länger ein Teil von ihm war. Andrea hob die Hände vor die goldene Maske vor seinem Gesicht und fühlte durch das Metall hindurch das warme Blut. Und dann zog sich das Metall um sein Fleisch herum immer enger und enger. Sein Schrei weckte Giulietta, die ihn festhielt, als er wild in die Luft schlug. Er murmelte: »Nun weiß ich, wie es ist, er zu sein.« Als sie ihn fragte, was er damit meine, antwortete er: »Es war nur ein Albtraum ... ein Albtraum, den man lieber vergisst.«

Jetzt denkt er an diesen Traum zurück, als Francesco ihn um eine Geschichte bittet. Das Kind liegt auf den Leinenkissen und blickt mit jenen grauen, langwimprigen Augen zu ihm auf, die Andrea mit endloser Liebe erfüllen.

»Erzähl mir eine Geschichte«, sagt der Junge. »Erzähl mir von ...«

Er hält einen Augenblick inne, und Andrea sagt: »Von der kleinen weißen Katze ...«

»Nein«, sagt der Junge, »ich will eine Abenteuergeschichte hören. Erzähl mir von ... Erzähl mir von dem Mann, der zu nahe an die Sonne herangeflogen ist.«

»Nicht heute Abend«, sagt Andrea. »Das ist eine lange Geschichte, und ich bin müde.«

»Dann morgen, Papa?«, fragt Francesco.

»Morgen. Ich verspreche es dir.«

»Ich werde warten.«

Das waren auch die letzten Worte, die er an Claudine gerichtet hat. Ich werde warten. Ihre Schritte verhallen auf der Treppe, und ihr grauer Mantel verschmilzt mit dem Straßenpflaster. Der Junge lächelt zu ihm hinauf, die Lippen wie ein Geist des Mundes seiner Mutter. Dann schließt er die Augen und schläft ein, sodass er Andreas Tränen nicht mehr sieht.

Danksagungen

Mein Dank gilt dem Arts Council für den Writer's Award, der eine große Ermutigung für mich war und mir die Zeit verschafft hat, diesen Roman abzuschließen. Auch möchte ich Dr. Sue Thorpe und dem Royal Literary Fellows Scheme für das Semester danken, das ich als Autor an der Universität Greenwich verbringen durfte.

Die Gilde der Spiegelmacher hat sich über einen längeren Zeitraum hinweg entwickelt. Seit ich zum ersten Mal *Alice im Wunderland* gelesen habe, haben mich Spiegel und ihre Eigenschaften fasziniert. Mehrere Besuche in Versailles haben meine Faszination für die Rolle von Spiegeln bei der Identitätsfindung weiter verstärkt. Die Idee für dieses Buch entsprang der Darstellung eines frühen Falls von Industriespionage in *The Mirror and Man* von Professor Benjamin Goldberg, wo zu lesen steht, wie Jean-Baptiste Colbert eine Gruppe von Spiegelmachern davon überzeugt hat, trotz der massiven Drohungen der venezianischen Behörden nach Paris zu kommen. Damit war das venezianische Monopol auf die Spiegelherstellung beendet.

Des Weiteren danke ich den Archivaren von Saint-Gobain International, die mir Dokumente der Manufaktur in der Faubourg Saint-Antoine zugänglich gemacht haben, die sich zur bedeutenden Fabrik Saint-Gobain entwickelt hat, die auch für die Glaspyramide im Hof des Louvre verantwortlich zeichnet – ein Tribut an Colberts Erfolg.

Mein Dank gilt ebenfalls Pierre-Henri Eulert für seinen Enthusiasmus, mit dem er für mich nach französischen Büchern über die *Galérie des Glaces*, den Spiegelsaal, und das Schloss von Versailles im Allgemeinen gesucht hat, sowie dem Institut Français in London für sein Interesse an meinen Forschungen über das Leben und die Zeit Ludwig XIV.